「第五年」

The Fifth Year

陈华 著

四川文艺出版社

图书在版编目（CIP）数据

第五年 / 陈华著.—成都：四川文艺出版社，2016.10

ISBN 978-7-5411-4437-0

Ⅰ.①第… Ⅱ.①陈… Ⅲ.①长篇小说－中国－当代 Ⅳ.①I247.5

中国版本图书馆CIP数据核字（2016）第225897号

DIWUNIAN

第五年

陈华 著

策划出品 磨铁图书
责任编辑 邓 敏 孙学良
装帧设计 门乃婷

出版发行 四川文艺出版社（成都市槐树街2号）
网 址 www.scwys.com
电 话 028-86259285（发行部） 028-86259303（编辑部）
传 真 028-86259306

邮购地址 成都市槐树街2号四川文艺出版社邮购部 610031
印 刷 北京盛通印刷股份有限公司
成品尺寸 166mm×235mm 1/16
印 张 18 字 数 330千
版 次 2016年11月第一版 印 次 2016年11月第一次印刷
书 号 ISBN 978-7-5411-4437-0
定 价 36.00元

四年前，没有人看好你的道路，你仍然为自己定下了一生。

现在第五年，众所周知，你不一样。

目 录 · CONTENTS

第一章 我们都怀揣着一颗想要越狱的心

1

军校的这一个风雨交加的夜晚，它来了。

熄灯前的这20分钟，是一天里少有的神经可以大条一些的时候。新生军训的临时宿舍里，一个很有几分俄罗斯风情的男生，正端着军校发的白瓷盆给大家发苹果。盆里的苹果红红青青，带着水珠子。这间宽绰的男生宿舍，前身该是间教室，目前装下了国防战略系的38名光棍后生。大半男生没在宿舍里，正无组织地自行前往盥洗室冲凉洗漱。固定在宿舍里的人群，休闲方式则土得掉渣。写信的眉眼骚乎乎、心湿漉漉，翻杂志的屏气凝神猛灌鸡汤，练倒立举杠铃的都是有马甲线的，一副吃饱了撑得力气没处使的样儿。最邪性的还是站那儿发呆的，像是刚刚参加完一场葬礼归来，倚着床铺思索人生。

这是1988年的夏天。

呆头呆脑站成一尊塑像的男生叫金默，108名新生里的文科状元。论颜值，金默在男生堆儿里也是数一数二的。他的路子是青年周恩来那式儿的，外形俊朗，剑眉星目，是区队公认的一号美男子，处女座男神。

发苹果的男生叫张学粮，粮食的粮。开学之初的恳谈会上，锦州来的张学粮同学扬着张阳光普照的面孔，深情缅怀了他无比敬爱的大爷爷——少帅张学良。他在台上说得带劲儿，底下大家伙儿都面露迷惘。张学粮同学大鼻子，凹眼珠，俩大眼珠子透着波斯猫的蓝光，明显有混血基因。东北人都有少帅情结，这地球人都知道，只是张学粮同学往人少帅家扑得有点猛，简直都要上炕了。

“嗨，接着！”张学粮挑出个大红苹果，猛朝金默投射过去。金默直挺挺地立在那儿，原本绷得像面弓一般的身子，猛烈地哆嗦了一下，绷得更直了。苹果滚落到了地上，他愣是没动窝。

“那啥，大状元，你能再呆些吗？”张学粮笑了，走过去把那只掉落在地上的苹果捡起来，在自己的跨栏背心上蹭了两蹭，张嘴就啃了一口，“放松些，个大状元！”眼见了金默的那个局促样儿，张学粮又赶紧从盆里取出两只大红苹果，一股脑儿地塞到了金默的手里。

金默红着脸应了声：“谢谢！”

“谢谢！听听，咱这一屋子光棍，就人家金默跟我说过谢谢。那啥，要我是个女生啊，也一准儿对金默这式儿的朝思暮想、茶饭不思！”张学粮感慨道，“不过就是太拘着了，不如我怪侠老哥洒脱！”张学粮笑嘻嘻的，嘴巴里嘎咕嘎咕地嚼着苹果，朝金默身后的上铺投去深情的一瞥。

人称“怪侠”的绿蓝侠同志，108名新生里的理科状元，而今也洒脱不起来了。三天前，因为一盒磁带，绿蓝侠被新闻系的女生夏春树给撅了个跟头。当着光棍弟兄的面，绿蓝侠颜面尽失，急火攻心，躺在铺位上起不来了，说是浑身疼。病因蹊跷，军校的门诊部也没查出个究竟。

绿蓝侠躺在铺位上做苦逼状思考爱情，军校里立时爱心蓬勃。除了不能给他滚烫的爱情，战友们把能给的都给他了。住在他下铺的金默，主动承担起了打饭的重任，一日三餐准时端到绿蓝侠的铺位前，比百度外卖都靠谱。同学们送的水果罐头，把绿蓝侠的床头柜都塞满了。班主任罗双虎，少校军官一枚，光棍们爱喊他司令。罗司令参过战，左半边脸上留有伤疤，后遗症是左脸动不动就抽搐那么一下，威严凶悍。狠狠骂过绿蓝侠之后，罗双虎就支使刚刚随军的老婆熬鸡汤，一熬三天，把从农村带过来的3只肥母鸡都给炖了。政委柳云峰，24岁，刚刚留校的中尉军官。小柳是地道的山东小伙儿，骨骼清奇，眉清目秀，长得像个江南书生。为了绿蓝侠的病，小柳求了个老中医来给绿蓝侠号了脉，抓来了中药。没时间回自己的单身宿舍熬药，小柳就在盥洗室里接了个电源，又置办了个砂锅熬起来，于是一条走廊便弥漫着中药的甜苦味。才开业了三天，小柳的中药房就被军训大队长给端了，说是违反了军校用电安全，小柳还在新生大会上被隆重地点名批评了一次。

绿蓝侠名正言顺坐起了月子。他那张靠墙的上铺，白天黑夜都垂着军校统一配发的粗尼龙蚊帐，说是怕光。大热天的他还捂床军被，说是怕冷。暗地里大家就笑传绿蓝侠在孵小鸡，也有的说他是被林彪附体了。在20世纪60年代末70年代初出生的这拨学员心里，林彪可是个想篡位要叛国的大奸臣，传说中的他是怕光又怕冷，跟个地老鼠似的。但绿蓝侠却敢替林彪说话，总夸林彪是位战争奇才。除了跟林彪亲，绿蓝侠还爱读些乱七八糟的杂志，铺位底下花花绿绿的成片，内务检查时已经挨过不止一次批。

“不过那啥，我怪侠老哥可是有一样比不过金默。人家金默可是咱区队的金字招牌！咱光棍区队的脸面，全靠他给撑着呢！那些女生，尤其是那个‘刺客’夏春树，望着金默的那个花痴样儿，简直就是丧心病狂！”张学粮叨唠着。

入学以来，金默自己都没有想到，他一下成了国防战略系二区队的标杆人物。因他是88级108名新生里的文科状元，班主任罗双虎对他是相当看重，新生誓师大会，直接就点了他的将。不曾想金默一上台，队尾的女生队伍里竟是一派窃窃私语。

“要说那誓师大会，那多严肃的场合啊，咱金默一登台，立即就放倒一大片呢。那8位女生，整个就是集体昏迷啊！下来以后，知道她们咋说的吗？——‘哇，台湾话啊，真是太有味道了！’你们别笑，这可是‘国军’苏小青的原话。‘刺客’夏春树呢，眼睛一横，急红眼了——‘这个叫金默的男生，标准的男一号啊！他不考电影学院不去戏剧学院，跑这军校干吗来了？’听听，这可是夏春树的原话。那夏春树平日里看人，都是眼角发功，嗖嗖嗖，一连串的暗器。这对金默啊，绝对是温柔一刀。是爱你在心口难开，是你问我爱你有多深，月亮代表我的心……哎哟！”张学粮正要唱起串烧歌的当口，突然猛弯腰蹲在了地上，大鼻子抽搐两下，“哎哟哟，我这脆弱的臀部！玖哥，你能不这么祸害我吗？”

张学粮嘴里跑着的火车，在挨了男生孟艳玖一脚后紧急刹住了。孟艳玖是区队年纪最大的男生，来自沂蒙山老区，家境贫寒。他家里兄弟姐妹共6个，孟艳玖是老大。玖哥打小跟一位和尚练过武功，身姿轻盈、腿脚灵便。这个沐风浴雨饱尝忧患的后生，偏偏生着一张嫩生生的娃娃脸，还特别孩子气，动不动就爱飞起长腿给谁一下。因是“艳”字辈，他的名字难脱几分脂粉气，这令他很有几分苦恼。好在兄弟们都爱喊他玖哥，没怎么费劲就把那个“艳”字给过滤掉了。

“我那亲娘！你身上火大，得给踢出来！学粮，不是我说你，让你跟我练练武消消火吧，你还不应。总拿女人说事儿，不要非死不说，伤肾哪！”玖哥语重心长。孟艳玖拿过县里的散打冠军，对健身习武是有发言权的。

“不是我说你啊玖哥，你能不能先把你那大葱味的英语给好好戒一戒呢？脸的英语是‘非丝’，不是‘非死’！说过多少次了啊。”张学粮还击道。

屋子里的男生笑开了，只有金默不笑，站在那儿若有所思。

“金默，赶紧吃苹果，该洗漱洗漱，总戳在那儿不累啊？”孟艳玖招呼着，在金默肩头轻轻地拍了一掌。

金默激灵了一下，赶紧把手里的苹果放到了床头柜上，想想不对，又都抓起来，捧到了绿蓝侠的铺位前。他在迅速对宿舍做了全方位的扫描后，确定没人注意自己，才小心翼翼地撩开了蚊帐的一角，把两个苹果一股脑儿地都递了进去，而后把蚊帐拽拽，掖好了，轻轻叹了口气。

下铺，是金默自己的铺位。军校统一配发的白床单，白得晃眼。床尾放着床草绿色的叠成豆腐块的军被，斧劈刀削，有型有款。内务评比，金默总是第一。不久，男生们就有了议论，说金默是个怪人，军校发的白床单，他一次都没用过，所以才像刚刚发下来的时候一样洁白平整。

金默侧耳细听，熄灯前的晚间音乐还没有响起来。时间怎么过得这么慢啊？他皱皱眉，像是有几分急躁。金默从床头柜里取出一床粗布床单来。床单很厚实，土黄色的底子上织着蓝格。粗布床单的馈赠者，正是睡在他上铺的兄弟，人称“怪侠”的理科状元绿蓝侠。

时间还早，金默只能从床底下拽出个小马扎来，放到床铺边上的床头柜前，手里捧上一本《军校新生内务条例》，正襟危坐，貌似目不转睛地读起那本小册子来。

“吃水不忘挖井人呢！哪回都是我们向武兄弟请客啊！那啥，弟兄们可是沾了向武的光了，享受的是高干子弟的特殊待遇！还剩俩苹果，谁还要，举手！”张学粮嘴里叼着吃剩的小半个苹果，四下张望。

被张学粮挂在嘴上的向武，此刻正靠在墙边练倒立。光棍区队里，除范豫中外，向武也是名体育特招生。但向武这个体育特招生跟范豫中是两码子事儿，老范可是县级长跑冠军。都传向武的爹是位总部的大首长。这军训才半个月，已经有三四拨人来看过向武了，都是他父亲在野战部队的战友。慰问准军官的苹果、梨、葡萄啥的，向武一个不剩地都给贡献出来了。

向武被张学粮歌颂得没法继续倒立了，身子晃晃，差点人仰马翻。等站定了，向武涨红着脸，嘴巴张了几下，最终没说出话来。这个有着小麦色皮肤的帅小伙，眼珠乌黑锃亮，除了腼腆之外，给人的感觉很是拘谨。其实呢，训练场上真疯起来，他也是挺有股子蛮劲儿的。只是大多时候好像没放开，自个儿老绷着。没法子，一顶后门兵的帽子，搁谁脑袋上都老沉老沉的。眼前向武站也不是，坐也不是，干脆端上军校发的白瓷盆，去盥洗室冲凉了。

“哎呀，一平啊，你这又写上了。这两天一封你来我去的，要坚持下来还真需要毅力呢。那啥，你这口琴，有年头了吧？看这绿漆都掉了。”张学粮的苹果没发完，于是游到了一个趴在床头柜上闷头写信的男生身边。

床头柜上摊着信纸，一把草绿色的口琴压在信纸边缘。信纸正中，放着张黑白照片。照片上，一个面容清秀的女子立在一株白色的梨树下，白衫黑裙，巧笑倩兮，朴素中有一种别样的温婉动人。

“啧啧，韩雪是吧？咱弟妹！瞅瞅，水葱似的，跟林黛玉一样样儿的。”张学粮点评道，随手把照片捧在手里细细观摩。

卢一平，来自西北小城的青年，肤色黝黑，胳膊腿儿都黑。卧蚕眉，大眼。平日里卢一平的话不多，威武不屈的架势，让人感觉不好亲近。吹口琴的时候，卢一平却是格外温柔的，深情款款，柔情似水。卢一平不爱笑，可笑起来却格外好看，一口白牙一晃，是诱人的性感。军训半月，两天一封情书的频率，令卢一平成了光棍们羡慕嫉妒得牙根儿发痒的人物。

“姑娘正经不赖，就是站在这梨树底下，不吉利。”张学粮继续点评道。

卢一平站起身，伸手道：“照片还我！”收好照片，咧了咧嘴，白牙一晃，朝张学粮吼，“滚！”

张学粮并不恼，放了一个苹果在信纸上，而后继续朝前游，停在了另一个奋笔疾书的青年边上。

青年停止了书写，抬起了他油汪汪的脑袋，推了推鼻梁上的眼镜，皱起了眉头：“不能听命于自己者，就要受命于人。学粮，你整天活得像个跑堂的小伙计，不累吗？”

张学粮把最后一个苹果递了过去：“秀才，你的话我完全不懂啊！怎么，这又写上公文了？”

“好好读读这本《查拉图斯特拉如是说》，你就懂了。”蔡明亮晃了晃手里的一本书，“尼采的书，值得读一生。再有，这叫——推材料，不叫写公文。学粮，有点专业素养好不好？”蔡明亮正色道，手举张学粮递过来的那个苹果，冲着灯影照照，到底没往嘴里送。

秀才蔡明亮是典型的书生样儿，溜肩膀，细胳膊细腿。一双单眼皮的细眼睛，躲在一副金丝边的眼镜后面。那双眼看人的时候眼皮半张半合，半梦半醒、迷离悱恻，似有几分贵妃醉酒的媚态。蔡明亮自称是正经的书香门第出来的，父母亲都在大学里教书，很有几分无法自拔的高校情结。来军校报到的时候，他身着一件来路不明的T恤衫，前胸后背都写着四个红艳艳的大字“北京大学”。开学前军装还没发下来，蔡明亮就顶着身前身后的“北京大学”溜光水滑地在校园里晃荡。直接的后果就是不断有人捎话给光棍区队的弟兄，说是要会一会这个来路不详的北大冒牌生。以武会友，和他好好切磋一下武功。好在很快发军装了，蔡明亮才没被暗中的敌人打得鼻青脸肿。

开学这半个月，区队的工作总结，新训情况汇总，新生里的好人好事，都是蔡明亮亲自执笔完成的。官话管这类文章叫“材料”，写材料不叫写，而叫推，“推材料”。这“推材料”可是名堂大了，凡是考核和提拔干部，材料报得好，那是最容易得到领导赏识和晋升重用的。班主任罗双虎从野战部队调到军校前，吃够了不会自我宣传的苦头。这一来军校，就想着要痛改前非重新起航。可在“推材料”上，他是一贯找不着北。政委柳云峰本科毕业后刚刚留校，这种公文类写作也不是很上手。罗双虎原本抓了区队新生里的文科状元、自己的小老乡金默的差，偏这小伙子执拗得厉害，说是写不出这类假大空的官话来。

蔡明亮的兴趣并不在“推材料”上，他的偶像是哲学家尼采，他狂热地热爱着哲学。蔡明亮手上的一本《查拉图斯特拉如是说》已经被翻得起了毛边了，平日里他满嘴都是尼采语录。若是有人问蔡明亮，这书里写的啥啊，蔡明亮的回答翻来覆去就是那几句：“上帝死了！……人之伟大，在于其为桥梁而非目的；人是一根绳子，系于禽兽与超人之间……”听得人头皮发麻迅速绕行。男生们给蔡明亮起的第一个外号就是“查拉图斯特拉”，可念起来着实拗口不说，嘴皮子不利索的还说不清楚。于是，给他安了个“秀才”了事，也算中国本土化了。

“秀才啊，这开学才半个月，咱怪侠老哥就因为个女人趴下了，一平也是一头扎到温柔乡里拔不出来。可我观察吧，就你秀才纹丝不动。那啥，你不是有啥难言之隐，对女人不感兴趣吧？”张学粮觍着脸问道。

蔡明亮眉头一紧，呼啦一下站起身来，床头柜上的纸张落了一地。“男人骨子里坏，女人骨子里贱。”蔡明亮气哼哼地说出了这句。千万不要以为蔡明亮与女人有什么深仇大恨，他只是在背诵尼采的话而已。

“弄啥嘞？弄啥嘞？谁又欺负我们秀才了？”一个方头方脑方脸膛的后生从门口冲了进来，沙哑着喉咙嚷嚷道。范豫中才冲过凉，脑袋上顶着一圈水珠，说话的时候水珠子直往四下里溅。

白天和夜晚，中原青年范豫中明显是两种戏路。白天他腰板挺直红光满面，穿上军装甚至有几分气宇轩昂。一到晚上，他可不是这番模样了。抠脚丫抠鼻孔挠胳肢窝，打嗝放屁打喷嚏。训练完不冲个澡的话，身上就总有股子分不清是狐臭还是脚臭的味儿。但只要白天来临，体味熏天的魔鬼立即变身完美天使。要是碰上什么场合的话，范豫中更是像打了激素一般，立马旧貌换新颜，连身上的味儿都变成了肥皂和牙膏混合而成的卫生味儿。

被老范这一问，张学粮故作委屈状：“我哪敢欺负咱司令的心头肉啊？我跟秀才是在逗闷子呢！”

范豫中一边收拾着床铺一边道：“我还不知道你学粮吗？你这人吧，俗是俗点，可好在不装。要说咱都老大不小了，谁也别装。整天装得跟高仓健似的，把自己当圣人供着，累不累啊？”范豫中说完，用眼角的余光狠狠地扫射了一下边上的金默。

金默捧着手里的小册子，像是捧着个地雷，坐小马扎上一动不动。金默的耳朵虽然一直竖着，可他并没有接收到老范的侧面问候。晚间音乐终于响起来了，他先舒了口气出来，腾地一下起身，收好小册子，蹲下身去床头柜里取了几件换洗衣服。

“怪侠老哥，再援助兄弟条裤衩呗！”

也就在这当口，金默身边突然有人喊了这么一嗓儿。不知何时，一个人仰脖踮脚，竟已经来到了绿蓝侠的铺位前了。

金默噌一下起身，望见了少帅的后人张学粮。

2

军训开始，新生们大都跟打了鸡血似的绷紧了神经，处处表现自己。从河南有名的贫困县考来的绿蓝侠则很快崭露头角脱颖而出，成了众人眼里的一个“怪侠”。队列里，绿蓝侠经常会走成顺拐，或者干脆把前面同学的胶鞋踩掉一只，引来同学们的一片笑声和军训班长的一通狠批。队列里绿蓝侠频繁掉链子不说，内务水平也像是过山车一般忽高忽低。内务检查时，在绿蓝侠的铺位上出现的最不堪的场面就是，军被松垮成一团面包摊在了床上，地上的鞋都不安分，没有一只是跟原配老老实实待在一起的，并且一律臭烘烘。绿蓝侠的家在农村，四省交界处，属河南，是那种穷得连吃饱肚子都成问题的地界儿。从穷乡僻壤出来的绿蓝侠脑袋格外好使，他的高考物理是拿了满分的。

入学后绿蓝侠爱上了叹气。他叹气时一声长一声短，声音粗重沉厚，像是地里的老农在为被蝗虫祸害了的庄稼发愁。这样叹了两天后，绿蓝侠被国防战略系二区队的班主任罗双虎找去谈心。请注意，是谈心而不是谈话。虽然两者都是军校生活极其重要的部分，却有着本质的区别。谈心是革命队伍里上下级之间、同志间的心得体会互换，经验情感交流，你来我往犹如春天一般温暖。而谈话就有了居高临下的意味，针对的是革命阵营里犯了错误的同志，一问一答间就有了秋风扫落叶的那一份肃然。

一上来，绿蓝侠就亮明了态度。他说要转学，不想在这文科军校里瞎耽误工夫，他要转到炮兵学院或者陆军学院去。“你这才来几天呢，屁股还没坐稳呢，就这么折腾！这军校里头，你跟我说说，有谁转学了？少啰唆，你这个新兵给老子当好了再说！”罗双虎说话时生着气，左半边的面孔猛然抽搐了几下。

谈心归来绿蓝侠立马不再叹气了，却改成烙饼了。他那瘦瘦长长的大虾米一般的身子在铺位上腾挪翻转，怎么也踏实不下来，床板被他压得吱吱呀呀的。不曾想压床板是会传染的，没过两天，周遭都开始吱吱呀呀起来。

绿蓝侠被政委柳云峰找了去，还是谈心。“转学不成的话，俺就退学吧。退学回了家，要么复读，要么俺去南方打工了。不想在这儿瞎耽误工夫。”绿蓝侠表示。

“退学是个大事，从军校退学，一般都是因为政治或者身体的原因，你并不符合条件。我们的军校并不是十全十美，但它也培养了相当一批人才。你现在看着地方大学哪里都好，其实，你是忽略了自己的优势，而去盲目地崇拜他人不存在的优越。外面的世界远比想象中绚丽成千上百倍，可是，问题也是千重万重。你唯一要害怕的，是害怕本身。绿蓝侠同学，你再好好想想，沉一沉，再做决定好吗，我的战友？”政委柳云峰压着嗓子，用声音醇厚的男中音说道。柳云峰，戴黑框圆眼镜，报纸上时有小诗发表，独唱的一曲《小白杨》在市里的大学生汇演上拿过奖。光棍们都看出来了，小柳是典型的文艺青年。

这一次谈心的效果立竿见影，当晚绿蓝侠就在上铺无声无息起来。饼是不烙了，气也不叹了，只是到早晨起床时，绿蓝侠看人的眼神是直的。晚上冲凉的时候，绿蓝侠幽幽地宣布道，转学不成，退学也不成，下一步，他只有跑回家去了。

“绿蓝侠你个龟孙，别动歪心思啊！你要是真敢跑，老子敢枪毙你信不信？”班主任罗双虎听见了绿蓝侠的牢骚，叉着腰立在走廊上，立即用火炮还击，硝烟滚滚，简单粗暴。

又过了几天，新生联欢会之后，绿蓝侠的眼神忽然就不直了。双目炯炯，春色荡漾，闪烁着爱的光芒。有事没事，绿蓝侠就在宿舍里哼唱起一首英文歌来，是那首《答案在风中飘荡》。这首歌，是在新生联欢会上，新闻系的女生夏春树弹着吉他唱过的。

在来自乡村的白羊座理科男绿蓝侠的辞典里，对女性进行热忱讴歌和热烈赞美的时候，“高级”和“洋气”是顶级的评价。军训开始，与夏春树在靶场上的初次相逢，绿蓝侠天旋地转像是中了爱情的流弹：“我的天哪！这妮子，这枪打得准呢！一枪能撂倒一个鬼子。我的天哪，太高级哩！”在听过夏春树的歌唱之后，绿蓝侠马上启用了他词库里的另一个高端词语——洋气。他满心欢喜地歌颂道：“这妮子脑袋歪着，抱着吉他，边弹边唱。洋气！太洋气了！”

于是，“洋气”而“高级”的夏春树天经地义地成了绿蓝侠心头的女神。绿蓝侠把那首《答案在风中飘荡》的英文歌词和中文翻译都抄到了一个小本本上，只要有时间，他就哼唱个不停，像只聒噪不停的鸟儿，更像个行为古怪的巫师。光棍区队的男生都看出来了，怪侠大哥这是陷入了一场疯狂的暗恋了。恋爱终归是美好的，它像是挽留住了怪侠那颗浪子之心。

3

张学粮管绿蓝侠借裤衩穿，已经不是头一次了。绿蓝侠的爹在儿子考上军校后，起先弄不清儿子究竟是考上大学了，还是去当兵了，再或者去当保安了。村子里20多年没出过大学生了，这一年竟冷不丁冒出俩来。一个是儿子绿蓝侠，再一个是他的本家侄儿绿久让。一开始绿老爹真不敢相信，绿蓝侠出去要了，他还直眉赤眼地跟人瞎打探。等村支书给家里送来了“光荣军属”的牌匾，他跟着儿子去了省城体检回来，这才算彻底明白，儿子上的是军校，是穿着军装上大学，既当兵又上大学。

俗话说穷家富路，再将就出门也不能将就啊，绿老爹得给儿子配备新装备。他先央求村头的裁缝田寡妇给儿子做了一打花布裤衩。村子里的穷人家，小孩儿们打小都是夏天光着屁股耍，寒冬腊月光着腚直接穿棉裤。如今去了部队，可不能再光腚了。尤其对没娘的绿蓝侠，他当爹的必须拿出当娘的心思来疼。绿蓝侠上头有7个姐姐，由小到大，他就没穿过一件新衣服，都是捡姐姐们穿剩的改改再穿。绿老爹寻思，这军营里整天打打杀杀，汗一身泥一身的，裤衩这东西不能缺。哪儿都能湿，裆可不能潮了，影响生娃。

要说这裤衩还真做对了，南京的夏天又潮又闷，衣服洗了总是半湿不干的。有了这12条裤衩，绿蓝侠的军裤里啥时候都穿着干干爽爽的裤衩。并且，还有力地支援了来自东北的兄弟张学粮。

张学粮来军校报到的时候，带了只家乡的沟帮子烧鸡来。本来是带给军校招生教员的谢师礼，但眼见了军校巴掌大的操场，局促得透不过气来，心里头对招生教员的感恩之情立即转变成了愤慨之意，觉得自己跟被拐卖到山里的绝色女子是一般遭遇，真是欲哭无泪。等和绿蓝侠在宿舍里一碰面，两个人就一起控诉上了。

张学粮豪爽地拎出那只因长途颠簸快要变质的烧鸡，叫了绿蓝侠一道，就去了军校的小吃部。两个人点了两个凉菜，一人一瓶啤酒，把那只烧鸡撕巴撕巴就给吃了。当夜张学粮拉稀跑肚不止，一次次跑卫生间，基本上没睡个整觉，而绿蓝侠却安然无恙一夜安眠。烧鸡吃到绿蓝侠嘴里，裤衩就穿到了张学粮身上。从此仗着同啃了一只沟帮子烧鸡的交情，张学粮总是觍着脸管怪侠老哥借裤衩。这事一般人遇见都会有点硌硬，可绿蓝侠却是有求必应，话也说得一往情深："几条裤衩算不得啥，拿去穿吧兄弟。兄弟如手足，妻子如裤衩。老婆俺还没有，裤衩倒有一打。"

4

绿蓝侠的铺位前，张学粮仰着个脖，一手端着个白瓷盆，就要去撩上铺绿蓝侠的蚊帐。

"不许动！别动！"金默想都没想就冲将了上去，如一位拦惊马的英雄一般，伸手拽住了张学粮那只伸向蚊帐的手。只听见咣当一声响，张学粮手上的白瓷盆跌落在地。

好大的动静啊。绿蓝侠的铺位上，蚊帐低垂，纹丝不动。

"咋了？金默！你这是要吓死谁啊？"张学粮面露惊异，"我大哥也不是在坐月子，怎么就不能叫他一声了？大哥，大哥，怪侠老哥，怎么你也不应一声啊？"张学粮顾不上捡地上的脸盆，绕开了金默，又朝绿蓝侠的铺位上扑。

"学粮，裤衩我借给你！"金默斩钉截铁。

"那不成！我穿我怪侠老哥的裤衩，都穿出感情了，就爱穿他家的。纯棉布，透气，敞亮！"张学粮厚颜无耻，继续往前凑。

金默死死拽住了张学粮的一只胳膊。

"金默，你这是啥意思啊？那啥，我胳膊都给你拽出红印了。"张学粮急了。

金默不挪身，把张学粮的另一只胳膊也给拽住了。

"要说一晚上了，都没听见怪侠一点儿动静。怪侠不会是中暑了吧？"男生许亚军嘴里啃着个苹果，赶过来了。

长春籍男生许亚军大块头，也长着个大鼻子，除了眼睛不凹，基本就是个大号的张学粮。

此刻，宿舍里所有人的目光都会聚到了绿蓝侠的铺位上。

"是啊，我也正奇怪呢。平日里怪侠老哥在铺位上躺着，嘴里的话可多了。今晚上吧，他咋连泡尿都没出来撒呢？不会是热晕过去了吧？"张学粮赶着应道。

"绿蓝侠好好的！"金默涨红着脸说，声音铿锵，画风突变。

"我那亲娘！大家都散了吧，看这闹哄哄的，回头再让主任骂咱们！怪侠还能有什么情况？活着呢。"玖哥过来帮着打圆场。

“不对。肯定不对。这都乱成一锅粥了，我老乡怎么不应一声呢？就是千年老龟还得爬两步呢。怪侠他不会是借机金蝉脱壳展翅高飞跑了吧？”人群里，范豫中的猜测引来一片笑声。

“你们别围着起哄了！有病！再来劲儿，送625医院了啊！”小个子毛爱竹走到人群中间，先把张学粮往一边拉扯，“少帅家的，快散开了，散开了啊。”

来自湖南老区的毛爱竹，身材并没有如竹子一般高挑飘逸。小毛是区队里个头最小的男生，身高远远低于军校的基准身高1米72。在一群玉树临风的军校男生中间，他对自己的身高非但没有丝毫的自卑心理，还公然宣称：“我要不上这军校，这第二个拿破仑怎么诞生啊？”

小毛能上军校，完全靠的是一股子蛮劲儿。他可是奔波了上百里的山路，一路追踪着招生教员才上成的军校。军校招生有好几关，高考成绩是第一道关，体检就是第二道。小毛的高考成绩，是夺了县里的文科状元的，可就是身高不理想。为了能顺利入围，军校体检时，小毛的爹送了县医院的体检大夫一条烟，求人家把小毛原本1米59的身高改成了1米69。等军校招生的教员见到小毛，小毛还是被淘汰了。军校招生的硬杠杠竖在那儿呢，男生必须1米72以上，双眼裸眼视力0.7以上。小毛不甘心，教员一路招生到哪里，他就追到哪里。在省城的军区招待所，当教员见到小毛蹲在台阶上啃馒头的瘦小身影时，终于动了恻隐之心，把小毛的情况郑重汇报到了军校。经院党委会集体研究，毛爱竹成了88级新生里唯一一个不符合体检指标而被特批入伍的考生。

625医院是家部队系统的医院，专治精神系统疾病的。小毛爱把它挂在嘴上的原因是开学前军校的接站车到火车站接新生，625医院也来接人。都是草绿色的大轿子车，并排停着。小毛心情太激动了，直接就上了医院的车，车快开了才被喊下来。心有余悸之时，小毛自此对625医院念念不忘。

玖哥和小毛的帮衬，令金默怦怦直跳的心一下子安稳了许多。在这间宿舍里，他并不是完全孤独的，还有自己的同志。

“来来来，我给大家念个笑话！”卢一平捧出本杂志，对着一屋子的人说，“都仔细听着啊。”

几个人都有些疲惫了似的，立在了原地。卢一平认认真真念起来——

“一个东德工人在西伯利亚谋到了工作，他知道写信会被检查，所以就跟朋友约好了。如果信用蓝墨水写，是真话；如果用红墨水写，就是假话。一个月后，朋友收到西伯利亚来信，用蓝墨水写的。信纸上写着：‘这里一切都好。商品齐全，食物充足，公寓很大，有暖气供应，还有很多漂亮女孩想和我恋爱。不过，这里弄不到红墨水。’”

宿舍里所有的男生都笑起来了，金默也笑了。

“我咋感觉，这说的就是我们一平老弟呢？一平啊，那啥，你给对象写信，用的不就是蓝墨水啊？”张学粮煞有介事地问道。

卢一平咧嘴笑了笑，白牙晃人。

“龟孙！这大晚上欢天喜地的，闹洞房呢？我刚跟军训班长开个小会，你们脑子里纪律这根弦就松了。就快熄灯了还这么吹拉弹唱的，以为是住大车店呢？”一阵轰隆隆的雷声从门口滚了过来，班主任罗双虎不知啥时候站到了门口，叉着腰对自己的兵大声训斥。罗双虎往门前一戳，黑铁塔似的，一间本来挺宽敞的宿舍立即显得逼仄。

“报告罗主任，是绿蓝侠有情况！”罗双虎身后的范豫中挤出来，敬礼报告道。

“绿蓝侠怎么了？病情有变化？不是说他一日三餐吃得不错，状态良好吗？啊，金默？”罗双虎左脸抖了抖，朝人群里的金默问。

金默嘴唇动了动，没接话。

罗双虎腾腾腾几步走到绿蓝侠铺位前，伸出大手，一把撩开了蚊帐。他伸手拍拍军被，却不见绿蓝侠应声。罗双虎猛一下拉开军被，不由得先“啊”了一声。

绿蓝侠的铺位上并没有他的身躯，军被底下是一只小马扎。围拢而上的众人不由得也都“啊”了一声，个个表情诧异得像是见着了白娘子那逶迤之蛇身的许仙。

“金默，你给我滚出来！让你‘跟住’蓝侠的，你脑袋是被驴踢了？这么个大活人都看不住。找不到绿蓝侠，老子先关你禁闭！你去队部，写检查！”罗双虎骂起来了。

金默的脑袋轰隆一声响，像是炸开了一声雷。在众人的注视下，他艰难地朝门口挪动着脚步，像是双脚上套着镣铐一般。金默出了宿舍门，穿过昏暗的走廊，一路朝军训的临时队部走去。那一刻，金默忽然就想起《红岩》里的许云峰来了。

“狗日的绿蓝侠！你个龟孙！你还真跑了！”只听见身后的罗双虎大骂着，“当逃兵！老子看不起你！”

此时众人眼前忽然一黑，军校的熄灯号悠悠地响起来了。

第二章　光棍区队　动物凶猛

1

这一天，是金默来军校的第一天。

上午8点来钟，火车开出了南方小城，灰蒙蒙的天落着雨点，把车窗外追着火车跑的母亲和弟弟都抛在了身后。这是1988年8月里的一天。那时候还没有高铁，绿皮火车载着一车厢一车厢的人，轰隆隆慢吞吞地奔向祖国的五湖四海。火车开到南京，已近中午。金默提着个崭新的小皮箱出了站，走到站外去找公共汽车。

离军校开学还有整五天呢，金默来得太早，军校的接站车还没有启动。早点来报到是母亲的意思，是让他抽空去南京城玩玩儿。其实金默也特别盼着早点出门，从9岁起随母亲回到小城，他就没有再离开过小城半步。可是他没好意思把这层意思说出来，弟弟金焰那纯净如初的眼神令他有了一种负罪感，觉得自己是个十足自私的哥哥。

南京的天儿像是比小城热许多，挤在公共汽车里，金默一身都是汗。下了公共汽车，金默一眼瞥见了军校的大门，气宇轩昂里透着点古色古香。进了空荡荡的军校，进到军训的临时宿舍里，跟赶来接应的班主任罗双虎和政委柳云峰都见上了面。罗双虎是名少校军官，高大彪悍，左半边脸一说话就抽搐一下，样子虽有些凶巴巴，可他把金默的手一握住，半天都不撒开，是典型的内热外冷型的北方汉子。对政委小柳，金默一点儿不陌生。小柳是自己的招生教员，是他把金默从安徽小城招来的。小柳的样子还是那般温文，当着罗主任的面，他的话不多，是很低调、很配合的副手的样子。这厢罗主任拉着金默的手，是怎么看怎么顺眼，问东问西，相见恨晚。小柳则招呼了公务员小方一道把军校配给金默的棕垫、棉褥子、军被、白床单，还有白瓷盆、草绿色的搪瓷缸等日常必需品，一并都给取来了。要开午饭了，罗主任和小柳政委招呼着金默一起去食堂。两个小时的车程并不远，或许是一路上思想和情绪的运动过于激烈了，金默没一点胃口，他推说在外头吃过了，就没跟着他们去。

男生军训的临时宿舍是个大房间，放满了床铺，头顶有三台大吊扇。金默开了一个吊扇，灰尘立即在半空里腾云驾雾起来。偌大一间宿舍，床板空空，只有两张铺位上有人迹。一张是写着金默名字的下铺，刚刚才放上被褥。再就是他的上铺，一堆的被褥上，扔着个簇新的双肩背包。金默看了下床头的名字，那是一个很有几分魔幻的名字——绿蓝侠，像是某种介于人类和仙界之间的生物。

军训的临时宿舍被安排在军校的教学主楼里，后来金默才知道，这幢大楼可是文物级的建筑，是民国时期政府的重要办公地。金默把行李箱稍微归置了一下，就端着发给他的白瓷盆出了宿舍，想着给宿舍做个大扫除。

金默沿着走廊找盥洗室，转了几转，很快就在这幢迷宫一般的大楼里迷失了。他沉住气又转了一圈，隐约间听到了哗啦啦的水声，同时还有奇怪的吟唱声传来。顺着这水声和歌声，金默在走廊的一个拐角处，一扇又一扇同样的朱漆色木门旁，发现了一个不起眼的半开的小门。侧耳倾听，水声哗啦，歌声时断时续。金默轻轻拉开门，带着几分迟疑走了进去。

这一进来，倒把金默先惊了一下。正午的阳光从高高的窗外打进来，正打在一个青年男性的裸体上。奇怪的是，那人并没有立在一排水龙头前冲洗，而是光溜溜地立在半米多高的水槽里，手里握着块肥皂，起劲地往身上涂抹一番。阳光侧打在他的身上，把他清瘦结实的身体衬托得很有几分辉煌。他柔情蜜意地哼唱着一首歌，歌词含糊，但凭旋律金默听出来了，是那首韩宝仪的《粉红色的回忆》。

“夏天夏天悄悄过去留下小秘密，压心底压心底不能告诉你……”这位沐浴中的大卫，把这两句词反复吟唱着，很是陶醉。

这首《粉红色的回忆》，金默并不陌生。高考前的那次新年晚会，晚会一散，大多数同学都回家了，他们几个男生却有几分意犹未尽。于是一个男生抱上把吉他，在七八个伙伴的簇拥下，胡乱哼唱起来。从《我是一匹来自北方的狼》《月亮代表我的心》到《爱你在心口难开》，能想起的歌儿都吼了一遍。这首《粉红色的回忆》，不知怎么就成了那晚的主打。校园的门关了，一群南方的狼就在校门前的小巷里游走起来。从东到西，再从西到东，金默也在里头，跟着瞎走乱唱。一伙人就这样走啊唱啊的，却不知道究竟要干什么，一直唱到了天黑才散伙儿。想到这儿，金默嘴角涌上了一份淡淡的笑意。

“这位兄弟，笑啥呢？俺的裸体，有什么破绽吗？”水槽里的大卫停止了歌唱，双眼炯炯地望着金默，质问道。他的眉毛上都是肥皂花儿，眼睛露着，眼神又毒又亮，挺阔的鼻子下是厚重的嘴唇。他的下巴很有几分长，像是凭空接了一截似的。否则，算是个英俊青年。

金默愣了下，一时不知该怎么回答，于是咧开嘴角笑了笑，算是招呼过了。他心里想，这人应该就是那个绿蓝侠，名字和人还真挺配的。金默把白瓷盆放到水龙头下，拧了半天，就是拧不开。正想换一个，大卫已经跳下水槽，走上一步，一下就把水龙头拧开了。

“兄弟，你是金默吧？刚才听罗司令在走廊上大呼小叫，就猜到是你到了。躲开一步，俺要冲水了。”那人边说边抓起盛水的白瓷盆，两手一举，把一盆凉水兜头冲下。

“罗司令刚把俺当成你了。俺跟你可不是一式儿的，你像个奶油蛋糕，俺也就是块儿菜窝窝。”那人边说边用毛巾使劲揩身上的水。

金默硬生生地抗议道：“我不是奶油蛋糕。”

“蛋糕多好啊，洋气，高级！切，你还不喜欢！文科状元金默，高考作文得了个满分的。罗主任已经隆重宣传过了。俺可看出来了，司令可不是一般地重视你。”那人揩净身上的水，伸手道，“认识下，俺叫绿蓝侠，河南南阳来的。俺跟你正好配对，俺是理科状元。屁状元！还不都是罗司令封的，88级新生里的状元。矬子里头拔将军！”

金默赶紧也伸手。两手相握，绿蓝侠咯咯咯笑了起来：“这头一面，俺就和盘托出赤诚相见了！咋样，够你记一辈子了吧？”

午后，金默一个人打扫着宿舍，绿蓝侠躺在上铺呼呼大睡，呼噜打得山响。他一直睡了两个时辰才醒，先伸了个懒腰，而后在铺位上摇头晃脑地吟诵道：“大梦谁先觉，平生我自知。草堂春睡足，窗外日迟迟。”

刚刚收拾停当的金默，正在收拾自己的行李，他捡起一个苹果随手扔到了绿蓝侠的铺位上。绿蓝侠接住苹果，捂住头夸张地“嗷”了一声，大喊：“有刺客！”

绿蓝侠边啃苹果边从铺位上滑了下来，他满面疑惑道：“咦，你这铺位上怎么不铺咱发的白床单呢？直接就睡这棕垫棉褥子上？不怕扎屁股？”

金默扭头望向窗外，血涌上脸，大口喘气。画面闪回，白床单勾起的痛苦记忆，一股脑儿地蹿上胸口。那是他19年人生岁月里最不愿回想的一幕。

见金默奇怪的样子和表情，绿蓝侠瞪起了眼，嘀咕道：“我的天哪，这是啥怪毛病啊！”他从自己那个双肩背包里拽出条粗布床单来，径直扔到了金默的铺位上，“新的！俺爹找人现织的。你要是不嫌弃，就先凑合着使吧。”

金默长出了一口气，气息逐渐平稳，取过粗布床单，开始铺床。

午后，金默跟绿蓝侠在校园里转了转。军校不大，几下就转完了。绿蓝侠就把金默带到了学员宿舍楼的楼顶上。

夏天的阳光不管不顾，投射至一个小得很有几分局促的操场上。操场的中心地带长满了高高低低的野草，不是芳草萋萋，而是荒草丛生。操场一边的林荫道外，是一排排长得一模一样的砖红色的四层楼房。操场的正中，一点也不巍然地矗立着一个水泥台子，应该算作是主席台了。主席台的背景也简单得出奇，只刻印着“八一”两个字。原本鲜红的字体已有几分斑驳之相，刷上去的红漆脱落了大半。主席台上游走的是几个抱小孩的女人，带了孩子在进行爬台阶的训练，不时做领袖状挥手召唤。

“兄弟，咱们像是走错门了！我的天哪。这四年大好时光，就撂在这儿了，俺是真不甘心呢！”绿蓝侠发言了，是浓重的北方口音。

一边的金默不吭气，心头瞬间布满沮丧。

8月的风热乎乎的，吹过静谧的校园，吹过空荡荡的楼顶，吹过他俩明晃晃的额头。周遭很静，静得都能听见彼此的呼吸和心跳声。

“看这军校的操场，屁股大点的地儿，挪得开挪不开啊？俺们县中的操场都比这气派。”绿蓝侠继续絮叨着。

“招生教员招生的时候说了，射击场、网球场、游泳馆，还有高尔夫球场，这些东西都戳在军校里等俺呢。我的天哪！敢情都是骗人的啊。”绿蓝侠声讨着爱才心切的招生教员。一旁的金默虽听得疙疙瘩瘩，可还是没忍住嘴角的笑。可也只是浅浅地笑了一下，立即变作了苦笑。

“兄弟啊，你咋总是不吭气呢？俺是看出来了，咱俩脾性是真不同。俺是有啥说啥，你是闷在心里啥都不吭。俺把话先撂这儿，这上军校，对俺这农民娃是个错误。对你这城市公子哥儿，简直就是出悲剧！不信你看，再过几天呀，估计你那肠子都得悔青了！”绿蓝侠叨咕道。

2

还真是被绿蓝侠说中了。

开学后的几天里，金默心里有个小人一直在对他说，这军校真上错了。他感觉在军校里不自在，干什么都不自在，手脚像是被捆住了似的。随时随地都有人看着，真有点像进了监狱的意思。

军训开始，训练都是顶着大太阳，金默白生生的脸和胳膊立马被晒得黑黢黢的。加上有心事没吃好睡好，几天下来便颧骨高立，两眼深陷，嘴唇干裂，才发的军装穿在身上直晃荡。看上去，金默就像是战争年代顽强苦守阵地的某位基层指战员。斗争艰苦卓绝，前途一派迷惘，金排长原本刚毅的面孔上，禁不住挂上了一丝落魄。

军事训练，咬咬牙也就对付了。内务卫生，仔细点儿也无大碍。一日生活，闷点就闷点吧，全当蹲监狱了。金默最怕的一件事，是去军校食堂帮厨，确切一点儿说，是去杀鱼。

到食堂帮厨，是新生们的家常便饭。军区农场的池塘今年收成好，总是一桶一桶地往军校送鱼。一到杀鱼，金默就四肢无力、心慌意乱。母亲常年吃素，金默实在见不得杀生。

这天又是帮厨。还没走进军校的食堂后厨，金默就闻见了那股子鱼腥气，小心脏立即坐上了过山车，咣当咣当、忽上忽下地扑腾个不停。

宽阔敞亮的军校厨房里，地面被水清洗得光溜溜的，一不留神能让人滑上一个跟头。食堂里间的地上，正中放着个大水桶。里头的鲤鱼都活蹦乱跳的，很不安分。一条鱼腾地一下跃了出来，正掉到了金默的脚边，他周身激灵了一下，赶紧弯下腰，双手把鱼给托起来，轻轻地放回到了水桶里。

“别往回送啊，大状元！这鱼，得往这案子上扔。”张学粮嚷嚷道，右手已经举上了一把菜刀，冲着空中一阵比画，“鲤鱼跃龙门！好兆头！杀杀杀！过瘾！”

金默听得心头一紧，脚下一滑，险些摔倒。一旁的绿蓝侠赶紧伸手把他扶住了：“我的天哪，稳住了！有俺呢！俺的话没说错吧，这上军校啊，对俺，是个错误；对你，绝对是出悲剧！”绿蓝侠嘀咕着，见金默脸红了，赶紧又说，“别慌！别慌！有俺呢。”

金默没接话，脸红着，心里热了热。

“那啥，金默啊，咱区队就你没动过刀了吧？”张学粮随口问了句。

“学粮兄弟，你咋净操那些闲心呢？把自己的事儿干好了，别给你大爷爷丢脸才是正经。”绿蓝侠在一旁搭腔道。

“哎，怪侠老哥，你咋老护着金默呢？哦，我懂，你俩是英雄相惜。那啥，你就不能对我也关心关心，把你的爱撒播得远一点儿吗？”张学粮嗲声嗲气，搔首弄姿，突然一捂屁股，夸张地“嗷”了一声。

是孟艳玖玖哥又出招了。他狠狠地给了张学粮屁股一腿，骂道：“真不要非死！这还扮上小娘们儿了！”

男生们一阵哄笑。

这当口班主任罗双虎走了进来，叉着腰往厨房中间一站，笑声立即就停了。这安徽汉子长着张老太太的团团脸，本是慈眉善目的路子，可因为左脸上有道从眼袋下划到耳根儿的伤疤，一说话半边脸又总抽搐，所以给人的感觉很有几分草莽英雄的凶悍。

“挺热闹啊。该乐乐，我不拦着，只要不干偷鸡摸狗的事儿，不骚个情谈个啥恋爱，在我这儿，是想怎么乐就怎么乐！我再重申一遍啊，军校不许谈恋爱，你们38条光棍都给我听着，都给我憋住了，记牢了！谁要是敢违反规定跟女生腻腻歪歪，别怪我罗双虎斩草除根不客气！”罗双虎斩钉截铁地发布命令道。

“司令，你一说这斩草除根吧，俺就小腿肚子疼。我的天哪，军校四年上下来，不会把俺们都上成身残志坚的英雄吧？”绿蓝侠扬着长脸，一脸无辜地问道。

笑声又起。罗双虎瞪了瞪眼：“你个龟孙！就你花花肠子多。要残废，让你绿蓝侠第一个残！”

笑声猛烈，绿蓝侠也笑：“俺知道，司令骂谁，就是跟谁亲，一家人。”

“主任，你跟嫂子是真幸福啊！我们都可羡慕了。主任跟嫂子是咋谈上的？我猜，不是媒人介绍的，就是娃娃亲啥的吧？”方头方脑方脸的中原青年范豫中沙哑着喉咙，朝罗双虎提问道。

“老范，你这话问的，真太没有水平了！这打农村出来的人，婚姻大事就得按照封建习俗走？你们村里，现如今还兴那娃娃亲？”绿蓝侠满面不屑。

“不是那个意思。我是对主任和嫂子的幸福生活太向往了，打心里羡慕啊！再说了，老派婚姻，一直是我的理想和追求。”老范说着，托起腮帮，做畅想状。

“进了这和尚庙，女生比香油还金贵。老范啊，就你那理想和追求，俺看还是回你们村去实现吧。”绿蓝侠懒洋洋地应道。

“回村不回村的，说不好。我还是那句话，都给我憋住了！我罗双虎28岁结婚，30岁生儿子，啥都没耽误。要说你们才多大啊，心思都给我放到正道上去，不许多想女人的事儿……”罗双虎又强调。

也就这当口，打厨房外间传来一阵清脆悦耳的笑声，仿佛百灵鸟的歌唱一般。音画同步，四个俏丽的身影出现在了门口。一时间春光明媚，鸟语花香。

雌性动物的气味飘了进来。里间，光棍区队的男生仰着脖子傻看，目光如炬，狼气森森。唯独金默守在水桶边，望着鱼儿，嘴里念念有词。罗双虎眯缝着眼儿望着他的光棍兵，握紧拳头咬牙切齿。

千万别怪国防战略系二区队的男生没出息，谁让他们是名副其实的光棍区队呢。这所军校的男女生比例是10比1，一个区队40人上下的编制，本应是有4个女生的。可国防战略系在报88级的招生计划时，愣是一个女生没报。民间传说的版本，是上几届的佳丽长袖善舞、招蜂引蝶，一个个赛着把有为青年拉下水不说，还对三角关系情有独钟，抱定的信念显然是——三人行必有吾爱。一时间革命队伍的空气给弄得乌烟瘴气不说，还让区队里野火烧不尽的情敌们差点要学黑社会展开火并。于是，战略系从此把女生当老虎，老早就给堵在了招生计划之外。于是乎悲惨的命运就落到了88级38名无辜的光棍头上。

早操时，光棍区队的口号比旁的区队都高亢响亮，憋屈的荷尔蒙化作了冲入霄汉的能量。在食堂用餐时，男生们大口吞饭、大碗喝汤，风卷残云、狼吞虎咽，一招一式与座山雕手下的土匪弟兄如出一辙。晚上熄灯前，弟兄们在盥洗室里冲凉，总有光着屁股从盥洗室里杀将出来的浪里白条。裸奔怎么了？春光乍泄又咋了？根本就是天下无贼无人喝彩。军训时光棍区队独霸着的这一条走廊，估计连只雌蚊子都飞不进来。

空降而来的4个女生，兄弟们一下都看傻了。这时罗双虎赶紧往前冲，左脸哆嗦着问："咋回事儿？今天可是我们区队帮厨，你们新闻系的丫头跑来捣什么乱啊？"

大眼女生季桃往前站了一步，敬了个军礼："报告罗主任，是马主任派我们来的。说是让我们四个女生观摩一下杀鱼。"

被男生们喊作"共军"的季桃，可是新生里的大红人。军训里她第一个递交了入党申请书不说，眼前的军训成绩更是遥遥领先，稳居108名新生里的前三甲，把一百号汉子都甩到了屁股后头。季桃的广为人知的特殊本领，是她很善于演讲，一出场就成了熠熠闪光的明星。在讲台上讲到动情处，她是说哭就哭，眼泪像是把自来水枪似的，撒着欢儿地往外滋。除"共军"之外，她还拥有了另一个别号，叫作"水枪"。开学时间不长，金贵如沙漠绿洲的女生们，在男生这里都有了半公开的绰号。

"杀鱼有啥好观摩的？我看你们还是回去吧。"罗双虎翻了个白眼，左脸猛烈抽搐了一下，不冷不热地应道。他转头望望他的直眉赤眼的兵，训斥道，"有点出息行不行啊？这一个个大眼瞪的，大嘴张的，要吃人呢？都赶紧的，抓紧时间干活去！"

季桃走上一步，顽强请求道："马主任说了，杀鱼都给你们战略系承包了，我们都没机会上手。今天主任特意安排我们女生来观摩学习，说是要锻炼一下我们女生的胆量。革命军人嘛，就要敢于面对流血牺牲！"

季桃的话引来一片笑声，是男生们故意发出的很有几分夸张的笑声。

罗双虎冲他的光棍兵一摆手，笑声骤然停住。

“老马是这个意思？那……好吧！既然来了，那就别耽误工夫了，赶紧观摩！观摩结束立即走人。”罗双虎双手叉腰，走到了男生们中间，“来，谁来？杀条鱼给几个丫头看看！”

“来来来！我来！这个我最擅长！”张学粮从人群中冲出来，他早系好了个黑色油亮的皮围裙，弯下腰就到水桶里捞鱼。

罗双虎拧了下眉头：“又是你小子？不行！你小子胆儿挺大，就是毛手毛脚。哪一次杀鱼都溅老子一脸的血！”他朝人群里望望，“金默！你扒拉着个水桶叨咕啥呢？来，你来！你给新闻系的女战友杀条鱼看看！”

金默一哆嗦，立在水桶边没动。

“还是俺来吧！俺手艺精湛，俺喜欢现眼，现场表演！”绿蓝侠说着，几下冲到了人前。几个女生都被他的话逗笑了。

“怪侠，你是不是太好表现了？咱罗主任是想重点培养一下金默！开学多少日子了，一个区队，就金默没动过菜刀。”范豫中在人堆里沙着嗓子，慢悠悠地说。

“要说也是啊。这么些日子了，我还从没见过金默杀鱼呢。”罗双虎受了启发，“来，金默，就是你了。来，让几位女战友见识一下！”

一片红云升上了金默的面庞，他弯下身子，慢慢地从水桶里捞鱼。绿蓝侠赶过来，在旁边帮着捞。

金默握住一把菜刀，脚步趔趄着挪到了案板前。绿蓝侠捧着鱼赶过来，把鱼往案板上轻轻一放。鲤鱼一阵扑腾，金默的身子跟着哆嗦了一下。

“主任！还是俺来吧！俺手熟。”绿蓝侠说着，很自然地从金默手里夺下了菜刀。

“弄啥嘞？弄啥嘞？能不掺和吗怪侠？”老范喊起来。

罗双虎没吭气，众人也不敢说话，女生们的粉脸都绷住了。

“金默！还是你试试！当兵的人，得有点胆儿。”罗双虎说。

绿蓝侠只好退到边上。金默握住刀把，像是握着个烧火棍。他脸上的红色渐渐退去，慢慢露出苍白的颜色来。刀还未起，大滴大滴的血突然滴了金默满手，把手下的鱼都淹住了。红海里的鱼身子一动，从案板上出溜下来了，满地乱窜。

“坏了！”金默心里一惊，手一松，菜刀滑到了地上。咣当一声，菜刀落地。旁边的绿蓝侠一跳脚，要不是他反应快，脚面上准会挨上一刀。但见大股的鼻血，像温泉一般从金默的鼻孔汩汩地冒将出来。金默晃悠了几下，身子后仰，脚下一滑，一屁股跌坐在了厨房的水泥地上。

几声惊呼，众人呼啦一声都围拢上来了。绿蓝侠蹲下身，一把将金默扶到了自己的臂弯里。

“脸向上仰！给，手绢！捂住了！”是个女生的声音。

一方白色的手帕，像是从天边飞来的白蝴蝶，快速停驻在了金默那流血的鼻子上，很快一只手牢牢实实地按住了这只白蝴蝶。

“按住了！使点劲儿！右臂举起来，举高点！”女生夏春树命令道，她已经俯身蹲在了金默跟前。金默先被自己的鼻血吓住，又被这神速的抢救给惊了一下，老老实实接住了递到鼻子边的手绢。他一边听话地举起右胳膊，一边扭了头不敢看蹲在面前的夏春树。两个人挨得这么近，夏春树军帽下的那两把小刷子都快蹭到他的脸上了。

金默身边的绿蓝侠则双眼不眨地盯着夏春树，看得如醉如痴。他在心里叨咕着：这丫头黑是黑点，凑近了看，模样真挺耐看。

金默支撑着身子要起来，两腿却像面条一样软，使不上劲。

“不许动！放松了！”夏春树再次命令道，又回身喊人，“殷晴，快把你的手绢也拿过来，他这鼻血来势太猛，我得去接点水。”

“俺去！俺去！咱俩一道去！”绿蓝侠来了精神，起身要走。

夏春树横了他一眼道：“你扶好金默，不许动！”绿蓝侠立即一动不动，像尊兵马俑。

听见殷晴的名字，金默晕头晕脑地强撑着站了起来。头虽仰着，可举着的手立马放下了。他觉得自己这副样子太傻。

“别紧张，就快好了！”换了个温和恬淡的声音。一只手轻轻托举起了金默的胳膊，把他的胳膊扶正。另一只手送上了一朵粉红色的蔷薇花——一条粉色的手绢。

是她。

她的胳膊好细啊。金默心疼地想，怪不得男生背后悄悄喊她“童子军”。

“血不流了就好了！”还是那个好听的声音。

金默鼓了鼓勇气，把目光掉转到了眼前。一张白皙的瓜子脸，两颊生着淡淡的雀斑。一双黑得像黑葡萄的眼睛，水波盈盈，像是被最清亮的江水冲洗过。

因为面孔白得奇异，她还有一个外号，叫“瓷娃娃”。

金默的心像是被什么猛烈地撞击了一下，他的心怦怦怦地跳起来。

“血止住了吧！是晕血！来，金默，去门诊部看看！”罗双虎命令道，“都散了！散了！绿蓝侠，不，还是范豫中吧！老范，你赶紧送金默去门诊部！”

“我的天哪，俺怎么就不能去了？”绿蓝侠抗议道，面露委屈，“主任你是怕俺跑了吧？俺想明白了，俺不走了！真不走了。咱军校多好啊，姑娘不多吧，可个个美丽又可爱，俺才舍不得走呢。”

男生们一阵哄笑。罗双虎劈手给了绿蓝侠肩膀一掌。

3

军训开始，绿蓝侠迅速陷入了一场爱情，一场内心澎湃如岩浆的爱情。

正午时分，大太阳白花花地挂在当空。军校食堂前的水泥地像是能反光，照得人眼晕。三个区队的新生就在这白晃晃的大太阳底下站着唱歌，歌声忽高忽低，像是坐在过山车上。西边国防新闻系唱的是《打靶归来》。上周新生的射击抽查考核中，新闻系得了个第一，《打靶归来》就被他们趾高气扬地连唱了三天。东边国防理论系唱的是《团结就是力量》。大前天的拔河比赛他们刚得了个冠军，于是这三天他们走到哪儿都团结得跟一个人似的，歌声也特别有力量。中间，国防战略系唱的则是《我是一个兵》，与其说是在唱，不如说是在吼，吼得嗷嗷的。哀兵必胜，他们却是输得一塌糊涂的哀兵。前天新生的射击考核，他们的打靶总成绩排了个老末不说，区队的绿蓝侠一人就竖起了两个光头。不是绿蓝侠会变魔术，是他的手枪射击和步枪射击两门都不及格。拔河比赛，区队上场的是清一色的和尚头，本该力拔山兮气盖世，可啦啦队都是一水儿的秃头，哪有人家两个系的女生看着提气。士气低沉，大萝卜没拔出来。于是，兄弟们只能老老实实地唱《我是一个兵》。

《打靶归来》的歌声先停，新闻系新生的队伍开始往食堂的大门移动。队尾四个女生的身影才一出现，战略系二区队男生嘴里的调门陡然间提高了八度，不管不顾地把嗓子往破锣里吆喝。除了个别向柳下惠看齐的同志，大多人都不是用眼角的余光往女生身上瞄，而是直勾勾地望向那四个倩影。光棍区队的弟兄们都落下病了，有意无意地，总是好把他们对女性的向往和热爱，拔高到有些夸张的高度。

新闻系的新生沿着一段长长的台阶，正朝食堂门口走去。突然，刚刚停止了歌唱的光棍区队里，腾一下蹿出个人来。瘦高个儿，单薄的身板，几步一跳，新生绿蓝侠像匹英勇的瘦马一般，冲到了队尾四个女生的身后，张嘴就喊了声：“夏春树，你等等！”

一入校，女生夏春树就成了焦点人物。这个传说中的将军的女儿，落在她脸上的目光充满了好奇和打探。新生联欢会上，夏春树抱着吉他唱了首英文歌曲《答案在风中飘荡》。她的低沉的声音沙甜沙甜的，不是泉水叮咚清流潺潺，而是风儿扫过满枝的树叶，一棵春天的树萧萧歌唱。《答案在风中飘荡》迅速流行，英文歌曲在军校生们的生活里开始登台露面。不久总能见着新生里的几个文艺青年，有事没事就抱上吉他，很是招摇地出入于新生军训大楼。

其实呢，夏春树绝不是美丽得无懈可击的女生，相反，她的破绽非常明显。夏春树瘦且高，皮肤黑。她站在那里，两条长腿支应着地面，军装像是挂在她身上一样。天然地，她飘飘欲仙不沾地气儿。当然，不是所有人都能欣赏夏春树的这种超然之态的，光棍区队的张学粮就评价道："这女生咋瘦成这样呢？瘦得都抽裆了。那啥，这胳膊腿儿黑得，跟旧社会一样样儿的，伸手不见五指啊。"用的是东北人随手拈来的热辣语言。

夏春树有着一双深海鱼类一般的眼睛，目光也像是鱼类的，大多时候都是漫不经心地晃你一下。生气和愤怒的时候，她的目光是两把闪着寒光的匕首。惊讶或者高兴的时候，她的眼睛会忽然睁大，一刹那的光芒，如钻石一般璀璨晃眼。夏春树的军帽下，一左一右，是两把小刷子。她的头发质地偏硬，两只刷子硬撅撅的，像是两把驳壳枪。夏春树因此被男生偷偷叫成了"刺客"。

眼前，绿蓝侠从军裤裤兜里掏出一个巴掌大的东西，是盒磁带。磁带的封面花花绿绿的，一堆男女的脑袋凑在一个圆圈里，纸质粗劣，字迹模糊，准定是盒盗版磁带。

"夏春树同学！这个，送给你！俺……我……是你的歌迷！"绿蓝侠开口，脸上是一副喜滋滋的表情。

夏春树眯缝起眼来，望向台阶下。但见一张鞋拔子一般的长脸迎向了她，恰如一盘椭圆形的向日葵迎向了太阳的光芒。他那额头上条条道道沟壑分明，这份过早的沧桑显然不是因为饱经风霜，而是痛苦思索的结果。那张老气横秋却不失英气的脸上，大块大块的疤痕无拘无束地铺张着，那是大规模的青春痘集体出动后，被以针挑手挤等不当方式清理后留下的遗迹。虽然基础工程不够给力，但好在鼻子以上门庭还算体面。长脸上盛满笑意，连眼角都是笑纹。其实绿蓝侠这种苦大仇深的长相，适合扮演沉浸在痛苦中的深沉型男人。可他完全不懂，眼前笑得牙花都龇出来了。白羊座的男生，热情起来都好贱好贱啊。

夏春树愣了神儿，两只深海鱼类的眼睛里出现了一道奇异的光亮，她是惊诧于绿蓝侠那张加长版的长脸了。

一个轻佻的声音从夏春树身后飘了过来："乖乖，这个人的脸怎么这么长呀？吓死个人啊。"随着这声音，"国军"苏小青已经把头凑了过来，瞪圆了一双轻度近视眼，对绿蓝侠从上到下、从左到右一番扫描。

因为有些轻度近视，杭州女子苏小青看谁都像是含情脉脉的，眼神执着，像是对眼。当然只是看上去像，要真是对眼军校也不可能招了她来。苏小青皮肤白皙、身姿婀娜，穿着军装在楼道里那么一走，就是蹬一双军用胶鞋，都能走出杨柳轻摆、花枝摇曳的国民党女秘书的范儿来。因而苏小青在男生那里有个大号叫“国军”。

“真是啊！这男生的脸好长呀！跟个鞋拔子一样。”济南姑娘——“共军”季桃大睁着一双桃子一般的大眼，发出了李子一般无情的感慨。要不是身后的“童子军”殷晴用只细胳膊拽住她，季桃差点就要伸出手来摸上一把了，简直是把绿蓝侠当个泥人瞻仰了。

绿蓝侠按捺住白羊男的澎湃激情，摆出了革命军人的豁然大度，龇着牙花任她们参观。这世界上，不靠脸吃饭的男人多了，又不是他一个。于是绿蓝侠坦然自黑：“脸长是吧？没办法！爹娘给的，打落地俺脸就这么长，长得都快落地上哩。”

苏小青几个都笑了，夏春树不笑：“我不认识你。磁带不收！”

“不认识我？你记性咋这么差呢？打靶的时候俺给你喊过好的！还有，新生联欢会上，你唱歌，那首英文歌，俺巴掌都拍红了。你下了台，俺还给你送了瓶汽水呢。想起来没？”绿蓝侠热情不减，深情回忆。

夏春树并不想和长脸粉丝互动，她烦躁地摇摇脑袋，大牌一般决绝：“不认识你，就不可以。谢了！”而后她迅速转身，碎步上台阶，径直往食堂大门的方向疾步而去。

“不就一盒磁带吗，收下又有什么的呀？”绿蓝侠喃喃着，站在原地，像是被全世界抛弃了。

此刻食堂门前的歌声完全停了，新生都开始往食堂里走了。远处忽然又有歌声传来，那是军校的老生们下课了，正往食堂赶来。眼前虽没有人山人海，但周遭路过的新生也是一座小山包、一片小湖泊啊。光棍区队的队伍里已经有人反应过来了，三两个男生跑出队伍来拽绿蓝侠。金默愣了愣，没动。处女座的男生，不爱凑热闹，很多时候都有些冷赳赳的，像是冷血动物。

绿蓝侠心头的那一片稻草，被风吹得七倒八歪，大半都弯了腰。他不甘心，紧追了几步，满脸殷切地再次呼唤道：“夏春树，你等等俺！”

被追上的夏春树凛然回头，目光凌厉：“同学，你不觉得自己很无聊吗？”

“弄啥嘞？这是弄啥嘞？对咱们的女战友这么没礼貌！”范豫中赶上来了，一把拽住绿蓝侠，一边朝夏春树作揖致歉，像个土头土脑的汉奸。

“送盒磁带，跟送个炸药包似的。这长脸公子，一看就是个新手！”苏小青在一旁故作老到地感叹道。

“咱军校三令五申不许谈恋爱，这男生就还明着来了，顶风作案，够勇敢！”一旁的季桃激动不已，满脸通红，鼓起掌来。

这时候各区队的队伍都有点乱了，以夏春树和绿蓝侠为圆心，逐渐形成了一个环形的包围圈。

绿蓝侠的心头，只剩一棵稻草还强杵着。他的长脸变了颜色了，铁青。他推开范豫中的手，声音像是从云端里飘出来的，飘飘忽忽的：“夏春树，磁带你不要，俺当面砸了！”围观的人太多，绿蓝侠得给自己台阶下。

夏春树的声音则是从地下冒出来的，扎扎实实的：“想砸就砸！无聊透顶！”她两手交叉在胸前，目光里射出嗖嗖的冷光。

“一口一个不认识！那好，俺现在就告诉你！俺叫绿蓝侠，国防战略系二区队的，高考分数是过了清华的分数线的。要不是俺家里穷，俺的班主任不给俺出主意，俺还来不了这军校呢！你想遇见俺跟俺成为军校战友，怕是还没那个艳福呢！”绿蓝侠一口气说了一大串。

夏春树点头：“明白了！家境贫苦，苦大仇深，于是投身革命，报考军校。好老套的革命故事啊。这位同学，我是不是该向你行一个少先队员的崇高礼呢？”

夏春树的话冷飕飕的，匕首从眼角飞出来，砍倒了一大片男生。

“这丫头！说话怎么这么毒啊？你还别看不起人，老子以后发达了，未必认识你这么个黑……黑……黑牡丹！不，黑老鸹！”绿蓝侠一急，山野坏小子骂人的架势就出来了。

四下静寂，夏春树的深海鱼类的眼睛，恨不能迸射出子弹来，她一字一顿：“好奇怪！我为什么一定要认识你？口口声声说是有本事上清华，那你跑军校来干什么？既然觉得清华好，待在军校屈你的才，那有本事就别在这儿赖着，考清华去啊！”夏春树只想赶尽杀绝，说出的话比三九天的冰碴子还冷，直戳人的心窝。

啪地一下，磁带盒落地。花开两朵，盒子和磁带就此分别。绿蓝侠嫌不解气，捡起来又摔。封面上那些无辜的歌手怒视着他，眼见自己褐色的肠子流了满地。

第三章　默片时代的爱情

1

寒意像是夜间偷袭的敌军，在后半夜无声地包抄过来。金默全身都捂在军被里，却还是觉得冷。脑袋晕乎乎的，嗓子眼儿冒火，像是行走在沙漠中。身子却感觉奇冷无比，冷得像是数九寒天赤条条卧在雪地里。冷了好一会儿，从脑门开始，周身像是接了电源一般，腾一下就烧了起来。星星之火，可以燎原。周身滚烫，嗓子眼儿简直要被烧出串燎泡来了。

一天里发生的一切，像是蹩脚的剪辑师胡乱剪辑出的电影，一个个镜头在金默的眼前上蹿下跳、大呼小叫着掠过。

一片黑暗里，走廊上，光棍们紧急集合。罗双虎哆嗦着左半边脸，咬着后槽牙狠狠地骂道："你们全都给我听好了，全都把嘴给我缝上！绿蓝侠的事儿，看谁敢张扬出去，老子毙了他！"

桌子正中戳着支蜡烛，蜡烛的火焰被风吹得东摇西摆，映照出班主任罗双虎那不断抽搐的脸，左边脸和右边脸都抽搐上了。军训的临时队部，也是军训期间罗双虎的临时宿舍里，罗双虎一次次地拍着桌子，像个大撤退前气急败坏的国民党军官，一遍遍地数落着金默——

"……他娘的个龟孙！这绿蓝侠是把自己当子弟兵了？津贴都留下了，风格够高。这都当了逃兵了，分不清个好赖还充好汉！金默，你给我老老实实写检查！你包庇逃兵，这要是在战场上，老子枪毙你都不算过！事先我叮嘱过你没有？一定不能转借出入证，尤其是这个绿蓝侠！可你听进去了吗？我也是太实在了，太相信你了啊！"

"……明明知道绿蓝侠要走，你就应该一边做他的工作，一边赶紧向组织上报告。做不通他的工作，你就得千方百计把他拖住了。拖不住，那就赶紧报告啊，向组织上汇报情况。金默啊，我觉得你对军校的理解有偏差。军校，先是军营，才是大学。在军营里，一切行动必须听指挥，一切突发情况都要及时报告。什么时候都不能缺了这根弦啊。”

“……在咱的军校里，一个警告处分，就有可能断送你的一生啊。有了污点，毕业时，能有好果子吃吗？大单位大机关不要你，留校也是空想，一旦错失了机会，一辈子都完了。不怕你伤心，今天我的话说得是多了一些。你家的情况，我多少了解一些。毕业分配，你能跑远吗？留在南京，尽可能离家近一些。我们替你想，你也得争气啊。好了不说了，你这眼圈还红了。喝点水！一会儿你跟小柳谈谈，好好接受教训。火车站那边我已经安排人了，我这就赶过去，蹲他一夜，不信追不回绿蓝侠这个龟孙。”

政委柳云峰军训的临时宿舍里，金默呆坐着。小柳用自己的搪瓷缸，先给金默泡了杯橘子汁，是用那种橙红色的橘子晶泡的。勺子在搪瓷缸里搅拌的声音，在静寂的暗夜里听上去清脆悦耳。这声音把金默的眼泪一下子就逼出来了，他忍了好久的眼泪。小柳也不劝他，递上一条手帕，又回身从柜子里掏东西。小柳先摸出了两只青苹果，又取出一袋话梅来。他把话梅的塑料袋拆开，推给金默，而后握住个水果刀，开始一刀一刀削苹果。金默的眼泪，大颗大颗地滚落在了他面前的搪瓷缸里，小柳也不移开，笑了笑说：“这橘子汁，落了那么多眼泪，得有些咸才对。”

吃了一个苹果，又灌了半杯橘子汁下去，金默的情绪平稳下来了。小柳开口了：“其实我一直有个梦想，不想待在这军校里了。我想去新疆，想去西藏，或者南海，我不是唱高调，是我在军校里待了整四年了，有些厌烦了，想出去走走，看看。毕业分配，从领导到战友都照顾我。你知道的，我是个孤儿，大家都想要帮我，给我一个安稳自在的家。从上军校起，我就渴望做一名硬杠杠的军人，有职业自豪感的军人。可眼前，一直没有机会实现梦想。这是我一直很纠结的事情。可我一直有个原则，就是梦想落定之前，我是绝对不会采取任何过激的行动来跟军校对抗的。因为我知道一个人的偶然举动，即使发生的时候看不出什么，但是日后，这些偶然的举动，恰恰决定了你人生的走向。有时，它是很有破坏性的，甚至会把你之前的种种努力都扳倒……”

四围寂静，小柳的声音听上去格外清晰，十分动听。唯一的听众金默坐在对面，咬着嘴唇不言声儿。昏黄的灯影下，小柳政委那张英俊逼人的面孔，让金默很有几分恍然，觉得他像一个布道者。

盥洗室里，黑暗中，金默先把军装脱了，而后摸出自己的白瓷盆，接了整整一盆凉水，兜头便朝自己泼了下来。

2

夜半，烧得晕乎乎的金默重新走在了正午时分走过的军校校园。他的身后始终跟着个人，像跟着条忠诚的老狗。

“想要出入证，还是那两个字——没门！绿蓝侠，有本事你自己找主任和政委要去！”金默转过了身，愤慨之外有了惊异，“你……你怎么连便装都换上了？绿蓝侠，你可别打什么歪主意啊！”

已经三天了，绿蓝侠像个守时的苍蝇一般天天准时现身。而金默像个奋力划桨的人，一次次把要求搭载的绿蓝侠甩到了后头。等跑过一条浓荫覆盖的小道，金默回头望望，不见了绿蓝侠可疑的身影。他叹口气，大步流星地走上了军校的林荫大道。

“咳，咳！金默兄弟！”有人在喊。金默扭头，气得鼻子要歪了。这绿蓝侠到底是大山里出来的，腿脚灵便，方向感好，总是能堵住他。绿蓝侠潜伏在灌木丛中，正朝他招手呢。低矮的灌木丛环绕着他，他脖子往高处拔，身子半蹲，样子很有几分诡异，像是在进行某类随处都被禁止的不文明行为。

金默收回目光，大踏步前进。他不想搭理这个居心叵测的人。几天来，绿蓝侠一直对他死缠烂打，目的只有一个，就是把他手里的出入证搞到手。军训这三个月期间，按规定学员一律不许外出，金默之所以能享受优待的结果，就是他刚刚被班主任罗双虎特聘为家庭教师，每天中午要为主任的儿子罗小虎补习功课。嫂子才从农村随军过来，小虎转了所新小学，学习有点跟不上。军校有东、西两个院子，中间隔条马路。罗双虎的家在东院的小平房里。家庭教师金默每次去学生家，都得领张出入证。在军校，出入证就是出关通牒，虽不是实名制，可一证只对一人。

起初，罗双虎对金默持证外出并不是很放心，毕竟绿蓝侠那个雷摆在区队呢。罗双虎知道金默心肠软，跟绿蓝侠又是好哥们儿。可这几天绿蓝侠像个林黛玉一样缠绵病榻，像是无心出走了，他也就渐渐放松了警惕。加上他看金默做事一向稳重，一番叮嘱后，也就没有亲自护送。谁曾想从金默拿到出入证的第一天开始，贼心不死的绿蓝侠就盯上了他。

就在金默闪身走开的一刻，绿蓝侠腾地一下冲将出来，迈着大八字步，一路朝他飞奔而来。绿蓝侠像背着个孩子一般驮着个双肩背包。那只双肩背包，绿蓝侠向金默隆重介绍过，说是他爹在陪他去省城体检的时候给他买的。绿蓝侠家里头，装东西的工具向来只有草篮、布口袋。要是不购置个包包，绿蓝侠只能提着个篮子或者扛着个布包袱来上军校了。

“兄弟，金默兄弟，就把出入证借俺使使不成吗？你得帮俺。俺是认真的，俺得走，真得走！不走俺这辈子就废了。这个忙，你要是帮了，俺记你一辈子好！”绿蓝侠扑上来嚷嚷着，一口一个“俺”的，像个沉不住气的恋爱中的傻老娘们儿。大白天的，绿蓝侠的这身装备着实扎眼。金默赶紧闪身躲到一棵梧桐树后，绿蓝侠紧赶着追了上来。

“军校真就这么差劲吗？当初没人拿枪顶着你的脑袋逼着你上军校吧？”听烦了绿蓝侠祥林嫂一般的唠叨，金默终于爆发了。

“俺是觉得，这军校上下去没意义！真是提不起劲头来。你看看咱那操场，虽说咱上的不是黄埔军校，可也不能这么局促吧。再说，夏春树那丫头的话也挺刺激俺的！”绿蓝侠老老实实地回答。

四下静寂，夏春树的话一字一顿地回响在耳边：“好奇怪！我为什么一定要认识你？口口声声说是有本事上清华，那你跑军校来干什么？既然觉得清华好，待在军校屈你的才，那有本事就别在这儿赖着，考清华去啊！”

“既然来了，还是好好待着吧。等一等，或许还有机会……”金默略显吃力，更像是在劝说着自己。

“为什么来上军校？就一个字——穷！俺家在村子里还不算最穷的，最穷的人家连裤子都穿不上。俺们那儿的男娃都上了小学四五年级了，有好多还光着屁股满世界跑呢。俺们的村子在黄河边上，属于四不管地区。俺们的村子叫‘白沙’，白色的沙滩，听上去挺带劲的。其实呢，原来的名字叫‘白杀’，杀了也白杀的意思。俺们那地方民风刁悍，命案多，杀人的事情常有……”

“既然来了……”金默口干舌燥。

“为什么来上军校？就一个字——穷。俺们那地方的人呢，过的那日子你们都想不出来，真想不出来。俺们挨着黄河，母亲河。可这母亲的脾气也是太孬了，黄河水总是泛滥。一泛滥俺们村子就遭灾了，收不上粮食，只能饿着肚子。有个成语咋说的，叫作‘家徒四壁’。要说呢，墙上也不是啥都没有，有样东西糊得满墙都是。城里都说不能随地吐痰，俺们那的人做得还真好，家里头没人往地上吐痰的，往哪儿吐呢？都往墙上吐。是真的。睡在炕上的人儿，一口浓痰从嘴里喷出来，使劲往墙上挂，像是比赛似的看谁吐得准、吐得远。时间久了，黄痰变成了绿色，晚上看上去，那墙都绿莹莹的，跟挂着鬼火似的……”

“既然来了……绿蓝侠，你能不能不这么恶心人啊？”金默抗议道，顿了下又说，“你听我一句，再待几天，待几天或许想法就改变了。”

“兄弟啊！听兄弟一句，不是所有的困难都能克服的，你往往克服不了啊。愚公移山，没意义！俺不能再待了。怕俺这一待长了就丧失了斗志了。你看俺趴下的这几天，大家伙儿对俺那个好啊，送吃送喝还总是慰问，一拨儿一拨儿的，把俺伺候得跟坐月子似的，再待下去俺都没脸走了。”绿蓝侠絮叨着，一张脸纠结得像个皱皮核桃。这一段他明显瘦了，瘦得有点脱形，长脸长得快成一根丝瓜了。

“能不能看远点呢？这开学不才半个多月吗？等三个月的军训一结束，咱们有了课上，一准儿就踏实了。”金默说，几天里他对那个小人也一直是这么说的。

“这俺都想过啊，兄弟。新学期的科目表俺都找来看过了，一多半都是虚的，太虚！早知如此，唉，何必当初。男怕入错行，女怕嫁错郎，人这一辈子能上几次大学？俺们农村孩子折腾不起啊。”绿蓝侠的眉头拧着，眉心处实实在在地打了个结，“军训苦点、累点咱也不怕，可你看这整天马列主义地大会小会地开着，简直就是浪费青春、浪费生命！你还没看出来，咱这军校根本就不是一所大学！”

金默再说不出什么更强大的理由来了。

“上到高一，俺爹托人捎信来了，说交不起学费了，喊俺回家种地。俺上头有七个姐姐，哪一个都是读两年书就被俺爹喊回来种地了。俺那姐姐们为这事儿没少抹过眼泪。当夜俺从县城出来，赶了10多里夜路回了村。半夜2点多，俺跳进村里的一户人家院子里，偷了一麻袋棉花扛出来。第二天把棉花卖了，俺才把学费交了。俺只告诉爹，学费是老师和同学帮俺凑的。偷棉花这事儿，直到上军校前，俺才敢跟爹说了实情。俺爹拽了俺，上门去给人家认错、还钱。咱上军校算参军入伍，组织上给俺家补助了几个钱，俺爹这才有钱还了那袋棉花钱。俺家供出俺这么个大学生，俺爹的血都快被俺吸干了。俺不能跟你们城里人比。俺这一步错下去，恐怕将来连个补救的机会都没有了啊！这种没意义的日子，俺一天都熬不下去了。”说到这儿，绿蓝侠的声音哽咽了，眼睛里闪闪烁烁，大颗的眼泪滚落出来。

树上的知了拼了命地一声长一声短地聒噪着，远远地，有三三两两的草绿色的人影出现了，那是吃过午饭往宿舍去的学员。

金默哆嗦着一只手，从军用挎包里摸了半天，才掏出了那张出入证。

“赶紧走！等我后悔可就晚了！”

“兄弟……”

“赶紧走！”

“要是这军校有个样儿，俺就不走了，跟你还能结拜个兄弟！你这么仗义，俺不能连累你。兄弟，俺都看好了，你可听着啊。等俺出了校门啊，你就从这儿走到围墙根儿下面，沿围墙往南边去300米，就到了咱区队的卫生责任区。那儿有棵又粗又壮的梧桐树，树身都趴到围墙上了。你就在那儿，听到俺喊你的名字，你在围墙里头等着，俺把出入证从围墙外头给你扔进来。”绿蓝侠顾不上擦去眼角的泪，耐心地交代着。他把背上的双肩背包取下来，摸出一个本子，“也没啥能给你的，这个本子，只写了一页，就送给你吧。本子里有个信封，装的是才发的津贴，帮俺交给罗主任和柳政委。兄弟，能瞒就替俺多瞒一会儿，俺一坐上火车就安全了。”

金默从绿蓝侠手里接过了个粉红色的塑料皮本子，封面上一个粉面桃腮的大姑娘搔首弄姿，含情脉脉地望向前方。金默翻开第一页，是绿蓝侠工工整整抄写的一首歌词，正是那首《答案在风中飘荡》。英文歌词的下面，还一句句都标注着中文。

…

How many roads must a man walk down（一个男人要走多远的路）

Before you call him a man（才能被称为男人）

How many seas must a white dove sail（一只白鸽要飞过多少片大海）

Before she sleeps in the sand（才能在沙丘上安眠）

…

How many years must a mountain exist（一座山要伫立多少年）

Before it is washed to the sea（才能被冲刷入海）

How many years can some people exist（一些人要存在多少年）

Before they're allowed to be free（才能获得自由）

…

金默咧了下嘴，本想说句玩笑话出来，可嗓子眼一下热辣辣的，一股热流横冲直撞地把他的双眼一下子糊住了。

3

冰与火之间，不邀自来的梦境里是落了一地的碎片。都是些玻璃碴子，拾起哪一片都扎得手生疼。凌晨时分，烧得头重脚轻的金默，再次沉到了那个总是不邀自来的梦境中。

他站在考场外的梧桐树下，听着周围的人在对答案，心里头是稳稳的，格外笃定。他接过班主任老师递来的志愿表，正要往上填，一阵风吹过来，那张志愿表忽然飞起来了，在半空打了个旋儿，直入晴空。毒太阳晒得人睁不开眼，金默眯缝着眼睛寻不到那张白纸的去向了。

“同学！欢迎你报考我们的军校！”一个人在高空冲金默招手，开始娓娓道来，“我们的军校，地处南京，它的前身，是延安时期的抗日军政大学。学员一入学，即享受义务兵待遇……”一身戎装的柳云峰踩在一朵白云上，缓缓下降之际，用朗诵一般抒情的嗓音在做宣传讲解，眼神纯真，目光暖人。

金默站定了，望向这位神圣的布道者。

“小默，将来上军校！听爸爸的话，一定要上军校！”这是父亲临终前，留给9岁的儿子的话。让金默报考军校，是父亲最后的心愿。南京，距离家乡小城也就两个小时的车程，算是军校里离家最近的了。

“我们的军校是一所文科军校，是专门为军校培养教员，为部队机关输送政工干事，以及为基层部队打造基层指战员的。毕业去向呢，大中城市少，中小城市居多。当然，边疆也会有名额。”柳云峰回答道，见金默眉头皱了皱，他关切地扶住了金默的肩膀，“这位同学，你有什么特别的问题吗？我能帮你吗？”

金默确实有问题，问题就是——他这一辈子，都不能离家太远。

高考志愿表铺开在了书桌上，金默甩了两下手里的钢笔，想都没想，就把南京那所军校的名字填在了提前招生栏的第一行里。

“金默，你爸是一直希望你能上军校的。可是，专业也很重要的。”金默的母亲在一边提醒道。

“还有两所军校的专业要好一些，可是分配不理想，比较偏。这所军校不错的，分配要乐观些，我都仔细问过了。”金默回答。

母亲不说话了，往书桌另一边望。小儿子金焰正一心一意地削着铅笔，脸上自顾自地微笑着。金焰生得很白净，从外表看，除了面孔略微平板了一些，并不容易看出他是个特殊的孩子。这个15岁的少年，因患有先天性的智障，今生今世，都永远是个孩子。

正削铅笔的弟弟感受到了母亲的注视，抬头问：“哥哥要去哪里啊？金焰也要去。”

金默摸摸小弟的脑袋，把高考志愿表后头的空白都一一填上了。填写的时候，他下笔很轻，只是一带而过。以自己的高考估分，上南京的这所军校是板上钉钉。被军校提前招走，那别的志愿也只是个摆设而已。金默望望高考一类大学栏里，自已填的“复旦大学”四个字，近乎无声地叹了口气。

高考志愿表捧在了班主任的手里，她吃惊地喊了出来：“金默，你报了军校了？那复旦不就去不成了吗？怎么你也没告诉我一声的……”学校是把这个尖子生当卫星来放的，不料这卫星没在复旦大学安全着陆，却轰隆一声落到了军校的操场上。

金默苦笑了一下，逃跑一般奔出了教室。他来到了高考榜单前，再次把目光投向了红榜，那个写在第一行第一个的名字：金默。一股巨大的失落感涌上心头，他游魂一般走出人群，来到了操场边上。他先是走，越走越快，既而奔跑起来，他一路飞奔，在学校的操场上跑了一圈又一圈。

突然一个刹车，一抬眼，他就站到了军校的操场边。

夏天的阳光不管不顾，投射至一个小得很有几分局促的操场上。操场的中心地带长满了高高低低的野草，不是芳草萋萋，而是荒草丛生。操场一边的林荫道外，是一排排长得一模一样的砖红色的四层楼房。操场的正中，一点也不巍然地矗立着一个水泥台子，应该算作是主席台了。主席台的背景也简单得出奇，只刻印着“八一”两字。原本鲜红的字体已有几分斑驳之相，刷上去的红漆脱落了大半。主席台上游走的是几个抱小孩的女人，带着孩子在进行爬台阶的训练，不时做领袖状挥手召唤。

“兄弟，咱们像是走错门了！我的天哪。这四年大好时光，就撂在这儿了，俺是真不甘心呢！”是浓重的北方口音。这声音并不高，却把金默一下子从梦境中拽了出来，他腾地一下从铺位上坐起了身。

“绿蓝侠！”金默高喊了一声。也就在这时，几声尖厉的哨音响起，像是贴在金默的耳畔发出的。金默迷迷瞪瞪的，心说这夏天的蝉鸣怎么这么凄厉刺耳啊。

4

“紧急集合！是紧急集合！”宿舍里有人喊出了这么一声。那声音仓皇无措，一点儿都没有革命战士的淡定和沉着。

这一声喊，如一块巨石投向了结冰的湖面。原本冻成一片的湖面在维持了几秒钟的平静后，忽然咔嚓一声，冰面断裂开来。这断裂是连续性的，咔嚓声连成一片，有地动山摇的快感，紧接着湖底各样的生物也苏醒过来了，张牙舞爪倾巢出动。

宿舍里所有的人都在找东西，找背包带、找武装带、找军用水壶，大脑异常兴奋，可腿脚却磕磕绊绊随时要跌倒，人像是处于微醺状态。终于随了人流，金默被裹挟着出了宿舍，被推拥着出了大楼，站到了楼前被雨水冲刷一新的水泥地上。空气是少有的清冽，令人不觉精神一振。到底是年轻，昨夜那一场高烧，瞬时被金默抛到了湖底。

整队集合的人群里，金默望向东边天上的那一弯月牙儿。清冷的光束罩在他身上，令他不觉很有几分恍然。那种奇异的感觉再次升了上来，自己不是上大学来了，而像是被关在了一处秘密营地里，接受着秘密培训。他早已与红尘隔绝，而红尘也早已将他遗忘。

“呜”的一声，从长江上传来的江轮的鸣笛声，把金默的思绪带回了这异乡的凌晨。金默四下望望，没有寻见主任罗双虎的身影，带队的是政委小柳。绿蓝侠是被找回来了，还是已经坐上了回家的列车？自己究竟是帮了他，还是害了他呢？在这清凉如水的秋日的凌晨，金默的心头乱纷纷的。

整队，点名，报数，向右看齐，向右转，跑步走。一系列的指令之后，一条绿色的长龙开始缓慢地向校门口移动。等大部队跑出军校，跑上了大街之后，整个长龙挪动的速度渐渐加快了。

大雨初歇，黎明前的街道上还没有什么行人，清扫街道的工人的身影隐藏在浓密的梧桐树影里，不甚分明，倒是扫帚在地面划过的那一声声脆响来得更为真切。车也是大半天才闪过去一辆，风驰电掣的，像是都怀着秘密使命。街角的小吃铺，门已经开了，微黄的灯光下，煤炉幽幽地冒起了烟，不是袅袅的炊烟，但也绝没有烟熏火烤的酷烈，而是一抹似有似无的烟火。笼屉已经支起来了，但还没有飘出小笼汤包的香气。油锅还没端出来，勤勉的做早点的生意人正在和面。

如此怡人的生活画面扑面而来的时候，奔跑中的军校学员并没有欣赏它的闲情。他们中的大多数已是饥肠辘辘，思想却处于紧张的战备状态。跑过了两条街后，行军的速度渐渐加快了，绿色的长龙不再是爬，而变成甩动着身子快速地蹿动。地面上淤积的或大或小的雨水坑，把所有人的军裤都溅上了泥点子，胶鞋则被打得半湿或者全湿。街道上开始有掉队的学员以及遗落在地的军用胶鞋，队尾抱着军用背包喘粗气的女生的身影显现出来。

东边的天空由原来的青黛色慢慢变成了月白，队伍在一座大桥上骤然停住了。“原地解散！”军训大队长朱金亮下了命令。

“呀！”队列里一个女生喊出了尖厉的一声。

“呀，呀个啥嘛？是踩着猫尾巴了还是捡着金元宝了？”张学粮回头叨咕了一句，声音不大，却引来了一片清脆的笑声。经过一路长长的奔跑，汗水流出，心境敞亮，人们有种凤凰涅槃浴火重生之感。

“你们快看，快看啊！长江！那是长江！”随着尖厉的喊声，国防理论系的新生队伍里冲出个人来，女生叶小米像枚发射出来的炮弹一般不管不顾地冲向了桥栏，恰似一名要跳下悬崖的女壮士。后头的人也醒过味来了，步了她的后尘冲向长江之畔。

眼前的长江，远没有想象中的那般浩瀚，江水也不够明澈清亮。江上行进的轮船显得老旧笨重，是那种连成一长串的中等大小的轮船，船帮上更是露出了斑驳的锈迹和陈旧的标识。几只小得不可思议的渔家小船，扬着红色的旗子，英勇地在江面上忽高忽低地穿梭，还算是别开生面，替长江多少挽回了些面子，并且立即引来了一阵赞叹。

此情此景出现在一群十八九岁的青年人眼前，还是掀起了意想不到的心灵狂澜。花样的年龄，虽不至见花流泪，望月伤心，但一点点外界的刺激足可以引得他们热血澎湃、身心不安。不少人都把军帽取下来，拿在手里挥舞，向着长江以及长江上的大小船只致敬，甚至还有人把军帽朝着空中抛去。他们喉咙里发出的高亢清亮的喊声，把轮船起锚的声音都盖过去了。

“金默，那啥，帮个忙呗！接着！”一只快散架的背包递到了金默的眼前。他满面诧异地抬眼，望见的是张学粮笑意浓厚的脸。

“你手上的活儿扎实！帮忙收拾收拾！我老乡，小青的。”张学粮解释道，特意朝不远处指了指。

十多米开外，新闻系的女生苏小青大睁着一双对眼往这边儿瞅，还扬起右手晃了一晃。

“你老乡？苏小青家不是杭州的吗？”金默奇怪了，心说“国军”改籍贯了。

“我二姨夫家的表妹刚刚谈了个对象，家就是杭州的。四海皆姐妹嘛。”张学粮不含糊。

金默笑笑，接过了张学粮手里那个松松垮垮的背包。

“老虎都有个打盹的时候，小青平时挺利落一人，这次是发挥不利。那啥，估计是那什么了……”张学粮神秘兮兮的，最后几句话是把嘴巴捂上凑到金默耳朵根儿上说的。

金默愣了一愣，先是没明白，很快脸就红了。他瞪了张学粮一眼，赶紧找了个就近的桥墩，开始整理手上的背包。张学粮说他手上的活儿扎实，是真扎实。9岁前，在军营里生活的那段时光，他家的被子从来都是豆腐块的，爸爸从小就手把手教会了他。

背包一会儿就打好了。

见惯了江景的金默，独自一人往桥头去了，他想一个人走走。快到桥头时，金默望见一个女生正独自立在清晨的江风里看景。那个娇小的身影，令金默的眼睛忽然热了一下。

是她，殷晴。

5

金默注意到女生殷晴，是在新生联欢会上。

那一天黄昏，金默是最后一个到达新生联欢会的。之前他在临时队部里接了母亲一个电话，所以就来得迟了些。开学之后，金默把军校发的津贴全部寄回了家。他写信给母亲，说是自己在军校里吃穿不愁，花不着钱，只提出让母亲把他用过的旧床单寄过来。而今他白天铺白床单，晚上一直在用绿蓝侠赞助的粗布床单。金默试过的，可实在是没办法在白床单上安睡。

刚刚母亲打了电话来，一个是告诉金默，他寄回去的钱收到了，再就是她给金默买了两床新床单，已经寄出来了。母亲在电话里特别叮嘱金默，说她的工资还够花，让他以后不要寄钱给家里了，津贴留着买书和学习用品，不要乱花就好。

母亲的电话是在巷子口的小杂货店里打的，背景有些嘈杂，弟弟金焰在一边喊哥哥的声音金默还是听到了，忍不住很有几分激动，眼泪一下子就涌了出来。从小到大，他还从没有跟弟弟分别这么久呢。过去的那些日子里，他都是跟弟弟如影随形。平时放学，做完功课他都会带金焰出来转转，沿着长江，一路玩耍。而今，小弟心里，一定在责怪他这个突然逃跑了的哥哥。

金默就是带着这种五味杂陈的心情赶往联欢会的。

此时联欢会已经开始了，新生们围拢成个圆圈坐在草地上，中间空出来的，就算是个简易舞台了。新闻系女生苏小青第一个登场，她一袭白裙，握着把小提琴，瞪着一双轻度对眼，站在圆圈的正中，像模像样地举起了手里的琴。一百多双殷切的眼睛把目光都聚拢在这个美少女身上，只等那美妙的天籁之音从她的琴弦上潺潺流出。可是，大家听到的却是一阵刺啦啦乌啦啦的怪声。

“弄啥嘞，这动静，怎么跟弹棉花一样的，太难听了！”范豫中先感慨道，两手还夸张地堵住了耳朵。

不少人都锁紧了眉头，望着苏小青发愣。

靠着一贯的自信，小提琴手苏小青强撑着拉完了。

没有掌声，也没有喊倒好的，周遭一片寂静。苏小青站在原地发愣，连下场都不会了。

“哎哟妈呀，冷场哩！”张学粮起哄一般喊了一嗓子。人群里立即响起轰隆隆的笑声来，大家憋了好久了。

这时夏春树抱着把吉他出来了。今晚她的两把刷子松开了，一头半长的乌发散开来披在肩头，平添几分飘逸。夏春树也不说话，盘腿往草地上一坐，拨弄几下吉他，开始低吟浅唱——

…

How many roads must a man walk down

Before you call him a man

How many seas must a white dove sail

Before she sleeps in the sand

…

全世界都安静下来了。

金默就是这时踏上操场的。他一路走，一路被这天籁一般的声音引领着。他的眼前，不再是夕阳下的军校操场，不再是围拢着坐在一起载歌载舞的军校同窗，而是变作了绿皮火车的车窗外，那灰蒙蒙的落雨的天空，追着火车一路奔跑的母亲和弟弟的两张面孔。离开家乡小城，来军校报到那天的情景，忽地一下涌到了金默的眼前，让他很有几分猝不及防。这仓促的怀想，令他的眼眶再次湿润了。

夏春树的声音，是漫漫长夜过去，老天炸裂开投射进来的那束光芒；是群山密布，大山被劈开后出来的那股清泉。《答案在风中飘荡》这首歌，金默以前也听过，可还从没有听过一个女孩子歌唱，并且把这首好歌唱得如此婉转动人。

等金默走到人群后悄悄坐下，忽然就望见了一个人——殷晴。

一个娇小的身影坐在人群的最后。夕阳的余光打在她有些自来卷的蓬蓬头上，抚过她腮边的小雀斑，令她看上去像个来自异域的孤儿一般。金默又一次想起了弟弟。他很想伸出手去，在那个女孩子柔软的蓬蓬头上抚上一下。突然，金默望见了她腮边的那滴泪，她在专注地倾听着那首《答案在风中飘荡》的时候，腮边竟滚落出了泪花。她像是浑然不觉，都没顾上去擦一下。

金默的眼眶依然湿润着，他悄悄地坐到了离她不远的草地上。一份惦念悄悄在胸口升腾起来，占据了他年轻而空旷的心房。

他和她应该是同类的。在这无尽的暗夜里，在这苍茫的大海上，就像一颗星和另外一颗星，既然遇见了，就不想错过了。

6

江边的大部队里，张学粮的大嗓门在嚷嚷："夏春树同学你好！认识你很高兴！咱们都是名人之后啊。那啥，自我介绍一下，鄙人张学粮，少帅张学良先生的后人。"张学粮满面殷勤，朝夏春树伸过手去。

"你？你就是那个张学粮？呵，看你这鼻子，也太夸张了吧？"夏春树并不伸手。

"是的，夏春树同学，少帅张学良正是鄙人的大爷爷。那啥，你眼神太毒了！不少人都以为我有老毛子，不，苏联红军的血统呢。咱不打不成交，来，握个手好吧？"张学粮满面兴奋。

"不可以！咱们不熟！"有了上一次跟绿蓝侠的教训后，夏春树对不熟悉的男生一律采用严肃不活泼的交往态度。

"夏春树同学，说起来咱也是老乡啊。老乡见老乡，两眼泪汪汪。向武，是我大哥。"张学粮不屈不挠。

"向武？我们是坐一趟车来的。"夏春树应道。

"那咱绝对是板上钉钉的老乡了！你想啊，向武是我大哥，我大哥的老乡那不就是我老乡吗？"张学粮跟念绕口令一般说道。

"那就看在向武的面上，暂时把你认作老乡吧！"夏春树眉毛一扬，忍住笑，"有件事，跟你打听下。"

"要打听事儿，老乡你还真是找对人了。知道不？我的外号就叫'大喇叭'，情报处处长！别笑！兄弟们给起的，听着特敞亮对吧？那啥，你问就是了。"张学粮拍着胸脯。

"听说，你们区队的绿蓝侠，他病了？要紧吗？"夏春树的声音突然低了下去，脸上有几分不自然。

"绿蓝侠啊！他要是光病了，倒好了！关键是他出事了！那啥，出大事了！消息树倒了，最新情报，我们区队出事了，昨晚上都炸了锅了。金默可是真够沉着啊。一晚上跟保卫列宁似的，寸步不离，一直守着绿蓝侠的铺位，旁人谁都甭想往前走一步。熄灯的时辰就要到了，我们罗司令来了，他往绿蓝侠这炕上一摸啊，你猜咋着……”张学粮正满嘴跑火车呢，正说到关键处，他的嘴巴忽然被一个人从后头牢牢捂住了，火车头卡舌头上了。

男生孟艳玖不顾夏春树惊异的目光，一直把张学粮拖了好远才放手。

“玖哥你这使的是哪一出啊？你这是要谋财啊还是要劫色啊？没看我这都快没气儿了吗！”张学粮大口喘气大声嚷嚷。

“我看你是吃了迷魂药了。”孟艳玖说，“我那亲娘！多亏我在你身边啊，要不是我赶上去，咱们区队可就砸你这只大喇叭手里了！把绿蓝侠的事儿说出去，看罗司令不把你拍成肉酱才怪！”

张学粮猛一激灵，像是才反应过来，忍不住狠拍了一下脑壳：“我这不是一见了夏春树，彻底晕了嘛！”

嘟嘟嘟嘟，集合的哨音忽然响了。张学粮的目光再去找夏春树时，见她已经往新闻系区队的队伍里去了。他赶紧去追夏春树，脚下小碎步跑着，嘴上呼哧带喘地喊着：“我跟你说啊夏春树，绿蓝侠好着呢，他在炕上老实躺着呢，军被捂着，病号饭吃着，哪儿都没去。那啥，绿蓝侠一点不恨你，他还让我给你带好呢啊春树同学……”

夏春树使劲抿着嘴唇，哭也不是笑也不是。周遭的笑声却轰的一声冲上了天。

不远的天空下，是安静流淌的长江水，江面有白鸥掠过。

7

天亮了，却是个阴天。青灰色的天空翻滚着大朵的云朵，天色没有了往日的明朗。紧急集合收兵后，新生们跑进了军校。队伍停在了教学主楼前，整队的当口，忽然从光棍区队的队伍里发出了一声惊呼：“快看，楼顶上有人！”

众人抬头，在那座显赫堂皇的教学主楼的楼顶上，竟然有个瘦长的身影在晃悠。那人张开了双臂，像是随时要飞下来的一只扑棱着翅膀的大鸟。

“是怪侠！绿蓝侠！”光棍区队的队伍里又是一声惊呼。

顷刻，光棍区队的男生们一片欢呼。

“是绿蓝侠！”

“怪侠没跑！”

“绿蓝侠跑楼上凉快去了！真有他的！”

光棍区队的光棍们喜气洋洋，议论纷纷。

“他娘的个龟孙！你个绿蓝侠给老子滚下来！一宿没找见你，原来你是躲到楼顶上撒疯了！”队伍后头忽然出现的罗双虎，叉着个腰，朝楼顶上的人开火了。

立在楼顶上的绿蓝侠把双臂收回，岿然不动，像一座楼顶上新出现的雕塑。

金默回身望去，罗双虎正停住骂望向他。罗双虎的一双眼通红通红的，他望向金默的目光里，沟壑纵横，布满天罗地网。

第四章　我们还没交手，却像个败兵

1

军训生活如快进的剧集，容不得人从容地旁观，只是一味地被它牵了鼻子疯跑。

集体理发。一个下午不到，男生们的脑袋就变成了一堆土豆，左看是土豆，右看还是土豆，突然蹦出个花菜、蘑菇、立马按那儿就给当场消灭了。女生们的飘飘长发飘落在了地上，汇合着滚滚的泪水，半是对绵绵青丝的不舍，半是对告别女儿身的不甘——哦，不是女儿身，是女儿头。发军装了，87式，男生们挤到了玻璃窗前，冷眼看里头的自己。这土豆头是真不提气，一夜就把人打成了南京路上的好八连。

女生们更是透着挑剔，似乎没有人对自己穿上军装的模样满意，走起道来含胸勾头踮着步子，一个个跟刚过门的小媳妇似的。可到了晚饭前的自由拍照时间，她们突然就游行示威一般高调现身了。军校大门口、教学楼主楼前、操场边、图书馆前，她们在镜头前或矜持地浅笑，或妩媚地回眸，适才的扭捏和矫情一扫而去。88级的108名新学员里，女生总共就这么8名。当这8名女生打了鸡血一般亢奋地立此存照的当口，每到一处，男生们便都化身为一株株向日葵，脑袋是动的，目光是直的，齐刷刷地转向了这8个小太阳。

整理内务。军被是重中之重，是飞机中的战斗机。军被必须叠成豆腐块，横平竖直，横看成岭侧成峰。一遍遍摊开来铺啊叠啊的，直练习到你再看到它时，都彻底遗忘了它的原始功能。它摆放在床上的意义，已经完全蜕变成了一个随时供参观和检查用的棉布质地的展品。可别小看了这一床简单的军被，它的形状和纹路，可是蕴藏着大文章的。军训中，最先涌现出的那一批头脑灵活的骨干，大都是从对军被的成功掌控中脱颖而出的。把军被叠成一团松松垮垮的软面包，或者是两片瘦骨嶙峋的夹心饼干，纵使你旁的方面再出色、再灵光，军校领导还是会把你从优秀学员的队列里剔出去的。军训才开始，同学们其实都很有几分纯洁懵懂，对这其中的奥秘看得并不分明。但军校的氛围在那儿呢，若是大家都在奋不顾身地跟军被搏斗，你也就不由自主地跟这被子较上劲儿了。集体无意识说的就是这个吧，呵呵。

打扫卫生。88级新生们军训的临时宿舍，安扎在了军校最堂皇、最富丽的教学楼的主楼里。这幢楼据说很有来头，是国民政府交通部的办公楼。当年奢华光鲜的办公室，而今成了新生们军校生活的第一站。深红色的木地板被擦了又擦，干活儿的当口令人总忍不住走神。这光溜溜的地板上，当年踩过的那些脚，而今是落在了哪里呢？内务整理完毕，等待检查验收的当口，只觉得自己的脚腿都多余，站哪儿都是在破坏劳动成果，恨不能立即变只鸟立到床栏上去。那也不成，站不得的。床栏啊、门框啊、窗框啊什么的，一切跟木头有关的东西，任它们潜伏在哪个犄角旮旯，都在接受检查之列。并且，隐蔽得越深，被抽查的概率越大。

光棍区队的范豫中特别擅长抹灰。一到内务检查，他就手里提溜块抹布，左来一下右摸一把的，老妈子的派头十足。于是有人带头喊起了他“范妈”。面对来自世俗的不怀好意的赞美式攻击，范妈同学气定神闲，微笑着把一块抹布挥来荡去，像是才从哪座高山上修炼下山的道士，刀枪不入。坏小子们并不感激范妈的大度和付出，有一天跟商量好了似的，运足了气喊出了一句——“范妈，我要跟你困觉！”出生于20世纪六七十年代的这拨娃儿，想不是鲁迅先生的粉丝都难。他们可是在语文课本里那些鲁迅先生的名句名篇扎扎实实的熏染下成长起来的。借用一下《阿Q正传》里的句式，对他们自然是家常便饭。面对突然涌现出来的这一干直指肉身的求爱者，范豫中皮笑肉不笑，配合着弟兄们的义举，伸出了他那形散神更散的兰花指，粗着嗓子还击道：“变态！大——变——态！”

军训才开始，白天在操场上齐步走、正步走、跑步走，人人跟上了发条一般。晚上是政治学习，不是讲党史就是说战史，读报纸学习英雄事迹。班务会每晚必开，雷打不动。批评与自我批评，继承的是部队的老传统。几次会开下来，新学员们就都有经验了，都敢发言了，说话也一二三四的有条理了。有的在发言中就提出来了，说是军校的文化生活太沉闷了。

军校里的电影一周放映一到两场。周二是计划片，雷打不动，要求学员们列队前往，集体观看，观影地点在礼堂或者操场。周六的晚上，礼堂有时也会放电影，需买票入场，属计划外片。正在军训中的88级新生们，按规定只能观看计划片。这一场电影，并不太能让新生们感觉满足。尤其是那些大城市来的公子哥儿，仗着见多识广信息量大，看有些过时的计划片时，嘴皮子从不闲着，逗闷子耍宝，引得周遭一片笑声，比弹幕还厉害。

电影之外，还有录像，可放的都是老电影，《大浪淘沙》《地雷战》《上甘岭》什么的。起初，不管是啥样的片子都能让人激动。从片名被公布的那一刻起，大家伙儿就开始了欢天喜地的等待，一直等坐定在黑暗的阶梯教室里，扑通通的心跳和红扑扑的面孔，怎么看都像是赶赴一次恋爱中最甜蜜的约会。20世纪80年代还有一年多就要翻篇了，各样新鲜的东西不管不顾地杀将来，令人有目不暇给的晕眩。

渐渐地，军校里的这一点点有限的文化供给，让许多人有了不满足。新生们要求看电影《野战排》，看西点军校的录像带，甚至有人提出要看香港的枪战片。他们的身心处在一个正在向上发育、需要大量养分的时期，一天训练下来，肉身疲惫之极，可思想的宝库却还是大片空白，空虚感油然而生。

“军校的文化生活真是太丰富了，它像雨露，像甘霖，浇灌了我们干涸已久的心田！”张学粮在班务会上如此感叹。唱赞歌的人自己没觉得肉麻，熄灯后却在枕头底下发现了自己的一只臭袜子，不知是哪个英雄好汉在替天行道。于是大喇叭张学粮再发言时，总是下意识地先拉拉裤腿，瞅瞅露在脚脖子上的袜子在不在，再狠狠耸几下大鼻子，说话由此含蓄了许多。

2

浪子回头的绿蓝侠成了光棍区队的红人。在变红人之前，他先当了三天黑人。谁都没想到，绿蓝侠竟被罗双虎关了禁闭。

绿蓝侠是凌晨时分，被蹲守在火车站的罗双虎当场擒获的。又是在新生们紧急集合之际，被罗双虎悄悄带回军校的。虽然绿蓝侠的这次出逃并没有捅多大的娄子，可正经八百是不假外出了18个小时，按照军校的管理规定，完全符合开除的条件。被军校开除，绿蓝侠自然是求之不得，他正想借机脱身，可罗双虎不能让他这么干啊。

这军训才开始几天啊，自己区队的新生就跑了。出了逃兵，可是板上钉钉的事故。他罗双虎是要吃不了兜着走的。怕担责任是一面，罗双虎爱惜自己的兵也占一头。被军校开除回家，哪所大学能痛痛快快地收你？这绿蓝侠的一辈子不砸手里了吗？罗双虎是恨铁不成钢呢。思前想后，他也没跟政委柳云峰合计，就想了个歪招出来。趁着大部队紧急集合时外出了，他把绿蓝侠送上了教学主楼的楼顶，佯装出绿蓝侠在楼顶过夜的假象，想以此瞒天过海。

罗双虎布的局，小柳政委一眼就识破了，坚持要向系里和院里报告。罗双虎拍了桌子，揪着小柳求了一宿，只求小柳给自己和绿蓝侠一次机会。小柳只能勉强答应了。

罗双虎恨绿蓝侠啊，连枪毙他的心都有了。自己第一次带学员，就捅下这么大个娄子，还不都是这绿蓝侠惹的祸？军校里并没有关学员禁闭的处罚，而且连个关禁闭的地方都没有，可罗双虎还是坚持要关绿蓝侠的禁闭，一是给绿蓝侠一个结结实实的教训，再就是借此教育一下新生们，还有，也是给自己找个台阶下。新生在军训期间逃跑，是桩结结实实的事故，眼前只偷偷给了绿蓝侠一个班批评了事，实在是有些不痛不痒。罗双虎心头有气，气出不来，于是坚持要额外给绿蓝侠点不好消受的福利。政委柳云峰拗不过他，只好应下了这史无前例的惩处法子。

作为新生军训的临时宿舍，教学主楼里的空房间不是没有，但私下关学员禁闭这种事儿，传出去了不好听，也容易引起旁人格外的注意，弄不好还会引爆那个雷。于是罗双虎把绿蓝侠带进了自己的宿舍——临时队部。白天他停了绿蓝侠的训练，让他在宿舍里面壁思过写检查，晚上自己亲自给他上政治课。说促膝谈心太温情了，抵足而眠更是没有。罗主任把上铺收拾出来给了绿蓝侠，自己依旧睡在下铺。军训期间，带队干部一律不许回家休息，这是军校的规定。罗双虎的老婆才随军过来，团聚是团聚了，可罗双虎并没有过上老婆孩子热炕头的热乎日子。

与学员绿蓝侠同居的日子，罗双虎的口舌着实费了不少。他本就是个心里有话藏不住的人，爱说，现在夜夜有听众，那就索性讲个痛快。他从自己饿肚子的童年讲起，讲到他为了光耀门庭光荣参军，又说到边境参战的枪林弹雨，直讲得唾沫星子漫天飞舞。三天三夜很快过去，罗双虎还没讲过瘾，从心里后悔没好好规划一下演讲大纲，该多关绿蓝侠几天才好。

三天的禁闭出来，绿蓝侠还真跟换了个人似的，话也多了，表情也灿烂了。旁人问他跟主任同居的感想，他眨巴两下眼满是感慨：“罗主任是个好人呢，每晚都熄灯了还跟俺谈心呢。有时谈到后半夜，俺都迷糊起来了，主任还在那语重心长、春风化雨呢。罗主任夜里好打呼噜，还朝外吐气，大葱味都升起来了。我的天哪，勾得俺半夜里馋虫都出来了，真想来张传说中卷着大葱的山东煎饼。”罗双虎在山东当过十年兵，他对大葱的感情始终如一，跟对当年的话务员小女兵的初恋一般，热爱早烙在心底了。

再听听绿蓝侠在区队大小会上的发言，小伙伴们先是惊呆了，后来就忍不住骂开了，直骂绿蓝侠分裂。唯独张学粮不骂，还歌颂：“我怪侠老哥那是真有文采，他该是文科状元才对啊，学理科真是白瞎了！”

“俺这到了地方大学一看啊，我的天哪，软件、硬件真是没法跟咱们军校比啊。表面看图书馆、教学楼、大操场啥的还真挺气派，雕梁画栋器宇轩昂，可你进到这男生宿舍一看啊，那就彻底露馅了，不对，是叫原形毕露。床上的铺盖花团锦簇，地上的脏东西是乌云压顶。进到男生厕所一看啊，更是触目惊心、瞠目结舌呢。恶臭扑面，黄汤泛滥。别看墙上贴着‘来也匆匆去也冲冲’的标语，可都跟不认字似的，哪一个都是来也匆匆去也匆匆。真是令人扼腕叹息、夜不能寐啊。”这是绿蓝侠在班务会上的发言。

对绿蓝侠的检查，罗双虎很重视，他特别指定了小柳政委来做辅导。绿蓝侠本来是强烈要求金默来做辅导的，不想被罗双虎黑着脸给撅回去了：“你俩还想往一起凑？想狼狈为奸再坑我一次啊？痴心妄想！”

因掩护绿蓝侠出走，金默脑袋上也被扣了个班批评。可罗双虎总有几分意难平，觉得对他下手还不够狠。取消了他的家庭教师资格不说，还把他几乎完全封杀了，出头露面完全轮不上他不说，连出黑板报这类活计都不找他了。要说这总策划兼总撰稿柳云峰政委还真是下了苦功，台上的绿蓝侠简直就是一口一朵莲花吐个没够。

“我那亲娘，啧啧，这怪侠，咋跟变了个人似的？这军校对人的改造简直是翻天覆地啊！”坐在军校发的小马扎上，玖哥惊讶得直咂嘴。

“这地方大学的男生宿舍啊，我的天哪，是典型的驴粪蛋子表面光。最让人接受不了的是还有老鼠！老鼠一个个那个肥啊，个个膘肥体壮，简直就是硕鼠！对，硕鼠！这些大老鼠一个个满走廊晃荡，一点儿不怕人。那个潇洒劲儿啊，就跟诗里说的一样——轻轻的我走了，正如我轻轻的来，我挥一挥衣袖，不带走一片云彩。与硕鼠同床共枕，却是需要勇气的。那一晚，听着老鼠们在卫生间嬉戏打闹的叽喳声，我仿佛来到了《聊斋》里的世界……”这是绿蓝侠在区队会上发的言。文青柳云峰的紧急培训果然见效，绿蓝侠把那个经常出溜到嘴边的“俺”升级成了“我”不说，语言风格也越发华丽怪诞起来。

这才几天工夫，绿蓝侠已经被大换血了，像是根本不记得属于“俺时代”的那些铮铮誓言了。

3

那日中午，好不容易说动了金默，才得以从军校脱身的绿蓝侠先奔了火车站。排了老长的队，运气还算不错，总算买到了一张火车票。是趟过路车，发车时间是在第二日的凌晨。绿蓝侠在脑子里一盘算，这中间还搁着这么大一块儿空当呢，不如先到南京城里逛逛。军训近20天了，整天被关在军校里，大门不出、二门不迈的，连南京长得啥样根本不清楚。等真回了家，村子里的人问起来，怕是嘴上都不好应呢。表弟绿久让正好也考到了南京，等玩儿累了就投奔到他那儿，歇歇脚儿再赶火车不迟。

计划完毕，绿蓝侠就先奔了离火车站不远的玄武湖公园。进公园转了几步，他就掉头往外走。午后，天色渐渐变得迷茫，细雨纷飞而来。周遭走着的人稀拉起来，却多是双双俪影，看得形单影只的绿蓝侠不觉有几分凄惶。他不由得想起了自己在军校里被夏春树冷冷拒绝的那一幕，心里头涌上了难言的滋味，像是打散了一碗胡辣汤。他实在是想不明白，自己也就是送盒磁带表示一下友好，并没说什么不礼貌的话，怎么就把那丫头惹急了呢？那丫头说话太绝情，小剪刀一样，简直就是把他的长脸给剪碎了，当众扔到了地上。自己现在从军校里跑出来，前途未卜不说，一个逃兵的帽子是已经戴上了。从今往后四海漂泊的，混出来了还行，真混不好了，日后就是有了和夏春树重逢的机会，恐怕连句话都跟人家说不上了。独立湖畔的绿蓝侠满怀感伤，情绪落到了谷底，最初的雄心不由得去了大半。他没头没脑地出了公园，再也无心玩耍，只一路闷头闷脑地走着。他边走边问路，走了大半个下午，就寻到了表弟上的大学门口。

绿蓝侠的表弟——同村的绿久让考上的是这所大学的物理系。绿久让刚从自习室回来，正准备去吃晚饭，听到宿舍门口的小喇叭里喊他的名字，说是有人找，端着碗筷就出来了。见是表哥绿蓝侠突然来访，绿久让甚是惊喜，直说自己一直想去寻他，只怕耽误他军训。绿久让见绿蓝侠背着双肩背包，武装到位，同时面色凄惶，闷闷不乐，以为表兄家里遇见啥难事了，赶紧把表兄拽进宿舍一通询问。

听了绿蓝侠要回家的打算，绿久让举了一只手冲绿蓝侠劈过来，在他身上噼里啪啦好一阵抽打。绿蓝侠不吭气，只闷头受着。绿久让说了：“夺碗哥，你咋想一出是一出呢。你没好好寻思寻思，你就这么回去了，俺大伯还不给你气死啊！你别瞪眼，这么多年了，俺伯又当爹又当娘的，把你供出来容易吗？不是俺爹拦着，俺伯好几次都差点去卖血了。回家复读？嘴皮上说说容易，可钱呢？不算吃喝，一年的学费你偷去啊？就你家那个家底儿，除了大风愿意灌进去，连个苍蝇都不想歇脚。好在你有7个姐，要是有7个哥，那一准儿都得打光棍。为了你上学，咱7个姐姐连小学都没读完。而今你这一折腾，不是把你爹往绝路上逼吗？要俺说啊，都是你爹把你惯坏了。不怕引你伤心，你是忘了你那个夺碗的小名咋来的了是吧……”

自家兄弟的话，把绿蓝侠说傻了，眼泪掉了一颗又一颗，却就是不松口，死活还是要从军校走。

黄昏时分，天空落着雨，绿久让带着表兄在校园各处转了转。一路上，绿蓝侠两眼滴溜乱看，可就是不吭气。说归说，骂归骂，绿久让对绿蓝侠的出走还是生出了几分恻隐之心。其实自己家里也不富裕，要不是爹有打井的技术，能供他把大学读完，他也报考军校了。这么说，并不是说军校不好，都是给穷孩子预备的，而是军校的条条框框毕竟多些。表哥上的军校又是文科类的，明显不对他的心思。要怪就怪那个招生教员，他太想把表哥招走了，说得天花乱坠的。表哥自己也潦草，只一心想着能给家里省钱，糊里糊涂就应了。这么一想，绿久让不再骂表哥了。

平日里，表哥可是个爱说话喜欢逗趣儿的人呢，或许是因为有心事，人也像变呆了。绿久让赶紧约来班上的几个男女同学，大家一起热热闹闹地吃了个晚饭。学校里净是些学理科的女生，模样出挑的人儿不是太多。绿久让看见表哥坐在女生堆里，起初像个唐僧一般木呆呆的，后来渐渐有说有笑起来，长脸上也有了光亮，心里忍不住深叹了口气。

当晚，绿蓝侠就睡在了表弟的铺位上，绿久让则睡在了临时打起的地铺上。临睡前，绿久让定好了闹钟，怕误了凌晨的那趟火车。绿久让不想再多劝表哥什么了，打小表哥就是个倔种，想明白的事儿九头牛都拉不回他。

第二天凌晨，弟兄俩摸黑起床，简单洗漱后就出发了。绿久让见表哥的眼皮有些肿，眼角似乎还挂有泪痕，心里就忍不住又叹气。兄弟俩没有坐公共汽车，而是相伴步行，脚下踩着昨夜落雨之后的积水，在茫茫雾气中一路向火车站赶去。就像那些个返回学校的凌晨，在狗吠和鸡鸣声中，弟兄俩一同穿过雾霭笼罩的农田，相随着赶去县城的中学一般。

4

这一场初秋的大雾来得好蹊跷，从天而降一般，首尾不见，直把人间扔进了一片混沌之中。地上的人走起路来深一脚浅一脚的，个个似腾云驾雾。清晨的起床号响过之后，学员们站到大雾里，几步之外就分不清彼此了，不禁都有几分欣欣然。张学粮一个响亮的喷嚏过后，高声嚷道：“这大雾起的，怎么跟旧社会一样样的，真是伸手不见五指啊！”他的话惹来一片闷头混脑的笑声。没有女生的队伍，连笑声都脆不起来，呼噜噜的，像是圈里的老马在甩着闷屁。

新生们顶着大雾列队完毕，此起彼伏的报告声后，队前的军训大队长朱金亮却并没有发布命令。若在往常，朱大队长一声令下，各区队立马拉走各自的队伍，

108名新生便立即在操场上操练起来。88级新生军训期间，老生们高姿态，给学弟学妹们让道，军校那刺激过不少玻璃心的小操场，归了新生们专用。早操时段老生们都是打游击战，见缝插针，逮着军校里略为开阔的地带就走起了队列，长跑都是向校园外更广阔的天地进发。新生们占着操场无以回报，只有把口号声喊得更响，队列走得更像样儿，军姿拔得更标准才成，所以一干新生出早操时都是格外卖力。今天大家伙正准备开练呢，不想大队长却迟迟不给命令。这大雾下得是玄乎了点，但大队长也不至于当即宣布就地解散吧。

众人正纳闷着，突然从操场正中的主席台方向，传出来一阵轰隆隆的响动，像是一阵闷雷滚过头顶。紧随其后，一个尖细的公鸭嗓嚷嚷开了，刺啦啦的声音划破浓雾直杀了过来："喂，喂，是我！听到我的声音没有？"众人的脖颈子像被只无形的手提起来一般，都仰起脖儿朝声源处瞅。其实啥都瞅不见，主席台上的状况完全无从把握。但大家又都能想象出来，军务处处长弯腰翘腚趴在话筒前的殷切模样。军校的军务处处长姓齐，长身细腰，窈窕得像条水蛇。天儿再热，他照样戴着白手套、蹬着作战靴。明眼人不难看出，处长的这套标准装备正应了那句话，缺啥补啥。齐处长这是在向阳刚之气上死命靠拢呢。学员队里曾传过，说是齐处长的位置原本是罗双虎的，但罗双虎却坚决要求下学员队。从野战部队调来的罗双虎，一天都离不开他的兵。

主席台被一团雾气包裹着，四围白色的气流上下蹿动，上头的人看上去影影绰绰的，像是戏台上的人。这当口齐处长对话筒的演练完毕，他正式开腔了："各区队听令！各区队听令！军训新生大比武马上开始！三个区队的第一班迅速到主席台前集合，班主任带队，参加大比武！科目——队列会操。"

国防战略系二区队的班主任罗双虎站在队列前，印堂闪闪发光，双眼噌噌噌地直冒火花。消息没错啊！到底是跟齐处长面对面坐了一年多的办公室，这家伙没骗自己。清晨，起床号响之前，盥洗室里，罗双虎在与齐处长共襄盛举之际，处长随口说了句："瞅这大雾下得，3米之内才能找到目标。这领导可真是会找时候，偏偏定下今天来。这大比武怎么个比法？想看清，恐怕是望远镜都派不上用场。"

罗双虎心头一振，立即把情报接收了。大比武，就在今天。他不露声色地整理好军容，彬彬有礼地跟齐处长说再见，秃噜出来的话驴唇不对马嘴："齐处，慢用！"而后他抽搐着左半边脸，故作闲庭信步地回到了宿舍，走上了阳台。

一定得把这个情报利用好！罗双虎站在阳台上，拍打着阳台上的栏杆，一连喊出几声："天助我也！天助我也！"罗主任高兴了或者生气了，就爱拍个东西。罗双虎立即去了4位野战部队派来的军训班长的宿舍，把情况迅速说明了一下。4位班长都跟他处得不错，私下里还喝过两次小酒，早就对罗双虎的新战略心知肚明。走过柳云峰的房间的时候，罗双虎正迟疑着要不要进去打个招呼，也就在这时，起床号嘟嘟嘟地响起来了。

随学员们赶到操场，望着这天地间的一片混沌，罗主任喜得是眉梢发亮。眼前他见了自己的兵，忍不住抓住几个肩膀就是一阵猛拍，把一干刚从被窝里出来还有几分迷瞪的弟兄，拍得心里都热腾腾的。看看，也就是在军校里头，要不然除了亲娘老子，谁一大早儿跟你这般热乎？

雾气里的新生都有点蒙，即将要进行的大比武对他们还完全是个新生事物。训练里虽然没少提，但真刀真枪地实干这还是第一次。没容人仔细想明白，这厢班主任罗双虎已经在队前宣布了："听我口令。特一班，特一班，特一班出列！"罗主任基本是咬着后槽牙在说话，像是录音机带子卡了似的，"特一班"已被他反复播送了整三遍。

光棍区队的方阵里，有三两个人的身子猛然一激灵。这一激灵，并不是孔雀开屏前猛然抖动羽毛的那一激灵。孔雀激灵完，紧随其后的是繁花似锦美色迷人眼，可这几个人的动作，分明是落水狗上岸时打寒战时的那一哆嗦。这一哆嗦传染似的，队伍里开始有了小小的骚动。

"要你们特务班干什么？你们10个人都给我用脑袋好好记住了！队列前，只要我开了口，连着三遍报出一个班来，前头加了个'特务'的'特'字，咱特务班的人，也就是你们10个人，马上到最前排来集合。没听懂？那我再讲讲。我喊——特一班，特一班，特一班，或者喊——特三班，特三班，特三班，连着三次。只要我这么发命令，特务班就立即出动，听我的命令，执行特殊任务！"这是班主任罗双虎在之前对特务班的训练中反复强调过的。才开展了一周的秘密训练，罗双虎几乎每一回都要如此这般动员提醒，他的车轱辘话算是没白说，眼前背负特殊使命的10个男生，一个接一个地激灵着，大脑像是被唤醒了。他们一边往第一排靠拢组队，一边心头擂鼓斗志昂扬，这是组织上向我们发信号了啊。命令都下达了，我们还等什么呢？神圣的时刻终于到来了，就像那些老电影里"举枪为号"什么的。

这次大比武说来就来，而且还赶在这么个大雾天来，着实透着股诡异和决绝。分明就是让你没有思想准备，让你来个人仰马翻、原形毕露。特务班自成立以来，还没有和整个区队进行过合练。不但特务班的成员起初有几分惶惑，原本一班的同学更是傻愣愣的，不知道自己怎么就"特一班"起来，自己的地盘上突然来了新队伍。罗双虎立在队列前头，见队伍乱纷纷的没个章法，心头火起，简直就想骂娘，想拍桌子、拍栏杆。可他不能骂、不能拍，越是紧要关头越得沉住气。

队伍一旁的政委柳云峰站在原地发愣，身子跟个孕妇一样沉，直把个罗双虎气得想上前给他几记老拳。小柳政委从一开始就反对特务班的事儿，为此跟罗双虎还闹过意见，可这大比武都到眼前了，都是自家人，你多少得帮衬着点吧。罗双虎使劲朝小柳眨眼，因为紧张，左边面孔抽搐得像是遭了电击。他是在给小柳发信号。无奈雾气太大，加之罗双虎的左脸经常习惯性抽搐，因而小柳并没接收到他发送的加急密电码。

“动作快点！不相干的人往后撤！向后撤！”关键时刻还是野战部队的4个班长起了作用，把队伍迅速疏散开来，又迅速重组完毕。

小柳政委这时才猛然反应过来了，不情愿地走到了队列中。特务班这个怪胎，终于要出动了。为这件事，罗主任已经跟他谈过多次了，两人是见一次吵一次，意见完全无法统一。

队列里，绿蓝侠的肩膀先被拍了一掌。他一回头，望见的是老范在朝他使眼色。范豫中的两只眼使劲眨动，眼珠子上下翻飞得像是暗送秋波。大男人这副做派真是硌硬人。绿蓝侠咧了两下嘴，脸上就挂上了嘲讽的笑。他没让老乡费劲，直接就走到最后一排站定了。

人流里的金默开始向后撤退，眉心处结成一团，表情沉痛，沉痛得像是才从失守的阵地上撤下来一样。光棍区队的标杆人物，形象代言人，近来一直灰头土脸的。自打护送过绿蓝侠之后，罗双虎已经把这个红人刷成了黑人，啥事都没他的份儿了。金默站到了队列里的最后一排，挺直了腰板一声不吭。身旁的绿蓝侠望望他，轻轻叹了口气。

集结的过程虽然混乱了一些，但所幸在5分钟之内，特务班的10名成员还是站到了国防战略系二区队的最前列。队伍齐刷刷的，小伙子们一个个收腹挺胸，目光如炬。罗双虎严峻的目光一一扫过他们每个人的脸，像是将领在大战前检阅士兵一般。后头三排的学员已经按照大小个排好了队，算是稳稳地站住了。

罗主任开始点名。特务班的成员一个个声音响亮地回答着“到”，即便是顶着旁人的名字回答，那一声“到”也是严丝合缝不出偏差。别看才训练了一个礼拜，特务班的成员到底是自己精心选拔的，素质不赖，应该能够交出一份令人满意的答卷。罗双虎的自信如朝阳一般冉冉升起，他嗓音洪亮，点到了最后一个人的名字。

偏偏这时，意想不到的状况发生了。

第五章　被玩坏了的特务班

1

出发前罗双虎点了最后一个名字：“毛爱竹！”特务班的蔡明亮先应了声“到”。原本一切都安排得好好的，谁都没想到，队伍里毛爱竹的真身竟也答了一声“到”。别看毛爱竹是个小个儿，可底盘大，中气足，这一声“到”应得像是半空里突然拉响了警报。毛爱竹平日里就是个炮筒子，旁人不敢发的牢骚他敢发，是个犟种。今天这声喊显然不是空穴来风。罗双虎抽搐的左脸在雾气里沉了一下，嘴巴鼓了两下，像是要骂人，但又赶紧憋住了。军务处的齐处长已经站到了队伍边上，他显然听到了小毛的那一声“到”。他仰着细脖，满面疑惑地朝队伍里张望开来，并且迈动步子朝队伍走来。罗双虎手心里的汗都出来了，他顾不得骂小毛，赶紧下了出发的口令，领上特务班的10个人，朝操场的纵深地带一路疾步小跑而去。

特务班的秘密组建，是在大比武之前的一个礼拜。

天气入秋，新生军训已经进行了一个多月。三天两头、隔三岔五的，总有各种名目的抽查和比赛，弄得才适应了军训的新生们脑子里的弦儿绷得紧紧的，走路都是一溜儿小碎步，个个跟大宅门里的丫鬟似的。夜晚熄灯后也不能高枕无忧，紧急集合就像是潜伏在草丛里的野兔，说不准什么时候就蹿出来跳上了你的枕头挠挠你的脑门。

这一晚，熄灯号响过之后，整座大楼立即陷入一片沉寂和黑暗之中。一熄灯就拉闸断电，军人素质的养成，是以突如其来的黑暗拉开序幕的。光棍区队的男生宿舍里，看上去跟往常并没有什么不同。新生们卧倒在了铺位上，黑暗中卸下白天的武装，朝着各自的梦乡开始游弋而去。军训中的临时宿舍就这么一大间，38名男生都住在里头，4个野战部队的班长住在走廊最顶头的一间。

眼前，大家才躺下，每晚雷打不动的例行查铺突然开始了。按照惯例，查铺都得是在熄灯后一刻钟左右展开，今天晚上的查铺显然比往常都早。大家伙儿似睡非睡之际，班主任罗双虎和公务员小方忽然走进了宿舍。今晚的出场阵容也有点邪乎，往常查铺都是罗主任和小柳政委并肩前行，若是新训大队临时有会，也是抽调个军训班长来配合查铺，今天怎么就忽然换了小方呢？

一小长条东西被放在了金默的枕头旁。金默没动窝，满心都是疑团。上铺的绿蓝侠也领到了，他在上铺压住喉咙喊："小毛，发饼干啦？你收着！我晚上吃了4个馍，一点儿不饿！"跟金默头对头的小毛，被这声音惊得一骨碌坐了起来，一下就接住了绿蓝侠投下来的饼干。小毛最近嘴特馋，爱吃零食，尤其喜欢吃压缩饼干。压缩饼干，军人服务社里有卖的，新生们出于好奇都买来吃过。毛爱竹更是痴迷，近来嘴巴里老得嚼上一块。

金默心里则纳闷着，大晚上的，发盒饼干干啥，还不是每个人都有。正在奇怪，查铺已经结束，罗双虎走到了宿舍正中，他声音低沉地发出了指示："同志们，有个新任务。刚才查铺时，拿到压缩饼干的同志，10分钟后到冷饮厂旁的小广场集合！楼下的值班员我已经打过招呼了，只一律说是要纠正队列动作，加个班。"

秋意渐浓，夜晚已经有了几分寒凉，金默跟绿蓝侠并肩朝冷饮厂走去。脚步齐整，听起来铿铿锵锵的。两个人虽没说话，但能感觉到彼此那份心照不宣的激动。自打绿蓝侠出走又归来之后，两个人的境遇都有了不小的改变。

绿蓝侠在面上是大红大紫，私底下却成了主任和政委"跟住"的对象，除了上茅房，基本都有人盯着。"跟住"不是什么高深的军事术语，也基本不放到面上用，可光棍区队的新生渐渐都知道了这个词儿。"跟住"意为寸步不离地进行监视和跟踪，特别针对那些有问题或者容易出问题的学员。区队上一些表现突出深受领导信任的学员，像范豫中、向武等，都执行过"跟住"任务。

金默原本是区队的模范人物，本该是受领"跟住"任务的人，却因一个猝不及防的大转身，他一下变作了被"跟住"的对象。绿蓝侠被彻底边缘化了，金默则是被打入了冷宫，从出黑板报到上台发言，主任罗双虎都不再找他了。小柳政委看不过，替金默说过几次好话，都被罗双虎几句话撅回去了。

私底下，绿蓝侠心怀愧疚，忍不住替金默抱屈："兄弟，都是我连累了你。我早看出来了，罗司令这人一旦看谁顺眼，那这人就是这样好那样好。可一旦对谁有了意见，怎么使劲儿都难扳回来。"

而今，两个人走在这秋凉沁骨的夜里，心里却别有一番暖意。自绿蓝侠出逃归来，快一个月了，这还是组织上第一次向他俩发出热切的召唤呢。绿蓝侠面上看有些大大咧咧的，骨子里却是争强好胜的主儿。金默的个性虽柔和许多，但到底也不甘心灰头土脸地过完这四年。

等快走到了，只见清冷的月光下，已经有四五个人影戳在了小广场的那块水泥地上。金默再回头望望陆续走来的身影，数了一下，正好10个人，一个班的人数。军校面积不大，并没有当初招生教员着力渲染的射击场和游泳馆，历史悠久的冷饮厂倒是沉着地占据了其中一隅。冷饮厂前的这处平坦的水泥地，日后成为了光棍区队“网球俱乐部”成员的简易网球场。

“这深更半夜的把咱们喊了来，还发了干粮，八成是叫咱帮老乡收麦吧？在我老家，这可就快秋收了。”夜色中，范豫中哑着喉咙说。

“我那亲娘！你有点常识中不中啊老范，南方这边不种麦子，种的是水稻。”孟艳玖接口道。

“以前在县城读书，还能跑回家帮着收收麦子。而今这天远地远的，也帮不上个啥忙。”老范依旧惦记着老家的麦子。

“收麦割稻的，绝对的小农意识！咱眼前都是军校生大军官了，还弄什么秋收？那啥，要弄就弄大的，整个秋收起义。”张学粮豪气冲天。

男生们都笑了。笑声嘎嘎嘎的，像是夜空下湖面上惊起的几只野鸭，公鸭。

“学粮这到底是东北大城市出来的，语气可是不小。”范豫中不咸不淡地接了一句，一转脸，他瞥见了路灯下站着的金默和绿蓝侠，“哎哟，两位大状元也出动了，看来今天这任务技术含量不低，得用脑子。”

“老范这话说得正点！哪个国家哪个朝代的军队，需要的都是有脑子的将才！”绿蓝侠龇牙咧嘴地说了句。

“那是！那是！欢迎两位状元归队！”老范拍着手热烈鼓掌。

绿蓝侠伸手握住老范的手，使劲摇了两摇：“哪里哪里！老范同志辛苦了！”

这两天正是范豫中负责“跟住”绿蓝侠。这样的事儿面上谁都不挑明，但当事人心里都门儿清。平日里绿蓝侠没有午睡的习惯，中午好在走廊上瞎逛游，有时去政委柳云峰的军训临时宿舍里翻翻报纸。老范是个瞌睡虫，但为了完成任务只能陪绑，午后开始总是哈欠连天。晚上范豫中躲盥洗室里骂了会儿娘，正好被毛爱竹给撞到了，回来就告诉了绿蓝侠。绿蓝侠于是憋了个坏招，到了午休时间，专门上操场上跑步去，这一下更是把个老范累得不轻。

“要说金默你早该出山了！前两天，蔡秀才代表咱们区队上台表态，阿拉阿拉的，那口上海话，听起来那个费劲。底下的女生笑得咴咴的，说是以为在听苏州评弹呢。”这时候张学粮来了精神，嗓门豁亮，又开始扯上了，“你们大伙说说，这黑天半夜的把咱们给招呼来，不会是请我们到冷饮厂里吃冷饮吧？那啥，请吃是好事，也犯不着大半夜的啊。”

“亲娘哎！不是我说你学粮，你有点你大爷爷的精气神儿好不好！整日里不是想女人就惦记着个吃，横竖跟我们村的二流子一个熊样儿！不要非死！”孟艳玖感叹着，飞起一腿，给了张学粮一下。

散打冠军玖哥，动不动就爱显摆一下他的长腿和武功。张学粮立即跟孟艳玖假模假式地对打起来，两个人在小广场上如两只撒欢的小马驹一般。

人群里范豫中嗓子哑哑地接话：“这冷饮厂里可有女工呢，我见过。戴着大口罩，浑身上下捂得严严实实的。”

“我的天哪。老范可是有孙悟空的火眼金睛啊！人家捂得严严实实的，你都能看出个究竟来。你那能耐真大，不当个间谍特工都憋屈。”绿蓝侠讥讽道。

“女人捂得再严实，那也是女人呢。这有啥看不出来的。咱都老大不小了，谁也别装。”范豫中说着，面色深沉，越发显得持重老道。

“玖哥你看看，凭什么只打我一个？这大伙儿不都在说女人吗？咱光棍区队的弟兄们苦啊！这军校上的，真跟进了和尚庙一样样儿的。好汉无妻，宇宙无敌！四年军校上下来，放眼一望，全是俺们身残志不残的革命兄弟。”气喘吁吁赶上来的张学粮说道，他的话立即引来一片汪洋恣肆的笑声。旁人都在笑，只有金默不吭气，望着天边的月牙儿发愣。

夜色中，野鸭们挥动着翅膀，边飞边肆无忌惮地叫嚷起来。

“都给我把嘴闭上！谁要是闭不上找我，我这儿有纳鞋底的针，我给他缝上！”也就在这当口，班主任罗双虎已经踏着夜色腾腾地大步走过来了。他的大嗓门显然收敛了许多，变成了低沉含蓄的低音，是咬着后槽牙在说话。

2

罗双虎走到了众人中间，他命令道：“听我命令，按照个头高矮，从左至右排成一列横队。好，好，现在我开始点名！都把声音给我放低了。”

10名男生迅速聚拢过来，齐刷刷地站成一排，把目光齐聚到正前方的罗双虎身上。站在队列里，金默把腰板挺得直直的，心头忽然涌动起一种庄严的神圣感，像是大战前即将出征奔赴杀敌战场的一刻。上军校以来，这样的时刻并不多。也就那次在军旗下宣誓，他的内心翻滚过如此澎湃的波浪。一个男人的胸怀里，多少都是有几分英雄情愫的，尤其是在年轻的时候。

“今天晚上，我把你们10个人召集来，是有一项重要而艰巨的任务要交给你们。我从咱们区队38名学员里选拔出了你们10个人，是要组成一支精锐小分队，叫‘特务班’。”罗双虎耐心地交代着。10个人的耳朵同时竖了起来，一个个双眼炯炯地盯牢了罗双虎。

特务班？金默心里一怔。难不成是让我们去弄情报？变成老电影里的那些戴着鸭舌帽、叼着香烟的特务？

“当年老子在西南前线打仗的时候，当的就是特务连的连长。这里说的‘特务’，你们都别想歪了，不是让你鬼鬼祟祟弄情报，当电影里的狗特务去。‘特务班’，是说执行特殊任务的班。”罗双虎的左半边脸迅速抽搐了几下，以少有的耐心解释着，“咱这个特务班的成员，是我用筛子筛了好几遍才筛出来的。可以说你们每一个人，都是我罗双虎特别信任的同志。你们军事素质好，能够在任何时候，给咱们区队争得荣誉，都是咱们区队的金子。所以，在咱们区队遇到突发事件之时，要保证随叫随到，随时随地完成上级指派的任务。怎么样，有没有信心完成任务？”罗双虎训话完毕，临到收尾，他问道。

“有信心！”10个人的回答很齐整、很响亮。夜色中这突兀的一声，惊得不远处的一棵梧桐树上打盹的蝉，跟着刺啦啦地高声歌唱了两声，听起来像哑嗓子的乌鸦在叫，大家一愣神，下意识地歪着脖子去寻。

“嘘，都把嗓子给我压低了。”罗双虎做了个压嘴唇的手势，“下面，我给大家一人安一个‘代号’，然后点名。都给我记住了！点的不是你的本名，是代号。这是咱们训练的第一步。这个代号很重要，必须无条件地记住，给我刻到你们的脑瓜里去！在我点名的时候，谁听到了自己的代号，就要立即回答‘到’。”

这时候大家都兴奋得周身热气腾腾的，憧憬着自己会有一个什么样的代号。是玄乎一些的“海狮”或“水星”呢，还是传统一些的“土豆”或“地瓜”呢？

“好，废话少说，咱们开始。”说着，罗双虎马上操练。站在队列里，绿蓝侠心里打起了小算盘。他心里说，被组织重新信任的感觉虽然好，可是这特务班的任务会不会太艰巨啊？这当口，罗双虎已经来到了队首的绿蓝侠跟前。

“绿蓝侠，听好了啊，我喊毛爱竹，你答到！”罗双虎命令道。

绿蓝侠没马上接话，他脑子一下乱了，有两秒钟的空白。其他人也糊涂了。绿蓝侠的代号竟是“毛爱竹”？

“绿蓝侠集中注意力！我喊毛爱竹，你喊到！”罗双虎的声音生硬了几分。

理科状元绿蓝侠哑在那儿，歪着脖子一声没出。

“怎么，有什么意见吗？绿蓝侠！”罗双虎靠近了一步，伸出一只手为绿蓝侠拽了拽肩头的红肩章，把他的脖子扶正了。

绿蓝侠像是才醒过神儿来，他一个立正答道："没意见！主任你喊毛爱竹，我答到！明白！完全明白！"他那样子，十足贱坯，像个汉奸。

罗双虎满意地拍了下绿蓝侠的肩膀，笑言："到底是理科状元，反应不慢！"

绿蓝侠的长脸上堆起了一丝苦笑。这特务班究竟是个啥风景，他已经看出个大概了。要说这军校吧，不是搞学问的地方也就算了，连正规的军营也不是啊。看来，真是没什么待头啊。绿蓝侠心里一下充满沮丧。

随后罗双虎来到金默身边，派给金默的代号就是他的本名。金默应了声"到"，声音里明显有一份迟疑。

头开得好，下面的进程就顺。顺理成章，接下来的学员们一个个都在应着"到"，不管顶到头上的名字是不是自己的。

所有人的代号都到位之后，范豫中特别请求道："报告！主任，我想代表弟兄们表个态成吗？"

罗双虎点头："说说，老范说说！"

老范沙哑着嗓子，慷慨演讲道："弟兄们在军校里白吃白喝了不少日子了，谁不是憋着一股子劲儿要干出点名堂来啊。往大里说呢，是保家卫国奉献青春；往小里说，是争上游当先进。主任你说吧！让我们怎么干，就怎么干！特务班万岁！"

老范梦话一般的豪言壮语刚落地，有个声音闷闷地喊了声："报告！"

是卢一平。从下楼到现在一句话都没说的卢一平。

罗双虎转头问："卢一平，说！什么情况？"

队列里，卢一平左侧的张学粮响亮地咳嗽了一声。

"主任，特务班这事儿，我有看法。"卢一平说。

"要不是什么了不得的看法，你下来再说。"罗双虎的左脸很快哆嗦了一下，满是不耐烦。

"事情不小，我得说！"卢一平执拗道。

"那你赶紧说！别拖泥带水的。"罗双虎忽然有几分蛮横。

"我爷爷是个铁路工人，巡道工，在小站上工作了快一辈子了。爷爷整天跟铁路打交道，他认准了一个道理，就是什么时候都不能糊弄。这道岔上的轨道搬错了一点儿，毁掉的就是一车人的生命。眼前咱这么干，是在说谎骗人，是作弊。咱上的是军校，咱们都是军人，军人更应该诚实，讲荣誉得有原则、有尊严！"卢一平说道，他的声音不高，一字一句却像是砸在冰块上的石头，邦邦硬。

罗双虎的眉头皱了起来，不吭气。他没往卢一平跟前去，而是站到了绿蓝侠的跟前。

“绿蓝侠，你对这事儿，怎么看？”罗双虎问道。

绿蓝侠深吸了一口气，答道：“报告主任，一平说得没错，我很同意！可主任的伟大战略决策，我也是深深理解，并且坚决支持！”

罗双虎在绿蓝侠肩上来了一掌：“两面派！好得很！”

卢一平那边却又喊了声报告，像是意犹未尽，他接着说：“要是平常日子就这么训练，作弊成了习惯，拉到战场上，咱们全军覆没不说，更是丢军人的脸，是军人的耻辱！”

四围沉寂的夜色中，卢一平的声调并不高，可听上去颇有几分惊心动魄。卢一平右边的范豫中猛烈地咳嗽了一声，很夸张。

“这队伍里你一声他一声的，咳嗽得像乌鸦叫。烟就不能少抽一点儿？”罗双虎吼了起来，他转而盯牢金默，“金默，你来说说看，咱们这特务班咋样？”

沉默了几秒钟，金默迟疑着问了句：“说真话还是说假话？”

罗双虎应：“废话！说真话还怕老子枪毙你不成？”

金默深吸一口气，一字一顿：“特务班，近看，是好；远看，是祸害！”

罗双虎的嘴巴高高地噘起来，像只生气的大老虎。他的左半边面孔急剧地抽搐着，在队伍前气哼哼地边踱步边说：“这理科状元跟文科状元的水平，就是高啊！我还没下达下一步的命令呢，这就一套接一套了。把老子都给搞糊涂了。那就报个名吧，谁不想干，谁就给老子滚蛋！”

队伍里静寂无声，所有人大气不敢出。夜风里，空气流动得分外凝重。刺啦啦又是两声，不远处那只不安分的蝉又唱了两声。

“报告主任！我退出！”卢一平第一个举手道。

“好！好得很！谁想走，想退出特务班，接着举手！我不会勉强任何人！”罗双虎说道，脸上杀气腾腾的，“该举的举啊！这都是面上的事儿，我不会枪毙哪一个的！”

队伍里，没人再举手了。

罗双虎走到金默跟前，喊了嗓儿：“金默出列！”

金默犹豫了一下，往前迈出一步，一大步。

“报告主任，事情是我挑起来的，你别为难金默！”卢一平说。

罗双虎像是没听见，他胡乱地走到向武跟前：“向武，我喊金默，你答到！”

向武迟疑了一下，转头看看金默，声音迟疑地应了一个“到”字。

罗双虎又喊：“绿蓝侠，出列！”

夜风飕飕，穿过这一行人，在夜空里张牙舞爪的。队前，绿蓝侠站到了金默边上。

“看上去，你们两个大状元像是都挺不情愿来特务班的，那就等有啥更伟大的任务，我再请你俩出山吧！回宿舍！”罗双虎语气冷漠。

“报告主任！再给金默和绿蓝侠一次机会吧。金默晚上才下岗，累迷糊了。绿蓝侠身体刚刚康复……”孟艳玖絮叨着。

“孟艳玖，把嘴给我闭上！”罗双虎的怒气上来了，“再给他们一次机会？可是这机会来了，有些人偏偏不要啊。说实话，要不是小柳政委总在我耳朵边叨唠，说什么用人不疑，疑人不用，反复做我的工作，我是根本没打算把有前科的人发展进特务班的！我是真失望啊，个别同志觉悟怎么就那么低呢？就是不长记性。本来挺好的一块坯子，麻绳穿豆腐，就是提不起来！”

大家把呼吸都屏住了，水泥地上的这一瞬安静得怕人。

“报告主任，我……我退出！”卢一平忽然举手报告。

罗双虎一下更火了：“卢一平，你小子再说要走，老子毙了你信不信！我命令你，给我留下。要不是看你白天指挥拉歌有功，老子一脚把你踹回陕西老家去！”

此时金默已经出列，独自朝教学主楼的方向走去。刚走几步，就见一个身影迎面而来，步子趔趄着跑动着。夜色中，金默和蔡明亮迅速对望了一眼。蔡明亮张张嘴，却并没有说什么。

队前，一声“报告”后，一个气喘吁吁的声音响起：“报告主任！三班学员蔡明亮输液完毕，高烧中赶来向您报到！”因发烧去门诊部输液的蔡秀才，刚才没在铺位上，而今一路小跑着登场了。他行了个标准的军礼后，做了最苦情的报告。

“秀才？你……你发着烧跑出来干什么？”罗双虎还礼后走上一步，言语里满是关切。

“报告主任，我听说有任务，躺不下来。”蔡秀才回答。输液归来，听公务员小方说了特务班的事情，蔡秀才便赶来了。

“那好，蔡明亮入列！”罗双虎高声命令道，身板一下挺得老直，“革命还怕没人吗？离了谁地球都转得起来！”他得意地左右看看，目光在独自戳在队前的绿蓝侠的脸上划了几道，停了一停后，他喊了声，“绿蓝侠！”

“到！”绿蓝侠应到，声音闷闷的，发蔫儿。

“绿蓝侠，你怎么还没走？我看你跟金默倒真是一对好战友啊！他前脚刚走，你这就蔫头耷脑的。赶紧走，不送！”罗双虎沉沉地命令道，“回宿舍后，你把吴永胜给我喊来！”

夜色掩护了绿蓝侠的窘态，他在众人的目光里开始拖着步子往外走。他的步子越走越急，一溜小跑，终于赶上了前头的金默。

两个人并排齐刷刷地走着，金默不说话，绿蓝侠开始骂人。

“说真话是要付出代价的！老子是黑白两道都走不通，这军校是真没个上头！没意义！老子还得跑！”绿蓝侠咬牙切齿道。

金默不吭声，只闷头走路。走得心脏怦怦怦的，撞得他肋骨生疼。他一言不发，陷入从未有过的绝望中。

3

紧急会操那天的雾气，一直到正午时分才消散。太阳从云层中艰难地钻出身子来，探照灯一般照了半晌，才算腾出块瓦蓝瓦蓝的天来。

“解放区的天是明朗的天，解放区的人民好喜欢……”罗双虎嘴里哼着小调，把大比武队列会操第一名的锦旗挂在了队部的墙上。他原本是想找一首歌颂大雾的歌儿来唱的，可上自己的歌曲库存里一踅摸，跟大雾扯上关系的一首没有，只好将就了。

大比武的结果当场就宣布了。腾腾雾气里，罗双虎杀气腾腾地代表区队扛回了锦旗，第二和第三分别是国防新闻系和国防理论系。自从绿蓝侠的事出了以后，好长一段时间，罗双虎的脸都绷得跟块铁疙瘩似的，连个笑纹都没有。可越是严丝合缝地抓，区队的工作越不见成效，队列考核、内务评比，就再没得过第一。眼前的这个翻身仗真是来得太及时了，就像久违的春雷一般，把往日的阴霾彻底炸没了。

锦旗扛到家，班主任罗双虎满面放光。早饭的时候，他从食堂里拽了根大葱出来。以往他只是在中饭和晚饭才吃大葱的，眼前心情一好舌尖上的要求也提速了。

洗葱的时候，望见光棍区队的学员正列队走进食堂，罗双虎喊住了毛爱竹：“小毛啊，你个头虽小，心眼可不能不够用啊。那么多同志都能沉着应对，偏偏你来了一声‘到’，幸亏今天雾大。好了，以后可不能一根筋了！对进步不利！”罗双虎一边说，一边在毛爱竹的肩膀上狠拍了两下。

毛爱竹坐到饭桌上就忍不住叨咕：“啥特务班啊？弄虚作假！”

大家正喝粥，吃馒头花卷，听了毛爱竹的话，都愣了下神儿。

“这小毛厉害呢，把自己当《皇帝的新装》里火眼金睛的小屁孩儿了。啥叫假，《孙子兵法》里都说了，兵不厌诈。”范豫中很不以为然。

没人应老范的话。刚刚小毛把大家伙儿心里琢磨着但还没敢说的话说了出来，不少人就把手上拿的馒头花卷和嘴里正在喝的稀粥推到了一边，却又都是一副欲言又止的样子。

半晌，玖哥才慢吞吞地说了一句："我那亲娘！小毛可不敢胡说哩！会操冠军咱都得了，难不成你要把锦旗送回去？"

金默已经把手里的馒头放下了，眉头处突突蹦了两下，像是要发言。一旁的绿蓝侠赶紧抓起一个花卷塞到了他手里，把盘咸菜往他跟前推了两推，警告道："咱这都给清除出队了，你还想表达个啥啊？赶紧吃饭！"

金默面色沉郁，再不动碗筷。

"今天是有大雾替咱们做了掩护，如果以后还这么干，丢荣誉是小，丢了咱们的脸面才是大呢。"是毛爱竹在发言。这小子真是个炮筒子，而且是门后坐力极强的小钢炮。

"我同意小毛的看法。对我，特务班再不会有下一次了。"卢一平开腔，满面正义，声音高亢，一桌上不少人都给他鼓起了掌。

范豫中歪了两下嘴，端起一大碗粥仰脖灌下了。

远远地，罗双虎在带队干部那一桌上，手里举着棵葱，伸长了脖子往这边望。

老范抹抹嘴，哑着喉咙开腔了："都别再吵吵了。啥叫假？啥叫真？假做真时真亦假，无为有处有还无。这不是我说的，《红楼梦》里写的。"

"老范水平真高啊，这《红楼梦》都研究上了。"绿蓝侠摁住了金默，自己却忍不住了，啃着个花卷开腔了。

范豫中堆起了满脸的笑："怪侠笑话我！兄弟只提醒老哥一句，假不假真不真的，你是真不能再跑了，误人误己啊！"

绿蓝侠脸青了青，盯住了老范说："你信不？老子还要跑！"

老范使劲点头："信信！怪侠老哥那是牛人呢！"他一边小心翼翼地起身，一边把眼角的笑容延续到了离席。

毛爱竹说："得想个法子，给司令泼泼冷水。这么膨胀下去非出大洋相不可。"

张学粮揉揉眼说："看来这特务班民愤极大啊！"他一推身边的向武，"那啥，我可看出来了啊向武，司令对你老客气了。那啥，你去跟司令说说呗？也算替民请愿。"

向武低头喝粥，没吭气，脸红了。

"我那亲娘！可不能硬来，硬来只会牺牲。"孟艳玖说，满面同情地望了眼金默和绿蓝侠。

“那咱们就来个集体上书！司令他就是铁石心肠，也该顾及一下大家的感受！”卢一平提议道。

“对！我同意！要是有什么想法，都说出来，我来写！”小毛响应道。

众人再一次鼓掌。

掌声引来了政委柳云峰，他一路大步流星地赶过来了，站定后喊了一声：“毛爱竹！”

“到！”毛爱竹从座位上站起了身，一个立正，他又作满面狐疑状，小声叨咕道，“这是在叫我吗？而今我一听到喊我名字心都发虚啊。”

大家都笑，只是笑声低沉了几分。

“毛爱竹，你给大家背诵一下《军校食堂用餐规则》的第六和第七条。”柳云峰命令道。

《军校食堂用餐规则》是小柳政委参照黄埔军校的校规特别制定的，是他引以为荣的作品，他命令光棍区队的学员必须逐条背诵下来不说，还动不动就爱抽查。小柳不常动招，罚人的时候，也就是让犯了错误的学员绕着操场跑，一边跑还得一边唱歌，唱那首《我是一个兵》。

“是！”小毛胸有成竹，当即背诵起来，“《军校食堂用餐规则》第六条，吃饭时必须安静肃穆，不得交谈或将碗筷弄出声响。第七条，吃饭姿势必须端正，不得将二肘置于桌面，或将脚放在凳子上。”

“好，不错！你坐下吧！”柳云峰满意地点头，而后他望了望众人说，“中午午饭前，你们班每个人，把用餐规则的第六、七条背上五遍，合格了再用餐。”见一桌子的人都沉默着，没人再动眼前的早饭，柳云峰一点儿不含糊，“再有，用餐后沿着操场跑三圈，老规矩，唱着歌跑。”

“是！《我是一个兵》！”男生们齐声应道。

4

人算不如天算，这话真说得一点儿没错。

“解放区的天是明朗的天，解放区的人民好喜欢……”罗双虎哼着小调立在出操队伍前的时候，已是大比武之后的第二个清晨了。果真是个好天，阳光明媚，初秋的风缓缓地吹着，天空中一丝云朵都没有。

队列前，罗双虎朝政委柳云峰招招手。看着小柳政委一路小跑到了队列前，他则退到了操场边上。昨天大比武上队列会操得了个第一，罗双虎得赶紧准备一下材料，组织个简报什么的。有成绩得落实到白纸黑字的文件上，这是部队的传统。否则成绩就是过眼云烟，没人会记你三天好。

自我宣传这方面，罗双虎是有惨重教训的。他上过前线，那是保卫祖国、保卫人民的伟大事业，一辈子光荣。他在野战部队从连长干起，一步一个脚印，事情干得不老少，就是嘴皮子笨，不会说场面话。推材料的功夫更是不成，没把自己的事迹好好宣传出去，进步耽误了一大截。后来带兵又出了事，调到军校来以后，先是在机关里干了一年多，严重水土不服，他要求下了学员队。如今他的那些部队战友，已经有人干到副师职了。而他，还在副团的位置上爬山呢。不吸取教训不行呢，不寻找突破口，就不能把胜利的旗帜插上主峰。眼前他得赶紧带着蔡明亮好好议一议，推出一份响当当的材料才成。这个第一拿得不容易啊，特务班的成立费多大的劲儿啊。为这事儿，他差点就跟小柳政委吵崩了。

罗双虎朝教学主楼溜溜达达地一路走去，两臂大幅度地挥动着，步伐轻盈，心头被这秋日的朝阳照得暖洋洋的。才登上教学主楼的几级台阶，他就听见主席台上的话筒嗡嗡作响。一回头，见主席台上竟是乌泱泱一队人。罗双虎停住了步子，嘴巴下意识地张开了。军训大队长朱金亮已经在亲自发布指示了——

“立正！请稍息！……是的，同志们，大比武，今天我们重新再来一次。昨天的大比武，学院领导对我们的表现很满意。但是说没有看够，没有看清楚。昨天的天气状况，确实不是很适合大比武。今天，院领导们又都赶来了，还带了军区的宣传干事过来，说要好好给咱们报道一下。今天，我们重新再来一次大比武，同志们有没有信心？”

回答大队长的，是操场上一派嗡嗡嗡的回应。

“怎么跟苍蝇似的？再回答我一次，大家有没有信心？”朱大队长在主席台上嗷嗷起来，再次发问。

“有信心！”这一回，回应朱大队长的，是新生们狼崽子一般的嗷嗷声。

罗双虎的脸红了，像是刚刚灌下了一大杯白酒。等听完点到的班次后，他的脸立即变白了，密不透风地惨白。红红白白的，他的那左半张脸就始终没停止过抽搐。

今天点到的大比武班是所有区队的四班，罗双虎傻在那里半天没出声。地球人都知道，光棍区队的四班属重灾区，有对顺拐情有独钟的，有偏好走八字步的，还有在家干农活过多、扁担把一侧肩膀压低了的。更气人的是，他的这些学员兵的这些毛病，平时是一点儿都看不出来。可到了队列里，立即无限放大，彻底露峥嵘。像是电影里的特写加慢镜头，就是要让你仔仔细细看个够。这一周的训练，罗双虎把重点都放在特务班了，对四班根本没上心，眼前却偏偏是四班成了出场队员。

政委柳云峰站在队伍前，目光从四班的排头兵开始扫视，一个个扫过去，最后落到了队尾那一个人的脸上。

“今天可是真刀真枪地实干！你们要争气啊！拿出自己最好的成绩！有信心没有？”小柳政委做了战前动员。

“有！”声音明显没底气，小柳皱起眉，想让大家再回答一遍。此时军务处齐处长已经跑了过来，轻轻拍了拍小柳政委的肩膀。柳云峰赶紧喊起了口令，带了四班的人，实一脚虚一脚地直奔了赛场而去。

比赛结果可想而知。

5

当天晚上熄灯后，借酒浇愁的罗双虎四仰八叉，躺在宿舍里呼呼大睡。蔡明亮在旁边的办公桌上，就着根蜡烛兢兢业业地推材料，简报的标题是——

“从哪里摔倒就从哪里爬起，光棍区队誓死捍卫荣誉！”

突然罗双虎猛一阵吹气儿，把蔡明亮吓得一激灵。

“司令睡死了吹气还这么猛烈，真跟诈尸似的，好怕人的！”蔡明亮睁大了惊恐的小眼睛，小声嘟囔着，“这昨天还是第一，今天就变成了个倒数第一。冰火两重天呢。这汇报怎么写啊？真是搞死人了。”

这当口一阵风从窗外刮进来，把桌上的稿纸全吹掉了。蔡明亮打开手电筒，满地去寻，发现有一张从门缝底下滑落出去了，大半个身子都跑门外去了。蔡明亮一手握着手电筒，一手拉开了门。

门刚一拉开，一阵阴风呼一下就灌了进来。桌上的蜡烛晃了两晃，猛一下灭了。蔡明亮摇晃着手电筒，去寻门边的白纸。没想到，手电筒苍白的光束下，那张白纸边上，却立着两只光脚板。那两只脚板奇瘦怪长，像两只鸭蹼一般，黑黢黢的不说，脚背上还生着一层幽幽的黑毛。蔡明亮不禁“啊”的一声叫，“有鬼”两个字还没喊出口，嘴巴就被人牢牢捂住了，手里的手电筒咣当一声落到了地上。

第六章　停不下来的出走

1

“别瞎咋呼，秀才，是我！”一个厚重的男中音在蔡明亮耳边响起。

那人像提溜小鸡一般，揪着蔡明亮的脖领子，把他拽进了临时队部。等蜡烛光再一次在房间里闪烁，蔡明亮那骤然提速、怦怦怦直跳的小心脏才略略安稳了下来，重又进入匀速运动的状态。

他的对面，绿蓝侠端坐在罗双虎平时坐着的位置上，仰着一张烛光下越发显得颀长的脸，对着秀才微微笑着。

“怪侠，你晚上不好好睡觉，跑出来扮鬼吓唬人，要干吗？”蔡明亮生气道。

绿蓝侠咧嘴笑笑，扭脸望望如一只冬眠中的熊一般的罗双虎，又眯缝着眼瞅定了蔡明亮：“秀才，我一直都想不明白，你这么起五更睡半夜的，图个啥呀？你这么忙活，有意义没意义？”

蔡明亮正用右手捂着心口，眉眼苦楚，低头不语，像个男版的东施。

绿蓝侠又问：“回答我啊秀才？有意义没？”

蔡明亮把捂住心口的手挪出来，挠了挠脑壳，叹口气：“有啥意义，我自己都弄不清楚。或许，就是为了要那点存在感吧，可怜的小人物的存在感。人人都是蝼蚁，早晚都要被扔进炉子里。如果你想走到高处，就要使用自己的两条腿。不要让别人把你抬到高处，不要坐在别人的背上和头上。”蔡明亮念念有词，手里握着那本《查拉图斯特拉如是说》。

“秀才，这又说上梦话了？你写这材料是能发表啊还是能出版？是有稿费啊还是有酬劳？要是什么都没有，我看你就别瞎忙活了！有这工夫，还不如写几本世界名著呢，最差也写本你那个，啥啥啥拉的说了啥。台湾有个叫琼瑶的女作家，整天写那些哭哭啼啼的爱情小说，出了大名了。这个呢，估计你弄不来。你品尝过爱情的滋味吗？应该是没尝过吧，一看你就是童男子一个！哎，不如你写武侠小说得了，打打杀杀的，想怎么编就怎么编，我可喜欢看呢！”绿蓝侠说。

“凡具有生命者，都不断地在超越自己。而人类，你们又做了什么？世界名著？武侠小说？要想流芳千古，还真是条路！”蔡明亮点头应着，双手托腮，望着天花板发呆。

“秀才，你醒醒！醒醒啊！实话说，你可能不是那块料儿，你名利心太重了！写名著这活儿，得金默那种人去写，他耐得住，心里干净。不是说你心里不干净啊，一看你就杂念太多。我刚才那是鼓励你呢，可不是给你指道呢。我就那么顺嘴一说，其实有点讽刺挖苦的意思在里头。秀才你这么聪明的人，能没听出来？”绿蓝侠摇晃着秀才的胳膊，一脸的坏笑。

蔡明亮腾一下起身，把一只拳头一下举到了绿蓝侠跟前。

绿蓝侠嘎嘎嘎地笑出声，因为怕吵醒了罗双虎，他捂住了嘴巴在笑，像只扮成母鸡的公鸭。

“弄啥嘞？大晚上的啥事儿这么好笑啊？”门被推开了，一个敦实的身影走进来，方脑袋在屋子里巡视了一周，范豫中在桌子边站定了。

绿蓝侠和蔡明亮都没搭理他。

“大晚上哥俩儿交心呢？怎么也没整点下酒菜啊？兄弟我这饿得睡不着，出来寻点吃的，走门口就听见怪侠老哥嘎嘎嘎的笑声，是有啥喜事吗？”范豫中低头俯视着两人。烛光里，他的方脑袋越发棱角分明。

绿蓝侠咧嘴笑笑，算是招呼过了。熄灯后范豫中还能大摇大摆地在走廊上晃荡，除了在执行“跟住”任务，监视他，又能有什么伟大的使命呢？

蔡明亮扫一眼桌上的闹钟，开始收拾东西，几下收好，扬长而去。

屋子里只剩下绿蓝侠和范豫中，老范撇撇嘴说：“这个秀才，表面一副不食人间烟火的架势！其实，就数他会拍马屁。”

绿蓝侠起身也要走，范豫中的这副贱样，烦人。

“怪侠老哥，你别走啊！要说咱还是正经的河南老乡呢。我家是周口的，你家是南阳的，咱离得不算远呢。见了老乡，就是亲呢。我早想跟老哥说说话了。这大晚上的，你不找我，怎么想起来找个上海小男人说话了？”范豫中一边挽留绿蓝侠，一边递上支烟来，中华的，还赶紧给点上了。新晋大烟枪绿蓝侠迈不动步子了。

“本来这班岗是我的，我下去接班，被金默给轰上来了。我这难得有个空，瞌睡虫早跑了，就想找玖哥学上两招。我把鞋脱了去盥洗室找玖哥，路过队部门口，就遇上了秀才。”绿蓝侠美美地吸了口烟，话也多起来。

熄灯后，散打冠军孟艳玖都要在盥洗室习武一个钟头，这是军校领导特批的。

从正式开学的第一天起，军校男生按照惯例开始站岗值班。正课时间之外，一人一班两个小时，军训新生也不例外。

“又是金默！这金默总是替人值班站岗的，不会是有啥目的吧？眼看这就要选拔区队骨干了，他这是在拉选票吧？”范豫中眯缝起眼，警觉地说。

“啥目的？没目的！金默人好呗！是个人都能看出来！再有，他是想用这值班站岗的时间看看书，说是大块的时间好利用。哎，我说老范，看你是我老乡，我说你一句你别恼啊。你咋总爱把人往歪处想呢，这可不好。”绿蓝侠替金默抱不平。

老范笑笑：“老乡你是把我想歪了。这区队里的事儿复杂着呢，你还是太年轻了啊！”

“年轻个啥？没见我这满脑门子上都是车轱辘吗？抬头纹都有了！”绿蓝侠喷出口烟说。

“那我考考你！怪侠你说，秀才这么拼命推材料图个啥？”范豫中问。

“为啥？主任让秀才推秀才就推呗。这材料里还能有个啥？有黄金、有美人啊？”绿蓝侠不以为然。

“哎，怪侠，你还真说对了！‘书中自有黄金屋，书中自有颜如玉’，这推材料，就能把‘黄金屋’和‘颜如玉’推出来。秀才推材料，推的不单单是材料，他是在为他的大好前程铺路！知道不？”范豫中说。

见绿蓝侠的脸上升起一派迷惘，范豫中忍不住替他着急：“不明白？这摆在眼前的事情你都看不明白？也对，谁让你是理科状元呢。那好怪侠，今天咱俩难得对到一起了，我就跟你好好说一说。我先问你，咱来上军校，图的是啥？图的是军校的条件好！管吃管喝，管穿衣管住宿，不用交一分钱的学费，月初还发票子。图的是毕业以后咱就是大军官了，一辈子吃喝不愁，运气好了说不准还能当个将军呢。嘿嘿。不说远了，等放了假，咱穿着这身军装，从村东走到村西，你看看，准保村支书都对咱客气得不得了，点烟端茶套近乎，说不定还得请咱喝酒。你信不信吧怪侠？”

绿蓝侠听得别别扭扭，又找不出反驳的话来，只有闷头抽烟，不接话。

“可这军校也不是样样儿好，不好待啊。从一入学，一道紧箍咒就套到了咱们头上。紧箍咒是啥呢？就是毕业分配！地方大学也要分配，可只要专业好，那是差不到哪里去的。可咱军校不一样，管你专业不专业，到时候哪里需要你，就把你像火箭一样嗖一下就发射过去了。革命战士是块砖，哪里需要哪里搬。分得好呢，你在大城市里一辈子吃香喝辣；分不好呢，你就在大山沟子里喝着西北风再娶个红脸蛋的村姑，过上一辈子吧！”范豫中说。

“那，这要是都想着往大城市去，山沟里不就没人去了吗？那咱这兵，也当得太自私了吧？”绿蓝侠吐出了口烟圈儿。

“自私？是人就自私。那怪侠你说说看，你往外跑图的是啥？咱都老大不小了，谁也别装。怪侠，这也没外人，你跟老乡说说！”范豫中说。

“我……我图的是，能学点真东西，将来……”绿蓝侠吞吞吐吐，他感觉自己宏大的理想被范豫中说小了、说低了、说脏了，可是一时又搜索不出强有力的语言来反击。

“将来，将来能吃香喝辣地过上舒心日子，对吧，怪侠？我说得没错吧？”范豫中扬扬得意。

“有错！你这是歪理，听得人疙疙瘩瘩的不舒服！”绿蓝侠表了态。

“不舒服就对了怪侠！忠言逆耳，良药苦口！这词儿从评书里听没听说过？”老范猛拍了桌子一把。

身后，下铺的罗双虎翻了个身，继续在梦乡中畅游。桌边，范豫中的眼珠子像狼崽子一般幽幽泛光，唾沫星子上下纷飞。对面，绿蓝侠阴沉着一张长脸，一手托着腮帮子，像是牙疼。摇曳的烛光下，两个人的面孔被忽明忽暗的光束涂抹得奇特而诡异，那场景，活脱脱是老电影里的狗特务在秘密接头，共同策划变天大计。

范豫中那明显带着河南口音的普通话，盘旋在军训的临时队部上空——

“咱这区队，骨干的任命就要下来了。没见着区队的空气已经有几分紧张了吗？一个骨干，有那么值钱吗？当然有了！怪侠你是不是傻啊？问的问题太没水准了。为啥要当骨干？当骨干才有前程呢！以后大机关里来选人，先就把你挑走了！鲤鱼跃龙门，就是那个效果。”

“这骨干啊，可不是想当就能当上的。靠学习好，靠军事素质过硬，能不能成？还真不能成。金默就是个例子。眼前看，金默的军事素质虽不是区队的第一，但评个优秀没问题。他晚上死活不铺白床单这事儿，有点怪兮兮的，可也没影响到大局。要说学习成绩，金默文科底子厚，估计稳居区队前三没啥大问题。可眼前金默混得咋样呢？根本是一塌糊涂。当然，金默混得惨，是路线没走对，是你怪侠老哥把人家给带到沟里去了。你想展翅高飞，金默帮你突围，罗司令能答应吗？你还别皱眉，就你逃跑那事儿，面儿上是过去了，咱兄弟们表面都不吭气，可谁心里不清楚是咋回事啊？金默这一脚踏偏，损失惨重啊。眼前区队开始选拔党员苗子了，根本就没金默的份儿。我才看的一本杂志里，说人生的关键处只有几步，走好了一辈子好，走坏了一辈子倒霉。金默那关键几步啊，全让你怪侠给带偏了啊！

“咱不说金默了，我也不往你伤口上撒盐了。咱说向武。要当上这学员骨干，可是有门道的。向武这人，高干子弟，表面看蔫不拉唧，老实巴交，其实那都是装的，他骨子里可不是这号人，我能看出来。他向武有多大本事呢？我是没看出来。可罗司令稀罕他呀，那意思，还想给他个区队长当当呢。为什么天大的好事，他向武没费任何力气，馅饼就落他跟前了呢？答案只有一个——人家的爹厉害。向武的爹，那可是正经八百的将军！少将！咱们这些农村娃，祖坟上是没冒出那股子青烟呢。

“除了高干子弟占便宜，还有一种人也能当骨干。谁？就是刚才坐在我这个位置的，蔡明亮蔡秀才呗！这军校里，有绝活、有特长的人，说的就是蔡明亮这式儿的。蔡明亮把个尼采当佛供着，整天梦话连天的。没事，司令喜欢！为啥？因为推材料这一块儿，咱区队那是谁也比不过他秀才。啥叫推材料？我琢磨了好一阵儿了，这活儿可是门整人的差事。领导当面说过的豪言壮语，肚子里有没说出来的，肚子里没有可说出来效果更好的，都得给一个字一个字地推出来，整成简报送上去，再把一面面锦旗给咱区队挣回来。这活儿是人干的吗？可咱罗司令喜欢呢！司令嘴笨，在这方面吃过亏，所以是缺啥补啥。蔡明亮于是就成了咱区队的香饽饽。军训里想外出，跟去西天取经一样样的，一个字——‘难’！可司令说了，秀才啊，你推材料太辛苦了，这往东院送完简报，顺便出去透透气。

“司令的爱将，还有一个——卢一平！别看卢一平脾气跟个倔驴似的，动不动就蹦出一个字来——‘滚’。要不就是趴桌子上写情书，写得昏天黑地命都不要了似的。可文艺演出或是拉歌的场合，根本缺不了他啊！他识谱，会拉琴，歌也唱得好。咱们区队再没人有这两下子了。新生联欢会上，罗司令一眼就看中了他。别看那小子情书一摞摞地往外寄，又情书一捆捆地往回收，谁说过他一个‘不’字啊。特务班的事儿，就是他先跳出来的，挑事儿啊，可罗司令计较了吗？没有！倒是把个金默给当众就踢出来了，对了还有你，绿蓝侠同学。别看主任有时嘴上爱骂骂卢一平，可那眼神里都透着亲昵。为啥？人家卢一平有特长啊，是人才，司令离不了啊。

“怪侠啊，有些绝望是吧？咱们，你跟我，是不是跟这骨干就绝缘了，彻底没希望了？也不是，咱得找突破口啊。咱们靠啥？靠忠心，靠力气！我就不信我在军校里头混不出个人样来，就不信不能把骨干的标签贴到我身上。我老范没别的，就是个忠心，爱干活。司令家的小平房巴掌大点地，住得憋屈。我跟司令说了，抽空啊，去给他盖个小厨房出来。我爹是瓦匠，打小一放假我就跟着他出去干活，看都看会了。怎么样，等找个礼拜天，怪侠你来搭个手，咱兄弟俩一起去？我可是看你是我老乡才约的你，旁的人我还不带呢。”

“盖小厨房？老范啊，你的手是不是伸得太长了？”绿蓝侠听得云山雾罩的，傻呆呆地问道。

“怪侠啊！呆子！就你这样的，不好好动动心思，等着毕业的时候，就让人家给你扔到山沟里哭去吧！”范豫中摇头，回身望望吐气打鼾两相交替运作的罗双虎，由衷地叹了口气。

绿蓝侠不吭气，不错眼珠地瞪着老范，心里早翻腾开了。老范把这军校说得乌烟瘴气的，简直不是正经人能待住的地方。混不成个骨干，没啥特长，再不会溜须拍马，这四年就白待了。这军校啊，像自己这样缺心眼的，看来是真待不住啊。得赶紧把这些乌七八糟的事儿告诉金默去，跟他通个气，让他留个心眼，别整天就知道看书了。要不，闭着眼过河，非掉河里去不可。

“怪侠，想啥呢？我说的有点意思没有？不瞒你说，为了这当骨干，我这两天头发都白了两根。”范豫中道。

绿蓝侠心绪烦乱，没应声。静坐了几秒后，绿蓝侠起身，轻蔑地望了眼范大仙，摔门出去了。

2

古人爱说个悲秋，可南京的秋天是让人悲不起来的。瓦蓝瓦蓝的天空看久了，眼睛里像是注入了海水的颜色。伫立在满是金黄色落叶的梧桐树下，被这暖暖的油画一般的世界包围着，再失意的一颗心也会变得暖意融融。桂花香淡淡的，一抹两抹，丝丝缕缕，若有若无，把军校生们熏染得神情迷离、脚步轻飘，心思都有几分摇摆。军校管得严，军训期间一律不准出校门一步。在巴掌大的校园里晃悠了一个多月了，是真有些闷呢。春天里的红杏，红艳艳、泼辣辣，都知道要伸出墙去，招惹一下外面的空气，更何况眼前都是些血气方刚的大小伙子呢？好在哪个时代哪处地界儿，富人自有富人的开心辞典，穷人呢，也总有自己的快乐法宝。校园里，新生们掘地三尺寻找着好玩的去处，还真就被他们挖宝一样寻着了。到了星期天，早饭过后，光棍区队的宿舍里，人哗啦一下就跑空了。

“怪侠，走，咱俩一块儿去图书馆转转。”金默一边换便装，一边招呼坐在窗沿上发呆的绿蓝侠。

绿蓝侠晃荡着两条腿坐在窗栏上，像是被林妹妹附体了一般，鞋拔子一般的长脸上写满苦楚："这军校可是真闷呢，还啥时候都有人管着。这让人怎么待啊？得这么憋闷四年啊。想想都头大！"绿蓝侠发着牢骚。

"怎么，又打上歪主意了？还想跑？"金默没好气地扫了绿蓝侠一眼，意兴阑珊。他是真有些怕绿蓝侠，这个长脸青年，像是会看透他一样，总会不经意间说出他心里想说又不敢说的话。

"龟孙！这跟关监狱一样给关了两个多月了，老子还真想越狱！"绿蓝侠说。

"怪侠！你嘴上有点把门的好不好？"金默提醒道，一边指指四下，左右食指交叉着在嘴巴上打了个叉。

"没事儿，范豫中那龟孙一早就出去了，说是带着几个警卫排的战士，给罗司令家盖小厨房去了。"绿蓝侠表面大大咧咧的，可还是压低了声音。

两人走出宿舍，下到一楼，还没出楼门呢，一阵鸡汤的香味扑鼻而来。迎面一人双手端了只钢精锅，低了头迈着小碎步，正往楼里奔。看他一身簇新的蓝衣蓝裤，油头粉面的，像个新郎官。一端详，竟是区队的蔡明亮蔡秀才。

蔡明亮今天的打扮着实有几分耀眼。小立领的深蓝色的中山装，簇新得像是才从裁缝铺里取回来，底下是条配套的深蓝裤子，明显是按照正经套装的路子来打造的。但不搭的是他脚上的鞋，竟是双白球鞋，白得晃人眼。但亮点还不在这白刺啦的白球鞋上，而是在蔡明亮的胸口。只见在中山装的右边胸口处，竟然别着一只红色的纸花。这个新晋五四青年头发一如既往地油亮着，端在手上的钢精锅里也是油光四溢。这锅也没个锅盖，春光晃人眼，就那么大敞着。一锅热腾腾的油汤里，坦坦荡荡地卧着一只裸体肥母鸡。

"嗬！秀才啊！这身行头扮的！今儿是你大喜的日子吗？怎么事先没一点儿预告呢？"绿蓝侠大呼小叫地迎上前去。

蔡明亮赶紧摇头："怪侠别乱说，大喜个头啊，没有的事情。"辟谣之际，脸先红了。

"那这锅鸡汤又是为啥呢？干吗不喊我来喝？"绿蓝侠紧追不舍。一旁，金默想忍着不笑，可一直在笑。

"是这么回事，小青同学今天过生日，在405房间，几个同学想搞个'爬梯'。"蔡明亮说。

"小青？哪个小青？西湖边上的白蛇的丫鬟，她下凡来咱军校了？"绿蓝侠一脸呆萌，假扮天真。

这两天军校的大学语文课上正讲到《白蛇传》，理科状元绿蓝侠对白蛇和小青两位姑娘是相见恨晚。

“不是的，不是的，我说的是小青，新闻系的苏小青。”蔡明亮的脸更红了，认真解释道。

“苏小青？我的天哪。那位‘国军’啊？秀才你这么张罗，该不是——跟她好上了？”绿蓝侠步步紧逼。

“怪侠！什么好不好的，不好瞎讲的啊！”蔡秀才红头赤脸。

绿蓝侠笑了：“逗你呢秀才！还真当真了。既然是小青姑娘过生日，那我们也去捧个场吧！金默，咋样，咱去置办点好吃好喝的来？”

还没等金默表态，蔡明亮赶紧应了声“好”，端着一大锅鸡汤就要走。才上几阶楼梯，他又突然转回身来，深情凝视了绿蓝侠两眼后，沉下声音说：“怪侠，那什么，夏春树也来的！”

“夏春树？那丫头也来啊？太好了！那我更得去了！给我们留个位子。”绿蓝侠热情高涨，两手舞动，一直目送到看不见秀才的背影为止。一转脸，金默却已经走了老远了。

3

林荫道上，金默的右手紧紧拉着绿蓝侠的左手，两个人肩并肩、手挽手地朝图书馆走去。远远看，两个人像一对连体婴儿，更似一对好基友。

“干吗这么使劲拽我啊？把我这胳膊都快拽脱臼了。咱怎么就不能去了？是夏春树伤害了我，我又没怎么着她。凭什么咱们就得当地老鼠？”绿蓝侠狡辩不止。

“绿蓝侠，你能别再惹事了吗？人家要请咱早请了，突然闯过去有意思吗？没见罗司令现在把咱俩整天当贼防着？”金默说道，显然有点动气。

绿蓝侠哑了，不吭气了。

这时，前方一队乌泱泱的人马映入了两人的眼帘。这队人马齐刷刷地迎面而来，脚下踏着飘落了一地的梧桐叶，脑袋上纷飞着洋洋洒洒的梧桐叶。七八个人一个横排面，气势汹汹，来者不善，像是才从梁山上杀将下来的一干英雄。明明是野蛮生长的一群，偏偏又横生出一种没来由的飘逸。这队男生的穿着出奇地一致，下着或深蓝或黑色的紧身牛仔裤，上身套件夏常服的的确良军装，领花、肩章都卸掉了，只裸穿着。都是一水儿的小平头，很有几分摇滚青年崔健的飒爽和蛮横。人快走近了，他们两个认出来了，一行人竟都是区队上的男生。英雄们也早把他们两人收到了眼底，老远就招呼开来。等走近了说上话，才知英雄们是去看录像。正说着，从后面赶过来了三个人，一个是随意披了件浅灰色夹克衫的向武，另一个是一身白衣白裤的张学粮，再有一个就是一身黑色皮衣皮裤的许亚军。东北青年明显比北京青年爱打扮、爱倒饬。

别看张学粮隔三岔五地朝绿蓝侠借裤衩，其实他是典型的驴粪蛋子表面光。就这么个普通的礼拜天，军校的门都出不去，他也绝对不放过展示自己羽毛的机会。眼前张学粮把自己包装得跟正红得发紫的小虎队的主唱似的，白衬衣白西裤白皮鞋，西裤的吊带一左一右勒了两道，这身装束，跟中山装在身的蔡明亮明显是两个流派。最为扎眼的是张学粮额前那澎湃的乌发，像是脑门上顶着朵大菊花。军训两个多月了，入学之初削成的土豆头又都开始发芽了。荷尔蒙蹿得快，男生的头发长得也快，有些爱美之徒就开始在头发上打起了擦边球。张学粮的头发明显吹过了，额前的那一大把还做了个乱云飞渡的造型。

“我的天哪！学粮兄弟，你不当演员真是浪费了。把我们村里的小伙子都寻遍了，都没哪个像你这么会打扮。”绿蓝侠激赏不已，眼睛里满是笑影。

张学粮一抱拳：“哪里哪里！见笑见笑！那啥，两位状元大哥，跟我们老大一起去看录像吧？可是正经的港片，发哥的《喋血双雄》。今天的阶梯教室，破例对咱光棍区队单独开放，这可都是老大的面子！”说着张学粮的右手拇指一翘，骄傲地指向了一旁的向武。

“怪侠、金默，一起来吧，片子不错的！”向武邀请道。

许亚军凑上前，右手煞有介事地捂在鼻子上，压低了声音说：“告诉你们可别乱传啊。就为这场录像，老大可是找了院领导的。属特批！”

“亚军，你能少说两句吗？”一旁的向武责怪道。

许亚军不以为然，回头冲向武道：“老大，说说怎么了？能别总活得这么压抑吗？”

张学粮轻轻推了两下许亚军：“亚军，老大叫别说就别说。老大是低调惯了。”又转头问金默和绿蓝侠，“哎，你们这是要上哪儿啊？”

“秀才张罗着给苏小青过生日，我想去凑个热闹，可金默不让去。”绿蓝侠心里不藏事儿，啥都秃噜出来了。

“谁？苏小青？‘国军’苏小青过生日？秀才在张罗？”张学粮面露疑惑，甩了甩头，望向了向武，“老大，苏小青过生日？这么大的事儿，她怎么没告诉咱们啊？前天，咱们不才请过她吗？”

一旁的向武脸红了一下，没接话。

前天晚饭后，向武和张学粮路遇苏小青。张学粮主动上前搭讪，接过了她手里的热水瓶。三个人边走边聊，走到军校的小吃部，向武掏腰包，请大家品尝著名的光明牌冰砖。

许亚军抽了几下大鼻子："这苏小青可是不够意思，怎么跟蔡明亮那个呆子搅到一起去了。到底是对眼，对眼无神啊！"

向武拉了许亚军一把："话怎么那么多？你们不走我可走了啊。"

张学粮回头摁了摁向武的肩膀："老大，怪侠和金默不是外人，咱有啥说啥。"他绷住脸，满面肃穆，"那啥，目前局势很严峻呢，开学这才几天呢，吃吃喝喝这一套歪风邪气就泛滥起来了，多他妈俗气啊。这是在军校，培养将军的摇篮！就为个评上骨干，使上手段了。我们不来这套，我们始终很自信也很镇静，用不着拉人，我们老大的号召力在那儿呢。你看这一说看录像，这十多条汉子就都动起来了。两位，等着你们和我们胜利会师啊。"发表完一通正气浩荡的讲演，张学粮摆了摆手，和向武、许亚军一路扬长而去。

告别了这一干与周润发"会合"的梁山好汉，两个人沉默着走了一段。

"给张学粮这么一说，啥生日'爬梯'、看录像，简直是在搞暴动。金默，你说说看，评选个骨干，有那么复杂吗？"绿蓝侠的长脸上挂满迷惑。

金默的眼睛里早有了一份失意，他摇头："我不知道，也不想知道。我是来上学的，不是来当政客的。"

"可是兄弟啊，凡事咱还不能掉以轻心。这为了当骨干，范豫中可是没少动脑子，小厨房不会白盖的，他那无利不起早的人！要是都像他那么挖空心思拍马屁，毕业时肯定没有咱的好果子吃！"绿蓝侠感叹道。

"一个区队长，真有那么大的魔力吗？"金默嘀咕了一句。听绿蓝侠刚刚提到毕业，他心里迅速晃悠了一下。

"你还没看明白吗兄弟？我不早说过吗，这军校压根儿就不是一所真正的大学！"绿蓝侠沉痛地说。

金默没吭声。

"金默，人家这都动起来了，你是咋想的？"绿蓝侠问。

"刚开学那会儿，罗主任倒说过要提拔我。可后来……听天由命吧。"金默老老实实地回答。

从上周开始，系领导到区队的两位领导，已经在找区队的同学谈话了。谈话的主要目的，就是为了军训后确立下区队的骨干。主要的骨干领导有三名，区队长、副区队长和团支书，再有就是四个班的班长和副班长。

"说到底啊兄弟，老哥对不起你，是我把你给连累了！"绿蓝侠深深叹了口气，"金默，我也不瞒你，我还是想跑！你别瞪眼！这么些日子了，我都是扳着手指头一天天熬过来的。这军校，我严重水土不服。”

“要走你现在就走！别跟着我！以为就你高明呢？打退堂鼓当㞞包软蛋，谁不会？”金默突然满面激愤，声音高亢，“整天开口闭口走走走的。留下来你就活不成了吗？你就不能活出个人样来给他们看看？军校再不合你心意，可当初是你自己的两条腿走进来的吧？没谁把你捆绑着押进来。你跑吧！有本事现在就跑！”

绿蓝侠一下停住了脚步，长脸涨红，他定定地望着金默：“我还是那句话兄弟，不是所有的困难都能克服的，你往往克服不了啊。愚公移山，没意义！你这个人啊，就是小时候被灌输的毒太多了，傻到现在，根本不会用自己的脑子思考问题，不知道自己要过什么样的人生。我们这代人，只有把童年时被灌输的毒吐净，才能重获新生。这不是我说的，是我刚看到的一本书上写的。你就继续被毒害吧，在这儿好好混吧！等你混成了将军，我再来给你祝贺！不奉陪了，咱后会有期！”

说罢绿蓝侠就掉了头往回走去。留下金默站在原地，如一只呆鸡。

4

绿蓝侠表面上循规蹈矩，其实他的二次出走计划，已经在秘密酝酿之中了。

军训期间活动量大，光棍区队的弟兄们午饭后回到宿舍，脑袋一沾枕头就睡得打呼噜磨牙的大有人在。绿蓝侠没有睡午觉的习惯。起先为了好好治治负责“跟住”他的范豫中，他专门去操场跑步。后来军训的训练强度加大，他中午消停了一阵儿，大多时候还是去小柳的宿舍看报纸。小柳也没有午休的习惯，午后都是捧本书在读。报纸翻完了，绿蓝侠就朝他借书看，也捧在手里读。可看那样子绿蓝侠明显不投入，总是斜靠在窗边，望着窗外发愣。

四下静寂，夏春树一字一顿：“好奇怪！我为什么一定要认识你？口口声声说是有本事上清华，那你跑军校来干什么？既然觉得清华好，待在军校屈你的才，那有本事就别在这儿赖着，考清华去啊！”

夏天去了秋天来了，夏春树这几句话，还在绿蓝侠耳边聒噪，听得他脸色大变，绿刺啦的像是刷了层绿漆。

绿蓝侠只顾在他的小心灵里痛苦徘徊，长脸上布满焦灼，却不知政委柳云峰已经敏锐地捕捉到了这少女思春一般的画面。小柳的心头暗暗升起了焦虑。看来罗主任的担心不是没有道理，对这样有前科的同志，还真是不能放松警惕。虽然小柳从一开始就竭力反对“跟住”，这种手段极易人为地造成战友关系的破裂，加重人与人之间的误解，可对绿蓝侠这样的，光靠简单的说服教育明显不够。这头关在笼子里的豹子，既谈心又谈话，该说的都说了，可他心里头惦挂的还是那传说中的美丽草原。

都是从军校里一路跌跌撞撞过来的，柳云峰对绿蓝侠的表情和心理一点都不陌生。他琢磨很久，想出了一个不算多高明的办法。他知道，对这样思想上有包袱的同学，大道理说破了天都没用，批评狠了更是适得其反。正面出击去强夺他那个包袱不成，得侧面出击，春风化雨，让他自觉自愿地取下思想包袱。要想留住这头豹子，好吃好喝之外，精神食粮必须得出场了。大鱼大肉咱搬不来，弄些新鲜的瓜果蔬菜还是可以的。

于是小柳政委立即把严峻的敌情向罗双虎做了汇报，在他的文学修辞过于累赘的描述中，绿蓝侠已经握着把小铲子在挖地道，就要在月黑风高之夜越狱了。罗双虎对此是高度重视，立马暗中加大了“跟住”的力度不说，对小柳政委加强内部文化建设的提议更是举双手赞成。在领到了一批并不算丰厚的经费之后，小柳政委垫上了自己的一部分储蓄，上街购置了一堆时新的书刊、名著，以及咖啡、茶叶、糖果等零碎。由系里特批，去军务处领取了两个新书柜，跟公务员小方一起搬了进来。小柳又去弄来了几盆花花草草，搁在房间四角。小柳政委的军训临时宿舍于是被收拾得窗明几净、花香四散，战略系二区队的小小阅览室，算是在军训期间正式挂牌了。

猎豹绿蓝侠在小柳政委的殷切期盼中，眼神炯炯，长腿晃荡着，如期踱进了阅览室。绿蓝侠才坐定在窗边的那个老位置上，一杯沏好的速溶咖啡立即递到了他的手边。绿蓝侠望了一眼草绿色的搪瓷缸里，那泛着泡沫的一杯黄河水样儿的东西，耸了两下鼻子：“麦乳精？”而后把鼻子凑过去，狠狠闻了两下，“还怪香的！”

在柳云峰充满爱意的目光里，绿蓝侠灌下了他人生中的第一杯咖啡。他瞪眼鼓腮，像是要马上吐出来了。他跑进盥洗室，咳嗽了好一阵儿才平静下来。渐渐地，绿蓝侠喜欢上了这来自资本主义国家的下午茶，好上了咖啡这一口，并且每天中午都得来上一杯。他翻报纸，读杂志，神情似乎不那么迷离了。小柳政委一次次地把近乎宠溺的目光投向绿蓝侠，心里充满兄长一般的款款深情。

柳云峰的心头正荡漾着一池柔波，不曾想绿蓝侠那厢已是胸中激起了万丈狂澜。绿蓝侠盯上了一本叫《深圳青年》的杂志。一本《深圳青年》在手，绿蓝侠窥见的是一个全新的沸腾的世界。1979年的春天，有一位老人在中国的南海边画了一个圈。东海来风满眼春，南方成了创业者的乐土。1988年的秋天，一个军校学员收到了来自这方乐土的电波，他要去闯深圳！

这四年军校上下来，正步踢得再好，被子就是叠出花儿来，又能怎么样呢？满嘴理论，又能学到多少真才实学呢？蔡明亮推材料果真能推出座金山银山来？范豫中对军校各阶层的分析再深入，小厨房盖得再高级，终归也是个马屁精。金默就是个忍，忍来忍去，还能把大好前程忍出来吗？还是夏春树那丫头的话一针见血，心高气傲还得落实到行动上。这军校有让人心服口服待下去的理由吗？待在里头的人，再拼命也是只井底之蛙。

我还得走，去南方，加入到南下寻梦的队伍里去！

秋意渐浓，绿蓝侠喝咖啡已经跟喝棒子面粥一样顺口了。每天午后从区队的阅览室出来，他双眼冒光，一副浑身是胆雄赳赳的慷慨模样。在旁人看来，只以为是小柳政委的那杯特供咖啡给激的。

5

绿蓝侠又一次行动起来了。

他的第二次出走，一直磨蹭到秋天快过完了，军训的尾声才得以开展。不是他犹豫着不想走，而是军校里的情况突然发生了变化。前不久，军校进行了一次学员作风整顿，对新生的管理骤然间加大了力度，固定岗哨和流动哨都加强了。绿蓝侠在心里是暗暗起急，脑门上冒出一排的青春痘来，远远看上去像是安上了一排图钉。他嘴里生了溃疡，一张嘴就刺啦啦地疼。局势一紧张，他这样有前科的人就成了被监视的重点目标，这段日子他身边就没断过“跟住”他的人。

这天晚上，绿蓝侠终于逮着了机会。他内心一下掀起了万丈狂澜，像是一只即将逃出猎人包围的野兔一般，他的双眼通红通红的。

是个周末，班主任罗双虎忽然喊上金默，把临时队部的门一关，喝起了小酒。绿蓝侠心里想，这司令能找金默喝酒，看这节奏，是要把金默发展成区队骨干吗？如果真是这样，自己留在军校里的唯一的心事也就放下了。金默这人太老实，只能按常规出牌，可自己硬是把他那一手牌给胡拉乱了。等自己去了南方，稳定下来了，再跟他联系不迟，眼前就别再给他添乱了。

绿蓝侠溜达到小柳政委的宿舍兼阅览室，从公务员小方那里得知，小柳去火车站接女朋友杜鹃了，说是火车晚点，还没回来。绿蓝侠的心头一阵突突突地乱跳，报纸上的字开始在眼前跳舞。这天负责“跟住”绿蓝侠的是蔡明亮，晚饭后，秀才就一直陪着绿蓝侠读报，大有陪太子读书的耐心。7点来钟的样子，房间里的电话响起了，是秀才妈从上海打来的长途。

蔡明亮的妈从大上海打来的长途电话，区队上的每个人几乎都接到过。那是个很好听的女声，听上去声音很年轻。只是秀才妈的话太啰唆，跟秀才一接上头，话就没个完，没个个把小时绝对收不住。不是蔡明亮跟他妈有说不完的话，而是他妈太啰唆，各样心事，各种烦恼，都要跟儿子好好唠上一唠。于是他妈一来电话，蔡明亮就头疼，光棍们则更头疼。为啥呢？

国庆节，罗双虎把光棍区队拉了出去，跟南大政治系的学生在玄武湖畔举行了一次联谊活动。活动中，不少男生都认下了一到两个女同乡。光棍区队的来信也骤然增多，字迹娟秀，一看就是出自女孩子之手。男生们的情感生活骤然变得千丝万缕、扑朔迷离起来。信写得勤了，电话也多了。军训中大家出不去校园，与外界的交往只能靠鸿雁传书或者电波传情。临时队部的电话大家不敢碰，罗双虎霸着呢，小柳房间的电话于是成了爱心公用电话。一到周末，小柳房间传来的电话铃声便响彻整个走廊，电话常常被男生们捂得发烫。而秀才接他妈的电话，已经成了区队一景。起初没人对他接电话有啥看法，联谊之后，大家的电话多了，自然就对总是霸着电话的秀才有了意见。

让大家头疼的秀才的妈，却帮了绿蓝侠的忙。趁着秀才在电话里听他妈细水长流地倾诉，绿蓝侠离开了阅览室，回宿舍简单收拾了一下，悄然下楼。这次出走他一切从简，只在身上带了点钱，军装都没换就奔了楼下。与楼下的哨兵相遇时，绿蓝侠苦着一张脸，说是拉肚子，想去门诊部拿点药。这晚的哨兵是国防新闻系的，也是从中原大地上考来的。老乡见老乡，两眼泪汪汪。老乡一点儿没难为绿蓝侠不说，还要把军用雨衣借给他，说是外头下着雨呢。绿蓝侠心里一下暖烘烘的，逃跑的决心差一点就要动摇了。也就是到了军校，才能把老乡变成亲如手足的兄弟。

绿蓝侠没接雨衣，出了楼。一场秋雨一场寒，雨滴扫到人脸上凉飕飕的。绿蓝侠心绪复杂，脚步踉跄着，像个瘸子一般踉踉跄跄地一路狂奔，直往那片他早已提前踩好点儿的小树林而去。

第七章　匿名信

1

军校开晚饭前，光棍区队的队伍正往食堂里走，班主任罗双虎忽然喊住了金默。两人站到了军校食堂外的水泥地上，罗双虎拍拍金默的肩膀说："晚饭你少吃几口，一会儿去临时队部，咱喝个酒。"金默一怔。自打开学之初金默帮绿蓝侠出逃，又有了后来他退出特务班的事，这一段罗双虎对金默相当冷淡，基本把他当透明体对待。今天主任突然招呼自己喝酒，是鸿门宴还是合家欢呢？金默心里七上八下的，但还是点了头。

罗双虎爱喝酒，地球上的军校生应该都知道。三两天离了酒，他就浑身不爽。到了周末，只要没啥大事，他都要在临时队部里喝上几盅。主任跟谁喝酒，就是把谁当朋友、当哥们儿。对此，小柳在私下里不止一次提出过意见，说是这么喝酒，在学员中影响不好，有损军人形象。

当场老罗是这么反击的："喝酒咋了？其实就是找个机会说说话。你不整顿酒，谁把心窝里的话掏给你？过节还讲究个茶话会呢，喝茶嗑瓜子，才能说开话来。面对面干坐着，让人家跟你交心，那不成审讯了吗？"罗主任的这番高论，小柳无力辩驳，只有清者自清，坚决不跟主任喝小酒。

金默赶回了教学主楼，走进了军训的临时队部。罗双虎正举着个草绿色的搪瓷缸，在用暖水壶里的开水冲洗。金默忙上前阻拦，说是自己不会喝酒，说说话就可以了。罗双虎两眼一瞪，把金默摁到了自己平日坐的椅子上，自己回身就去倒酒。金默只好坐下，定睛一望，见办公桌上已经摆上了三只不锈钢大碗，里头分别是卤牛肉、松花蛋和花生米。

罗双虎把装了半缸酒的搪瓷缸往金默跟前一搁，自己抱起了个盛满酒的不锈钢饭盆："来，金默，咱们今晚不醉不休！"

金默赶紧站起身："我……我真不会喝酒。主任，你有事儿就说！"

"你给我坐下！一个大男人，连酒都喝不来，以后怎么在部队里混？"罗双虎一瞪眼，捧住饭盆，一仰脖，半碗就下去了。见金默没动，把搪瓷缸一把塞到了金默的手里，"来！喝！"

"我……我真不能喝……"金默接过了杯子，酒气扑出来，他的脸先红了。

罗双虎瞪起一双红眼，左脸抽动："金默，你看不起老子！是不是？"

金默赶紧摇头。

"你要是看得起老子，先把杯子里的酒干了。我有话要跟你说！不喝我就不说！"罗双虎红着眼睛蛮横地吼道。

金默低头，把酒端到唇边，一仰脖喝下去。白酒又烈又辣，嗓子眼一阵儿生疼。

"这不挺好吗？够爷们儿！来金默，吃菜吃菜！"罗双虎满意地笑笑，开始给金默夹菜。

金默很有几分拘谨，低头慢慢吃菜。

"我今天请你来喝酒就是想问你个事儿。金默，咱这区队上有人写了封匿名信出来，告我的。这事儿，你知道吗？"罗双虎把手里的碗端起又放下，左边脸抽搐了几下，像是很随意地问道。

匿名信？告主任的？金默蒙了，他赶紧摇头："我从来没听说过。"

罗双虎瞪着眼，站起身，走过来狠拍了下金默的肩膀，转身走到窗户边站住："金默，这封匿名信把我给告了。情况已经报到院里了。说我包庇逃跑学员，组织特务班，重用亲信。三大罪状！这人下手毒啊！等于是冲着老子的后背开了一枪。"罗双虎已经是一脸的愤慨。

金默站起身来："这么可怕！真是咱区队的人写的吗？"

罗双虎走过来，又狠狠地拍了金默的肩膀两下："坐下，你先坐下！这眼前还不能确定是咱区队的人干的。匿名信底下又没落款，可这军校里，我也没什么仇人啊？人家害我干什么？"

金默摇头："写匿名信，心理太阴暗了，不是君子所为。"

罗双虎弯腰，盯住了金默的眼睛："金默，这么说，匿名信不是你写的？"

金默一下子满面诧异，罗双虎竟然怀疑到了自己身上。他胸口起伏，腾一下起身，脸红了："不是我，我绝对干不出这样龌龊的事！"

罗双虎的拳头在桌子上狠砸了一下："好！不是你就好！老子今天要开始大面积调查了，非揪出这个内奸不可。金默，我找你就是随便问问，你别多想！"

金默赶紧摇头："真不是我！我不是卑鄙小人！"

罗双虎把金默又一次摁到椅子上："喝酒喝酒！不是你就好！那我就放心了。"话说得干脆，但他的目光里却明显地滑过了一丝迟疑。

从临时队部出来，金默没有回宿舍去，那半缸子酒喝得他晕晕乎乎的，他想找个地方醒醒酒。金默走出了教学主楼，沿着去往图书馆的林荫道一路走着。天空飘下小雨来，夜色里布满凉意。金默顾不得那些，只闷头走路。

到了图书馆楼下，金默并没有走进去。他继续朝前走，走上一条石子铺就的小路，再踏过半人高的灌木丛，走进了暗影里的一片小树林。

这片小树林是国防战略系二区队的卫生责任区。树林里的树以香樟树为多，其间还夹杂着几棵月桂树。小树林的东侧则是一棵棵粗壮的梧桐树，军校的围墙就被掩映在这些梧桐树下。金默站定，立即将目光投向了那一垛长长的围墙。两米多高的围墙，上面插满尖利的金属物。树影婆娑，秋雨纷扬，一排尖利的金属杆直指天空，活脱就是《命运交响曲》的悲怆旋律。愣了好大一会儿，金默忍不住深深地叹了口气。

这军校上的，让人说什么好呢？总是失落落的，像个孤魂野鬼一般找不到方向。是不是自己太不知足了？或许从一开始，自己踏上这条路就是错误的？可来上军校，毕竟是父亲最后的心愿啊。就是父亲没有对他如此要求，以家里的情况，他也是不可能到地方大学去读书的。要是去了复旦大学上学，经济上少不得家里的一份援助，母亲和弟弟过的日子，一准儿要缩衣节食。这样的日子一天两天行，要是整整四年或者五年都是如此，他还能安心地坐在复旦的课堂上读书吗？

小树林里，一棵最粗壮的梧桐树，胳膊腿儿都不老实，张牙舞爪地伸到了围墙上方。金默径直来到那堵坑坑洼洼的围墙边上，站定了，举头望向梧桐树的枝叶。绿蓝侠第一次出走，就是从这里把出入证从围墙外扔给金默的。而今这棵梧桐树的那只伸向围墙外的粗大手臂，已经被一层铁丝网牢牢缠住了。金默站着发了会儿愣，心里禁不住一阵生疼。他想，梧桐树的那只手臂一定也会疼的。

金默感觉头有些晕，是酒上头了。小雨渐歇，金默找了棵暗影中的香樟树，靠在树身边，慢慢坐到了地上。他从军装上衣口袋里往外掏烟，想起烟还是绿蓝侠给的，心里一下涌上了一层暖意。烟从口袋里掏出来了，可火柴却没带。这让金默禁不住又想起绿蓝侠来，怪侠的军装口袋里似乎永远揣着烟和火柴。绿蓝侠的心里始终有扣儿，该找他好好谈谈才是。总是想着从军校跑，也不是个法子啊！

金默手里摩挲着烟，心绪渐渐变得复杂，悲观的情绪一点点儿包围了他。这军校的生活，表面看衣食无忧、整齐划一，内心却是始终不得安宁。仿佛有一把无形的软刀子，时不时在年轻的、柔嫩的心口划拉上那么一刀。归根结底，是没有找到自己的位置，完全发不出自己的声音。军校这样的大学，原本就是强调集体意识，集体的利益高于一切。随着军训的深入，区队上的歪风邪气一点点滋生开来不说，眼前，一封匿名信又突然冒出来了，自己竟成了主任的第一个怀疑对象。这军校，像是真没什么上头啊。金默坐在树下的暗影里正胡思乱想，突然，一个黑影闯入了他的视野。

2

没有月光的晚上，树林里的一切显得格外诡秘。一个瘦高个儿男子，半驼着个背，背上背着个大包袱。脚下像是怕踩着地雷一般，一步一步小心地挪动着。每走一步，他就往后望望，像是个刚刚作案完毕、正在转移赃物的窃贼。金默的心怦怦怦地跳了几下，马上稳住了。

这个貌似窃贼的人，金默认识。他屏住呼吸，依旧一动不动地坐着。

男子踅摸到了围墙根儿底下，先把手上的包袱放到地上，而后踮起脚尖，伸开胳膊举起两只手，像是想要测量一下围墙的高度。他个头不低，但他伸直的两只手却还是够不到围墙的边沿，围墙得有两米多的高度。这男子踮起脚尖，仰着脖儿一蹦一跳，像是只要急于跃出围墙去的小狗。蹦跶了一阵儿后，他停了下来，左右望望，还是奔向了那棵最粗壮的梧桐树。他抱住梧桐树粗大的树干，一下就出溜了上去。可是，他站到大树上后，要往围墙外面去，这中间的那段距离却是无法逾越的。大树的手臂上满是埋伏，通向自由之境的道路被切断了。于是勇士只能从树上滑了下来。立在树下，他伸出拳头狠狠地捶向梧桐树的树身，那样子像个满心怨念的弃妇。这人把几通老拳送给梧桐树后，开始在墙根儿底下踱步。踱了几个回合，他停住了步子，弯腰弓身，开始四处拾捡石头和碎砖头，把稍大一些的都往墙根儿搬。

金默心里有了底了。他默默注视着眼前的这位愚公，只看着他一点点儿垒石头。愚公累了，呼哧带喘地拍了拍两只手上的灰土，而后从口袋里摸出个什么，啪嗒一下点上了。一张长脸在明灭的烟火微光的映衬下，完全被金默收到了眼底。

这位急切地要突破围墙的勇士，果然是他的军校战友——绿蓝侠。

金默呆在原地，冷眼旁观绿蓝侠是怎么在他眼皮子底下越狱的。

几米之外，休整之后的绿蓝侠，已经踩住了他垒成的脚垫。他双手扒住围墙的边缘，两只脚一使劲就悬空起来。绿蓝侠两手把着围墙，两只脚朝下无望地蹬了两下，身子却并没能翻上围墙去。围墙上尽是尖利的铁杆，就是有足够的力气，他也没法翻上去。绿蓝侠在半空晃了又晃，一下就猛砸到了地上。

金默腾一下站起身，紧走几步，冲上去要拽地上的绿蓝侠。

“什么人？有人在吗？”两声警惕的询问从草丛外的林荫道上传来。两道刺目的手电筒光在围墙上打来扫去，像是老电影里两军对垒时的探照灯光。近来，军校晚间的流动哨出动得颇为频繁。

金默马上卧倒在了绿蓝侠身边，大气不出。流动哨走远了，四只眼也已经对视了1分多钟，绿蓝侠从地上一骨碌爬了起来。

“金默？是你！是罗司令让你‘跟住’我的？”绿蓝侠惊异道。

“没有任何人让我‘跟住’你。绿蓝侠同志，你这又演的是哪一出啊？”金默说。

“我说呢，兄弟你不是那样的人，不至于那么卑鄙！”绿蓝侠猛松口气。

“你这全副武装的，又是要跑啊？”金默问。

“跑什么跑啊？闷得慌，想出去透透气。上街吃碗馄饨！”绿蓝侠满面的若无其事。

“吃碗馄饨？背个双肩包去吃？值钱的东西都背着，真没看出来，你还是个守财奴啊！”金默笑笑，满面嘲讽。

“你能不能别这么讽刺打击了啊？”绿蓝侠理屈词穷，烦躁起来。

金默掏出两根烟来。

“我不吸烟！”绿蓝侠面带怒气，可还是接过了烟，立即从口袋里取出火柴，先给金默点上了。

“绿蓝侠，我想好了，我跟你一起跑。”烟抽完了，金默淡然地说，“你在这儿等着我，我去宿舍喊几个人，怎么着也让大家欢送一下咱俩。”

绿蓝侠满面惊诧，手里的烟屁股烧到了手指才醒过味来。他把烟屁股朝地上一扔，站起身来，脚在地上跺了几下，忍不住嗷嗷起来：“金默，你到底属什么的啊？我的天哪。老天啊，你既生默何生侠呢？”

3

新年来临前，南京落下了这个冬天里的第一场雪。这场雪声势浩荡、铺天盖地，整整下了三天。雪落得密匝匝的，军校的校园里像是铺上了白毛毯。走在白毛毯上的大多是些兴冲冲的面孔，红肩章映衬着的，是一张张红扑扑的脸。88级新生们的面孔上更是多了一道曙色，三个月的军训胜利结束，新年又即将来临，艰苦的日子总算熬到头了。

下雪的第一天，军校的大门口，被警卫排的战士铺设上了一条红地毯。红地毯接了一节又一节，一直延伸到了教学主楼的楼门口。宣传橱窗里，换掉了新生军训中的好人好事，临时粘贴上了一个个红色的方块纸，上头的毛笔字连成了一条欢迎横幅——热烈欢迎总部首长来我校视察工作！

总部首长要来看望军校的学员们，这是多大的事儿啊！学员们才一睁眼，紧急通知就下到了各个区队。国防战略系二区队也接到了命令，全体人员立马紧急集合，在走廊上就展开了早点名。罗双虎下了硬性命令，临时取消早操，立即全面彻底地打扫内务卫生。动起来的不光是他们，整个宿舍楼的学员全都奋不顾身地投身到这场热火朝天的爱国卫生运动中。

军训结束后，男生们全都搬回了军校的最高建筑，一幢7层宿舍楼里。宿舍10平方米的样子，上下铺，4人一间。光棍区队盘踞了5层朝西的半边走廊。新生中的8名女生则倦鸟归林，住到了男生宿舍楼北边的一幢2层小楼里。女生宿舍楼是军校重地，小楼前24小时有门岗把守。一面“男宾勿入”的牌子，门神一般铁面无私地竖立在门口，把多少热切男儿的心都冷冰冰地阻隔在了外头。

这一大早，光棍区队的半边走廊早已是人声鼎沸，到处晃动着劳动的身影。楼道的地板被拖把一遍遍拖过来拖过去，像是对缠绵到难分难舍的恋人。盥洗室里喷了花露水不说，打扫干净后立即被贴上了封条。于是一干内急里慌的战友，只能一趟趟往顶层上一个唯一开放的厕所里跑。咚咚咚的脚步声里，招来的是班主任罗双虎严厉审慎的眼神。新晋副区队长范豫中负责把守盥洗室的大门，他绷了一张方脸，眼珠一动不动，堵在门口，活脱是一尊兵马俑。

终于等到了开早饭的哨音，一干人小跑着到楼下集合，哪一个都是头上热气腾腾、肚子咕咕乱叫。这天的早饭，学员们的胃口都大得惊人。眼前的馒头、花卷刚刚还摞得老高，像两座富士山，顷刻间便被削成了平地。炊事班紧急加班，紧赶着烙了一摞葱花大饼，才算应对住了早点供不应求的突发局面。

军校从上到下一通忙活，总部首长却是迟迟没有现身。官方的消息是，首长在南京逗留期间，已经接到了通知，要尽快赶回北京参加一个重要会议。而私底下的传说则是，这位首长就是向武的父亲向部长，因为考虑到儿子在军校里读书，格外注意影响，最终取消了军校之行。

临到熄灯前，盥洗室才又开张迎客。绷了一天的神儿了，学员们自是人困马乏，草草洗漱一番就卧倒了。金默揉揉已有几分酸胀的眼皮，接过上一班学员手里的步枪，踱下楼来，站到了宿舍楼的楼门口。

楼门里，放着一张桌子和一把椅子，是为值班员准备的。金默把随身带着的手电筒和一本诗集放到了桌子上，自己溜达了出来，荷枪站到了这沸沸扬扬的大雪中。他仰着头，望着路灯映照下飞蛾扑火一般的雪花，心头倏地滑过两句诗——

我的心灵需要掩迹，愿雪下得更加厚密。

这是他从图书馆借来的那本《现代朦胧诗选》上的句子。他虽是文科状元，但实在点说却是踏踏实实靠毅力读出来的，并不是那类文思汹涌、才华翩翩的文学神童。他的文学修养也极其有限，中外名著读得不算多，文学启蒙大多来自国内的文学杂志。金默的母亲在一所中学的图书馆工作，平日里爱带些杂志回来，《收获》《十月》《当代》《小说月报》等，这些都成了金默汲取文学养分的菜园。金默的性格原本没有这么静，是个能爬树敢下河的顽皮小子。家在军营的那几年，一放学，金默就爱带着弟弟，跟着男孩子满世界疯跑。那年，父亲一下就走了，金默随母亲回了南方小城，突然就变了一个人，一下沉静下来了。上初中后，不爱说话的金默爱上了读书。这些杂志陪伴着他，他陪伴着弟弟，度过了落寞却也充实的少年时代。金默接受的文学启蒙说不上系统丰沛，但好在20世纪80年代是个文学大家奔涌的时代，金默这棵幼苗接受的灌溉，还算是阳光充沛、雨露甘甜。

上军校之前金默对诗歌并没有倾注太多热情，他的阅读面比较窄，还没有把多情的视野投向诗歌，而今他之所以借了这本诗集出来，是因为在图书馆偶然翻到这本书的时候，他看到了书后的那张借阅记录上晃过之前借阅的几个人名，中间靠下，赫然写着一个令他心跳加速的名字——殷晴。

把这本殷晴读过的诗集借到手，奇异的事情发生了。书里竟然夹着一张信纸，军校服务社里卖的那种草绿色的信纸。打开来，上面密密匝匝地写着许多字。仔细一看，竟然都是这两个字——金默。他的名字！金默金默，大大小小，龙飞凤舞，把一张信纸都写满了。金默的心狂跳起来，血迅速往脑门上蹿，他握住这张纸，想要狂喊，想要跑起来跳起来，想要把什么紧紧地抱在怀里，想要去亲吻一个女孩子的芳唇。

金默把这张留有殷晴字迹的信纸小心翼翼地收好，放到了军装上衣的口袋里，左上，最贴近心口的地方。

另一桩更奇异的事情也发生在今天早晨。宿舍里大家伙都忙着打扫卫生整理内务，偏偏绿蓝侠拉稀跑肚，一趟趟跑厕所，被子叠得松松垮垮无精打采。罗双虎不留情面，当众狠狠骂了他一通。绿蓝侠这段儿心绪烦乱，正为二次出走被金默劫持而沮丧恼火着，这一清早就挨批，他火了，干脆摔了门扬长而去。

金默赶去追绿蓝侠，却没把他喊回来。他赶紧摆弄好自己的被子，再到上铺去收拾绿蓝侠的。绿蓝侠天生是个犟脾气，还总爱往枪口上撞。金默心里生着绿蓝侠的气，一边还是把他的被子格外用心地收拾了一番。等叠好两床被子再来擦床头柜、擦窗玻璃、擦窗棂、擦门框，擦好一切需要擦的东西，早饭集合的哨声早已吹过了，催促他快点走的蔡明亮也已没了影踪。金默下了楼，抄近道向食堂赶去。走过服务社边的一处小树林时，在一棵柏树下，竟然立着个小雪人。雪人的样子很顽皮，脖子上竟然围着条鲜红的红领巾。雪人身边，靠近柏树的地方，雪地上落着好多字。字迹大刀阔斧，腾云驾雾，像是仙人的手笔。

那两个字依旧是——

金默。

他的名字。

在这南方的雪夜里，一种说不清道不明的情绪涌上了金默心头。那个叫殷晴的女生，竟是这般在意自己，这令他这一整天都心怀暖意，总是忍不住要傻笑起来。眼前，他沸腾了一整天的情绪，渐渐冷却下来，很快他发起愁来。在这军校里，是找不到地方可以安放下这么一份美好的感情的。军校明令禁止谈恋爱，罗双虎更是跟防贼似的防着光棍区队的兵。唉，自打来了军校，自己的苦恼像是一天都没有断过。这苦恼究竟是什么呢？被草绿色的军装包裹着的青春之躯，难道仅仅因为是在军校里，受了些管束，多了些束缚，就会有那许多的烦恼和焦虑吗？还是因为上了军校后，自己和最初的理想渐行渐远，所以才有那么多空虚和无奈？这些日子里，自己深一脚浅一脚地走着熬着，看不到方向不说，那满腹的失落和不甘心，究竟是为哪般呢？要说这军校生活也是怪，整齐划一忙碌不堪之际，内心却是空落落的。偶尔一闲下来，心里便被一种虚空迅速填满了。金默正胡思乱想之际，一辆吉普车的车前灯光划开夜色，迎着扑朔迷离的雪花一路驶来，在离金默10米开外的操场边上来了个急刹车。

4

第二天清晨，早操归来，金默被绿蓝侠一把拽进了盥洗室。

“昨天夜里，向武的爹来了，你见着没？把向武接出去了，这大清早才回来。我替向武值了一班岗，他非把这个送我，你说我接不接？”绿蓝侠亮出手腕上的一只电子表晃晃，“带闪光的，夜里都能瞅出钟点来。”

“夜里头我值班，首长已经接见过我了。”金默说，“你有个表也好，以后再从军校跑，有个表方便多了。”

“是啊是啊！”绿蓝侠马上应道，一想不对，皱眉道，“金默，你这是在挖苦讽刺俺啊？对战友，这样不好！很不好！”绿蓝侠故意绷住了脸说。

金默不理他，开始刷牙。

“还真是，想什么就来什么，我还正缺个表。”绿蓝侠不再理会金默的态度，顾自喜洋洋的，“听说啊，向武还送了块表给蔡秀才。说是啊，前两天向武央求秀才替他写了封情书，知道写给谁的吗？是写给‘国军’苏小青的。说实话我真不明白，这苏小青有啥好？一双对眼迷瞪瞪的。”

“我看你精力是真旺盛啊！第三次出走已经胸有成竹了吧？”金默一边漱口一边说，语气里依旧满是讥诮。

绿蓝侠给了金默一拳：“兄弟你可是变坏了啊，太不厚道。我对你这个克星都这么友爱，你这还没完了？对了，除了表，还有大礼呢！每个宿舍都有一份！”绿蓝侠一边喜滋滋地说着，一边不停地扬着手腕看表。

和绿蓝侠一路回到宿舍，金默望见了书桌上多出的一个纸包。走近一看，细细的绳子已经解开了，里头躺着一只才松绑的道口烧鸡。

“瞅瞅！就这个！馋人吧？”绿蓝侠介绍道，“向武老爹带来的，说是统共有10多只呢，每个宿舍1只！”

对面上铺的蔡明亮在一板一眼地叠被子，满面轻蔑：“乞丐们，应该被完全清除！确实，给乞丐施舍会使人生气。同样，不给他们施舍，也同样使人生气。”

下铺的卢一平坐在小马扎上，咧嘴笑了一笑，一口的白牙。

张学粮这时手里举着个大鸡腿，满嘴油光光地踱了进来。

“学粮同学，能不能注意点风度啊？这大清早的，不好好整理内务，叼个鸡腿满世界跑，跟土匪一个屌样！简直的！”蔡明亮满面不屑。

“土匪就土匪啦，把鸡腿吃到肚里才是硬道理。”张学粮满不在乎，忽又满面神秘，“消息树倒了，最新情报到。那啥，向武他爹，昨夜秘密接见了咱罗司令。早晨的最后一班岗是我的，起床号还没吹呢，咱罗司令就下到操场上打起了军体拳。大雪天黑咕隆咚的，整个一个闻鸡起舞呢！真跟打了鸡血似的。”

“要说不该啊？咱司令那是上过战场的人，啥大官没见过啊？还这么内心澎湃如大海？”已经上到上铺叠被子的绿蓝侠应道。

“京城有人好做官！咱司令这是找着靠山了。”范豫中嘴上也啃着个鸡腿，满嘴流油吃着，晃荡了进来。

“俗不可耐！”卢一平硬撅撅地来了句。

金默上铺的绿蓝侠，放下手里的内务，探下身来，将裹着烧鸡的纸袋一把端了上去。

“啥俗不俗的？这世界上就没有不俗的事儿。大家都老大不小了，谁也别装。一平啊，不是哥说你，你还是太年轻了！哎，啥意思啊怪侠，我一来你就藏烧鸡，你这是把我当黄鼠狼防啊？”范豫中抬头抗议道。

“你那狼子野心，天下哪个不知道啊？得防！”绿蓝侠说，满面的不正经。

“这个怪侠，这阵子嘴皮子是越来越坏了，主要是跟人没跟对，学坏了。”老范扫一眼金默，叨咕着。

“滚！”卢一平忽然喊出了这么一声。

5

下午的两节中国革命史连堂课一结束，学员队伍才在教学主楼前集合完毕，金默的胳膊突然被人拽了一把，回了头，是手上抱着一摞报纸和信件的公务员小方。小方的神色很紧张，冲金默挤眉弄眼的。

金默赶紧向在队前领队的副区队长范豫中喊了声“报告”，得到允许后出了队伍。

“金默哥，你快去看看，军校大门口那儿，有个老头说要找你。这老头，跟门岗吵得可凶了，口口声声说要找你，我路过那儿，就说把他带进来吧，可那老头倔得很，就是不肯来，非让哨兵给他道歉才成。是他自己死活不肯进传达室里登记的，这老头，特别不讲理！你可得当心点！”小方说。

一个老头？小方口里一句一个老头的，听得金默满腹疑惑。这大雪天的，自己在南京并没有亲戚和朋友，谁会在这时候来找他呢？金默满腹狐疑着，脚步匆匆往大门口赶去。还没到军校门口呢，老远就看见了一个细瘦的身影，叉腰立在门口，不断朝军校里头张望着。一边的哨兵冷冷地观望着他，那男人也不时轻蔑地给哨兵一个冷眼。

“舅舅！”金默喊出了这么一声。

“金默，你可来了！真是把我气死了！这些个大兵，哦，哨兵，非要我登记才能进门。我外甥在里头读书，我登的哪门子记啊？你看他，态度好凶不说，枪都要举起来了，难道还要把我枪毙了不成？舅舅我什么没有见过，还怕这个？光天化日之下，难不能还要把我枪决了？”舅舅絮叨着，又狠盯了金默两眼，摇头点评道，“这身军装怎么这么难看？不威武，一点儿不提气，跟人家美军的军服差老远的啦！”

金默迎向了舅舅：“舅舅你怎么来了？我妈还有小弟，都还好吧？”他满面焦心地问着。

“还好还好！都好！你不用挂心！”舅舅回答，又赶紧说明，“我是顺路来的，家里一切都好！”

金默的一颗悬着的心一下落定了。好久没见到舅舅了，他脸上不由得升起了由衷的喜悦，还有一点羞涩。舅舅的鼻梁上依旧架着副金丝边眼镜，头发虽然稀疏，倒梳得整整齐齐。雪天里，舅舅并没有穿棉服，只披一件咖啡色的长风衣，看上去，舅舅说不上风流倜傥，但也绝对不像个老头啊。

金默朝哨兵满面抱歉地笑笑，老老实实带了舅舅进传达室登记，而后就要把舅舅往军校里带。

“我不进去了，在大门口吵了这么一架，到了里头，会惹你的同学笑话的。”舅舅执拗着，死活不肯进门。准备放行的哨兵望着他俩，眼睛里都有惊异升上来了。

金默对舅舅的小孩儿脾气最了解不过，不再坚持。他把舅舅安顿在传达室里头，自己赶紧跑回区队去请假。就快到新年了，区队刚刚做了整顿作风的教育，特别强调，若非特殊情况，学员一律不许外出。金默把请假的事说出口之后，罗双虎并没有马上把出入证给他，而是一边往报纸上写着个大大的“忍”字，一边朝金默问东问西的。

窗户敞开着，冷风飕飕地灌满了整个房间，里面似乎比走廊上还要冷。金默立在窗前，听着罗双虎有一搭没一搭地问话，目光时而投向窗外越来越昏沉的天色，时而望望眼前铺了满桌的“忍”字，想想在军校传达室等他的舅舅，心头不由得升起几分焦躁。

他觉得罗双虎近来的状态越来越怪，对他冷漠得厉害不说，眼神里还突然落上了一层审视和怀疑。应该还是跟那封匿名信有关。匿名信究竟是出自谁人之手，到眼前还是个悬案。罗双虎虽在区队上下全力盘查，可还是竹篮打水一场空。区队里最近传得厉害，说是院里对匿名信的事很重视，处理意见就快出来了，说是要把罗双虎这个班主任给免了，重新发回军务处干参谋。

雪停了，风却起来了。天色阴沉，成团成团灰色的云朵在天空中游走。终于把出入证拿到手的金默与舅舅一前一后走着，去了离军校不算远的清凉山公园。这样的天气，公园里几乎见不到人影。就是偶尔撞见三两对恋人，像是都被这初冬的寒凉给冻傻了，面色里尽是迷惘，像是互相在赌气，生生被老天爷塑成了怨偶了。路上的冰雪半化半不化，水答答的，天色也灰沉得怕人。两个人在公园里走走停停，舅舅风衣飘逸，金默则穿着军装，给人的感觉，像是一对在大雪天坚持工作，抱有特殊使命，比如来指认犯罪现场的公安人员。金默了解舅舅，他是个爱玩的人，出差去哪里，都要先去公园走一走。家乡小城离南京虽只有两个小时的车程，但舅舅来南京的次数并不多，这次来了，说什么也得转一转。

山路说不上崎岖，但也是磕磕绊绊，舅舅却是脚下利索，话也说得如湍急的河流，一股脑儿地冲下山去。舅舅告诉金默，这一段厂子里不景气，人员岗位被打乱了重新分派。八仙过海，各显其能，有本事的停薪留职走人，没本事的只有留下来任人发落。他说自己刚刚被从机关里派到了仓库，下到仓库也没给个官衔，直接落地让干保管员。

“我真有点咽不下这口气。老子在机关里待了快30年了，说把我刷下来就刷下来了。还一刷到底把我扔到了仓库去，老子不干了。我这次来，就是顺道跟你讨讨主意。金默，你说，我是不是干脆辞职算了，到南方去做点小生意？现在流行这个哎。”舅舅说。

“你没有跟领导把关系闹僵吧？”金默紧张地问，他了解舅舅的脾气。

“闹是闹了，但没有什么大不了的。我摔了个水杯，厂长的半边脸被玻璃碴子溅到了，划了个口子出来，出了点血。厂子里让我回家写检查，老子才不写呢，正好利用这几天到处耍耍，来南京看看你。”舅舅说。

“这事儿，舅妈，还有我妈，都知道吗？”金默问，心里没多惊异，只是沉重。他的眼前出现了舅妈那张总是挂着挑剔神情的面孔，以及母亲深锁的眉头下一双微红的流着泪的眼。

“她们怎么能不知道？那么个小城，恨不能城东边放个屁城西头都能闻见的。你妈妈跟你舅妈一同去厂长家赔了不是，还搭了一条烟和一条鲜鱼过去。”舅舅说。他原本是有些不在乎的，可望见外甥越锁越深的浓眉，有些自知理亏，声音低低的，渐渐沉了下来。

“你这次，是自己跑出来的？”金默问。

“是啊，你咋个晓得的？我先坐了轮船去了上海，耍了两天。我从上海过来的。”舅舅说。

金默无奈地苦笑了一下，没再说什么。

从清凉山公园出来，金默带着舅舅进了街边的一家小吃店。他点了两个热菜，两碗面，要了一瓶啤酒。酒是给舅舅要的，他还要赶回去点名，不能沾酒。

“听说你总往家里寄钱？你妈妈一说起来就眼圈红，夸你懂事。小弟你也放心，别总挂在心上，有舅舅呢。金默啊，光说舅舅的事情了，也没顾得上问你的情况。这军校上得还舒心吗？怎么我见你黑了也瘦了呢？”等菜的时候，舅舅一只手托腮，一只手在餐桌上划拉着，抬了眼关切地望向金默。

“还好。军训刚结束，稍稍辛苦一点。还好，能对付。”金默轻描淡写。

“你上军校，是你爸爸多年来的心愿。本来挺高兴的一件事儿，可你妈妈总说委屈你了，一说起你就流眼泪。”

金默惊讶地愣在那里了。想到母亲这样暗暗地心疼自己，他心里忽然涌起一阵剧烈的难过。

“哪有啊，没有，上军校真蛮好的。”金默一边应着，一边赶紧朝窗外瞅，使劲把眼眶里突然蹿出来的泪花往回憋。

好在这时酒菜上来了，舅舅并没有注意到他的情绪变化。

“舅舅现在开始享外甥的福了！舅舅心里好高兴的。”看舅舅一边自斟自饮，一边欢快地抒发着，金默心里却另有一番酸楚升了上来。舅舅的眉宇间虽还没有年迈之感，但鬓角的白发参差着，额头的皱纹也是一道一道毕现，分明已经有了老年男人的一份颓唐之态，怨不得公务员小方把舅舅叫作“老头”。金默就把那些想要劝劝舅舅的话都咽进了肚子里，只是不停地给舅舅夹菜。

6

临别，舅舅坚持把金默送到了军校的大门外。舅舅摸遍全身，最后从手腕上把块表褪了下来。

“这是我进工厂工作那年，你外婆买给我的，有30年了，比你的岁数还大呢。你别嫌弃，这表走得老准哩。来，舅舅给你戴上。这次来舅舅好狼狈的，也没给你带东西，还让你请客。来，戴上！在军校里要好好的啊！我和你妈妈还等着享你的福呢。”舅舅絮叨着，一边把表给金默往手腕上戴。

金默把表带扣好，眼睛里忽然热辣辣的。他低了头，把口袋里所有剩余的钱都塞进了舅舅的手里。舅舅没有推，老老实实地握紧在手里，又用另一只手去擦眼泪。

金默逃也似的进了军校的大门，不回头一路走下去。路灯下，宣传橱窗里，还没来得及撤下的“热烈欢迎总部首长来我校视察工作”一行字，忽然就撞上了他的眼睛。金默停了下来，仔细望向那一个个方块字。

自己9岁上就没有了父亲，跟着母亲投奔舅舅后，生活颠簸了好一阵儿才稳定下来。向武的父亲是那么光鲜明亮，甚至可以说光芒四射，仿佛一株参天大树可以让人依靠。自己没有了父亲，把舅舅当成了父亲，可他却是路边的一株小草，不说让你依靠吧，还得你费心浇灌。刚刚这样一想，金默很快怀揣了一份歉疚，赶紧把这念头抛掉了。这样比来比去，真是不应该的啊，对自己的舅舅不公平。是的，他是恨舅舅的，恨他不像个舅舅，总是惹母亲流泪。他又是爱舅舅的，不是不得不爱，而是真心地爱。因为这世界上的人那么多，自己却只有这么一个舅舅。一个可以坐下来吃饭喝酒说说话的舅舅，一个在这样的雪天特意赶来看他的亲爱的舅舅。

越来越深的大雪在金默的脚下咯吱咯吱地响，手腕上的手表像是还留存着舅舅手腕的余温。雪花又开始飘落起来，温存地亲吻着金默的脸，把他的眼角扫得湿漉漉的。

路灯下，金默扫了一眼手腕上的手表，离晚点名的时间还有一段，他的步子变得没有方向起来。他不想立即回到宿舍去，他感觉心口隐隐发闷，有些情绪需要安放一下。一抬头，他一眼瞥见了图书馆的灯光。

金默进了图书馆。他先径直来到了一楼报纸、杂志的阅览室门口，并没打算停留，只是伸着脖儿朝里张望。往日读者密密匝匝的一楼阅览室，今晚只有零星的几个人，大都是些没穿军装的学生，像是代培班的。临近新年，军校的新年文艺汇演在紧锣密鼓地准备中，军校生大多在忙着排演节目，而这些代培生似乎成了被遗忘的角落了。二楼的开架阅览室里，今天的人也不多。金默则一路走到了三楼的过刊阅览室门前，平日那里少有人来，是图书馆最安静的地方。金默从落地玻璃窗望去，一眼就看见了那个女生。三楼阅览室里只坐着她一个人，她一下就嵌进了他的眼睛里。

三楼阅览室里只坐着她一个人，就是坐着10万人，金默的眼里也只有她。因为她一下就嵌进了金默的眼睛里，热辣辣的，让他突然有种想流泪的感觉。

第八章　对的感情落在错的地方

1

那一刻，金默明白了什么叫不能呼吸。就是能呼吸，也不敢呼吸，生怕眼前的人突然被自己呼出的气息惊走了。

一进三楼阅览室，他就望见了女生殷晴。她穿着件米色的棉服，脖子上围着条红彤彤的毛线围巾。她的一双眉淡淡的，弯弯的两道。脸庞白皙，还是有几分苍白。两颊的雀斑非但没有损坏她的美，反而令她有种惹人怜爱的娃娃气。她在那里低头看着本书，一只手压着书脊，另一只手里把玩着一枝黄色的蜡梅花。她的长长的眼睫毛低垂着，不断地把蜡梅花送到鼻子下面嗅几下。金默听着自己怦怦怦的心跳声，近乎同手同脚地走进了阅览室。好在殷晴并没有抬头，否则他那笨拙趔趄的脚步很可能会把自己绊倒。

金默找了个离殷晴最远的位置坐下了，他不知道这是为了什么。他连本书也没借，就那么傻愣愣地坐着。

“是你啊！”殷晴一抬眼，发现了金默，水汪汪的眼睛里满是笑意。阅览室里没有旁人，殷晴的声音听上去格外悦耳。

金默伸手按按胸前的军装口袋。那张草绿色的信纸还在，它一直安卧在金默的军装口袋里，左上，贴近心脏的地方。这个秘密，没有任何人知道。

他终于坐到了殷晴的对面，心怦怦怦直跳。她的面孔，她的声音，都令他恍惚。这样的感觉是奇异而新鲜的，因为之前的19年里，他还从未有过这样的恍惚。他一句话都没有，像被施了魔法一般，他感觉自己像是站在正午的大太阳底下，周身被阳光炙烤得软绵绵的，简直快要化掉了。

“是有心事吗？流鼻血的毛病没再犯吧？”殷晴轻声问道。

“没有没有……我没有什么的。”金默开口了，他不明白自己为什么要掩饰那份焦虑和无奈。其实，他好想跟这个女孩子说一说心里话的。

“刚开学的时候看你挺活跃的，意气风发的，后来就总皱着个眉头。有些事，过去了也就过去了……”殷晴说。

金默只觉得一股清泉从心头潺潺流过，把他刚才的那股子焦躁和忧伤全带走了。他多想这么一直坐下去，一直听这个女孩和他说下去啊。

金默的眼睛热乎乎的，像是被岩浆糊住了。他一页页翻动着书页，却是一个字都没有看进去。

2

金默并不知道，向武是一路尾随他进的图书馆。向武这还是第一次来图书馆，地形不熟悉，也没好意思追着金默上三楼。他进了二楼开架图书阅览室，随便找了个地方坐下。瞅了瞅已经湿透了大半的军用胶鞋，方才觉出了脚底的寒气。随后一个哈欠上来，倦意也上来了，于是他趴在桌边，一个人发起呆来。

向武今晚是有任务在身的，罗司令命他“跟住”金默。匿名信的事儿之后，班主任罗双虎有些疑神疑鬼，对区队上一些他认为不够放心的人，加大了“跟住”的力度不说，还经常爱找人谈话摸情况。接领这样的差事，尤其是“跟住”金默，向武内心并不情愿。可在这军校里待着，自己又刚刚被任命为了区队长，他不能不服从班主任罗双虎的领导和差遣。

向武不远不近地跟着自己的军校同窗金默，一路望见他和一个中年男人冒雪游走在清凉山公园里。透过成朵成朵的雪花和小吃店满是哈气的窗户，他望见金默和那个男人一道儿亲热地喝酒说话。他的心里涌动起深深的羡慕来，甚至有了一份小小的妒忌。他并不知道金默是跟舅舅在一起，只以为他们是父子俩。

向武不禁想起了自己的父亲。从小到大，当向武和父亲单独相处的时候，他都会紧张到呼吸急促，手心冒汗。在外人看来，父亲是个雷厉风行的军人，厚道实在的战友。可在家里，他对孩子绝对是脾气暴、下手狠。小时候向武调皮得厉害，为此屁股上没少挨过父亲的毒打。毒打，绝对是毒打。被军用黄胶鞋抽打后，他的屁股总是肿起来，高出好一块去。做军医的母亲值夜班时，家里只剩下他和父亲，他就没缘由地惶恐。倒不是怕挨打，是不知道该说些什么。两个人面对面吃饭，碗筷的声音变得格外清晰，清晰到能听见自己吞咽唾沫的动静。少有的温情的时刻，是小时候他发烧了，父亲从野战部队赶来看他，给他带了爱吃的水果罐头。父亲的大手摸过他滚烫的额头，看着他像只小狗一般，大口大口地吃着罐头。只有在那种时候，他才觉得这个男人是他的爸爸。

父亲这次来军校看自己，向武心头虽是一片欣喜，却也是难掩一份忐忑恐慌。他把一身军装整理来整理去，生怕自己哪个地方让父亲不满意。清晨，父亲把他送回军校，在吉普车前，两声“再见”，给父子俩这次貌似情深意切，实则沟通疙疙瘩瘩的会面画上了句号。望着吉普车一路开走了，向武不禁长长地出了口气，顿觉轻松。他提着父亲带给战友们的烧鸡，哼着小曲，一步三跳地朝楼上跑去。

“嗨！向武！你也在啊。把你的图书证借给我！”迷迷糊糊间，有人突然敲了两下桌子，女生夏春树站到了他的面前。

“我……我的图书证……”向武赶紧起身，掏军装的上衣口袋，又去裤兜里摸，找了一圈没寻到。

“我的图书证……落宿舍了，没带在身上！抱歉。”向武一边解释，脸先红了。每次见夏春树，他总是没缘由地紧张。

夏春树毫不客气：“不带图书证，那你来图书馆干吗了？来做梦的呀？”

阅览室里的人并不多，还是有人朝夏春树和向武看，向武的脸更红了。

“来，我的图书证，给你！”从向武身后突然蹿出一个人来，把一个红皮子的小本举到了夏春树跟前。这个方头方脑的男生转过脸来，朝向武点点头，算是招呼过了。举着图书证的骑士竟是范豫中。

夏春树面无表情，没接那个小本儿。

“我叫范豫中，叫我老范就可以了。我跟向武是一个区队的。收下吧！都是阶级兄弟和姐妹，不用那么见外。”老范沙哑着喉咙，努力想显得幽默亲切一些。

“刺客”夏春树那双深海鱼类眼睛里发散出的目光，时常像月光下的刀鞘一样泛着寒光，加之她特立独行的个性，在军校里令大多男生望而却步，追求者寥寥。军校里的大众情人是女生苏小青，颇有些“国民女友”的意思，她身后跟随的爱慕者乌泱泱一片，快能组建成一个区队了。可老范这样的程咬金，夏春树还是会时不时地遭遇到一两个。

夏春树高傲地仰了仰下巴，说了声：“不认识，不可以。谢了！”她并没接老范献上的图书证，转身要走。

“弄啥嘞，这么见外！我又不是坏人。向武你给做个证呗！”范豫中脸上有几分挂不住，朝向武发出求援的信号。

向武不说话，两手交叉到胸前，只是旁观。他才不想把老范推荐给夏春树呢。我们北京姑娘，可不是随便什么人想搭讪就搭讪的。向武身上，那份大院子弟的优越感顿时升腾起来了。

“来，用我的！”又一个小红本晃了一晃。男生绿蓝侠拦在夏春树的面前，长脸上并没有一丝一毫的笑容。

“是你？”夏春树愣住了，对长脸青年绿蓝侠的突然降落感到意外。

“是我！我还活着呢。这真令人感到惊讶和沮丧，是吧夏春树同学？”这一段军校的计划片连放了几部外国译制片，绿蓝侠的说话风格，像是被童自荣传染了。怪侠绅士矫情完毕，一个响亮的喷嚏紧随其后而来。

“这……”夏春树的脸唰一下红了，不知道是不是被那个喷嚏给打击的。

“夏春树同学，一直想找个机会谢谢你呢！你那几句情深意切、挖苦讽刺我的话，每晚熄灯前，我都要默念三遍。不用卧薪尝胆，我都能洗心革面！”绿蓝侠半真半假，接着又是一个喷嚏。

咯咯咯的笑声响起，夏春树到底没绷住，忍不住笑出声来了：“一天到晚总立志的，都是俗人。”夏春树深海鱼类的眼睛眯缝起来，一伸手，把绿蓝侠手里的图书证接了过来，“图书证我收了，尽快还你。”

一旁，范豫中朝夏春树手里的图书证瞪起了眼珠子，眼睛里像是安上了两颗裹着厚厚砒霜的子弹。

“怪侠！咱该走了啊！罗司令可是给咱们派了任务的。向武，你也快点啊，晚点名可是提前了啊！”老范满面烦躁地催促道，四下望望，“金默他人呢？”

隔着三楼阅览室的落地玻璃窗，几个人同时望见面对面坐着的金默和殷晴的时候，表情都有几分诧异。

“这个金默，下手够快的！跟个‘童子军’打得火热啊！”老范说着，故意瞅了一眼身边的夏春树。

夏春树的脸上，瞬间蒙上了一层夜的忧伤。绿蓝侠看在眼里，长脸上的光一下暗淡了许多。

3

回宿舍的路途中，金默、绿蓝侠、向武和范豫中四个人一度都陷入了沉默，只听见八只脚踩着积雪的声音，刀切冻藕一般，咔嚓咔嚓。还有，就是绿蓝侠一个接一个的喷嚏的脆响。

还是向武先打破了沉默：“怪侠，这一晚上你喷嚏连天的。明知天寒地冻，你不在宿舍里好好待着，怎么还跑出来了？”

“我也不想出动啊，这么冷的天儿，谁愿意往外跑啊？今晚司令派了老范兄弟来照看我，老范走哪儿，我就得跟到哪儿，就差给我配一副手铐了。”绿蓝侠没好气地应道。

“看怪侠说的，哪儿的话嘛。我是怕你闷得慌，带你一起出来透透气！要说，这南方的冬天可是真冷，除了澡堂子，哪儿哪儿都是冷的，放屁放出来的都是一股子冷气啊。”范豫中说。

“老范，咱都老大不小了，谁也别装。这是你的话，我转送给你一回。这司令让你‘跟住’我，可是真辛苦你呢！我都不知道该怎么回报你了。”绿蓝侠半真半假地说。

“看兄弟说哪儿去了，外气！要说我们还是老乡呢，怪侠甭客气。”老范纹丝不乱。

“今儿晚上，晚点名怎么提前了？”向武插嘴问。

“是啊，出什么事儿了吗？”金默也问了一句。

“别紧张！没啥大事，就是又给咱们派公差了。这雪啊，连下了三天了。大雪封路，交通中断，咱们军校学员全体待命，随时准备接领紧急任务，到长江大桥扫雪除冰。”老范说着情况。

转眼走到宿舍楼前，老范忽然停住了步子：“向武，你先带怪侠上去吧，正好赶上晚点名。我这儿有几句话想跟金默说说。”

“这就快晚点名了，有什么事儿咱先上楼……”金默推辞着。

“你是今晚第一班岗，别往上跑了。我已经跟小方说过了，一会儿把东西都给你带下来。罗司令那儿，我也打了招呼了。”老范说。

金默望望已经进了楼道的向武和绿蓝侠，不好再坚持了。

“这向武兄弟是真够意思啊！仗义，大方，没架子，值得交！”老范望着两人的背影，高声赞美道。

可向武和绿蓝侠刚一没了踪影，老范就转了话锋：“金默，这高干子弟可是真占便宜啊！啥好处都让向武得了。我这农民的儿子，是真比不了，先天不足啊！”

金默眉头皱了皱，没接话。

“离熄灯还有几分钟呢，我陪你在这过道上抽支烟暖和暖和。来，抽我的！”范豫中递过来了一支烟。

金默把烟给推回去了，很坚决。

“不吸了？真戒了？知道吗？咱小柳政委的对象——杜鹃嫂子，来军校了。说是带了证明过来的，非逼着小柳跟她扯证。可小柳是个慢性子，说是再等等。真不明白，这小柳究竟是个啥心思！我看啊，结婚这事儿得黄。听说没，小柳在外头有个相好的……”老范顾自把烟点上抽起来，脸上神秘兮兮的。

“你别胡说啊！小柳政委跟杜鹃嫂子好着呢。”金默大声还击道，心里着实反感范豫中的碎嘴。

“得了吧金默，你不懂。你没看出小柳政委那小白脸整天拉着，都快拉成苦瓜脸了。唉，咋说呢？还是咱杜鹃嫂子长得不提气。天苍苍野茫茫，美男娶了大母狼。”范豫中有滋有味地议论着，无耻地干笑了几声。

小柳政委宿舍的书桌上，摆着个相框，里头放着张照片，照片上是他的女朋友杜鹃。杜鹃立在漫山遍野的花丛中微笑着，两个酒窝像酒心巧克力一样，盛满甜蜜的醉意。照片右下角，是小柳政委的字迹——俏也不争春，只把春来报。待到山花烂漫时，她在丛中笑。

“老范，小柳的事儿，你少操心。快熄灯了，你赶紧上去吧！”金默听不下去了，催促着范豫中。他一向鄙视在背后说三道四的人，老范的做派真让他感觉厌恶。

政委小柳跟金默很谈得来，课下两个人常在一起聊天。他的事儿，金默是知道的。小柳家在山东农村，父母早早不在了，6岁那年，小柳就成了个孤儿。同村的杜鹃一家收留了他，把他当儿子待。小柳从小跟杜鹃一起长大，是青梅竹马的一对儿。小柳政委拥有的爱情，应该是很完美的，金默不允许有人亵渎它。

“不急不急！这会儿啊，罗司令肯定还在训人呢。他正在气头上，一开口啊，那就像黄河之水天上来，奔流到海不复还，根本收不住。让他多训一会儿。咱哥儿俩难得有这么个空当，听，晚间音乐响起来了，外国小夜曲哎。走，咱兄弟绕着操场走走呗。”范豫中不急不缓地，还发出了邀请。

“主任训谁呢？”金默没挪步子，问道。

“还有谁，就是咱区队的大笔杆子——蔡明亮蔡秀才呗。”见金默没动步子，范豫中只好继续站在过道上吸烟，话也没停，“今天晚上啊，这‘跟住’绿蓝侠的，原本是蔡秀才。可是天儿一擦黑，蔡秀才就接了个电话，在小柳那屋。是秀才那个爱他爱到骨头缝里的妈打来的。秀才一通叽里呱啦，没完没了，惹得司令一阵心烦。罗司令就出门去寻绿蓝侠，你猜怎么着，怪侠根本没在宿舍，他在那盥洗室呢。这老哥手里捏着块白毛巾，灌了一盆子冷水，正搓啊擦的，洗冷水澡呢。罗司令一见就火了，心说大冬天的，这不是找病嘛。可怪侠愣没听出罗司令话里的气来，还狡辩呢，说是洗冷水澡去火。罗司令不再跟他废话，上去就是一脚，一下就把那盆冷水给踢飞了。等路过小柳政委的宿舍，眼见秀才还在那儿腻歪呢，上去就把电话给摔了，大骂蔡秀才是个话痨，没断奶呢。秀才委屈啊，他妈来电话他能不接吗？于是就跟司令杠上了。这个秀才，我看早晚一天得毁他这个话痨妈手里去。”

金默转身往风雪里走，老范真是个无聊透顶的小人。他的用心，金默已经看出几分了。区队上只要是谁比他强一些，他就先用恶语谗言在背后使坏。

军训里，范豫中先是对向武特别友好，很有几分巴结讨好。老范平时好叨唠，说是他爹跟村支书好，他家的地都分得比旁人肥，得出的结论是交朋友得交那有权势的。军训结束，军事素质全优的老范信心满满，以为自己是区队长的不二人选，不想罗双虎一心想把向武给扶上马，他就有点傻。之前老范一直是把金默当成假想敌的，不承想这绿蓝侠的事把金默连累的，从头到脚都染成了黑不说，还完全失去了班主任罗双虎的信任。老范一猛子扑了个空，内心很有几分失衡。本来他觉得光棍区队里，只有自己才是理所当然的老大。而今半路杀出个向武来，他自是不甘心。家信里头，他把自己当区队长的事儿都提前预告出去了。可到头来，他只把个副区队长扒拉进了自己碗里。他这心里一直疙疙瘩瘩的，对向武始终充满警惕。而今他开始诋毁蔡明亮，暗中接近金默，显然是有目的的。

“哎，金默，你别走啊！”老范掐掉烟头，追了出来。

金默在操场上跑起来：“老范你赶紧回去吧！”他不耐烦地再次催促道。

老范追上来，与金默并肩齐跑。

“没事儿！要说咱区队的光棍，真他妈全有病。卢一平，这小子不光是个情种，脾气犟起来几头牛都拉不住。晚饭前，他接了个电话，回来后一直拉着脸，连晚饭都没吃，躺倒在床铺上闭眼不吭气，谁来劝都不起来。听说啊，是卢一平那对象要变心，好几天不给他来信了。爱情这东西，要我说都是瞎扯淡，瞎耽误工夫！哎，你跑慢点啊，金默你倒是等等我啊……”范豫中满嘴烟气，气喘吁吁，不情愿地刹住了脚步。

金默跑走了，把范豫中抛在了身后。

一圈跑下来，等在原地的范豫中截住了他。

“对了金默，你知道今晚向武怎么也去了图书馆吗？他是在执行‘跟住’任务。他‘跟住’的对象是谁，你猜猜看？”风雪中，老范大声说。

金默没接话，继续跑。

“告诉你吧！就是你，金默！小心点吧兄弟，这敌人就在身边呢。干部子弟，一准儿喜欢仗势欺人了！”范豫中迫不及待地宣布了谜底，朝着金默跑过去的背影，近乎喊出来了。

金默的步子一下停住了，一动不动，立在那里像座风雪中的雕塑。

“向武那小子，压根儿跟咱们就不是一个阶层的。以后你少搭理他。咱哥儿俩联手，好好干，争取改选的时候，把我扶正了，再给你个副区队长干干。”老范走到他身后，把这几句话咬牙切齿地吐了出来。

4

范豫中终于走了，金默一个人站在操场边，沉默良久。直到小方把军大衣和步枪送下来，他才狠狠地打了个激灵。站岗的时间还未到，金默还是把装备武装到位，再一次冲进了大雪里。越刮越烈的小北风夹杂着成片成片的雪花，往他的脖领子里灌，但他似乎浑然不觉，大踏步在操场上走起来了，心潮起伏不定，心绪久久难平。

这军校从表面看，每天也是在按时上课，有课听，有书看。出操、训练、政治学习，也是军校生分内的事儿。可是，怎么总会有相当一部分人的精力，都花在了一些虚空甚至无聊的事情上呢？这种虚度青春的感觉，着实令人沮丧不说，很多时候，还会让人茫然无措到怀疑人生。罗双虎发明的“跟住”，令同学之间原本单纯的关系变复杂了。原本阳光普照的院子，矛盾如野草陡生，蜘蛛网爬了满墙，布满怀疑和阴郁的空气。

熄灯号就快响起来了，金默掉转方向，沿着操场往大楼的方向快步走来。忽然，从女生宿舍楼的楼顶，传出了一阵清亮的歌声。

是那首《答案在风中飘荡》：

…

How many roads must a man walk down

Before you call him a man

How many seas must a white dove sail

Before she sleeps in the sand

…

金默愣了神，步子慢了，侧耳倾听。他已经听出来了，那是夏春树的歌声。这样的一个寒冷的雪天，夏春树竟然有这样的好兴致。

歌声包围着他，等终于在哨位上站定的时候，熄灯号悠悠地响过，金默已经渐渐平静下来了。他又一次想到了那个叫殷晴的女生，想到了她那暖融融的笑容和贴心的话语。

和所有死读书的孩子一样，金默是个晚熟的男生，情感生活迄今一片空白。上中学的时候，他对班上的女生似乎从未留意过，只是一心读书。他自己并不知道，他的女生缘其实很不赖的。那时节学生毕业，特别流行一种方式，就是好多人都爱买个笔记本来，请关系不错的同学在上面写几句祝福的话。他的笔记本一送出去就迟迟不归，等终于寻回来了，才发现班上的每个女同学都留了言给他。当时让他颇感吃惊的是被班上男生喊作“校花”的李小冉，特别另送了个淡蓝色的本子给他。留言也很特别，抄了首舒婷的诗——《致橡树》，还特意夹了一朵栀子花瓣在里头。但他只是惊诧了一会儿，并没有太多的感触，把那个本子往家里的抽屉里一搁，也就放下了。

上到军校来，一脚踏进了和尚庙，光棍区队的弟兄们在纷纷骂娘之后，一部分情商比较高的男生就开始行动起来。他们给高中时倾心的女同学写起信来，很快发展到遍地撒网，寻到哪个女生的地址，就把或滚烫或温情的话语写满信纸寄出去。军校生的待遇与战士一样，寄信不用花钱，只要盖个“义务兵信笺”的红戳即可。于是这些军校男生带着一份特别的骄傲，把盖着红戳的情书满世界乱撒。只有金默还是一贯迟钝着，从上军校到眼前，他的心思一直在半空里悬着，只想着怎么把这四年熬完了。可是没有了高考的紧箍咒，人又成长了一些，心性到底还是有些不同。他心里渐渐也起了微妙的变化，时不时也会偷偷叹口气，渴求着一份来自异性的关注和问候。可他没有给高中的女同学主动写过一封信，只是在收到过女孩子的来信时，礼貌地回封短信去。李小冉的信是第一个来的，直接寄了她在上海外语学院校门口的留影不说，粉红底的信笺上是淡绿色的湖水。她依旧抄了诗来，这回不是现代诗，都是李清照、李商隐的诗词。绿肥红瘦的，倒也别致。

这回他懂了，可他并没有做出热烈的回应。他的心动女生只有一个。他的心底安静地躺着一面湖，本是波澜不惊的，但不知从什么时候起，在湖的波心里，一个有着一双水盈盈的大眼睛、一张瓜子脸上生着淡淡雀斑的女孩子出现了。是在军校新生的联欢会上，她的那份恬静和忧伤吸引了他。那张写满了他的名字的信纸，比任何美丽的诗歌都令他震撼。刚才在图书馆里的邂逅，她的轻言细语的问候和开导，更令他心头暖融融的。她的出现，骤然间照亮了他的双眼，令他一下看清楚了另一个世界。仿佛在这之前的19年，他都像是在暗夜里行路似的。

自己真是幸运的啊。金默想着，在雪地上反复踱步，右手忍不住再一次牢牢地按在左胸口袋上。那里，离心脏最近的地方，是一个女孩子热辣辣的心意和爱情。

在这四面楚歌的军校里，自己还能拥有这么一份美好纯净的感情，真是上苍格外的恩典。即使他和殷晴不能真正恋爱，拥有那些相爱的男女间所有的亲密，但是，在这军校里头，能有这样一个女孩子让他暗暗喜欢着、惦挂着，就算是幸福的了。金默长吁了一口气出来，眼角不禁湿润了。

纷纷扬扬的雪花，把这个多情的哨兵的脸蛋都吻出晶莹的冰花来了。

第九章　玖初级水平的恋爱

1

新年第一天，雪仍旧在下。金默手里握着把铁锹，站到了南京著名的建筑——长江大桥上。雪花纷纷扬扬的，扑到他的眉毛上，扑到他的眼睛里，把他的心打得湿漉漉的。天气预报上说，江南的大雪已经演变成了暴雪，家乡小城就在暴雪的旋涡之中。几天来，金默心里七上八下的，想着母亲和弟弟，总有几分不放心。也不知道家里的粮食储备得够不够，还有没有菜吃。军校这几天进入了紧急战备状态，所有人员一律不许外出，他也没有办法去给家里打个电话。金默正站着发愣呢，队伍里的张学粮已经背起双手，一步三晃地走出去，立到桥栏边开始大肆抒情。

“千里冰封，万里雪飘……”张学粮摇头晃脑地吟诵着，地道的东北口音，飘散出高粱米的醇香和猪肉炖粉条的油香。周遭响起一片笑声。最后的几句还没朗诵利索，张学粮的屁股上忽然就挨了武术大师孟艳玖的一脚。张学粮故作姿态地捂住屁股，半个身子颓然扑倒在了桥栏上，完全是一具对人间再无留恋的懒散的肉身。围观的男生们，笑声越发响亮了。

金默呆望着从桥头延续到桥尾的绿色长龙，一下很有几分恍然。5岁那年，父亲的部队搞换防，一个大院的军人，就是这样乌泱泱地排着队，坐上军用大卡车，赶往火车站的。

“军校要上成这个样子，才像那么回事！整天把咱们供着养着的，有劲儿使不出，个个闲得蛋疼，才弄出封狗日的匿名信来！”金默身边的绿蓝侠闷闷地说。

金默没接话，依旧沉浸在对往事的回忆里。这条绿色的长龙，令他的眼前出现了一座小火车站，被一队绿色长龙包围着的小站。小站上，停靠着一列长长的绿皮火车。母亲和只有2岁的弟弟，被安顿到了军人家属们所在的卧铺车厢。父亲则牵着他的小手，大步在站台上走起来。父亲带他走过一截又一截的绿色车厢，一直来到了车尾一截又一截的闷罐车厢前。父亲忽然就把他举起来，举到闷罐车的车门处，立即就有年轻的士兵叔叔接住了他。火车开起来了，闷罐车厢里，起初是父亲带着他，但他很快就跟父亲失散了。军人叔叔们像在做击鼓传花的游戏一般，把他从这个人的手里传到那个人的手里。他们递大红的苹果给他吃，把剥好的香蕉送过来，还有人把军帽往他脑袋上扣。更有人主动抱着他到车门边撒尿，风打过来，童子尿洋洋洒洒盖了叔叔一脸。叔叔却一点儿不恼，抹一把红红的憨厚的面孔，只是笑。

“怪侠老哥，你说这份匿名信吧，把咱区队搞得鸡飞狗跳的。好汉做事好汉当，哪个写的，出来认了也就认了，司令还能把你枪毙不成？”毛爱竹接了句。

绿蓝侠点头：“再有意见，也不该写匿名信！我最看不起那种在背后偷鸡摸狗的小人。”随后一个喷嚏袭来，绿蓝侠的鼻头红红的，眼泪汪汪，“一粒老鼠屎，坏了一锅汤。写匿名信的人，是个孬种！”

一旁的范豫中眨眨眼，脸色变了一变，咋咋呼呼道：“弄啥嘞？弄啥嘞！莫谈国事！”赶紧走到一边去了。

“怪侠老哥，你这是感冒还没好啊！要不要回军校休息啊？”小毛关切地问。

“不碍事，咱农村娃没那么多毛病。这好不容易赶上次集体劳动，要是躺回宿舍里睡大觉，我这几个月的饭算白吃了。”绿蓝侠手里举着个大手绢，边抹鼻涕边说。

“我特别理解绿蓝侠！看这雪地吧，我想到了小说《钢铁是怎样炼成的》，保尔和工人们一起抢修铁路。也是这样风雪弥漫，也是这样跟寒冷和艰苦作战。钢铁就是这样炼成的，真正的男人是在风雪中长成的！”一旁的蔡明亮握着手里的铁锹，抒发着澎湃的激情。

“秀才说得真不赖啊！难得！今天这话不是梦话，都能听明白。”绿蓝侠击掌赞叹道。

集合整队的哨音忽然响起来了，众人在桥头集合完毕。队前，罗双虎下达了铲除坚冰的任务，学员们四人一小组展开劳动。金默、绿蓝侠、卢一平和毛爱竹是一组，紧挨着他们的，是张学粮、许亚军、范豫中和向武这一组。

队伍分散开来，大桥上布满绿色的小蚂蚁，军校生们用手里的工具，愚公移山一般一点点儿铲除着冰雪。任务艰巨，劳动的进度很慢。

“这半个小时过去了，一点儿都看不见成果啊。简直不是人干的活儿！我看啊，是把咱们当牲口使了。”队伍里，许亚军气哼哼地发着牢骚，一边把铁锹咣当一下扔到了地上。他狠狠揩了把鼻涕，勾头缩脖，两手交叉放到袖筒里。那样子，活脱就是刚从威虎山上下来的小土匪。

“亚军啊，嘴上有个把门的成不成啊！那啥，没见咱88级的新生都在这儿窝着呢吗？怪话少说，注意影响！”一边的张学粮捅了下许亚军，左右看看，好心提醒道。

“咦，发表一下感想咋着了？学粮，你啥时候变得这么小气吧啦的了？怕三怕四的，咋跟个老娘们儿似的。”许亚军的声音不低反高，依旧气冲冲的。

风雪中大家埋头干活，手上的铁锹颤悠悠的，破冰的速度极其缓慢，老牛拖破车一般。

“这活儿啊，我是干不成，整不利索！本来该农民老大爷干的活儿，把咱们喊来，我看就是个摆设！形式主义！”许亚军干脆直接抗议上了。

张学粮没再吱声，他把铁锹握在手里，皱着眉揉着鼻子，一脸迷惘。他那只颇具异域风情的大鼻子，原本只是鼻尖红，而今冻成了雪人脸上的那截胡萝卜。

“学粮啊，你给四下瞅瞅，上哪儿找个民工兄弟去！我出5块钱，咱雇个人干算了。”许亚军说着，脸上同样安了截胡萝卜，更大一号而已。

小毛一边闷头铲冰，一边回身望了望，冷冷地接话道：“干这么点活儿，就要喊民工来支援。那要是真上前线了，你这是还要雇个人替你打仗啊？”

许亚军的牢骚是发得过头，可这砸冰破雪，对城市里来的从没干过农活的公子哥儿，或是平时极少干活的农村同学，确实是个难事。大多人手里握着把铁锹，像是攥着个烧火棍，用得着实费劲儿。铁锹在冰面刺啦刺啦的，丝毫没有伤筋动骨之意。

激昂的情绪过后，金默也实实在在感受到了这项劳动的艰巨。他举着铁锹用力铲了好一阵儿，地面上冻得硬邦邦的冰没怎么见少，手背上的冻疮却绽开了好几道裂口，血丝渐渐蔓延开来，爬了满手，他也顾不得擦。这时，一双军绿色的棉手套递了过来。金默一抬头，是向武。

“不用了，手上脏，别把手套给弄脏了。”金默推辞道。

“戴上吧。伤口这么暴露着，会感染的。”向武道。这厚厚的军用棉手套，还是他母亲才寄给他的，军校里并没有配发这一款的棉手套。

金默还想推辞，向武走上前来，把一双棉手套牢牢按到了金默的手上。

金默把手背上的伤口用舌头舔了舔，又掏出裤兜里的手绢擦了擦，才把那双崭新的棉手套戴上。慢慢地，他感觉身上的寒意愈加浓厚了，前胸后背都冷飕飕的，像是站在冰窟里。果真是天寒地冻。一旁的卢一平在不停地跺脚，原本黛黑的面孔已经冻得有些发紫。

刚刚在蔡明亮胸中涌动的岩浆一般的激情，像是被这寒冷的天气给冻住了，疙疙瘩瘩地结成了一团，堵在喉咙眼儿里上也不是下也不是。他把铁锹一横，自顾自地蹲到了雪地上。

“弟兄们别发愁，来，看我的！”但听一声喊，只见绿蓝侠兴冲冲地赶了来，肩头扛着把不知从哪里弄来的镐头。劳动才开始他就不见了，原来是去找秘密武器去了。

绿蓝侠开始解军装上衣的扣子，又去解棉袄的扣子，军校发的本白色的衬衫露出来了，他开始甩棉袄。

金默赶紧上前拦住：“怪侠，你不怕冻成冰棍啊！”

“你不懂！真干起活来，这棉袄可是累赘！”绿蓝侠把军装外衣连同棉袄一把脱下来，塞到了金默手上，“你们哥儿几个都不用动，咱这块儿，有我一人就万事大吉了！”

“怪侠老哥，你感冒还挺重的，不能这么疯啊，你行不行啊……”小毛起身，取过金默手里的军装和棉袄往绿蓝侠肩上搭，绿蓝侠一把给推开了。

“小毛啊，退后点儿站！你就看你老哥的好吧！”绿蓝侠踌躇满志道。

卢一平满脸的怀疑：“怪侠，你在家干过农活？”

绿蓝侠狡黠一笑：“都这么小看我啊！是我这形象太差劲儿了？那俺还真得使把子劲儿，来一次形象大颠覆，让你们都开开眼！”说着他把镐头往脚边一撂，往手心里吐了两口唾沫，对着狠搓了两下后，一把握住镐头，猛地抡过头顶，憋足劲头喊了一嗓儿，“都往后站，俺可开练了！”

镐头尖利的头在空中略一停顿，一道弧线自上而下划过，稳稳地砸向了地面。一镐下去，冻得硬邦邦的冰面立刻现出了一道大裂缝。又一镐下去，裂缝处已是冰花四溅，冰雪镇压下的水泥地面，难得地露出了真容。绿蓝侠乘胜追击，一镐接着一镐往高处抡，一下接着一下往地上砸，直到地面上涌出一大堆的冰块，他这才把手里的镐头放下。

金默赶紧把棉衣给绿蓝侠披上。卢一平和小毛赶紧赶上去，拿着铁锹和扫把，清理着满地的冰块。拨云见日一般，这一块地面彻底重见了天日。而这时，随着绿蓝侠的一声“让开些”，他甩掉棉衣，又开始给另一块坚冰动手术了。

周围的人都围拢了过来，里头还有旁的区队的学员们。大家把绿蓝侠围拢在正中，或远或近的目光，不约而同地都聚拢到了他的身上。人群的外围，晃动着几个女生的身影，是新闻系的夏春树、殷晴她们几个。

三个多月的军校生活下来，绿蓝侠的身上已经有了一些明显的变化。原本一张鞋拔子一般的长脸，像是不那么长了。不是大家看顺了不觉得了，而是他的两腮有了肉，面容圆润了几分，脸型往横里发展了，纵向的长度似乎也就缩减了几分。他脸上疙疙瘩瘩的青春痘的印记，虽依旧鲜明，可因为脸色红润了许多，原本沧桑老态的面容，也像是年轻了几岁似的。而他那虾米一般的长身子，也明显有了挺拔健壮的迹象。

“大家都好好看看，看我们怪侠老哥是怎么干活的，都学着点啊！”小毛抱着绿蓝侠的棉袄，满面骄傲地朝旁观的学员们做着宣传。

“哟嗬，怪侠老哥，你可真是文武双全呢！”许亚军溜达到近处，袖着手，勾着腰，望着劳动中的绿蓝侠，大声赞美道，“怪侠老哥啊，你就手把我们组的责任田也给开了呗。”

绿蓝侠一心抡镐，没接话。

许亚军又大声说：“放心，不会让你白干的。我给你酬金！”

绿蓝侠皱了下眉，依旧不接话。

“行不行啊怪侠，你倒是给个准话啊？5块钱！怎么样？够你花上十天半个月的吧？”许亚军追得挺紧，再一次问道。

“人要有病，就得上医院，625医院！有钱就摆谱装大爷的，病得可是不轻啊！”一旁小毛出来迎战了。

“谁要是钱多烧得慌啊，那就贡献出来。晚上回军校，咱弟兄们喝顿酒，暖暖身子！”卢一平望着乌云密布的天空，接了小毛的话说。

“一平的建议好！回头咱们凯旋，那啥，一定得整顿酒喝喝！”张学粮走上前来，“怪侠老哥，别跟亚军一般见识，回头你给我们几个传传经，帮帮我们几个困难户！”

这时绿蓝侠手里的镐正抡下来，一下砸到了地上。坚冰炸裂开来，冰花四溅。围观的众人忍不住鼓起掌来。

2

中午到了，大桥上三五成堆，军校生们开始享用这一顿劳动中的午餐了。午餐是香喷喷的三鲜大肉包和热滚滚的紫菜蛋花汤。午餐由军校的大卡车运送而来，炊事班的战士们从早起就开始加班，启动的是战时伙食供应的应对程序。

太阳虽还躲在云层里，可大桥上的气氛忽然就变得暖融融起来。光棍区队的方阵里，金默和绿蓝侠这一组四人正津津有味地吃着午饭，忽然一个女生来到了近前，把一包东西一股脑儿地塞到了绿蓝侠的怀里。新闻系的季桃塞给绿蓝侠的，是四个黄澄澄的橘子和四块巧克力。

“嘿，怪侠，小心糖衣炮弹啊！”人群里有人喊了一嗓儿，引得大家轰一声都笑了。

“炮弹呢，‘刺客’夏春树该是早就发射过了，这回‘共军’送的，是正经的糖衣吧！”又有人打趣道，笑声更猛烈了。

只有孟艳玖玖哥不笑，眼睛里喷出火来了。“共军”的进攻方向明显有错误嘛！季桃可是他玖哥的心上人啊。这丫头，横冲直撞地就来了，眼里只有绿蓝侠，怎么一点儿都不照顾一下他的情绪啊。

“怪侠老哥，你这劳动模范没白当啊！这都有女战友来热烈慰问你了！”张学粮一手举一个包子，大口嚼着晃了过来。

“这怪侠，够出风头的啊！怎么样，下午你接着再表现一把呗？把我们这一块儿也给收拾了得了。早说了，不让你白干！10块！一回学校我就给你。”许亚军端着碗紫菜汤走过来，吸溜了一口说道。

“出手挺大方啊。以为自己是谁呢？黄世仁啊！”小毛满面鄙夷。

“咳！小毛，我正想找你呢。上午你可就对我含沙射影、夹枪带棒的一通攻击，你发的哪门子神经啊？”许亚军瞪起眼来。

“我毛爱竹就是看不上你。有几个臭钱就显摆，装大尾巴狼，恶心人！”小毛接过许亚军的话，小钢炮开始猛烈发射。

“这是怎么说话呢小毛！我……我不理你！我这跟怪侠大哥谈正事呢，毛孩子，一边凉快去！”许亚军被炮火轰得有点乱，着急了，端着碗的手开始晃悠。

绿蓝侠把小毛往自己身后拽，朝许亚军点头招呼道：“亚军兄弟，你开的价可不低啊，够我杨白劳过个像样的年了。”

许亚军笑了笑，嘴边还挂着片紫菜：“还是怪侠明理。老范兄弟不常说嘛，咱都老大不小了，谁也别装。你们农村同学来上军校，不就是图个混吃混喝不要钱嘛。经济基础决定上层建筑，没钱，你分数再高，清华你也去不了啊！是不是啊怪侠？你开个价，我一准儿给你工钱！”

卢一平走过来：“滚！你给老子滚一边去！”

许亚军傻了：“一平，我可没招你啊！”

卢一平瞪眼道：“我骂的就是你！”

张学粮赶紧拉住许亚军：“亚军，我求求你，能别再提钱的事儿了吗？你这都快要挨打了，怎么一点儿眼力见儿都没有啊？还不赶紧撤啊！”

许亚军一边被张学粮拽着往回走，一边还不停嘴："有钱怎么了？有钱是好事啊！我还真要跟你们几个理论理论。怪侠要是有钱，现在会跟咱们一起混？军校有吃有喝还发衣服，农村来上军校的穷鬼们，抱的不都是这目的吗？"许亚军口若悬河，无耻到底。

绿蓝侠的长脸一下拉好长："许亚军，我还告诉你了！今天你就是给座金山，都别想让我这个穷鬼给你当长工！"

"话糙理不糙啊，怪侠你别急啊……"许亚军还要跟绿蓝侠说理，张学粮使劲拽他。那边，金默也过来拉绿蓝侠。

"别拽我啊学粮。正好金默过来了。哎，金默，你给评评这个理，我说的是不是有道理啊？农村同学来上军校，不就图个不花钱吗？用咱理论书上的话说，我的观点客观不客观啊？"许亚军朝金默望去，满面期待。

金默脸色阴沉："许亚军，你今天的话确实有点多了。我送你一句话，懂得尊重别人，才会获得别人的尊重。"

一旁的绿蓝侠终于没憋住，骂出来了："少搭理这个狗娘养的！"

许亚军一下火了："怪侠，骂人可不对啊！我可是琢磨你有些日子了，你要是真想跑啊，还能跑不出去？也就是做个姿态吧？不是我许亚军不服你！得便宜卖乖，大家伙儿都看得门儿清！"

四周一下静得出奇。绿蓝侠只觉得一股热血呼一下从心脏里蹦跶出来了，从喉咙眼儿里蹿出来，把他的长脸浇了个通红通红。他推开金默，握住拳头，朝许亚军一步步逼近。

"怪侠……怪侠老哥，你别这式儿的啊，怪吓人的。今儿这是话赶话唠嗑呢，说串了。其实，谁家没本难念的经啊……"一记拳头牢牢地砸到了许亚军的大鼻子上。胡萝卜变成了西红柿，红的汁液喷浆一般，满脸乱窜。

许亚军"嗷"地喊出一嗓儿，抹把脸就朝绿蓝侠撞了过去，两个人扭打起来。金默几个冲上来拉架，却根本拽不开这两个人。不知谁先脚下一滑，绿蓝侠和许亚军两人摔倒在了雪地上。两个人在雪地上滚动着，像两只狗熊一般厮打起来。一旁观战的小毛逮住个机会，一声大喊，直接扑到了许亚军身上，举拳头就打，像是武松打虎。卢一平、金默想着拉架，过去拽绿蓝侠，也都跌倒在了雪地上。张学粮想着要抢救许亚军，赶紧躺倒在地上去扒拉他。向武也赶过来了，趴在冰面上伸胳膊把许亚军往外抢救。雪地上，几个人滚作了一团。

等罗双虎和柳云峰赶过来的时候，他的一伙儿光棍兵正在雪地上练摔跤呢。

3

风雪中，大桥桥头，光棍区队的作风整顿会正在进行中。

队前，绿蓝侠在做检查。风雪中，他的声音忽高忽低，听上去很有几分梦幻：“……从小到大，我只吃过一种水果，就是橘子。刚才新闻系的季桃同学送来的橘子，黄灿灿的，又大又甜。我吃过的橘子，可没这么好。每到年根儿，进了腊月了，快过年了，我爹都要去县城赶集。年前的这次赶集，我爹都会带上我，因为我是家里唯一的儿子。我和我爹在集上转转晃晃的，总要待到天黑。不是集上有多好玩，而是集散前我们才好下手办件事儿。天一擦黑，卖水果的都会撮一堆烂兮兮的橘子，扔到路边，几毛钱一堆儿地往外卖。我爹就把这一堆儿烂橘子当宝似的买下来背回家。新年就快到了，我家的屋子里烧上个炉子，一家人围着炉子剥橘子吃。烂橘子可甜了，甜得我梦里都会笑醒。我的七个姐姐可巧了，跟七仙女一样。姐姐们会把烂橘子装到玻璃瓶子里，做成橘子酱。一个冬天，我们家里都弥漫着一股酸甜的烂橘子味。那些烂橘子，是我吃过的世间最好的水果了。”

周围的人都听得呆呆的、傻傻的，脸像是被冻住了。有人脸上倏忽一下滑落了几颗水珠子，却浑然不觉，擦都不知道擦。

“……还有这巧克力，一看见它，我这手心就疼。军校体检，是我爹陪我去的。一早抽过血，就发面包、发牛奶，还有一块巧克力。我爹跟着我，也领到了一份。我爹接过这些吃食的时候，两手都是哆嗦的，他是不敢相信，这军队上的人能让他白吃白喝。吃早饭的时候，我爹就是死活不肯碰那块巧克力，非要看见我塞到嘴里去才踏实。为啥呢？我爹和我都记起了一件旧事。我7岁多的时候，有一次跟小伙伴跑到县城去玩儿，到垃圾堆里刨吃的，刨出条黑乎乎的长条状的东西来，锡纸包着。我跟小伙伴各尝了一口，甜的，是糖。我就把这糖包好，装到兜里带回了家。回了家我坐在院门口，把那糖纸撕开，就用嘴去舔那黑乎乎的一条。我爹看见了，一巴掌就把那东西打翻了，而后我爹一把把我拽进屋子，取了根藤条，就往我屁股蛋子上抽。我爹到快50岁上才有的我，之前从没舍得动过我一个手指头。我娘前头生了七个姐姐，就是为了要我一个男孩。在我们那儿，都说人闭眼的时候得有儿子来送终，要不下辈子托生不成人。我爹想着下辈子还做人，所以就辛苦了我娘，一个接一个地给他生娃。我爹得了我，把我当个宝，我多淘气都舍不得打我。可那回我爹跟疯了一样，把我的屁股都打肿了。那块儿黑乎乎的巧克力五马分尸，散在了地上，仔细瞅，上头都长了绿毛了。我爹一边打我，老泪就一边从眼睛里往外蹦，我爹哑着嗓子喊——‘让你嘴馋！你个龟孙，不怕吃到毒东西吃死你吗？’”绿蓝侠说着，眼睛红红的。不少人的眼睛，也都红红的了。

“……军校待我不薄。管吃管住，还发津贴，这份恩情我记在心上了，一辈子，无论我走到哪儿了，早晚得还！我是想走，打这军校跑。要说，是不够意思，不懂报答！可是，人活这一辈子，只有一辈子，谁不想按照自己的心思活呢？”绿蓝侠忽然停住，仰脸望天，眼睛里不知是飘进雪花了还是怎的，一下亮晶晶起来，“我为啥跑？说句酸话吧，也不怕你们笑话。我，是为了让我的这辈子过得有意义，心里头敞亮，一辈子不白活！”

“这怪侠，痛说革命家史，还做上忆苦思甜的报告哩！其实没啥新鲜的，这打农村出来的娃，谁家没有点儿难处啊。”队伍里，范豫中龇着牙花子，眼圈红红地说。

4

作风整顿会之后，一阵近乎压抑的沉默中，光棍区队的弟兄们埋头劳动了好一阵子，进度飞快，像是搭乘上了一辆顺风车，风驰电掣、畅通无阻。这辆快车上，绿蓝侠手上的镐一直没停。

“学粮同学，我有个问题，一直想问问你哩。”可能是觉得空气过于凝重了，毛爱竹开腔了。

“有问题就提吧，小毛兄弟。吞吞吐吐可不是你的作风。”张学粮大大咧咧地说。

“东北的张学良将军，真是你家亲戚吗？”毛爱竹问。

“可不是咋的，张将军是我不出五服的大爷爷。我们有族谱呢，不蒙人。那啥，不信下次我拿给你看。”张学粮煞有介事。

“族谱你都带着呢，不怕弄丢了啊！说实话，你跟你家大爷爷，可是真有差距！”毛爱竹说。

“小毛，你这话啥意思啊？我跟我大爷爷，有差距那是肯定的啊！上下五千年，少帅不就出了一个吗？不是谁想当就能当上的啊！”张学粮叨咕着。

“学粮同学，我没别的意思，就是想跟你说，以后你得离那不三不四的人远点。否则，你当不成英雄不说，可别再堕落成了座山雕的手下了！”毛爱竹的话脆生生的，一句是一句，像是绿蓝侠凿在冰面的那一下下。

众人一阵哄笑。张学粮也笑了：“这个小毛，骂人不吐脏字！”

“毛爱竹，我是真服了你了。早晚啊，你得坏在你这张丫头片子一样的破嘴上。”许亚军在旁边接茬道。

“许亚军同学，既然你接招了，我这正好有几句话送给你。听说你家里都是买卖人，有钱不假，可我劝你别总是显摆了。整天把钱挂在嘴边上，小心有那杀富济贫的，下手可都狠。”毛爱竹的话硬邦邦的，比镐头都来得狠。

许亚军张张嘴，终于哑巴了。

雪花飘飘洒洒，临近黄昏，忽然就停了。空中那大团大团灰色的云朵，渐渐飘散了，飘远了。一轮半红半黄的太阳，从逐渐稀薄的云雾里探出头来，把冬日里那抹最动人的光辉，洒到了众人的身上。

“太阳出来啰喂，喜洋洋啰啷啰……”人群里有个男生高歌了这么一嗓，是区队上的卢一平。

先是几个声音加了进来，随后，无数的声音加了进去——

……

太阳出来啰喂，喜洋洋啰啷啰

挑起扁担啷啷采哐采

上山冈啰啷啰

手里拿把啰儿

开山斧啰啷啰

不怕虎豹啷采哐采

和豺狼啰啷啰

……

这一曲大桥上的劳动歌谣，把太阳的脸都唱红了。

很快，另一首歌儿又被唱起来了——

……

那一天早晨，从梦中醒来

啊朋友再见吧再见吧再见吧

一天早晨从梦中醒来

侵略者闯进我家乡

啊游击队啊快带我走吧

啊朋友再见吧再见吧再见吧

……

由卢一平领唱，这支临时组建的战地文工团的战地演唱已经收不住了。

5

绿蓝侠病倒了，这次是真病。原本重感冒的根儿就没好利落，在大桥上铲除冰雪嘚瑟过头，再加上跟许亚军结结实实干了一架，一个班批评扣在了脑袋上，旧病加新伤，新晋劳动模范义无反顾地倒下了。

因祸得福。周日这天中午，有个令人振奋的好消息被孟艳玖带回了宿舍，88级新闻系的四位女生，要来探望伤病员绿蓝侠同志了。

事情的起因是一只鸡，一只孟艳玖从食堂顺来的白条鸡。

再往前倒，事情的根儿在哪儿呢？根儿就出在大家伙儿心知肚明的一件事儿上——光棍区队的男生孟艳玖和新闻系的女生季桃，陷入了一场风花雪月的故恋情。

初恋时我们不懂爱情，可玖哥懂，啥都懂。因为孟艳玖恋爱过好几次了，对哪一段感情都深情缅怀，绝对不厚此薄彼，并且一律都用初恋来命名。用孟艳玖的话说就是："我那亲娘！啥叫初恋？没结成婚的那都叫初恋。谈恋爱没谈扎实，就是初级水平。初级水平的恋爱，那就是初恋。"

孟艳玖看上"共军"季桃，这一点不奇怪。如同绿蓝侠好用"高级"和"洋气"来夸赞一切美好的事物一样，玖哥梦想中的女人必须具备三个条件：圆脸，大眼，丰胸。济南姑娘季桃样样符合标准，躺着就中了招。上帝他老人家简直像是比照着这三条把她定做出来的，武林高手玖哥不能不动心啊。

从军训开始，"共军"的"水枪"季桃一出场，玖哥的眼睛就直了，每天晚上雷打不动的练功都有些分神了。闻听季桃来自济南，玖哥简直都要流下幸福的热泪了。"我那亲娘！还是我们省城的姑娘哩！也不知道人家嫌弃不嫌弃我这农村人！"玖哥内心满是忐忑，突然就有了一份深深的自卑。练功之外，俯卧撑练习得格外勤，俨然自卑到了尘埃里，很低很低。

玖哥看上了季桃，可人家季桃爱玖哥吗？玖哥不敢轻举妄动，只默默等待上天的裁定。机会还真就来了。

秋日里，军训中，有一天晚上，新生们上军事地形学的大课，一干人给拉到了南京郊区的芝麻山。夜幕降临，大家都分散到大山里找目标。夜行军途中，黑灯瞎火的，季桃一脚踏进了农田边的大粪坑里去了。玖哥他们这一组相距不远，正摸黑前进呢，忽然就听见了一个凄厉的女声传遍了黑黢黢的山野——“救命啊！救命！”

玖哥立即捕捉到了心上人发出的密电码，他像头猎豹一般蹿了出去。此时，季桃组里的男生面对女战友突然坠入粪池的险情，谁都没含糊。他们呼啦一下聚拢过来，朝淹没在其中的季桃纷纷伸出了热忱的援手。可季桃偏偏就是不伸手。她是觉得一身大粪实在腌臜不说，自己那一双粪迹斑斑的手，递给谁都不合适。再说了，自己这一身污秽，出了粪池又该如何见人呢？总不能披着一身大粪继续行军吧。季桃想不出法子来，站在粪坑正中，两手抱在胸前，泪如雨下。周边的男生急得团团转，都无计可施。

此时玖哥这支离弦的箭已经发射到位，他赶到了粪池边。玖哥把身上的军训服一甩，只穿件小背心，一个大步就跨进了大粪池。进到粪池里，玖哥一把拽过季桃，把她一下托到了臂腕里，直接送上岸。上岸后，玖哥把自己的军训服往季桃身上一披，背起她就跑。一路狂奔，一直到找着一户老乡家才放下。待季桃清洗完毕，从老乡屋里走出来的时候，昏暗的灯光下，季桃一双大眼望向恩人，滚滚的泪水如滔滔江水一般淌落下来。自此季桃认准了玖哥，认准了这个男人结实的怀抱、温暖的后背是可以倚靠的。

于是光棍区队的男生严格遵循的“兔子不吃窝边草”的原则，首次被玖哥打破了。要在罗司令和一干光棍的眼皮底下谈情说爱，不亚于让你在众目睽睽之下光着身子绕操场裸奔，这勇气几人能有呢？罗司令骂过玖哥不止一次了，玖哥也在大会小会上做了无数次检查了。

罗双虎的理论颠扑不灭：“你们都给我憋住了！谁都不许骚情谈恋爱！这是军校！老子28岁结婚，30岁有了儿子，解决生理需求，传宗接代，一样都没耽误！心思都给我放到正道上去，不许多想女人的事儿！”

可玖哥还是没憋住内心澎湃的激情，踩上了恋爱这道钢丝。遇见对的人，有几个能绷住的？为了不给季桃惹麻烦，玖哥一直很低调、很克制。人家毕竟是得过地区散打冠军的，习武之人谈恋爱，火候、步调什么的，都掌握得很妥帖。玖哥不搞大江大河要死要活那一套，大动作已经在英雄救美的关键时刻用过了，往下该潺潺流水润物细无声了。

玖哥爱上谁，是用心疼谁来表达的。他心疼上了新闻系的团支书季桃，看她整日里风风火火日理万机，把个小小的团支书当成了国家总理来当，实在是心疼。玖哥眼睁睁地看着，帮不上啥大忙，唯一能做的，就是暗中从后勤保障上给予大力支持。

练武的玖哥有个小毛病，就是手脚麻利得有些过头。晚自习归来，区队的队伍从食堂的后门经过。队尾的玖哥一下就没影了。等不知道什么时候他又回到队列里的时候，书包一定鼓胀了好多。值班员宣布解散的时候，一准儿会有四五个男生捧上了雪白的馒头。再或者呢，玖哥总能在闪身进了食堂后，抱着一堆咸鸭蛋出来。玖哥从来不吃独食，哪怕只是顺来几根腌豇豆，都要跟弟兄们共享。这也是虽然他频繁作案却并没有被举报的原因。有咸鸭蛋吃的晚上，鸭蛋咸，男生们把白开水喝了一杯接一杯。结果那晚起夜的人数明显增多，把个罗双虎慌得以为是光棍们集体食物中毒了。

把军校食堂当作自家厨房的玖哥，仗着艺高人胆大，竟在新年里给心上人送了锅鸡汤过去，鸡汤里卧着一只油光锃亮的肥母鸡。也真是难为了玖哥的这一番心意。他听季桃无意间唠叨过，说是女生宿舍里的电热杯被没收了，于是玖哥就料定季桃肚子里闹饥荒了。玖哥便先去食堂顺了只白条鸡出来，再央求小吃部的一位老乡帮着把鸡给煮熟了。季桃沉浸在这热腾腾、香喷喷的爱情的滋养里，却并没有忘记原则。她鼓鼓粉嫩的腮帮，把已经蹿到嗓子眼儿的口水生生给憋回去了。随后团支书季桃便对玖哥展开了严肃的问询，勒令他立即把鸡给炊事班送回去。

玖哥傻了眼。这顺来的是只白条冻鸡，而今躺在小吃部的钢精锅里的，是只炖得酥烂的熟鸡。怎么也不能把这熟鸡变成一只生鸡再送回去啊。季桃没多跟孟艳玖废话，她像个党代表一般，先去了炊事班赔礼道歉，并且主动送上了5元赔偿金，而后告诉孟艳玖，这只鸡她是不会动一口的，让他立即端走。两个人在小吃部里闹着别扭，正巧张学粮和许亚军来小吃部打牙祭，见了这两个人对着一锅鸡汤你一言我一语的，明显是在吵架。只是“共军”季桃的脸是白的，玖哥的脸则是绿的。

张学粮像只狗一样凑了上来，对着香喷喷的一锅鸡汤，大鼻子猛抽了两下。许亚军也跟过来，更大号的鼻子简直就要扎到鸡汤里去了，他流着哈喇子问：“这鸡汤有主儿没主儿？要不，两位先慢慢聊着。趁鸡汤还热乎着，我跟学粮先给解决了？”

孟艳玖立即把一锅鸡汤给按住了。他想这锅里的鸡要是遇见了眼前这两位爷，那就是遇见黄鼠狼了。

到底是季桃沉着冷静，她走上前来，把一锅鸡汤牢牢地端到了自己手上。

“请通知劳动模范绿蓝侠同志一声。20分钟后，我们系的四个女生去看病号。”季桃的临场发挥和果断决定，令孟艳玖心中暗暗叫好。要不人家当上了团支书呢，觉悟高不说，还特别善于把坏事变好事。

6

消息传回光棍区队，除绿蓝侠保持卧床的姿势不变外，男生们立即投入到了打扫宿舍卫生的火热劳动中。卢一平一遍遍擦着他那把口琴，像是要去参加重大的国际比赛。张学粮嫌自己铺位上的军被叠得不好，直接去了金默的宿舍，不顾上铺绿蓝侠的严重抗议，把全区队最标准的豆腐块搬过来供到了自己的铺位上。罗双虎叉着腰站在走廊上剔牙，斜眼看着他的崽子们忙活着。因是周日，又听说是兄弟区队的姑娘们要来访，他就对张学粮偷梁换柱的行为睁一只眼闭一只眼了。虽然他打心眼儿里不欢迎女生们来访，可这军校里，并没有禁止女生来男生宿舍探望病人的条例，他也就只能冷眼旁观了。

内务卫生收拾利落，张学粮举了瓶花露水来，上蹿下跳、左右开弓一阵乱喷。香水是上海六神的，由大上海青年蔡明亮赞助。

“弟兄们都把自己的门关严实了，衣服穿齐整点啊，一会儿可有女战友光临啊。都是专门来探望咱怪侠老哥的。那啥，都是谁？还有谁？‘刺客’夏春树、‘共军’季桃、‘国军’苏小青和‘童子军’殷晴，那是一个都不少。”张学粮挨门挨户地宣传着。结果是所有宿舍的门都大开着，去盥洗室洗脸刷牙的人数明显增多。

班主任罗双虎站在队部的门口，依旧叉着腰，这会儿他剔完牙，开始梳头了。他手里举把牛角梳，像是刮牛毛一般任其在头上驰骋，一下一下的，把他那两寸长的寸头刮得噌噌噌直起静电。罗双虎两眼瞪着二流子一般挨家串门的张学粮，左脸间歇性抽搐着，心里头琢磨开了。都说解铃还须系铃人，那个吼过绿蓝侠的夏春树一出面，没准儿这绿蓝侠的病根儿就好利落了。只要他的兵不再从军校往外跑，他罗双虎倒是不反对女生们偶尔来串个门、探个班什么的。

那天，四个女生一出现，走廊上立即拥满了光棍区队的男生，像是在欢迎文工团的姑娘们来访。女生们被兄弟们簇拥着进了绿蓝侠的宿舍，还没进门，就闻到了一股刺鼻的花露水味道。一间四人住的男生宿舍里，窗明几净不说，临窗的窗台上，军绿色的搪瓷缸里，竟插着一枝淡黄色的蜡梅花。

女生们望着这别具一格的男生宿舍，眼睛里都含着惊异的笑意。季桃先发表了探望致辞，弟兄们还以热烈的鼓掌。团支书季桃同志政治觉悟高，词儿也跟得上，走的是《新闻联播》里市局领导在佳节来临之际探望贫困户的路子。

进到宿舍，夏春树一眼就发现了卢一平手里的口琴，她问道："这位同学，你会吹那首《答案在风中飘荡》吗？"

卢一平的口琴声先起，歌声紧随其后——

…

How many roads must a man walk down

Before you call him a man

How many seas must a white dove sail

Before she sleeps in the sand

…

在夏春树沙瓤西瓜一般的歌声里，被男生们固定在上铺的绿蓝侠，把头埋进军被里，竟没出息地偷偷抹起眼泪来了。

7

歌声里，殷晴则邀请金默下了楼，来到女生宿舍楼前。她是看见了金默手背上的冻疮，说是要把母亲刚刚寄来的冻疮膏送给金默。

雪后一个难得的晴天。正是午后，阳光暖融融的，仿佛把一切都要照化了。墙角的冰凌在滴水，地上的积雪在慢慢消融。清冽的空气中，蜡梅花的香气若有若无。

女生宿舍楼前，齐齐整整地晾晒着一条条白色的床单。微风吹过，阳光下的白床单轻轻摆动，带着别样的芬芳。有正在晾晒衣物的女生，在白床单前后嬉笑打闹着。

金默的眼睛一下被刺痛了，他再也不肯往前走一步了。10年前的那一幕，又潮水般翻涌到了心头。

那是在夏天，阳光亮得晃眼。透过病房窗外的树影，阳光投射进来，洒了满屋满床。房间里却像个冰窟一般，阴沉，寒冷。满面苍白、身体瘦弱不堪的父亲，被一床白床单永远罩在了下面。对于金默来说，白床单是如此冰冷，如此可憎，就是它，把自己和亲爱的父亲完全隔绝到了两个世界。

自此，金默害怕上了白色，甚至白色的花朵，都能刺痛他的眼睛。

眼前的白色刺得金默眼睛生疼，心里一下被深深的痛楚填满了。他红着眼睛，想要转身逃开。可他又实在不忍心拒绝殷晴的好意，只能把目光错开，继续待在女生宿舍楼前等她。这时，金默的目光无意中扫向男生宿舍楼的方向，他忽然就望见宿舍楼五楼的一个窗口，一个黑脑袋晃动着，是一个握着望远镜的人，在朝他这边巡视。金默心里猛然咯噔了一下，他猜测，那人应该是班主任罗双虎。区队上就只有罗双虎有副望远镜，那是他格外钟爱的宝贝。这副望远镜是罗双虎从战场上带下来的，望远镜跟他一起参过战，平日里一直挂在他的床头。

金默的心里一下被焦躁塞满了。殷晴被罗双虎注意到，会给她增加不必要的烦恼的。罗双虎特别反感自己的学员兵跟女生有来往，对校园恋情一律采取铁腕政策，必会狠狠地扼杀在摇篮里。孟艳玖和季桃一好上，听说罗双虎都去找季桃谈过好几次话了，还找过新闻系的班主任老马。好在玖哥和季桃心大，说是被罗双虎强逼着共同签署了个什么保证书，答应毕业前不再私下有来往，罗双虎才没继续追究。

可殷晴不是季桃那样的姑娘，她太弱了，是无力面对这样严格的排查的。面对那副望远镜的追踪，金默没有等到殷晴的到来，心绪一片混乱，马上闪身跑开了。

第十章　长江为何如此远

1

绿蓝侠的这场病还惊动了一个人。她，就是临时来队的政委柳云峰的家属——女朋友杜鹃，杜鹃嫂子。

家属是部队上的叫法，军校里也都这么叫。其实杜鹃还没嫁给小柳政委呢，连婚都没有订，还只是女朋友。可是学员们都管杜鹃喊上了嫂子，起初杜鹃听得直脸红，不肯应。后来见大家都这么叫，也就红着脸应下来了。杜鹃嫂子中等个儿，脸蛋黑黑红红的，一笑起来，腮边有两个大酒窝，可甜了。

白天男生们去上课了，杜鹃嫂子就到宿舍楼里来找活儿干。只要是大太阳天，杜鹃就会把男生们的被子抱出来拆洗。那时候还没有洗衣机，杜鹃嫂子找来个大木盆，搓啊揉啊的，老费劲了。洗好了晾，晾好了还得缝。被子一床床搁到了男生们打乒乓球的球桌上，杜鹃嫂子飞针走线，变魔术一般，几下就把被子套好缝好了。杜鹃嫂子都是一早就赶来拆洗，一直忙了一个多礼拜，才把男生们的被子都整利索了。

好不容易有个空儿上街转转吧，嫂子都是大包小包地回来。给男生们送水果，还分零食给他们，简直把他们宠得不行。嫂子高中毕业没考上大学，而今在村里的小学当老师。有嫂子这么好的人指教着、照顾着，村子里的孩子可是有福了。

“咱杜鹃嫂子长得多甜啊，面善。以后要是谁敢说嫂子的长短，我跟谁急，有病！送625医院去！”光棍区队的毛爱竹第一个发言，眼珠子瞪老大，这叫先发制人。

嫂子来这几天，把小毛所有的军装和军裤都进行了改装。原本裤脚拖及地面的军裤，而今全都按正常长度锁了边。军装上衣的长袖子也都修得长短合适。几身合体的军装，被洗得利利爽爽，熨得齐齐整整，放到了小毛的枕头边。合体的军装一上身，毛爱竹终于不再像个特招入伍的文艺娃娃兵了，星期天都敢穿着军装上大街招摇去了。

“要我说啊，咱嫂子的模样呢，确实普通又平凡。可咱嫂子那是相当有魅力啊。啥魅力？温暖！温暖你们懂吗？就是热腾腾、暖烘烘，能把人烤化了暖和傻了！一个热腾腾、暖烘烘得如火炉一般的女人，足以打动男人的铁石心肠。那啥，咱小柳政委英俊逼人不假，可他选择爱人，那绝对不是闭着眼找的，也是千挑万选才寻到的。他就是被嫂子的温暖给彻底拿下了。那啥，我听说啊，当年这追求小柳政委的人可多了去了，小柳那就是一块儿唐僧肉，招人呢。”张学粮煞有介事。

嫂子来了两周了，张学粮已经献给嫂子十四首诗了。一天一首，把嫂子的脸念得更红了。像是原本一块红布上又泼了红色的墨水上去。其实张学粮哪会写什么诗啊，他都是抄的，根本就是借花献佛。外国的诗歌，中国的诗词，只要能跟爱情扯上，张学粮就都敢招呼。图书馆里头放诗歌的那个书架，都快被张学粮伏案抄写的身子给压塌了。

“你们这群嫩瓜，生瓜蛋子，要我说都是傻瓜！咱嫂子那样的贤惠媳妇，谁娶到手谁这辈子都幸福。可就有一点儿，我一直想不明白。要说呢，杜鹃嫂子跟咱小柳政委感情这么好，咋不赶紧扯证呢？扯了证再生个娃，大胖小子抱到怀里，那是多么美好的生活啊！小柳咋像是不开窍似的，整天捧本书坐在宿舍里读，也不知道去招待所多陪陪杜鹃嫂子。读读读，能把个大胖娃读出来才怪！”孟艳玖先天下之忧而忧，不无担心地说。

杜鹃一来，就上街买了对护膝护腕送给了玖哥，说是他整日里练功，要注意保护关节。玖哥就盼着嫂子赶紧把小小柳生下来。他都跟嫂子说好了，今后教侄子习武的事儿全包他身上了。

“咱都老大不小了，谁也别装。你们呀，都没说到点子上。‘爱情’这词儿啊，太酸。我可是听说啊，嫂子一家都对咱小柳政委有恩。小柳能有今天，全靠的是嫂子一家人。这世界上没有无缘无故的爱，也没有无缘无故的恨。什么事情太满了不好。嫂子挺好，刚刚好！”范豫中煞有介事。几天里他没少吃嫂子送的好吃的，嘴上是少有的积德。

《新闻联播》前，男生们你一嘴我一句地瞎咋呼着。到了老范这儿，大家一下都沉默下来了。

“我的天哪！你们的嘴咋那么碎呢？人家两口子的事儿用得着你们瞎起劲？一群生瓜蛋子光棍汉，你们懂个屁！知道不？杜鹃嫂子一家人都去了深圳，在那儿开着厂子呢，要啥有啥。杜鹃嫂子为啥没跟去？一是惦着村里的学生娃儿，二是心里装着小柳政委，就待在老家原地没动。一有空她就来军校看小柳不说，还把咱这38名光棍照顾得熨熨帖帖的。嫂子有怨言吗？一句没有！你们说，这不是爱情是啥？这不是伟大的爱情又是啥？”在杜鹃嫂子的悉心照料下，身体已完全康复的绿蓝侠上前一把按下电视开关，愤愤然地总结道，“还军校大学生呢，在后头瞎起劲议论人，完全没意义不说，还低俗！”

金默朝绿蓝侠投去赞许的一瞥，带头鼓掌。掌声渐渐连成一片，越来越热烈。

这一段儿一到周末，小柳政委就爱喊上金默，一同去招待所里杜鹃嫂子的房间共进晚餐。想着小柳政委和杜鹃嫂子难得团聚，金默总是要认真地推辞，找借口说不去。可是，每次小柳都是不由分说地拽上他，根本不听他在叨咕些什么。

等坐到杜鹃嫂子的房间里，面对一桌子香喷喷的饭菜，坐在两个可爱的人儿中间，金默都会觉得自己真是来对了，幸亏之前小柳牢牢地拽住了他。这样的夜晚，真是太美好、太有趣了。

招待所里有个员工做饭的小厨房，杜鹃嫂子在那里搭了伙，用那儿的煤气灶做菜。杜鹃嫂子做的菜好吃不说，还有种故乡的味道。

故乡，金默的故乡，是在沂蒙山深处的一个小山村里。那是父亲生活了16年的地方。而母亲的故乡，是长江边上的一座小城，她是地道的江南姑娘。金默1969年的秋天出生在河南开封。两年前的那个春天，一位年轻的军官，在铁塔下游走，偶遇来开封春游的一位女大学生。两人分别后，鸿雁传书，青鸟传情。半年后，女大学生来到了开封的军营，与青年军官共结连理。一年半后，他们的儿子金默出世了。金默5岁的时候，部队换防，一家人随大部队去了河南商丘。后来，父亲转业回了山东临沂，突发急病去世之后，金默随母亲回了安徽小城。如此这一路走下来，金默对故乡的记忆，很多时候是模糊的。可是，记忆深处，他是忘不了沂蒙山的那个小山村的，忘不了亲爱的爷爷奶奶曾给他做过的饭菜，烙过的煎饼。那种奇异的大饼，是要卷着大葱吃的。

美味的饭菜唤起了金默关于故乡的记忆，他吃得很香很香。杜鹃嫂子做的烙饼，是要裹上金灿灿的摊鸡蛋、滑溜溜的土豆丝和水灵灵的小葱来吃的，金默完全沉醉了。美食之外，更吸引金默的是那种格外安闲、十足有趣的氛围。

饭桌上，小柳慢悠悠地说这说那，是三句半的前三句。杜鹃嫂子是压轴的，最后那半句准定是她的。杜鹃嫂子的话不多，可是劲道，落到地上咣的一声响。金默喜欢听小柳跟嫂子抬杠。起初杜鹃仿佛是在让着小柳，光笑不说话。可是等小柳一个人的前三句说完了，她咣的一声就接上了那半句，经常把小柳给震得大眼骨碌碌转圈，再说不出个所以然来。两个人抬杠的时候，小柳总会不由自主地流露出一股孩子一般的稚气来，跟区队上那个故作老成的小柳政委简直是判若两人。

每到这样的时刻，金默就会忍不住有几分恍惚。他和殷晴，在这一生里，会不会有这样的时刻呢？

2

军校的第一个寒假，是在学员们心急如焚的期盼中到来的。最后一门中国革命史的考试前，卢一平把一个白色的土布包袱塞到了桌子底下。

“一平啊，小伙子长得挺俊气，可你这包袱真是太煞风景了。我这乍一看，还以为是延安的百姓来投靠子弟兵哩。一平，小伙子长这么好，包袱换换！”范豫中说。

卢一平咧嘴一笑，白牙一晃，没接话。除了那个大白包袱，卢一平只随身背了个军用挎包，里头是他的口琴。

“老范，我看你是嫉妒我们一平吧。人家回了家，可就有美丽的姑娘接应。你回了家，除了爹娘给你准备顿好吃的，再没啥别的盼头了吧？”张学粮接口道。

“要说学粮是真有学问，啥都清楚。咱都老大不小的了，谁都别装。这一趟回家去，有本事发展的就多发展几个，女朋友不怕多。这军校上的，可真是闷呢！”范豫中感慨道。

“老范这话在理！军装我都装包里了，一回去就满世界招摇去。那啥，你们闭上眼想象一下，东北，锦州，冬日的街头，一个面容英俊的青年军官大踏步走来，他那挺拔的身板，深邃的小眼神，得吸引多少女孩子爱慕的目光啊。一想到这场景，我真是茶饭不思、夜不能寐啊。歌里怎么唱的来着？跨上那飞驰的列车，骑上那奔驰的骏马……”张学粮说着说着就唱起来了。

“我听着不像是放寒假了，倒像是大灰狼，不，大色狼冬眠以后下山了。”小毛道。

一片笑声。

“咳咳，别得意忘形啊学粮兄弟。什么事情，太满了不好。”范豫中说。

“龟孙，就知道女人女人的，没几个有出息的！”绿蓝侠愤慨地点评道。

上午8点整，考试正式开始。9点半钟，离考试结束还有半个小时，不少人还都在闷头答题呢，卢一平就第一个交了卷子，张学粮紧随其后也交了卷。张学粮帮卢一平扛上那个白布包袱，卢一平背好军用挎包，两个人脚步铿锵地一同走出了教室。

须臾，一阵口琴声起，大大咧咧的歌声传来——

……

那一天早晨，从梦中醒来

啊朋友再见吧再见吧再见吧

……

这是卢一平最爱吹奏的一首歌，大嗓门是张学粮。

两记响亮的掌声传出，像是从相邻不远的某一个窗口，而后一个译制片里的男主角一般动听的声音开腔了——

“两位同学，谢谢你们的精彩演唱！可我们的考试还没结束呢，请顾全大局，暂时远离。一路走好兄弟们！”——那声音是真好听，道出的是委婉的批评和热忱的祝福。

“抱歉！抱歉！敬爱的毕教员！海洋大哥！自打上了军校，我们这不是第一次回家吗？心情实在是太激动了，都按捺不住了。提前给您拜年了啊！蛇年吉祥！敬礼！”是张学粮的声音，一贯的油嘴滑舌。

考场上，光棍区队的男生们露出会心的微笑。不用探头去看，他们就能想到战争史教员毕海洋的款款风度，以及张学粮点头哈腰的谄媚样儿，还有卢一平咧嘴一笑，白牙晃了晃，红着脸狼狈逃窜的模样。

考场重新恢复了静寂。

可这昙花一现的歌声还是把不少男生的心都唱乱了，卷子上剩下的那几道题，都是浮皮潦草胡写一气。他们恨不能个个像铁道游击队一般，扒上那奔驰的列车，骑上那飞快的骏马，一溜烟的工夫就回到久别的家乡。

绿蓝侠则骂出了声：“我的天哪。回个家都弄得锵锵锵的，跟戏台上的演出似的。”他一边骂，一边摸了摸军裤的裤兜，那一卷硬硬的还在。这两天，军校财务处又发了一笔钱给大家，说是寒假期间的伙食补助，数目还不小呢。绿蓝侠把钱装进个信封里，准备走的时候塞给公务员小方，托他开学时再转交给班主任罗双虎。

已经出走两次都没成功的绿蓝侠，准备孤注一掷、背水一战了。他的计划是：寒假先回家，说服他爹支持他退学复读，而后直接就去南方。到了南边，边打工攒钱边复习迎考。等到高考来临，他就填一个志愿——清华大学！这辈子，他的事业野心和爱情理想已经胜利会师了。他就是要在清华大学的校园里，等来一个叫夏春树的丫头！

答案，在风中飘荡。再见了，亲爱的姑娘！

亲爱的军校！再见了。

3

离开军校前，金默上了趟街，想着给母亲、弟弟和舅舅一家人带点东西。毕竟，自己这是上军校以来第一次回家。并且，考试一结束，外出不再需要出入证了，这机会对他太珍贵了。

金默走到了大街上，冬日的暖阳打在他的身上，把他从里到外晒得暖洋洋的。从去年8月底离家，已经有五个多月没见到妈妈和弟弟了，这是最长的一次别离啊。明天午后，坐上火车回了家，就能见着亲人们了。一想到这儿，金默的心情就有了一份格外的愉悦。

金默跳上了一辆公共汽车，一直坐到了新街口。他在大小的商店里穿梭，采购了不少年货，可掂来看去的还是觉得不够充沛。这时他望见了街边上的一家邮局，于是径直走了进去。他想不如先给家里去个电话，问问母亲还需要些什么。虽然打一次长途也是一笔花费，可金默眼前很自信，因为他手上的钱很充裕，寒假一个月的伙食补助外加津贴，足够让一家人过个富足的新年了。他想要任性一回，奢侈一下。

金默先在打长途电话的柜台前排队，很快他领到了一张小纸条，而后按照上面的号，又去排了另一个队等待。终于他走进了邮局的电话亭里。这是个一米见方的玻璃小屋，逼仄得很，人一站进去分外压抑。他找出那个联络点的号码，还是离家最近的那家小杂货铺的电话。他拨了号码过去，很快就通了。可是等了好一会儿，并没有人接。他告诉自己别太着急，杂货店老伯伯的耳朵有点背，店里的生意有时也忙。等得他就快要挂掉电话的时候，听筒那边忽然冒出了“喂”的一声。金默听出来了，是杂货铺的老伯伯。又是一阵等待，老伯伯回来了，用气喘吁吁的声音告诉他，他家里没人。听邻居讲，一早上，他妈妈带着弟弟到江边玩去了。

金默赶紧谢过了老伯伯，低头翻看了一下自己买的东西。还好，能匀出一份来作礼物。他心里想着，这次寒假回家，一定要去谢谢老伯伯。虽然还没走出光线暗淡的电话亭，可他的心里一下洒满了阳光，亮堂堂的。他的眼前，已经出现了长江边那廓达清丽的风景。母亲用力地把一个个石子甩到江面上，于是一连串的水漂儿依次奔向了大江深处。一旁，弟弟金焰拍着两手欢呼。

挂上电话，金默走出了电话亭。这时，他无意扫了眼另一个电话亭，不想目光却被牢牢地吸引住了。那是个娇小的女孩子的背影，蓬蓬头。她背对着他，一手紧紧地握着听筒，一手牢牢地拽着电话线，似乎生怕电话飞走似的。她对着听筒说着什么，细细的脖颈弯着，像只令人心疼的丑小鸭。

金默的目光再也没有离开过她，是她，殷晴。他决定先不走了，站到邮局的一个角落里去等她。殷晴终于从电话亭里出来了，她竟是泪流满面的模样，两颊的雀斑红红的，一张脸却苍白得吓人。金默本来是微笑着迎上去的，一下子却被惊住了。殷晴先是吃惊地望着他，而后一把抹去腮边的泪水，笑了。

这一对彼此都有着美好心意的人儿，第一次一同走在街上。他和她并肩走着，中间有意无意还留着些距离。殷晴告诉金默，这个寒假她不回四川老家了，母亲来南京陪她过年。至于为什么，她并没有细说，金默也没有多问。

午饭的时间到了，金默邀请殷晴一起去鼓楼的一家很有名的包子店吃包子。殷晴犹豫了一下说："那里的包子，听说很贵的。"金默豪爽地一拍胸前的军装口袋："放心，荷包充足！请你吃顿大餐不敢说，请你吃顿包子还是请得起的。"

他的手无意中触到了那张信纸，永远沉睡在他左边军装口袋的信纸，他的心触电一般痉挛了一下。可他并不想把信纸当着殷晴的面拿出来，他想要把这个甜蜜的秘密再保留一段。他和她，应该还有的是时间吧。

包子店里乌泱泱的都是人，秩序混乱。金默望见一个短发戴眼镜的女孩子，正从手中的塑料袋里取出包子，一个个砸向4米开外的正在开票的女营业员。那开票的女营业员始终岿然不动，包子从她身前身后飞射而去，她就是不抬眼，一直坚守在岗位上继续开票。这奇特的冲突引来了不少围观的人，店铺里乱哄哄的。那女孩子殷晴和金默都认得，竟是88级国防理论系那个叫叶小米的女生！叶小米身边，理论系的几个男生正在奋力劝阻她。

殷晴也早望见了这奇怪的一幕，正纳闷着，一只手一把被金默拽住了。金默一手拎着采买的年货，一手拽住了殷晴的手，两个人突围一般冲出了包子店。一出门，他俩的手骤然一下还是分开了，正午的阳光打在了两张年轻的微红的脸上。

他俩舍不得坐车，只想把这难得的共处的时间无限期延长下去。于是他俩一直走啊走的，并不觉得累。直至走到一条小街口上，离军校约莫还有两站地的样子，他们的脚步停下了。他俩同时闻见了小巷人家的窗口飘出的炒菜的香气，才感觉出了饿，于是一同拐进了这条小街，走进街边上的一家小吃店。

说是小吃店，其实就是临街的人家开的那种，客人可以跟家人一起吃东西的小店。正是午饭的时间，却没有旁的客人来。店里坐着个半大的男孩子，正一个人低头吃面。女店主很利索的样子，脑后盘了个髻，白生生的一张脸，手指也是白生生的。女店主正在择菜，一边跟男孩儿聊天。见有客人来了，她微笑着起身招呼。

两个人找了个窗边的位置坐下。金默给殷晴点了碗小馄饨，自己是一碗阳春面。很快馄饨和面上桌了，两个人就一边吃一边说话。小窗正对着一条小巷，不断有丁零零的自行车铃声和悠长的鸽哨划过。小窗上摆着一盆不知名的花儿，淡粉色的花朵散发着淡淡的香气。殷晴端着杯热茶，一口一口地喝着。她今天穿的还是那件金默在图书馆里见过的米色的棉服。而今这一近看，才看出棉服是半旧的，袖口处的破损，被细细长长的花布条缝补起来了，倒也别致。殷晴脖子上围着的还是那条鲜红的毛线围巾，在胸前垂成了两条。虽是家常的装扮，却与她那温婉可爱的面容很合。在这样的窗下一坐，令她看上去别有一番动人。金默的眼睛有些舍不得挪开，人有些恍惚。

女店主不远不近地望着他俩，面上是淡淡的笑。

殷晴说："来，把你的手伸给我，嗯，冻疮好多了。那天让你来取冻疮膏，你怎么还跑了呢？我给你织副手套吧，正好寒假里有时间。伸出手，我来量量看！"

金默把手伸出去，听任殷晴那清泉一般的话语汩汩流动，听任她的两只纤手在他的手背上跳舞。

"你喜欢什么颜色？我最喜欢海水蓝了。我爸爸最早当的就是海军。"殷晴说着，面色略略一沉。

金默赶紧点头："海水蓝，我也喜欢！"金默实心实意地沉浸在一派春光之中，并没有留意殷晴的那一沉。幸福的感觉，原来就是恍惚啊。

真希望就这样一直坐下去。

怕误了军校的收队时间，金默和殷晴坐上了一辆公共汽车。两个人都希望这车开得慢一点，再慢一点。像是事先商量好了似的，当车子在军校那一站停下来的时候，他们俩却是谁都没有起身。车子开过去，把军校慢慢地、远远地抛在了后面。他俩相视一笑，怀着小孩子恶作剧之后的那份得意。

然而这两个好孩子也只能任性到此了。等坐出去了两站地的时候，两个人不约而同地起身下车。很快，他们上了一趟开回军校的车。

才上公共汽车，金默就一眼望见了车尾处一个熟悉的穿军装的背影，竟是区队的小柳政委。他刚想上去打招呼，却又一下停住了。因为他看到小柳政委身边立着一个亭亭玉立的女子，一头直溜溜的乌发披在那女子的肩头，她穿了件黑色的呢子大衣，一条艳丽的围巾围在颈子上，围巾上缀满大朵大朵的花儿，芬芳了整个车厢。那女子金默是认得的，她是新年军校文艺汇演前给区队辅导过节目的田芳菲老师。小田老师在区文化馆上班，人很漂亮也热情。田老师和小柳政委两个人有说有笑的，手上各自捧着厚厚一摞书。

一刹那，金默心里忽然冒出了一个念头——这两个人真是很般配的一对啊。

但就是几秒钟的工夫，金默立即狠狠地谴责了自己。杜鹃嫂子对你那么好，你怎么能这么无耻和卑鄙呢?

金默咬住嘴唇，没再往前去。他把身子转了过去，背对着小柳政委和小田老师。一路上，金默绷着脸，没再说一句话。

“过了年，记得要早点回来啊。我待在军校里，大家都走了，真的很闷的。”在女生宿舍楼前分手的时候，殷晴这样对他说。

“我会写信给你的！”金默保证道。

梧桐树上的一只不知名的鸟突然哑哑地叫了一声，听上去格外突兀不说，还有几分悲伤。这即将来临的短暂的分别，令树下的两个人忽然都很有几分心绪不宁。

4

寒假开始，绿蓝侠踏上了归乡的路。他先是坐火车，再换汽车，又走了好一程山路，直走得灰头土脸，饿得前胸贴后背。黄昏时分，绿蓝侠才踏上通往村子的一条泥路。远远地，就见昏黄的日头下，村口的那棵歪脖子树底下立着个人，手搭在额头边上直向村路上张望。歪脖子树上站着个乌鸦，呱呱地叫。走近了，绿蓝侠认出来了，这人不是爹，是村里放羊的五叔。五叔见了他，叹了口气，说绿老爹病在了炕上，起不来了。

绿蓝侠撒腿就往家跑，进了门，一眼就望见了躺在炕上的爹。爹瘦得只剩骨头架子了，脸却是黑红黑红的，红得发紫，像是被啥憋住了一样。见了他，爹支应起身子，朝他晃了晃手，算是招呼过了。绿蓝侠的眼泪在眼眶里转着，爹病得不轻啊，咋没在信里提一句呢。姐姐们都出嫁了，爹是好强惯了，一准儿跟谁都没吱声。绿蓝侠含住眼里的一泡儿泪，赶紧去锅台边找柴火给爹烧水喝。

绿蓝侠看不得爹受罪，把身上的钱都掏尽了，请了方圆20里最好的医生来给爹看病。这时候绿蓝侠才倒吸一口凉气，想想从军校走的时候，犹豫了又犹豫，最后还是留了个心眼儿，没把军校发的津贴和补助的伙食费一并交给公务员小方。否则，自己空了两手回来，只能看着爹等死。诊所的医生开了几服中药，让煎着喝。可还是留下话来，说这病不是小病，能要命，让爹还是得去大医院瞧。

快过年了，绿蓝侠东一家西一家地借钱，说要领着爹去南京看病。钱多少凑了一些，可爹死活就是不答应跟他走。就这么又撑了几天，这天夜里，爹憋得难受，跟绿蓝侠都是一夜没合眼。鸡叫头遍，绿蓝侠开始做爹的工作——

“爹啊，你咋这么急着往阎王殿赶呢？钱的事儿你别操心，早晚能还上！”

“侠啊，不是爹不想活，爹还想看着你娶媳妇生孙子呢。”

“那你就跟俺走！跟俺去南京的军区总院看，准能看好！”

“爹的命贱，不值得这么张罗。”

“军区总院看病不要钱！俺是军人，爹是军人家属，看病都免费。”

“真的啊侠？你没诳爹吧？要说这解放军是好啊！又给吃又给喝的。俺记得入学陪你去省城体检，人家解放军给吃给喝的，连陪着去的人都给发一份好吃的。眼前你在军校白吃白喝的，还发钱儿，爹咋好再去麻烦你们首长哩。使不得！”

爹一气儿说了好长的话，大口地喘着粗气，一口浓痰卡到嗓子眼，剧烈地咳嗽起来。

“爹，你就听俺的吧！天一亮咱就出发。”绿蓝侠一边给爹捶背一边忍住眼泪说。

天色还黑蒙蒙的呢，绿蓝侠就起来了。他出门就往村长家寻去，他得赶紧用村委会的电话跟班主任罗双虎联系上。爹这样子，得有人在车站接应。

才走到村口，就见从老槐树下站起个人来，身形高高大大的，外头披了件草绿色的军用大衣。绿蓝侠激灵了一下。

“他娘的个龟孙！老远看这走路的样子，就知道是你个王八蛋。成天闷着个头，跟揣着天大的心事似的。绿蓝侠，还不过来接我！”那人招呼着，从地上拎起一个大包来。

绿蓝侠惊得挪不动脚步，使劲揉眼，自己这不是在做梦吧？

“怪侠？这名儿就不对头！我看你根本就是个怪胎！啥事儿到你那儿都奇了怪了。说是你家在四省交会处吧，还挨着我们安徽，应该不难寻。可这趟家访，快赶上红军长征了。我整整走了大半夜，真比夜行军都累。亏得老子上过前线，有底子。换个人都找不着你这鸟都不拉屎的地儿。我都在这树底下蹲了大半宿了，还发什么愣啊，还不赶紧过来接我！”罗双虎半边脸抽搐着，大声喝道。

绿蓝侠的双眼一下模糊了，眼泪汩汩地流了出来。他趔趄着脚步奔过去，几乎是扑到了班主任罗双虎那宽大的怀抱里。

5

迎接金默的，同样是一个五味杂陈的寒假。

金默的舅舅到底还是被工厂开除了。后来还是一个从海南回来的工友指了条路。舅舅就把房子卖了，收了几个钱，带着老婆和两个女儿去了海南，说是闯生活去了。这一年的开春，厂子一倒，不少人开始往南边跑，去海南的也有一些。舅舅一家一走，母亲在这个南方小城里，独自带着弟弟，连个能说心里话的人都没有了。

这些情况，金默全然不知。那天他乘车归家，下车时太阳已经落到半空了，把江面映照得明晃晃的。他沿着长江边一路疾行，远远望见江边那幢破旧的小楼旁接出来的那一间小房子，心里一下热腾腾的。金默忍不住跑起来，到了房门前，一抬头，窗口上是弟弟那张充满惊喜的稚气的脸。金默找邻居要来家里的钥匙，开了门，被锁在房间里的弟弟一下满面喜色地扑上来，拽住他的手，好一阵“哥哥，哥哥”地唤着。

好心的邻居送来了开水和几个茶叶蛋，又告诉了金默他舅舅一家人的事。金默一句话没有，眉心处立即结了个大疙瘩。

临近晚饭，母亲还没归家。金默心里乱糟糟的，他走进小房间后头紧邻着的一个更小的房间，那是盖房子时接出来的一个小厨房。他找出挂面，给弟弟煮了碗阳春面，把茶叶蛋剥开，照顾弟弟吃下，而后依旧把弟弟锁在房间里，跟邻居说了一声，就连忙出门去迎母亲去了。

金默沿着江边，步子深一脚浅一脚地奔跑着。在给自己的信里，母亲一字没提舅舅家的事儿，应该是怕影响他的学业。从母亲工作的中学走回家来，本有两条路可走，但金默了解母亲，她一定会走江边的这条小道。

太阳已经落下去了，一抹余晖尚在。黄昏的江面，一派寂寥。江水有一搭没一搭地拍打着岸堤，江上的小渔船上升起了炊烟，袅袅的一道，为这暮色平添了一份暖意。金默远远望着，心里竟别有一番酸楚。远远地，金默一下寻见母亲的身影了。母亲脚步匆匆地走在江边，风吹起她的一头短发，她用手轻轻捋一下。

望着远远走来的母亲，一股热流冲到了金默的嗓子眼，把他要叫的那一声“妈”给盖住了。

还是母亲先发现了他，笑容一下跃上了眉梢：“金默，你回来了！巧得很，明天学校组织看电影，我特意多要了一张，想着你就要回来了，还真就回来了！”见母亲并没有想象中的那般悲戚，金默心里一下踏实了。

看电影是母亲最喜欢的事情。当年，母亲在小城的师专里读完大学，就随父亲去了北方的军营，在军营的小学里教语文。父亲病逝后，母亲带着两个孩子回到小城，在一所中学的图书馆工作。母亲对电影的迷恋，是从她的少女时代就开始的吧。金默儿时的记忆，有许多是与看电影相关联的。春天的夜晚，在军营的操场上看露天电影，放的是《一江春水向东流》。电影里的一对爱人对着月亮起誓，幼年的他望望银幕，再望望天边那一弯月牙，而后把目光投向母亲。母亲搂着弟弟，正看得入神，这会儿伸手摸摸他的头，莞尔一笑。那面容温婉动人，竟跟电影里的女主角一样美。还有一次，看的是《早春二月》，一对恋人走在春天的桃林里，那女子浓眉大眼，身后甩一条麻花长辫，竟跟母亲是一样的楚楚动人。不同的只是母亲身后拖的是两条长辫。那时母亲已经是两个孩子的母亲了，身后的两条长辫还令她像少女一样迷人。那一段生活在军营里的时光，是那般平静、安稳和幸福。金默的父亲金军医一表人才不说，医术也是师部医院里数一数二的。小弟金焰虽是个特殊的孩子，在军营里几乎得到了所有人的照顾，一家人的生活并没有太多的忧虑。

一个寒假，金默都在码头上给人扛麻袋，翻沙子。他在南京上军校，虽然离家只有两个小时的车程，却是一点儿帮不上家里。眼前，他只有从经济上多给母亲一些支持。过了年，弟弟已经16周岁了，总被锁在家里，显然不是长远之计。他已经和母亲商量过了，争取让弟弟去上个学校。南京就有专门为智障少年提供教育和培训的学校。而上学的费用，对他们无疑是个天文数字，只有费尽心力地一点一点储备吧。

清冽的江风和正午的日晒，把金默的脸吹得脱了皮，肤色也黑了。那些日子虽然苦、虽然累，但每天晚上睡到床上，摸一摸枕头底下那个越积越厚的信封，金默的心里就踏实了许多。

6

在家的日子，金默一直想着要给留守在军校的殷晴去一个电话。短暂的寒假里，他已经给殷晴寄过两封信了。他也收到了殷晴的回信。信只能寄到母亲工作的中学，于是金默就总是往学校跑。学校放了寒假，要取信的话得自己去查。

每天从码头上干活回来，金默都要绕道去趟学校，他是怕错过了殷晴寄给他的每一封信。他给殷晴写信，信总是写得很长很厚，恨不能把寒假里每分每秒发生的事情都告诉她。他一下理解了区队上的卢一平。他写信时倾尽所有的那份实心实意，以及盼信时望眼欲穿的焦灼无措，而今他都体会到了。

每回收工后走过街边的邮局，他都很想走进去，给殷晴去个电话。他好想听听她的声音啊。可摸摸口袋里那一张好不容易才挣到手的薄薄的钞票，他都努力克制住了自己的冲动。

大年初三这天，天空飘着鹅毛大雪，因为还在春节里，他得了双份的工资。一收工，当给殷晴打个电话的念头再次冒上来的时候，他没能把它再按下去。金默几乎是迫不及待地朝邮局狂奔而去。

可是，邮局的门上贴着张通知，说是要到初五才正式上班。

金默站在邮局的门口发呆，久久不愿离去，雪花已经在他的头顶落了厚厚的一层。过路的好心人告诉他，要是有急事要办，可以到市中心的那家大邮局去，那里的邮局过年不休息。金默像是听到了军校的出操号一般，立即拔腿就跑。

他先是赶到最近的一个公交车站，左等右等，却就是不见车子来。天色已经完全暗下来，不能再等了。于是他甩开步子，一路朝市中心奔跑而去。初三的黄昏，街上没有多少人，小店铺大多都关门了。偶有一些小吃店还开着门，里面围坐一处的，是齐齐整整的一家人，围着热气腾腾的饭菜一起吃晚饭。

金默一路朝前奔跑。饭菜的香气飘进他的鼻孔，他却浑然不觉。虽然在工地上一天都没好好吃东西了，他却一点都觉不出饿来。脚下的军用胶鞋淌进了冰水，已经湿透了，他像是失去了感觉似的觉不出冷来。市中心说不上多远，可也不近啊。小城并不大，但是要赶过去，到底也有六七站地呢。

终于到了，金默望见的那家大邮局却是一片漆黑。他拖着湿漉漉的两脚跑上台阶，因为激动，脚底又都是雪水，差点就在台阶上摔一跤。幸好他赶紧扶住了生冷的把手。金默从邮局的玻璃窗往里望，里头昏沉沉的，看不太清。大把的失望涌上来，他的鼻子竟一下有几分酸酸的，像个委屈的孩子。他不肯走，两眼瞅着窗子里，一动不动。

突然，奇迹发生了。窗子里，一个晃动的人影被他捉到了。那不是贼，而是邮局留下的值班人员。他端着个冒着饭菜热气的大瓷缸，在角落里津津有味地吃着。

金默猛烈地拍打着邮局的玻璃窗，那人仰起一张满是惊恐的面孔，像见了鬼一般。

金默选择了拍电报。

金默先写下三个字——新年好！

“已经三个字啦啊。”一旁惊魂未定的值班员喊了声，又有几分不耐烦地问，“还有吗？”

金默红了脸，摇摇头，又点点头，说：“还有！”

他一笔一画，又写下了两个字——等我！

“拍电报老贵的！谈个恋爱这么奢侈，我还是头一次见到的！”值班员夹起大缸子里的一块红烧带鱼，满面讥诮，边吃边评判道。

金默的脸红得更厉害了，匆匆付过钱，逃一般跑出了邮局。他的步子慌乱得像个贼，刚冲下台阶，他就结结实实地在雪地上摔了一个跟头。

第十一章　梅花山下那一场风花雪月的事

1

寒假过后，学员们在南京的雨夹雪中纷纷归来了。校园里的蜡梅花全都开了，若有若无的那一缕香气飘散在校园的上空，为这冬末春初的日子增添了一份闷骚。满是阴霾的天空下，军校的建筑巍然屹立，长江轮渡的汽笛声一声长一声短地传来，听得人春心荡漾。校园广播里翻来覆去放着那首《跟着感觉走》，这是1989年的春晚上，刚刚由台湾歌星潘安邦唱红的一首歌，原唱是女歌星苏芮。

“跟着感觉走，紧抓住梦的手。脚步越来越轻越来越快活……”乍暖还寒时刻，军校里几乎所有的人都在跟着广播哼唱，步态看上去都有几分摇摆，心如撞鹿。

冬天的冰寒还未完全撤退，有按捺不住的弄潮儿就扑向了早春的怀抱。光棍区队的张学粮先做了那枝出墙的红杏。他光着上身，在游泳池边搔首弄姿，展示他那并不够雄壮的胸大肌、若有若无的马甲线。游泳池边上，向武正在教苏小青学潜水。游泳池里，一个绰约动人的身姿正在水中畅游，那是一条黑色的美人鱼——夏春树。

这是20世纪80年代末，山西路上军人俱乐部游泳池边的早春。

不幸的是，出墙的红杏受不了这残余的冬的势力的侵袭，属旱鸭子的健美运动员张学粮倒下了。他的重感冒持续了整整一周才痊愈。

冬天的大幕终于撤去了，春天是真的来了。南京的早春是最迷人的，梅花山的梅花还开着呢，玄武湖早已迫不及待地荡起了一池的碧波。光棍区队的弟兄们换下宽大的冬装，个个身拔体健、气势逼人，仿佛蛟龙出水一般，连出操时的口号都喊得比往常洪亮。区队的信件，寄出去的和收进来的，每天都是厚厚的一摞，信件来往呈井喷之势。孤独的人是可耻的。在这个春天里，没有情书可以接收和递送的人，羞愧得像只蔫头耷脑的小公狗。一下课只能歪斜着脚步蹿到操场上，懒洋洋地沿着跑道傻跑，要不就是闷闷地坐到操场边捧上本书，把自己写满沮丧和无聊的脸遮住。

春天的风鼓动起男生们的军装，吹得他们才冒出的胡楂子痒痒的。他们恶作剧一般喊着叫着，冲向巴掌大的操场，踢起了足球；他们跃上单双杠，身手矫捷的肢体在上面翻转腾挪；他们跑上宿舍楼的楼顶，抱上吉他捧住口琴，吹吹弹弹，边唱边吼，把月亮的脸都给逼进了云朵里；他们冲进澡堂，用最恶毒的语言攻击着对方的裸体，用野狼一般的笑声回应男大池里溅起的水花；他们坐在小吃部里，一大碗牛肉拉面就着瓶啤酒，个个都是梁山好汉下山，呼朋唤友，大呼小叫。青春啊，这在血管里哗哗流淌着的过剩的荷尔蒙，这狗血一样四处飞溅的激情，真不知道要怎么把它消耗掉才好。

周日清晨的气氛则往往显出几分诡异。这是一周里唯一不用出早操的清晨，是一周里最惬意的时刻。早起集合要比往常晚一些，队伍直接就被带向了食堂。整队集合后，总会有几个人偷偷摸摸地溜回宿舍。逢到区队领导盯得不那么紧的时候，一头卧进还留存着暖意的被窝里，睡个小小的回笼觉也是有可能的。

早饭集合时，更多的人已经迫不及待地换上了便装。孔雀开屏之时，最美丽招摇的是雄孔雀而非雌的。往日起床号一响便剑拔弩张的态势完全不见了踪影。可这样貌似和平宁静的清晨，其实另有一项隐蔽的斗争在进行。这斗争是由一纸出入证引发的。

早饭开始前四个班的班长围拢到区队干部的饭桌前，像领红宝石一般把一张出入证领到了各自的手里，而后面容肃穆地回到自己班的饭桌前。班长们闷头喝粥，一口一口地咀嚼着馒头和花卷，把咸菜一根根在碟子里排好队，再一根根分批次送进嘴里。这时候有经验的班长绝对不能抬眼看人，看多看少都会直接影响到下一步工作的成败。

这一桌上的九到十个弟兄，持有绿卡的只能有一个，也就是说，只能有一个幸运儿冲出校园。给谁不给谁，弄不好就会制造出矛盾来。开春了，心都活泛了，谁的心底都痒痒，都想要出去逛上一逛。眼见着出入证紧俏到一证难求的地步，毕竟是同吃同住的兄弟，为个出入证红着眼睛再红了脸可不好看。班长有意拖延时间的目的，就是要让这事儿先渗一渗，让弟兄们都把自个儿的情况在肚子里回回锅，知道自个儿有没有外出的资本。外出虽不是采取轮流制，可那上礼拜才刚刚逛过街的主儿，眼前你就该安心在校园里待着了，别再觍着脸要求再一次的自由奔腾了。可是，这人到底都是向着光明处望的，外面的世界很精彩，里头的世界很无奈。出去的次数越多是越有瘾，因为他更知道外头的好。于是一时之间出入证成了那戏台上美貌小姐抛下的绣球，谁都想一把揽到怀里去。一顿细嚼慢咽磨磨唧唧的早餐快要结束时，班长终于开腔了——

“都报个名吧！今天谁想出去啊？”

往常班长这么一问，至少会有五六双手高高地举起来，可这个周日的清晨，情势却分外蹊跷。从昨夜开始落下的一场春雨，一直下到了眼前。雨势不小，气温骤降，早饭时不少人把本已收起的棉袄又穿出来了。张学粮更是夸张，把个军大衣直接披出来了，俨然一名战斗在冰天雪地里的苏联红军。阴雨连绵，萧瑟的春雨一下浇灭了大家伙儿心头的热忱，忽然令人有了一份畏难的懒惰。早饭后立即有人互约了牌局。这样的雨天，躲在宿舍里打牌嗑瓜子，像冬闲时的农民兄弟一般惬意。或者躺进被窝里抱本书读读，饿了就泡上包方便面吃吃，扮演一下物质生活清贫的精神贵族也是不赖的。

于是，这个周日的出入证遭遇了空前的冷遇，像是位过了气儿的网红一般不招人待见，几乎没有人再把热烈的爱慕的目光投向它了。班长们都有几分悻悻的，对原本摆拍一般、仪式感颇强的早饭，立即兴致全无。往常这个时段，自己的脸上，一道道含情脉脉的目光，探照灯一般打过来扫过去，而今呢，连点儿烛光都没有了。

出入证被冷落在了手里，二班长金默惊讶之余，很有几分激动。自从当上这个小班长，他凡事以身作则，先公后私，一到假日，手都是往后缩，根本就没正经出过几次校门。这两天他正想去书店买几本书呢，这场雨真下得太及时了。

“兄弟，一起出去转转呗？我有证！”见人都走得差不多了，绿蓝侠走上前邀请道。

新的学期，绿蓝侠那张鞋拔子长脸自然还是出现在了校园里，一张脸骤然尖细了几分，像是又被上帝之手朝下拽了拽。

金默望望绿蓝侠，没搭理他，只默默起身收拾碗筷。碗筷收拾利索，就往宿舍去。

“难得有张出入证，不抓紧了，可是过了这村没这店了。”绿蓝侠跟了上来，把一把黑伞撑起来，遮住了金默头上的雨丝。他四下望望，又压低声音道，“好容易逮住这么个机会，咱们有福同享呗。别担心，一张证好使，还是老办法，一证多用。”

“醒醒吧战友，这辈子你都别想让我掩护你干坏事了。”金默并不恼，言语淡淡的，“不过呢，我在想啊，要说咱俩一起外出，应该是件好事。起码能把派来

‘跟住’咱俩的人合并成一个，另一个人不就解放出来了吗？”

“我的天哪，绝对是好事啊！积德行善，俺最乐意了！”绿蓝侠欢呼道。

金默把他那张出入证晃了晃：“那咱就一起做好事吧。不用你走歪门邪道。出入证，我也有！”

“我的天哪！咱俩的运气太好了，简直有点不敢相信自己的耳朵呢！”绿蓝侠欢呼道，装成小少女样儿，把两手放到胸前，像在祈祷。

“是不敢相信自己的眼睛好不好？没你耳朵什么事啊。”金默白他一眼，“正想去新街口的书店转转呢，那咱一起去吧！”

“我也合计着奔趟书店呢，想买本字帖。这手狗爬字太难看了，想写封情书都没自信。”绿蓝侠说。

金默眼睛一亮：“这是又有目标了？癞蛤蟆不追白天鹅了？”

“啥叫又有目标了？目标一直就有。除了黑天鹅夏春树，俺是守身如玉谁也不嫁！”绿蓝侠斩钉截铁道。

金默到底没忍住，笑了。

“光去书店是不是有些闷啊？你得请我吃顿好的。”绿蓝侠赖皮道。

“就知道吃，属猪八戒的！看这雨不会再往大里下了，咱们先去书店转转，然后去梅花山看梅花怎么样？”金默提议道。

“梅花山？梅花香自苦寒来。这句诗啊，高中三年，俺们老师叫人写成标语挂黑板上头了。俺披星戴月了整三年呢，就差头悬梁锥刺股了。说实话，如今一听见这跟梅花有关的，俺就忍不住先打个寒战，想吐。”绿蓝侠说。

“有内伤啊？至于吗？你这不已经化蛹为蝶了吗？要说这梅花山，可是南京的一景，值得看。你说，要是遇见那不刮风下雨的好日子，还不一定轮到咱们呢。去看看吧！”金默动员道。

绿蓝侠皱皱眉晃晃头：“那咱就去看看？这可是我陪你去赏梅花啊。中午饭，得你请！”

金默笑了：“好，我请！赶紧回宿舍换便装，咱们抓紧时间！”

说是换便装，绿蓝侠简单到不能再简单。回到宿舍，他只把军上装脱了，披了件军校发的军用棉袄，看上去像是个大号的小炉匠。金默则换了件黑色的夹克在身，虽是人造革的，看上去质地有几分粗糙，可穿在身上还是把他衬得英气逼人，干练洒脱。换了衣服，金默闷头擦皮鞋。

“喊你们南方男人是小男人，是一点儿都不冤。说实话就你擦皮鞋这个细致劲儿，我们北方老爷们儿就做不出。”一旁的大炉匠绿蓝侠龇牙咧嘴地评论道。

金默抬头打量了一下绿蓝侠，心里猜测，寒假这趟回去，绿蓝侠一准儿是把军装之外的便服都带回去给他爹穿了，所以没啥便装好换。区队好多农村同学都爱这么干，军训才结束有人就给家里寄了包裹，连一双备用的军用胶鞋都往家里捎。

于是他在柜子里找了件银灰色的腈纶棉衣出来。棉衣还是他上了军校后母亲特意为他置备的，是件旧棉衣翻新成的，一次没穿过。金默让绿蓝侠把身上的军用棉袄换下来，套上了这件看上去青春飞扬的棉服。

绿蓝侠换了装，自己感觉很满意，举着个小镜子左看右看。可金默上上下下打量后，直说是哪个地方不对味。原来问题出在领口上，拉链敞开，露出绿蓝侠的军用衬衣领子，领子皱巴巴的，看上去很不提气不说，还有几分邋遢。

这时金默又从柜子里找出条雪白的假领子来。假领子是舅舅以前去上海出差买回来的，他戴过几次。假领子套到绿蓝侠身上，再把腈纶棉衣从外头给他披上，一个翩翩少年立时就出现了。绿蓝侠显然看到了这变化，羞涩地笑了："我的天哪，这还是我吗？人配衣服马配鞍，我像是年轻了10岁哩。"

"干脆年轻20岁得了，回到摇篮里才省心呢。"金默笑言。

两个人先奔了书店，转了又转，把书一置齐，立即出了书店找车。很快就寻到一路开往梅花山的公共汽车，车子一来，两人马上跳了上去。车子在缤纷的小雨里晃荡了一路，约莫走了有40分钟的样子，梅花山终于到了。

还没下车呢，一树树梅花云蒸霞蔚一般迎了上来。梅花开得正盛，漫山遍野都是，红的粉的白的，果真是花海。只可惜昨夜的雨势猛了些，泥地上已经落下了零零碎碎的花瓣。落红不是无情物，落到地上惹人怜。来赏梅的人还真不少呢，各色的花伞在梅树间徜徉，别有一番特别的风情。

金默和绿蓝侠撑着伞，并肩漫步在梅花丛中。两个人一边走一边聊，绿蓝侠把寒假里发生的事一五一十地告诉了金默。

2

"见到咱罗司令的那一刻，俺真觉得，老罗真比俺亲娘都亲。我7岁上就没了娘，对俺娘的印象说不上多深。那一大清早的，俺扑到罗司令怀里，泪花跟爆米花似的直往外蹦。毛主席诗词里写的'泪飞顿作倾盆雨'就是这个景儿吧。"绿蓝侠很有些煽情地深情回忆着。

罗双虎是来家访的。学员绿蓝侠总要往外跑，这终归不是个事儿，是颗定时炸弹。他这个班主任必须得把学员的路数给摸透了。只有把绿蓝侠的大后方给牢牢掌控住了，才能把他那歪心思给彻底扳正了。不想自己来得正是时候，这一来就撞见了险情。绿蓝侠的爹病得不轻，不赶紧送医院是会出人命的。

绿蓝侠的爹被罗双虎接到了南京，在军区总院里住了整整28天。绿蓝侠的这个春节是在医院里过的。大年三十，罗主任带着老婆和儿子拎来酒菜，跟绿氏父子一起在病房里吃下了一顿奇异而难忘的年夜饭。春晚开始的时候，从病房会议室的电视上传出一片欢腾的锣鼓声和歌声。潘安邦的《跟着感觉走》很快就飘进了绿蓝侠的耳膜。

楼下，有爆竹声响起。新年就要到了，各样嘈杂的声浪袭来，令人不由得心绪复杂起来。绿蓝侠两眼噙着眼泪，听着病床上病情明显见好的爹一遍遍数落着自己。他在心中暗暗发誓，再不能从军校往外跑了。滴水之恩，当涌泉相报，班主任罗双虎对爹那可是救命之恩啊。可一想到要从此在军校里蹉跎下去，人生再也没有别的可能，绿蓝侠的心头涌上久久的难过。双眼更是被泪水迷蒙住了，看不清东西。

“金默啊，我可算是欠下情了，真走不脱了。可你看看这军校，说不上为啥，我就是待不住。想想还有三年多要熬，我都不知道该怎么熬完它。”绿蓝侠幽幽地说。

“这眼前的现实，是让人难称心，可光是跑也不是个办法啊。”金默感叹道。

“我还是那句话，不是所有的困难都能克服的。罗司令是个好人不假，可这军校，它留不住我的心啊！我算是看明白了，军校里，真才实学不管用。你看看你，学习成绩哪次都是第一，军事素质稳居前三，不也只混了个小班长吗？这么混下去，真没意义！”绿蓝侠说。

“怪侠啊，要说你个理科生，转文科是有点委屈了。可要老是混吧，也不是个办法。上学期，你可有两门考试都快亮红灯了。我可提醒你啊，混日子危险！搞不好要留级！”金默严肃道。

“留级？那不会吧！真让老子留级，再多待一年，那不如杀了我。”绿蓝侠说。

“军校可有制度有规定，你还是小心点吧。到时候真留级了，看你哭都来不及！”金默说。

“能别说这些败兴的话吗？咱这都到了大好春光里了，你还是好好赏你的香自苦寒来吧！”绿蓝侠撇嘴道。

两人沉默着走了一会儿，还是绿蓝侠先忍不住了：“哎，我可是听说了，区队已经在发展党员了。为这个预备党员，那老范可是下了大功夫，把罗主任家的小厨房盖起来不说，又给屋子前头盖了个玻璃房。靠这手艺，就把蔡明亮给顶掉了。这老范下手是真狠！”绿蓝侠言语愤慨。

“旁人的事儿，咱少管！”金默淡淡地说。

“金默啊，说了半天你怎么还没开窍呢。你没听说吗？这党员原来定的是你跟秀才，而今忽然变成了向武跟范豫中。在这军校里头，学习抓再紧，都是白用功！”绿蓝侠语重心长地说。

“我不跟他们混。我怕我这么混下去，早晚会后悔！”金默说。

“那你说咱们怎么混？跟你那样，没头没脑地拼命学英语，死命读书，就那样，就能整出好前景来？我不信，表示怀疑！”绿蓝侠说。

金默沉默了。

“呀呀，我那亲娘！你快看啊，说曹操曹操到！金默你看呀，那个穿军用雨衣的，还戴副蛤蟆镜的，不是老范吗？”绿蓝侠忽然发出了一声孟艳玖似的感叹，“我的天哪，老范这不是游山玩水赏花来了，他是‘跟住’咱们来了。”

金默吃惊地转过头去。

十多米开外，有个形单影只的还算魁梧的男人的身影，披着件军用雨衣，立在那儿一动不动。那人背对着他们，背着手矗立着，貌似在仰头赏花。

“你看准了，真是他吗？”金默有几分疑惑。

“在书店里我就瞅见他了，就在那门边上转悠。正要喊他，他一错身跑开了。起先我以为是碰巧遇见了，就没深想。可眼前他都跟到这儿来了，不是‘跟住’咱们是啥嘛。”绿蓝侠气愤道，“你快瞅瞅，他正往咱这边瞄呢。”

金默赶紧一眼不眨地望过去。

那人的面孔转了过来，正是范豫中那张方脸。下雨天里，那张脸上竟架着副墨镜，看上去很有几分诡异。老范试探地一转脸，又迅速转走了，很是鬼祟。令金默一下想起了小人书《红岩》里的叛徒甫志高。这“跟住”的活儿，谁干都是一身的猥琐气。

“你看看，罗司令还是不信任咱俩啊，这么个大雨天，还派了人来监视。真是，这心里真不是个滋味。”绿蓝侠叉着腰，“龟孙！我偏要会会这个跟屁虫！看他那张方脸往哪儿搁！”

“你干吗啊？你要喊他一起赏梅啊！”金默没好气地应了句，“少惹事啊，赶紧走！”他一把拉住绿蓝侠，要朝梅林深处去。

不想绿蓝侠把他的手一下甩脱了，把另一只手里的雨伞往肩膀上一搭，大声喊开了：“老范！你也来看梅花了？”绿蓝侠冲着山下的来路，高声喊道，一副没心没肺的样子。

3

这一天的奇遇却并没有结束。

当绿蓝侠拉住贴身保镖范豫中，和金默会合后，三个人一路疙疙瘩瘩往山上走时，一阵女孩子的笑声突然偷袭了他们。三个人驻足而望，四个姹紫嫣红的身影同时落入了他们的眼帘，令他们不约而同地睁大了双眼。绿蓝侠的嘴张得老大，长脸快掉到地上了。

一件奶白色的羊毛衫勾勒出了绰约的腰身，米色的西裤下，是双染上了斑斑泥点的奶白色的高跟鞋，鞋跟尖细得跟只筷子差不多，这是苏小青。着一身水红色运动服的，是健美挺拔的“共军”兼“水枪”季桃。

花丛中装扮得最出挑的，则是这位细高挑儿的姑娘。黑色的高领毛衣，黑色的紧身牛仔裤外是一件黑色的半长风衣。风衣披在她那骨骼清奇的身子上，有种飘飘欲仙的感觉。她脚上蹬一双长至膝盖的皮靴，皮靴两侧各压上了一朵蝴蝶结。皮靴是黑色的，蝴蝶结却是大红的。一身的黑色，只有这一处亮色。红与黑，配上她黛色的皮肤，竟格外妖娆。她那一双深海鱼类的眼睛里，目光一如既往地散漫着。这不是“刺客”夏春树，又能是谁呢？

四个人里的灰姑娘是她，不管她身边的夏春树有多耀眼，季桃有多鲜艳，苏小青又是如何地风情款款，只有她，让他的目光流连，让他怦然心动。她，是他心头的灰姑娘——殷晴。

旁的女孩都换上春装了，殷晴依然还是一身冬天的装束。她那很有几分苍白的瓜子脸，被一条红围巾遮住了一些。娇小的身子上，裹着那件米色的棉服，半旧的。金默远远地望着她，心头泛起了深深的爱怜。

苏小青带头，女孩子们一阵兴奋的尖叫过后，两路人马会合一处。金默不好意思总用目光去追寻殷晴，可他的眼帘里晃动的全都是她的身影。像是有心事似的，殷晴的眼神始终躲闪着他的目光，并且总是站得离他老远。

寒假归来，班主任罗双虎忽然立了道新规矩，无论是白天和晚上，自习时间，学员一律不准去图书馆自习，只能在教室里学习。晚自习时，学员们都是一到教室就先点名，离开教室回宿舍前再点名。自习时间之外，罗双虎又抓了金默，还是让他帮着辅导儿子罗小虎的功课。这一次，罗双虎没再让金默往他家里跑，小虎一放学就背着书包来队部等他。到了春天，本想着这道禁令会松一些了，可那一年的政治形势有些特别，军校里又接连出了两桩大事，一男一女两名学员先后被开除了。风声一紧，区队的管理更是密不透风了。开学以来到现在，两个多月的时间了，金默都没能去图书馆久坐，只有白天去借书还书，才能到图书馆匆匆走上一遭。

自从上学期那个落雪的晚上与殷晴偶遇之后，两个人仿佛有了默契一般，谁先到了图书馆，总会等在三楼的过刊阅览室里。新规定一下，金默实在是没办法再去那里见殷晴了。金默怕殷晴在图书馆等得急，就特意写了封信给她，投递到了军校的邮筒里。当然，信封右下角，他只写了“内详”两字。可那封信寄出很久了，殷晴一直没有回音。即使是在食堂偶遇，她也表情淡淡的，像是什么都没有发生过一样。

梅花山下，满腹心事的金默并没有注意到，夏春树总是一次次地把她那深海鱼类的目光扫向他。对绿蓝侠那热辣的注视，她似乎视而不见。范豫中两眼发光，目光闪烁，四处游走，东瞧西望，像是漫无目的。暗中一遍遍对众女生扫描一番后，他的目光最后总是落在夏春树身上。

三男四女七个年轻人兴冲冲地赏花观景，用夏春树的相机拍照。起先大家都多少有几分矜持，并没有打破男女的界限合影，只是男生照男生的，女生拍女生的。后来还是老范沙哑着喉咙说了一句：“既然兄弟姐妹遇见了，就是缘分，大家一起合张影呗。”老范的建议立即得到了大家的响应，于是众人围拢到一棵最盛大、最艳丽的梅树底下站好，老范先做了摄影师，而后是金默，这时候的绿蓝侠是根本指望不着，只顾站在人堆里傻笑，还直往人家夏春树的身旁站。金默很想和殷晴站得近一些，可到底没好意思往前走。

临近中午，一行人下到了山下去。雨已经停了，天还是阴沉的，但大家的心情都是一片晴朗。女孩子们叽叽喳喳地嚷着，说要坐到山西路上吃小吃去。老范自告奋勇说由他来请客。这一路上，金默一直被苏小青拽在身边，她蹬着高跟鞋走路着实辛苦，就拉了金默当拐棍。

等了好一阵子，公共汽车像是午休了，半晌不来。夏春树提了一个建议，说是不如弃车步行，去离这不远的一所部队干休所。因她的一个阿姨家就在那里，干脆去蹭顿饭吃得了。大家伙儿本来就等公共汽车等得心焦，于是纷纷举手应和。

众人沿着雨中的柏油路走了一程，人迹渐渐稀少，只剩下一条两边是梧桐树的通向山中的道路。这本来挺常见的梧桐树，生在这靠山的地界儿，枝丫竟格外笔直，显出了一分不常见的空灵之感。叶片仿佛被水洗了一般，纤尘不染，绿莹莹的。

脚下的路兜转曲折，越发望不到尽头。队伍里并没有人抱怨，说笑累了，不知由谁起头，唱起了《打靶归来》，而后连着的是《我是一个兵》《游击队之歌》等。唱着唱着，突然又改了流行唱法了，唱起了《跟着感觉走》《冬天里的一把火》《月亮代表我的心》等。后来又转到了《打靶归来》，像是它最符合赶路的节奏，于是狠狠地唱它。像是跟谁赌气似的，一股脑儿地唱了好几遍。

这时夏春树喊上大家转上了一条泥路。这泥路走起来就有几分费劲了，苏小青的高跟鞋一次次陷到了淤泥里，又被金默一次次抢救上来。夏春树的靴子成了个大花脸，那一对原本鲜红的蝴蝶结被泥水溅成了花蝴蝶，飘飘落落，煞是迷人。没撑多久，大家的肚子饿得咕咕直叫起来，于是由范豫中领头，众人满面悲壮地哼唱起了《长征组歌》。

4

走了一程土路，又接上了一段石板路，再是土路，翻过了一处围墙，大家终于进入了一个部队大院里。等夏春树敲开了阿姨家的门，一行人已经是人困马乏，手里拄着棍子，脸上又是泥又是汗，活脱一群逃荒的男女。

阿姨姓林，是干休所门诊部的军医。见了夏春树，立即虎了脸埋怨，直怪夏春树怎么这么长时间不来她家玩儿了，说是都有两个礼拜了。夏春树苦着脸直说请假难，说有时急得恨不能翻墙头。绿蓝侠这时凑到前头说：“翻墙找我啊，我可是行家里手。”

夏春树那深海鱼类的眼睛一瞟绿蓝侠，半真半假地应道：“好啊！哪天你带我实地演练一下吧！我可是在小树林里转悠了半个月了。”

一片笑声起。绿蓝侠激动地连连点头，鸡啄米一般：“好！好！找我！找我！”

这时房间里走出来个女孩，清汤挂面的直发披在脑后，一直垂到腰际。脸上眉眼都淡，像是画上的古代仕女。笑意也是淡淡的，却令人如沐春风。她望着众人，并没有丝毫的羞涩和扭捏，端着盘洗好的水果，挨个递给大家。林阿姨介绍说这是她的女儿安琪，刚读大一，专业是古筝弹奏。安琪把目光跟每个人都友好会合了一下，最后落到夏春树这里，喊了声“春树姐”，就跟春树笑闹到了一处。

闹够了，夏春树直嚷饿，不客气地接过安琪递过来的苹果，咔嚓咔嚓就是两口。又从饼干筒里摸出两块饼干，也往嘴里塞。不想吃猛了，给呛着了，猛烈地咳嗽了两下。一边的绿蓝侠赶紧把茶杯递了上去。夏春树接住茶杯，灌了两口，回头见是绿蓝侠，愣了一下，把那句准备好的“谢谢”又给咽下去了。

得知大家连午饭都没吃呢，林阿姨系上围裙就进了厨房，说是要给大家包饺子吃。闻听此言，夏春树一口热茶没含住，猛一下又给呛住了。夏春树猛咳嗽了一阵儿后大喊："别别，林阿姨！千万别！就您那速度，等饺子得等到天黑了。这我们还得赶着回去销假呢，对付吃点就行！"

林阿姨立即张罗着让女儿去食堂打饭，安琪指指墙上的挂钟。林阿姨抬头一看，挂钟显示已是午后近2点了。林阿姨一拍大腿，说是老头子没在家，她跟安琪午饭时瞎对付了一顿，搞糊涂了。那做点什么吃的好呢？林阿姨端着个面盆就有点发愣。

"林伯母，我来吧。"一直坐在边上喝茶的范豫中站起了身，"家里有挂面吗？来点豆角就更好了，肉末有没有都成。我给大家做个家乡饭，河南焖面，有个一刻钟就出锅！"

林阿姨惊讶："你是河南的？我们家老安是河南信阳的。"

老范眼一亮："大娘，俺是周口的。咱是地道的老乡啊！来，大娘您把围裙给我，您就等着吃俺的焖面吧，保准中！"平日里老范说话，很注意肃清乡土元素的，是极不愿意把"俺"啊、"中"的挂在嘴上的，眼前却是连"大娘"都喊出来了。

"你还会做饭呢，小伙子真行啊。"林阿姨赞叹着。

"我来给你打下手吧！"安琪自告奋勇，接了妈妈手里的围裙，往老范手里递。

"不用不用！"老范连连摆手，脸一下通红，"你那双手，可是金手银手，金贵！那是弹古筝的，可不能让这些粗活给毁了。"

"是啊安琪，你就别掺和了！下礼拜不是还有场考试吗？"林阿姨在一旁说。

安琪已经走到了厨房门口，她回脸笑笑："妈，能别总是考试考试的吗？"又朝老范说，"来，老乡，我告诉你东西都搁哪儿了。"

老范系上围裙，方脑壳一个劲儿点着，红头涨脸满面幸福地跟进了厨房。

"焖面我也会，我也来打个下手！"一旁的季桃往前冲，苏小青猛拽一把强拉住了，摁到沙发上，随手把一把瓜子塞到季桃手里。

"支书啊，你是成心要当电灯泡呀？没看人家老范同学殷勤的，你现在就是喊他做条西湖醋鱼出来，他也能马上给你端出来。"苏小青悄声说。

"这老范，咋跟换了个人似的。要不说好女人是男人的一所好学校呢。你们这些好学校，得经常招生才是啊。"绿蓝侠评论道。

夏春树一个白眼扫射过来，绿蓝侠马上息声。

众人只等焖面上桌。大家和林阿姨聊天说笑，嗑着瓜子。

金默心思沉沉的，想找本书翻翻。他站起身，走到了阳台外的一间小屋旁。林阿姨刚指给他了，说书房在阳台外。小屋像是后盖的，是间玻璃屋。通透的落地玻璃窗上，绿色的枝叶和各样的花儿爬了一窗。若是从里面观赏，效果一定不赖。见小屋的门开着，金默就走了进去。

一下映入眼帘的是几组书柜，这小屋果然是间书房啊。屋子正中，摆着张极宽大的书桌。一个娇小的背影正坐在桌前，捧本书在手上看。蓬蓬头半低着，很专注的样子。

金默的眼睛，倏忽一下热辣辣的。

5

一上午了，金默才找到个能跟殷晴说话的机会。可是，他立在门边，傻愣愣的就是说不出话来。

“金默，是你啊！进来啊。”还是殷晴先发现了他，站起身开口道。

金默走进了玻璃小屋，半天才问出一句：“你……还好吧？”

“我还好！手套织好了，一直没机会给你。”殷晴的声音淡淡的。

“不急不急！这天气眼看暖和了，先放在你那里吧。”金默说着，又急切地问，“怎么，你最近不去图书馆了？我每次去，都见不到你！”

“我……我最近事情多一些。”殷晴说，声音依旧淡淡的。

“你现在还去图书馆吗？我们区队，这段管得严，不许我们去图书馆自习了。”金默赶紧把想说的话往前提，他怕一会儿没有机会了，“我写过一封信给你的，你没有收到吗？”

“信……我收到了。金默，以后……以后你不要去图书馆找我了……”殷晴的声音柔柔的，可还是能听出一份颤抖。

“出什么事了吗？没有人找你麻烦吧？”金默忽然感觉到了什么，急切地问。

“没有没有。我就是觉得，在军校里头，咱们的来往，是不是太招眼了一些？”殷晴依旧轻声说着。

“哦，这样啊。小心一点也好。”金默松了口气，并没有多想，“可是，我们总也不能……见不着面啊！”他忍不住表白道。

殷晴笑了一下，没接话。笑容里的那丝苦涩，金默没有看清。

两个人一起看桌上那幅摊开的字，是一个“忍”字。殷晴立在书桌前，金默站在她身边。

真希望今后的时光就一直这么流淌下去。像是电影里的一幕，定格在那里了，永不再换场景。

“罗司令，哦，就是我们区队的罗主任，平素也好练这个‘忍’字，小柳政委不练‘忍’，他练的是‘宁静致远’。‘忍’也好，‘宁静致远’也罢，这里头，像是都有一种不平常的心性在里头。”金默说。

“罗主任？你们的罗主任，他很关心你是吗？”殷晴像是不经意地问了一句。

“是啊，罗主任是个热心肠。别看表面挺凶的，其实，对人可好了。”金默回答。

“我爸爸在世的时候，书房里也挂着个‘忍’字。眼前的事情总会有无奈，要舒心地活在现实中并不容易，否则就没必要这样一遍遍地说服自己了。”殷晴轻声说。

“你父亲？他……已经不在了吗？”金默问道，心里涌动起一阵难过。

“去年高考前，爸爸他还在上班呢，突然就昏倒了，是心脏病。爸爸走得特别突然，连句话都没有留给我和妈妈。”殷晴说。书房里光线很暗，她的脸上忽然布满了枝枝蔓蔓的忧伤。

“家里还有什么人吗？”金默轻声问。

“只有妈妈一个人。”殷晴幽幽地说，“寒假我没有回家，把妈妈接来过的年。家里只有我和妈妈两个人，总感觉屋子里冷。”

“我要是早一点回军校就好了。”金默喃喃道，而后他问了句，“你收到我的那封电报了吗？”

“收到了！”殷晴顿了一顿，“那份电报，还是你们罗主任给送来的呢。他人很热心的。”

金默愣了一下，罗双虎先接的电报？

“罗主任……他没对你进行……说服教育、约法三章吧？”金默莫名地紧张起来，本想着开个玩笑，话语却严肃到有些磕磕绊绊。他的眼前，突然就出现了五楼一个窗口伸出来的那副望远镜。

“罗主任人挺好的。”殷晴笑了一笑，“你家里都好吧？弟弟找到学校了吗？”她关切地问道。

“家里还可以，弟弟还没有上学呢。我回军校的时候，弟弟拉着我，就是不让走。”金默回答。

“我妈妈离开南京的时候，也是万般不放心。”殷晴说着，眼角一下亮晶晶的。

金默没有作声，他很想走过去，把这个女孩子牢牢地抱住，抱在自己并不宽大的怀抱里。虽然他们来自不同的小城，生活的纹路却出奇地相似。大约是因为殷晴生活的四川小城，也有着同一条大江流过吧。

“金默，我一直想跟你说的。以后……你不要去图书馆找我了……在军校里，我们……还是远一点好。”殷晴把一双泪眼望向了金默。

金默怔住了，他脑子里一片空白。他想说：“我不在乎的啊，只要能跟你在一起，我什么都可以不在乎。”可到底没说出口。因为，他实在是不能什么都不在乎的。

金默只是绷住嘴唇，使劲摇着头，像一棵萧萧秋风里倔强的树。那一刻，他再次冲动地想要一把把这个女孩抱在怀里，牢牢地。可是，一贯的羞涩和拘谨，还有那说不上是自尊还是自卑的东西，牢牢绊住了他。

金默一动不动地站了一会儿，感觉到书房里凉意升腾。他走过去，把身上的那件夹克脱了下来，轻轻地披到了殷晴的身上。他的动作很有几分笨拙，殷晴像是颤抖了一下，惊得他赶紧跳开了。夹克还是披到了殷晴的身上，她用手拽了拽，把自己包裹在金默的夹克里。她坐到书桌前的椅子上，头深深地趴到了书桌上。

金默慌了，他望见殷晴的肩膀轻轻耸动着，知道她在哭。他想说上几句劝慰的话，可是却不知从何说起。这时，他望见小阳台边上，一个高高瘦瘦的女孩子的身影倏忽而过，不是仙子，是夏春树。

回去的路上，等公共汽车的时候，夏春树站到了金默的身边。

“我听说工作组要进驻你们区队了。还是那份匿名信。凡事多加小心！”夏春树悄声说道。

金默一下愣住了，忙转头去看夏春树。他接住的，正是夏春树那双深海鱼类的眼睛里投射出来的热辣辣的美人鱼一般的目光。

金默却没有被电着，回军校的路上，他一路无话。他心里反复翻腾着的一个问题是——殷晴，这个自己深爱着的女孩，她对自己说的那些话，是不是算是拒绝了自己呢？他和她，还有明天吗？

第十二章　第N起失恋事件

1

军校的第一年就快过完了，6月刚一露脸，南京的夏天就气势汹汹地来了。

晚上躺在蚊帐里，像是卧在桑拿房里，头上湿漉漉的一团，浑身上下都是一层层的水珠。男生宿舍楼的盥洗室里就没断过人，赤条条的一排人，一盆盆凉水兜头浇下。水花却只是象征性地带来了一丁点儿的凉意，周身如一辆正在行进中的吐着蒸气的火车，那股热浪任谁都盖不下来。热得如蒸笼一般的宿舍里，光棍区队的男生们照样睡得四仰八叉，鼾声如雷。毕竟是年轻啊。

女生们更是格外惧怕夏天。下午集合去上课，穿着军装短袖站在太阳底下5分钟不到，军装的前胸后背就湿漉漉的一片了。这猛烈的骄阳，吓得女生们缩头缩脑的，恨不能立即修炼出隐身术才好。不是女孩子们娇气，实在是这南京的夏天太毒辣了，让女孩子们挺胸抬头都成了沉重的负担。早饭的时候，女生们进到食堂里点个卯，立即走出来，站到有风的荫凉处，这样才能保证身上的军装不被汗渍浸湿。否则，后背上那奇异的纹路，若是被男生们窥到猜出，才真是很尴尬呢。20世纪80年代末的最后一年了，军校的女生们还保守得近乎封建。

早饭的点儿，光棍区队打食堂前经过，班主任罗双虎每次见到树荫下这群形容诡谲的女生，都不屑地撇撇嘴，嘴角升起冷笑。有时还要狠拍两下自己的光棍兵，冷嘲热讽道："这些个女生，个个都不是省油的灯。这连饭都省了，是要一心成仙啊！要说还是咱们光棍区队好，男子汉大丈夫，该吃吃，该睡睡，才没那些鸟事。"

新闻系的班主任老马听见了，不乐意了。他先把区队的女生赶回了饭桌，又过来跟罗双虎抬杠："怎么着老罗，你们区队那份匿名信，还没水落石出啊？我们娘子军是真麻烦，比不得你们一群光棍会玩儿大手笔。"

罗双虎张张嘴，左脸抽了两下，说不出话来了。

老马乘胜追击："听说工作组就快下来了，直接插到你们区队去。这是大好事啊，匿名信的事查清楚了，你这心里不也敞亮了吗？"

罗双虎狠狠地瞪了眼老马："谁笑到最后，这还不一定呢。好好看住你的娘子军吧，有你哭的时候。"

夏天开始，借着军区整顿军人作风的大潮，院里派了工作组，两名政治部的干事进驻到了国防战略系二区队。为什么旁的系、别的区队，都没有工作组下来蹲点，单单国防战略系二区队这么招人？还不是因为那封从天而降一般的匿名信。从班主任罗双虎、政委柳云峰到底下的学员，大家都是心知肚明，却也是有苦难言，只能默默承受。

从军训后期开始，这封仿佛从外星飘来的匿名信，把光棍区队男生们的这个夏天搅和得像是在沙漠上度过一般。那封匿名信被传得神乎其神的。据说里头列举了罗双虎的三大罪状：一是管理不力，军训期间包庇逃兵绿蓝侠；二是弄虚作假，秘密组织特务班参加大比武；三是任人唯亲，提拔亲信学员当骨干。这三条放在罗双虎面前，哪一条都能把他这个班主任给撤了。危急时刻，说是上头有人出面把罗双虎给保了下来。罗双虎算是暂时远离了旋涡的中心，可区队的问题却早就在院里挂上号了。于是，工作组还是来了。

记忆中，似乎没有哪个夏天如此漫长和难挨，工作组在区队蹲了整整两个月。光棍区队的38名男生，一举一动、一招一式都透着肃穆沉重、团结紧张，只有严肃不敢活泼。班主任罗双虎抑郁得厉害，喝酒这事儿自然是停了。他像是被断了毒瘾一样，浑身不得劲儿。不喝酒了，罗双虎的鼻头倒红得格外厉害。是心火太旺，没有了酒精的灌溉，又发不出来，鼻头顶端于是长出个大火疖子来。乍一看上去，像是鼻头上停了一只红蜻蜓，不，红苍蝇。

罗双虎的脸色很不好看，他的思想包袱已经背上了。在他看来，工作组的出现，等于给他的脸上糊了块狗皮膏药。你根本就是个有问题的病人，需要工作组来诊断和医治。而绿蓝侠就是他狗皮膏药盖住的那块伤疤。治病不能光治标不治本，工作组一到，绿蓝侠就被吊了起来。工作组带来了军校对绿蓝侠的处理意见——对学员绿蓝侠留校观察两个月。如果该学员在此期间各方面表现良好，继续留在国防战略系二区队完成学业；如果表现不佳，立即做留级处理，下学期开学，和新生一起重新参加军训。

绿蓝侠心里是彻底服了！这军校里果然是卧虎藏龙啊，对他的处理高明啊，根本是哪儿有伤就朝哪儿浇花椒水。手段真是太老辣了！怕什么来什么，他在军校里根本就是身在曹营心在汉，时刻做着春秋大梦，想要插翅高飞打军校的围墙一跃而过。可哪一次当逃兵，不是这儿绊住脚了就是那儿捆住手了，没一次能逃脱出命运的大魔爪子的。第一次，他人都跑到火车站了，班主任罗双虎愣是天兵天将下凡，一通围追堵截，死活不放他走。把他从火车站追回来不说，还把他送上了教学主楼的楼顶。生怕风声泄露他被军校开除，罗司令还费心劳力地当了回导演。悬疑片，唯一的男主角在楼顶梦游了一夜。第二次，天时地利，偏偏在小树林里撞见了克星，他落到了金默手里。要是旁人，他怎么都好骗好蒙。可偏偏是金默，睡在他下铺的兄弟，对你知根知底，放屁打嗝尽在掌握，全是伤害你起来不要命的人呢。第三次，他连线路图都规划好了，偏偏他爹就病倒了。罗司令来的是真及时啊，要不然他绿蓝侠现在都成了孤儿了。罗司令救下了他爹的命，他欠下天大的恩情啊，再闹着要拍屁股走人那是不要脸啊，不是爷们儿能干得出来的事儿。命运啊，这只神秘的大手，一直就是把他死死拽住，再牢牢地摁住，令他总也不得翻身。他这条不安分的鱼，看来只能在军校的小河沟里独自徜徉、暗自悲伤了。认命吧，孩子。

眼前，这命运的一巴掌来劲儿了，要把他扇回到新生的队伍里去。这好不容易游过来的一骨碌，就全白瞎了。所谓造化弄人，就是这个意思吧。军校，你怎么会这么稀罕俺呢？难以入眠的夜晚，绿蓝侠像只鸵鸟一般，把头埋进军被的漫漫黄沙里，沉沉地哭泣起来了。

一片破败的旧山河，谁都不能替你去锄草种树，只能自个儿拯救自个儿了。绿蓝侠先把《国际歌》的歌词抄到了一个笔记本上——“从来就没有什么救世主，也不靠神仙皇帝。要创造人类的幸福，全靠我们自己！”每晚临睡前，他都要跪在床铺上口中念念有词，满面虔诚，像在做祷告。绿蓝侠像是突然有了信仰，变身为一个执着的教徒。绿蓝侠跑到图书馆，一气儿寻到名人传记的专柜，专找名人受罪倒霉、虎落平阳的片段看。鸡汤一碗一碗地灌，绿蓝侠喝了个肚圆。自我励志的工作做到位了，绿蓝侠决定重装出手了。

要想人前显贵，必得背后受罪。不小心翼翼地栽种，顶着大太阳浇水施肥，锄草喷药，甜果子能从树上落下来，直接滚到你嘴里去啊？魔幻电影里有，那也十有八九是不怀好意的毒果子。

绿蓝侠开始行动了。他先剃了个光头，先从形式上给周围的人一种震慑。清晨起床号还没响，清晨的鸟儿还在打哈欠呢，绿蓝侠就揉着眼屎笼罩的睡眼，从铺位上爬起来了。跪在铺位上，绿蓝侠先默默地祷告了一番，而后就进了盥洗室，摸出条大扫帚，唰唰唰地清扫起了盥洗室。遇见下水道堵了，他毫不犹豫立马下手去掏。把盥洗室打扫完，他就开始拖地，把整个一条走廊拖得水淋淋的。到了清晨的起床号响起，男生们全副武装冲出宿舍的一刻，光溜溜的走廊地面，让不少人的身子总要趔趄那么一下下。

中午的午休时间，绿蓝侠也不闲着，把宿舍里能摸到的水壶都提出来，放到走廊上排好队，而后他一手两个、四个一组就去宿舍楼外的锅炉房打开水。开水打好，他又来到小柳政委的宿舍兼阅览室，帮着整理图书、收拾报纸。咖啡他是早戒了，为啥？“咖啡那东西火大，一灌下去，脑子里头哗啦啦的，翻篇特别快，这一亢奋吧，就容易出事。”这是绿蓝侠喝咖啡的特别体验。晚饭后他也不散步了，先是给大家打开水，接着又拖地。旁人都是上操场散步溜达，或是到阅览室读书读报，再有就是去会议室看电视聊大天，只有绿蓝侠举着个大拖把，撅着个屁股，从走廊的东头拖到西头，再从西头拖回东头来。

好不容易熬到周日，绿蓝侠也不放松。他把罗双虎和柳云峰屋里换下来的衣服找出来，在水房里一遍遍搓洗着。工作组两位同志的军装，他也抢着洗过几回。

面对绿蓝侠这样一位急速转型，噌噌噌几下就长起来的雷锋，罗双虎被彻底打动了。与其说是被打动，不如说是深深地震惊了，完全蒙圈了。他简直不敢相信，一个昔日的游魂浪子、不管不顾的逃兵，说变就变，正能量说来就来，简直就是大变活人的魔术嘛。大会小会，罗双虎喷着唾沫星子不停地表扬绿蓝侠，把肚子里能搜刮出来的好词好句都掏光了。他拍着桌子、他拍着阳台的栏杆、他拍着坐在头一排的学员的肩膀，一次次大声地感叹着：“看看，看看，有些人就喜欢揪着别人的小辫子不放。人这一辈子，谁会不犯错误呢？看看，看看，我们的绿蓝侠同志！说啥好呢？用两句诗来形容吧——浪子回头金不换，敢教日月换新天！”

两个月下来，绿蓝侠把工作组的两名干事也给彻底整蒙了。在军校里做好事的学员大有人在，可玩命成绿蓝侠这式儿的，还真是不多见。要不是绿蓝侠之前有过当逃兵的历史，简直可以树为军校学员中的学雷锋典型了。

暑假前，工作组终于撤离了，区队上上下下所有人都像是获得了大赦一般，呼啦一下松弛到底了。这身子骨儿一松，走廊上净是大口喘气的学员，像是一群长途跋涉归来的狗。张学粮同学提溜着自己的腰带，到小街上去打眼。他夸张地咋呼道：“这工作组可走了。兄弟我这两个月，瘦了有足足5斤呢。那啥，你们瞅瞅，我这瘦得都抽裆了。”

绿蓝侠在鼻子里哼出一声，心里说，你那5斤算个屁啊，喝两碗水就又长上去了，老哥我可是瘦了整整10斤呢。

2

一个多事的夏天终于过去了，虽然许多事情并没有立即翻篇而去，军校的第二年还是如约而至了。

才完成了自我救赎、逃脱了留级命运的绿蓝侠，在军校的铺位上又一次翻开了烙饼。人生啊，就是一辆通向远方的破车，不是车窗漏风、车轱辘跑气儿，就是轨道又出毛病了，让人没个省心的时候。咋整啊？只要不跳车，你就得使着劲儿一通傻跑。

暑假里，绿蓝侠的爹跟儿子进行了一次长谈。爹说，这场大病啊，让他想明白了，人蹬腿去见阎王爷，看来是随时的事儿，没有人会提前跟你打招呼。见阎王之前，他有两件事儿想办：一是娶妻，二是盖房。

绿蓝侠的爹动了再娶的心思了。绿蓝侠的娘走得早，绿老爹把七女一儿拉扯大，是真不容易。以前爹从没动过再娶的念头，不是不想，是根本不敢想。家里这一大摊子人，个个伸手要吃要喝的，哪个女人能看得上他呢？而今七个闺女都出嫁了，最小的儿子绿蓝侠都念了大学了，这绿老爹算是熬出来了。村东头的田寡妇五年前死了丈夫，而今一儿一女都成人了，去了广州打工。田寡妇托了人带话来，说她愿意跟绿蓝侠的爹搭伴过日子。

绿蓝侠却不想让田寡妇当自己的娘，他嫌田寡妇的名声不好。爹要娶田寡妇进门，已经够绿蓝侠糟心的了。可爹提出的另一个要求，更让绿蓝侠头大。爹要把眼前的两间土坯房给推了，重新盖两间大瓦房。可盖房的钱呢？外人都道是绿老爹把七个闺女嫁出去了，照农村人的规矩，光彩礼就够他痛痛快快过上半辈子了。可其实他爹根本没存住一个钱儿。他爹是想着孩子娘走得早，怕闺女们去了婆家受欺压，就在陪嫁上格外上心，功夫做得格外足。可他自己哪有几个积蓄啊，用的都是彩礼得来的钱。到头来绿老爹这一进一出的，自己是一个子儿没剩。年初他的那一场大病，还是小儿子绿蓝侠给带到南京去治的，医药费都是军校里的班主任罗双虎和政委柳云峰帮着给付的。

农村人里有儿子的人家，奋斗的终极目标就是盖房起楼，给儿子娶媳妇。绿老爹的儿子念军校，准定不会再回村里娶妻生子，盖不盖房起不起楼，绿老爹是一点儿没压力。可眼前他要盖房，为的是自己后辈子能过得像个人，想的是不能让人家田寡妇一进门就住老屋。有了盖房的心，钱却是一点儿没着落。绿老爹说先借着，而后自己好好种地，田寡妇还能做些裁缝活儿，慢慢攒，等儿子毕业了有了工资，再援助些，不愁还不上。农村人家谁不缺钱，借钱办事的不在少数。

爹要娶田寡妇，还要借钱盖房，绿蓝侠打心眼儿里不乐意。暑假里，绿蓝侠没敢把心里的话说开，怕惹爹不高兴。回到军校，他找了蔡秀才帮忙，谈古论今，引经据典，情真意切，娓娓道来，连写了三封信回家。绿蓝侠在信里说：“我在军校好好混，一毕业就把爹接到城里享福！楼房住着，干净还敞亮。老伴也不愁，给你介绍个城里女人，比田寡妇可心。爹在家里好好待着，三年的光景说过去也就过去了，快着呢，爹要有耐心。”绿老爹接了信，把儿子的信压到炕头边，只要有空就翻出来看，从此不再提娶亲盖房的事情了。绿老爹的人生规划，就这样被绿蓝侠给温柔地镇压下去了。

他是爹的儿子，爹唯一的儿子，爹不能不听他的。不是爹惯他，是爹怕老了以后儿子不来给他张罗。村里一直有这么个礼儿，说是人咽气前，要是没有儿子来身边给送终，下辈子托生不成人。爹信这个。这辈子再苦再累，爹下辈子还是想要做人，愿意来这世上走上一遭。

绿蓝侠在信里承诺，说是一毕业，就把爹接到城里来享福，跟着他吃香喝辣。牛是吹出去了，自己真有这个能力吗？以自己在整个区队的综合排名，也就是个中等偏下。自己的学习本来是不赖的，可毕竟是理科的底子，脑子里装的都是物理公式、化学符号，而今搅和到这弯弯绕理论一筐筐的文科里头，还真有几分施展不开。加上自己开初光琢磨着咋跑了，心思也都没放在学习上。这刚刚又卖了两个月的苦力，学习上都是糊弄过去的。照这个趋势下去，毕业时一准儿没有好果子吃，不是给发配到大漠边疆，就是往哪个山旮旯里一分。那时候自己受罪不说，更别提带着爹享福了，只能眼睁睁看着爹把田寡妇迎进门了。滚烫的理想的火花，遇见的是现实世界冰凉的霜花。这一地鸡毛的人生啊，有几人能不管不顾地随心所欲地活着呢？

绿蓝侠动起了脑子。危急时刻，他的脑子特别好使。绿蓝侠寻思着，自己怎么能在军校里混好了，混出个模样来呢？光靠卖苦力做好事，进步太慢不说，戏路也太苦。总是演苦情戏，自己早晚会崩溃的。还是得要有一技之长，才能在军校真正立住了，毕业时才有好果子吃啊。绿蓝侠对现有的战略战术做了调整，他先给自己树立了一个学习榜样，就是区队的大笔杆子蔡明亮。如果把这推材料的本事学到手了，眼前受重用不说，毕业的时候，运气好的话，大机关的人或许一下就把自己挑走了。若是分配到了北京、上海、广州那些大城市，他跟他爹吹嘘的未来，那绝对不是梦。

周末的晚上，绿蓝侠便在军校的小酒馆里隆重宴请了蔡秀才。等绿蓝侠说明了拜师的诚意，蔡秀才小眼瞪得溜圆："你个理科大状元，要跟着我推材料？你没发烧吧怪侠？"

绿蓝侠笨嘴拙舌地表达了对蔡明亮的崇拜和敬仰。

"人类之所以伟大，正在于他是一座桥梁而非终点；人类之所以可爱，正在于他是一个跨越的过程与完成。"蔡明亮先念叨完尼采语录，才切入正题，"怪侠啊，推材料这一行，可是很艰苦、很沉闷的，甚至很无聊！我都不想干了。说实话我推材料都快推吐掉了，简直的！"蔡明亮说。

绿蓝侠伶牙俐齿地表达了自己一不怕苦、二不怕死的入行决心，并且说起了他爹，还有他爹和田寡妇的那一段孽缘。

"不容易，都不容易。你怪侠苦大仇深，我是晓得的。下决心跟我干，应该不是小孩子玩过家家的。既然你说得这么诚恳，那你就跟着我吧！你先当我的助手，帮着收集收集好人好事儿，抄抄名言警句什么的。你的字怎么样？推材料得有一手漂亮字的。像我，就会好几种字体。每天你至少要练半个小时钢笔字的！从最基础的楷体开始吧。"蔡明亮被打动了，他答应做绿蓝侠的师父，并且立即就给徒弟安排了任务。

绿蓝侠赶紧点头应下了。怎么办？要想人前显贵，必得背后受罪。要是不努力，田寡妇可就成了自己的后妈了。

大才子都爱酒，几杯酒下肚，蔡明亮把眼镜摘了，甩到了一边。他的眼皮红红的，像是胭脂抹在了上头。那双小眼睛则散发着奇异的光芒，眼珠子里好像陡然间镶嵌进了两颗钻石，熠熠闪光。把个绿蓝侠看得有点蒙，心头升上来几分害怕。秀才这双眼，平时躲藏在眼镜后面不怎么显眼，这一喝酒原形毕露了，像极了走在夜路上，半道突然蹿出来的狼的一双眼。绿蓝侠不禁打了个冷战。喝了酒，秀才也不满嘴都是尼采语录了。

蔡秀才晃荡着手里的酒瓶，眯缝着一双酒精催发出来的狼眼，大着舌头对新招的徒弟说："有件事儿，我考考你啊，区队那封匿名信，知道是谁写的吗？"

"不知道。"绿蓝侠老老实实回答，又不禁好奇，"有人选了？"

"人选倒是一堆，就是始终没揪出来那只幕后黑手。怪侠，你有没有听到什么议论？"蔡明亮问，一双小眼聚着光。

"没有，还真没有。匿名信可是大事儿，谁敢瞎说。"绿蓝侠说。

"没听有人议论我吧？"蔡明亮像是随意地一问，小眼里的火却燃得明显旺了。

"你，那是经常议论，时刻嫉妒啊。都说你是主任的大红人，历史地位不容撼动。”绿蓝侠回答。

“没说旁的？比如，关于这封匿名信，没人说是我写的吧？”蔡明亮盯住了绿蓝侠，狼眼贼亮。

绿蓝侠忍不住打了个哆嗦：“我的天哪，你开什么玩笑？猜谁也不能猜你头上去啊。你可是咱司令的得力帮手，整天跟司令肩并肩地战斗。要是你，那不成了睡在斯大林身边的赫鲁晓夫了吗？”绿蓝侠回答，才发现蔡师父疑神疑鬼，神经兮兮，毛病不少。

“这就好！这就好！”蔡明亮又喝下一杯酒，表情不那么狰狞了。

“这写信的，就不是个好鸟。有事你放明里说，背后写匿名信，不是爷们儿。”绿蓝侠气愤道。

“有件事儿啊，我对谁也没说。”蔡明亮压低了声音，“而今你是我徒弟了，我对你就不一样了。你这两天当心点，主任正在对笔迹呢。知道吗？别看工作组撤了，可区队那封匿名信，还是一点眉目都没有，主任这次是下了狠心了，非要把这个内贼给抓出来不可！”

“这工作组都走了，司令还扯这事儿干啥。不是自己给自己找不痛快吗？”绿蓝侠有点犯迷糊。

“主任还是想一查到底，否则他心里总是有个扣儿，区队的工作也弄得疙疙瘩瘩的。”蔡明亮说，“这封信，可是把主任害惨了，差点就要把他从学员队给清理走了。我也看出来了，主任没别的好，就爱带个兵。之前在野战部队，他身边都是兵。眼前到了军校，这身边要是不围着几个狼羔子一样的兵，他就浑身不舒坦。这匿名信，差点就把他那个念想给断了。简直的！”

“我的天哪，司令也可怜啊。这写匿名信的孬种啊，害人不利己的，你赶紧出来投案自首吧！”绿蓝侠仰头朝天花板呼唤道。

“好在关键时刻遇见贵人了。听说啊，是向武的爹出面，才保住了主任。要不，咱主任早就换人了。”蔡明亮说。

“哦，这样啊。向武他爹还真够意思。”绿蓝侠应道。

蔡明亮继续摆龙门阵：“知道不？这预备党员的名单已经下来了。最早，定的是金默跟我，可这一转脸，金默变成了向武，我蔡明亮的名字就变成范豫中了。究竟是怎么一回事儿呢？向武就不用说了，人家的爹是大首长，后台硬。老范可全靠拍马。他那功夫，可是了得，我比不了的！”

拜师宴还没进行完，绿蓝侠心里变得凉冰冰的。他四下里看看，周边三三两两喝酒的人里头，倒也没有光棍区队的人。师父蔡明亮知道得可真不少，可听上去哪一桩都不是阳光底下的事儿啊。

开学这一个月，班主任罗双虎的行动的确有几分诡秘。时不时喊人去队部写书法，说是切磋技艺，其实别有一番心思。这封匿名信，都快把他给整成神经病了。

“眼前啊，主任已经锁定了一个重点怀疑对象。你猜是谁？就是你那个好兄弟、好战友——金默！主任把区队的人都用手指头挨个扒拉过了，就是觉得金默可疑。你想，金默放跑了你不说，特务班的事儿也跟主任对着干，明显对主任有成见。说是啊，这两天就要找金默去对笔迹了。我的弟兄们，我不劝你们爱邻人，我要劝你们爱最遥远的未来人……”这喝到最后，蔡明亮又惦记上他的《查拉图斯特拉如是说》了。

绿蓝侠心头起急，得赶紧把这个情报报告给金默去。匿名信的屎盆子要是扣到金默脑袋上，麻烦可就大了。

3

绿蓝侠怀了心事，坐卧不宁。他像个怀孕已经足月的妇人一般，身心已不堪重负，耐心和体力都到了极限，要把肚子里这宝贝赶紧生出来才成。身边的是是非非，要让金默尽快知道才好。若是他糊里糊涂一脚踏到陷阱里，再拔出来可就难了。就是费劲儿拔出来了，那两脚泥也恶心人呢。

晚上熄灯前，满身酒气的绿蓝侠回来了。他从宿舍里把金默喊出来，在盥洗室里跟他嘀咕了一番。金默却只是把他当成个醉鬼，还劝他别信谣传。就快熄灯了，盥洗室里人来人往，许多话不便明说，绿蓝侠就决定第二天再找金默好好谈上一谈。

周日一大早，因为头天喝多了，绿蓝侠感觉头有些晕乎，就请了个假，没去食堂吃早饭。9点来钟，绿蓝侠睡够了，从铺位上一低头，望见了床头柜上放着的早饭——两个花卷和一碟咸菜，还有一碗白粥。一准儿又是金默给他带回来的。宿舍里只有卢一平在，趴在窗口看着本书。绿蓝侠往粥里兑了些开水，匆匆把早饭扒拉下去，就开始四处找金默。

绿蓝侠先去了图书馆，却没寻见金默。那个不平静的春天已经过去了，罗双虎下的禁令已经消除，学员们又可以去图书馆自习了。绿蓝侠又去教室找，也没见着金默的影子。很快午饭了，食堂里也没见到金默。四下问问，金默今天并没有外出。午休起来，绿蓝侠在宿舍里也没等着金默。这时候他才突然想起来，金默一准儿是躲起来温书去了。他决定去教学主楼寻一寻，因为金默最近好上那儿看书去。

这个呆子也太用功了，把午饭都省了。绿蓝侠心里叨咕着，就去了军人服务社。

绿蓝侠买了两包压缩饼干、两包香烟和一盒火柴。新学期开始，绿蓝侠不再把津贴寄回家了，他是想先存着，到时候一次带回家给爹。他是硬着心肠这么做的，因心里多少还是有些生爹的气。说是存着，他花起钱来却明显大手大脚起来。

绿蓝侠进了教学主楼，径直往三层而去。大楼的一、二层多是教室和办公室。三层楼上大都是些闲置的教室，偶有一两间被启用的，是教员的办公室。房间的整体使用率不高，军训结束后少有人来。

才上到三楼，就听见了叽里呱啦一阵念英语的声音，那声音抑扬顿挫像模像样的，绿蓝侠一下听出了英语课代表金默的声音。军校里的英语课，用的是通用的大学英语教材，每逢考试不乏高分。但“哑巴英语”和“方言英语”却俯拾皆是。尤其是那些农村考来的学生，单词语法全靠强记，落实到口语上差着老大一截。金默却能说一口发音纯正的英语，经常在课堂上获得英语教员的激赏。

这么玩命地学英语，究竟是为了什么？绿蓝侠问过金默。金默说，技不压身，总会有用。而金默内心其实也是茫然的。他只是觉得，在这军校里，自己像是个逆水行舟的人，必须要抓牢些什么才踏实。这英语书，就像是手上的那副桨。这副桨能不能帮他划到胜利的彼岸，眼前并没有确定的答案，可起码他手里有副桨，心头才不那么慌。所谓安身立命，吃喝之外，人必须要做些什么，人生才有所依傍吧。

金默站在暗影里，手里举着一册英语书，全然忘我地朗读着。绿蓝侠站在楼梯口观摩，不由得心生感慨。看看，还是人家金默沉得住气！学习的劲头从没有放松过不说，心里头干干净净的是一点儿杂念都没有。不像我，整天吊儿郎当，上课一扯理论头就大，课下呢，除了翻翻武侠小说，眼睛就没认真看过字。

但他很快又想，这么瞎起劲又有个啥用哩？这可是在军校，政治第一。啥是政治？一两句话还真讲不清楚。眼前你金默就是把英语念得比中国话还利落，不还是一个小班长吗？党的大门不还牢牢地冲你关闭着吗？更可悲的是，你这谁人不招、谁人不惹的，还不是上了罗司令的黑名单了吗？金默啊金默，你这么玩命学习，其实完全是无用功，无意义！

“都是我连累了金默啊！要不，那个区队长是他的，预备党员也有他的份儿，司令也不会把啥坏事都往他脑袋上扣了。”绿蓝侠在心里骂自己。

这时金默已经发现了绿蓝侠，他停下朗诵，朝他望去：“鬼鬼祟祟的，干什么呢？不会是又想跑吧？”

“我都找你大半天了。光知道用功，午饭还没吃呢吧？”绿蓝侠赶过来，把压缩饼干和烟一股脑儿地都扔给了金默。

金默照单全收，把烟放到鼻子底下闻了闻。最近，他的烟瘾也很大。

“找我干吗？歪主意又出笼了？我先告诉你啊，这辈子，你都别再让我掩护你了！”金默斩钉截铁。

绿蓝侠给金默点上烟，自己也点上。

绿蓝侠吸了口烟，喷出口烟雾，感叹道：“我的天哪！你当过我的恩人不假，可不能总拽着我的小辫子说事儿啊？有件事儿我正要问你呢，你可得老实回答。”

“什么事？说吧。”金默道，动作潇洒地吐出了一口烟圈来，很快就被呛住了，不停地咳嗽。

“慢点儿吸！沉着点儿！我问你啊，那封匿名信，是不是你写的？”绿蓝侠一边给金默捶背，一边问道。

金默的眉毛一扬：“匿名信？你说的是区队上那封被传得很神的匿名信？”

“我的天哪！还能再有一封匿名信吗？你告诉我，是不是你写的吧？”绿蓝侠步步紧逼。

“明人不做暗事。我金默才不会写那东西！”金默说。

“不是你写的？这就对了。我是早料到跟你没啥关系。可你还得当心！说是司令就要找你对笔迹了！你好好写，别写差了！”绿蓝侠言语恳切。

金默的眉头一下皱上了，把烟一把掐了：“主任已经问过我了啊，怎么这又来了？真是无聊！”

绿蓝侠就说了拜师宴的事儿，说了预备党员的名单被换，以及匿名信的重点怀疑对象。

金默呆立在窗边默默吸烟，神色冷峻，不发一语。

这当口，走廊尽头突然发出吱呀一声，是最里头的一扇门被打开了。正说到关键处，这意外的一声，把他俩惊得都是一激灵。

他们同时下意识地转头去看，门里已经走出了两个人来，是一男一女。这三层的走廊上没有靠外的窗，光线很暗，所以老远看上去不是很分明。那男子靠近他们一些，个子又高得特别，他俩半认半猜，觉得那人像是他们的战争史教员毕海洋。

而那女子的身形，金默只望了一眼，眼睛就像火烫了一般，热辣辣起来。那个女子的蓬蓬头，像只小蘑菇一般，罩在她的头顶。

4

战争史教员毕海洋的个头足有1米82，身材挺拔、线条极好，头发又有点自来卷。要说这毕海洋可是军校里的明星人物，军事学硕士，天生好口才，课上得精彩绝伦。形象出挑，眼前已经32岁了，尚未婚配，为此他那军区司令员的爹几次要跟他断绝父子关系。毕海洋身上并无一般干部子弟的浮夸气，有几分风流倜傥倒是真的。他在军校内外都是很惹眼的人物。

因这军校过去是国民党的一处政府机关所在，主体建筑保持得好，这些年就没断过来拍民国故事的影视剧的摄制组。一次，一个还算有名气的导演撞见了毕海洋，一路大呼小叫，非要把原来的男二号换下去，请他来饰演一位打入国民党内部的地下党员。军校领导经过紧急协商，以毕海洋教学任务繁忙为理由给拒绝了。私底下则是政委先亲自审看了剧本，弄清楚毕海洋即将扮演的地下党，要在三位女性之间周旋不说，还要跟其中的一位青楼女子在舞厅里搂搂抱抱，在床榻上翻转腾挪。虽是为了革命工作交换情报，但俊男靓女间有了肢体接触，可就麻烦了。于是，政委大人毅然投了反对票。

为此导演在后头骂了好几天娘，当然不是他的娘也不是政委的娘。导演并不知道军校里的弯弯绕，他是为自己的电影失去了这么一位绝佳的男二号而扼腕痛惜。最后他还是把毕海洋邀到了剧组里，让他穿上国民党军服，戴上白手套，扮演了个正在出席重要会议的国民党高官才作罢。

老政委退休以后，但凡再有外来的摄制组进校园拍戏，军校方面一定派了毕海洋去负责外协。可能是觉得当初不让毕海洋演戏，断送了他的大好前程不说，也把他的美好姻缘掐断了吧。谁能说，毕海洋若进了组，不会跟那个青楼女子，不，扮演青楼女子的女演员，在残酷严峻的革命斗争中，在舞厅和床榻的相拥缠绵间，碰撞出美好的情愫，进而共结连理呢？于是教书之外，毕海洋就没断过在影视剧里露脸。军校方面的潜台词或曰祝福语，与毕司令员的教导如出一辙——早生贵子！

眼前见两个人一道儿往这边来，绿蓝侠赶紧把手上的香烟掐灭了，又去推金默。军校没有禁止学员抽烟的明文规定，可让教员看见自己的学员躲在这儿吞云吐雾的，总是不太好。金默却像被人点了穴了，傻愣愣不知道动窝。还是绿蓝侠眼疾手快，一把将他手里的烟给夺了下来。

当绿蓝侠恭敬地把站姿摆好，注目礼的目光也尽量温和，想着要跟毕海洋教员打个招呼时，一旁的金默却把头猛然转向了窗外。他的眼睛一直燃着火，惊异得不知道该不该闭上。

竟是她——殷晴！那个走在毕海洋身边的女子。她穿了件粉红色的泡泡纱的连衣裙，上面缀满了小朵小朵白色的花儿。殷晴的蓬蓬头遮着眉心，一张脸依旧白皙，她看上去，像是台湾电影里的美少女。她走在毕海洋的身边，一只手里捧着几本书。她脚下的一双淡粉红的高跟鞋踩在水泥地上，发出好听的嗒嗒声，如清脆的马蹄声，回荡在雨后的青石板路上。

一双高跟鞋，竟能让一个女孩子变得如此亭亭玉立起来，这简直太神奇了！金默心头滑落的第一个念头，竟是关于那双高跟鞋的。

殷晴的另一只手里握着一朵玫瑰花，鲜红的。金默只觉得那红色猛扎进了自己的眼睛里，他满目血红。

“花儿为什么这样红？这样红？红得好像……”那一刻，金默的心里，忽然被这一曲悲伤的旋律填得满满的，他简直要透不过气来了。

他俩是怎么跟毕海洋教员打的招呼，金默已经完全记不清了。第一次，他在另一个男人面前如此自卑，自卑得简直想要立即从这个世界上消失。当他清醒过来的时候，才发现自己手上的一包烟吸了大半了，烟蒂落了一地。绿蓝侠已经离开了。

绿蓝侠是被他骂跑的。

“金默，要我说啊，咱俩请罗司令好好喝一顿咋样？司令好喝酒，一喝酒好多平时不好说的话就说开了。要不，他总这么把咱俩，尤其是你，当内贼防着，滋味是真不好受。”绿蓝侠说。

金默不作声，他眼前浮动的是殷晴那张突然妩媚起来的面孔和略带苦涩的微笑。刚刚，她还跟他打了声招呼。

自从那次寒假归来，同游梅花山之后，他和她之间没有了任何的往来。校园里偶遇，图书馆远远地望见，也都是有意识地避开。非常礼貌，日渐生分。金默心头的那团火，却并没有熄灭过。只是，处女座，禁欲系，他不是一名爱情的勇士。

“金默，你是真对这个殷晴动心了？我可听说，这毕海洋毕教员追殷晴有一阵子了。暑假里我回来得早，去夫子庙耍，就见毕海洋带着殷晴在秦淮河里坐船呢。你是真喜欢她呀？那就追啊！不敢追？那就自己整天傻想，完全没意义啊。要我说，那丫头，有啥好啊？长着一双水汪汪的桃花眼，脸白得吓人，细胳膊细腿，瓷娃娃一个，像是一掰就断了……”绿蓝侠说。

“你……你滚开！不许你诋毁殷晴！恋爱自由，她想跟谁好就跟谁好！罗主任那儿要去你去！要请客你自己请！这是军校！不是他妈的国民党的官场！清者自清，浊者自浊。我就不信，我金默真是跳进了黄河也洗不清！”金默突然愤怒地呐喊道，而后一下把手上的书和窗台上的书划拉到了地上。

一直站到日落西山，走廊上昏沉的暮色提醒了金默，晚饭时间应该已经过了。他走过去按了下走廊上的开关，开关嗒的一声响，眼前却依旧是暗淡的。是停电了。在这个桂花飘香的秋日的晚上，连走廊上的一盏灯都要辜负他。

黑暗中，金默不相信似的，又按了下开关，周遭依旧黑沉沉的。金默呆立片刻，眼角一下被雾气蒙住了，他像是失明了一般，陷落进彻头彻尾的黑暗中去了。

“金默，金默！是你吗？”走廊的一头，忽然有人喊他的名字。政委小柳打着手电筒，一路寻来了。

第十三章　草叶葳蕤

1

这个周末，金默打定主意要找罗双虎请个假。

一晃又到了岁末，南京的冬天又一次来了。已经有两个多月了，金默一直没有收到家里的来信。来上军校这一年多，半个月接一封家信，这种频率从未被打破过。金默在心里急，忍不住胡思乱想。是母亲生病了，还是弟弟出了什么事情?

晚饭时，金默草草吃了两口，就走出了食堂。他一边往宿舍楼走一边想，无论如何要给家里去个电话了。一定要请到假，明天出去一趟。这样就能赶在邮局一上班开门的时候，给离家最近的那个小杂货店——他和母亲的联络点，打个长途电话。

队里有两部电话，罗双虎的宿舍和小柳政委的宿舍各一部，但两部都是军线电话，不能打外地长途。军校外出卡得极严，外出的名额落到每个班，也就一张出入证，金默自己是班长，一般都是主动谦让。这一阵子卢一平的情绪有些混乱，像是女朋友那边又出了状况，明天还是让他出去转转吧。金默想要外出，只能另外请个假，这类的外出就属特批了，必须找班主任罗双虎请假才可。罗主任那里，一般总会预留出一到两张出入证的。

到了晚饭后，金默硬了几次头皮，到队部门口就又折身回去了。前几天，罗双虎找了他，以切磋书法为名，让他先在报纸上写了毛笔字，又在稿纸上写了钢笔字。因为有绿蓝侠通报在前，金默知道罗双虎的意图所在，自己心里又没鬼，于是只坦坦荡荡写字。可这件事情之后，他心里还是很有几分别扭，尽量回避单独和罗双虎相处。既然自己这般为难，金默想着，不如把绿蓝侠叫上算了。绿蓝侠近来在推材料上进步很大，深受主任器重，三个人在一起说话会显得自然些。

进到宿舍，绿蓝侠和蔡明亮都没在，只有卢一平一人靠在窗边，身上披着件军用大衣，手里握着把口琴，有一搭没一搭地吹奏着。已是初冬，在宿舍里待着不动，都得穿上棉衣了。南京的冬天潮湿阴冷，并不比酷热的夏天好过。

这当口，披着件军大衣的张学粮，捧着包瓜子晃荡进来，说是打牌缺个人，问绿蓝侠去哪儿了。卢一平依旧望着窗外吹口琴，也不回头。金默摇头，说自己也在找他呢。张学粮靠在床栏上嗑瓜子，一边咋咋呼呼道："金默啊，你们南方的冬天可是贼拉冷。来南京上学前，真不知道这地方这么邪乎。这冬天吧，比我们东北难过多了。那啥，我们东北的冬天老舒坦了，往热腾腾的土炕上一坐，嗑瓜子摸牌，可是舒坦。可咱这大南京，这才入冬，就把人冻成这么个憋屈样儿了，咋整啊！那啥，一平，我取包方便面啊。"

张学粮说罢，勾头弯腰，从卢一平从不设防的床头柜里取了包简易包装的方便面出来。

金默说："长江以南的冬天不供暖，习惯了。"

张学粮把方便面取到手里，抱在胸前，接着嗑瓜子："这谁出的馊主意啊？看把咱们长江以南的人民给冻的，金默，你手上的冻疮可又出来了。"

金默把双手揣到了裤兜里："没事的，早习惯了。"

张学粮咂咂嘴："不容易，都不容易。那啥，我们怪侠老哥咋又不在呢？哦，想起来了，准是又跟秀才走了。推材料推材料的，别再推出封匿名信就阿弥陀佛了。"

金默苦笑一下，正不知该怎么接话呢，卢一平忽然回头，冲张学粮吼了声："滚！"

张学粮一激灵，手里的方便面差点儿掉下来。他朝金默摆摆手，蹑手蹑脚地出门去了。

文艺青年卢一平是个帅小伙儿。皮肤黝黑，黑得帅气。一笑，就露出一口白牙，又赶紧抿住。牙齿长得齐齐整整的，笑起来白得晃眼。这么一个阳光少年，却是有软肋的。软肋就是他的女朋友韩雪。几天收不到韩雪的信，情书密电码的频率一变，卢一平立马坐卧不宁、寝食难安，像是跟组织失去联系的孤军奋战的地下党。

光棍区队的文艺委员卢一平，最近指挥唱歌老跑调不说，还总爱趴在窗口发呆。入冬以来，光棍区队在集体场合的拉歌中已经出过几次洋相了。卢一平不是把调儿起高了就是起低了，光棍们要么吼破了嗓子，听上去跟破锣齐鸣一般，要么就是乌压压、暗沉沉的一片，旁人听上去以为是来了群乡间哭丧的队伍。卢一平这么颠三倒四的，罗双虎恨得牙都痒痒，想着干脆把他换下来。可是扒拉来扒拉去，区队里啥样的人才都有，可能把谱子识全并且嗓音亮堂的，就只卢一平一个。罗双虎本来想找区队的政委柳云峰暂时替代一下卢一平，可看柳云峰近来那个怪怪的样子，就又把心里热忱的邀请给生生憋了回去。

卢一平吃素，独爱方便面。那时节方便面可是高档消费品，也没现在的花样多。卢一平都是买那种简易包装的，透明塑料袋装的，一袋里好几盘。每回放假他都爱从家里带，一带就一纸箱。卢一平大方，平时有谁饿了、嘴馋了，到他的床头柜里取一袋方便面出来，干吃或是泡着吃，从来都是敞开供应。

眼前，金默对卢一平开口骂人并不惊讶，卢一平的脾气就是这样，外表看他书生模样谦谦君子，骨子里其实挺倔，想说啥就说啥。金默也不去劝卢一平，只是立在自己的床铺边，发了会儿愣。这封匿名信才是真该死，把整个区队弄得乌烟瘴气不说，还把罗双虎搞得疑神疑鬼像个神经病。这封该死的匿名信，到底是谁写的呢？

绿蓝侠又去了哪儿呢？看来是跟师父蔡明亮取经去了。立下大志的绿蓝侠早已经成了蔡秀才的贴身跟班，业余时间基本都是跟他泡在一起推材料。晚饭时就没见他俩的踪影，八成绿蓝侠又在军校的小吃部里跟师父推杯换盏呢。

金默没打扰卢一平，只小心翼翼地从床头柜里取出那套《平凡的世界》，放到了军用挎包里。他背上挎包，打算去图书馆那个他新开辟的秘密据点接着读小说。一出宿舍门，金默却发现有个人在走廊上晃悠，手里举着本《少林功夫秘籍》，眼神却不往书上去，不断瞄向自己的宿舍门口。

此人是区队的功夫高手孟艳玖。

金默一下看明白了，这玖哥是在执行“跟住”任务呢。“跟住”的对象显然是卢一平。路过玖哥身边，金默朝他点了个头。玖哥也点了下头，神态里很有几分不自然。金默心想，罗双虎啊罗主任，你什么时候才能把这阴森森的“跟住”给彻底废止了啊？

路过队部的时候，听见里头有人在大声说话，像是罗双虎拍着桌子在骂人，直嗷嗷。再细听，竟是政委小柳在说话。两名主官像是在争吵。金默迟疑了一下，脚步便没有停留。路过盥洗室，他听见有人扯了喉咙在里头唱歌，声似破锣，翻来覆去就是那一首《妹妹你大胆地往前走》。歌声陪伴着他一直下到了一楼，他径直踏上了军校的林荫道，一路朝图书馆的方向走去。

走到图书馆的楼下，只一眼，三楼那个临窗而坐的身影，就又一次热辣了金默的双眼。她的剪影很柔美，蓬蓬头像个小蘑菇。殷晴，她竟然又出现了。

金默的心头，先是涌上来一股子惊喜。像是他和她从来都没有分开过。很快，他的心头便被一份难言的酸楚淹没了。他到底想起来了，她已经不是那个可以任由他想念的女孩了。多希望这中间发生的一切，都是一场梦啊。那个蓬蓬头的女孩，一直都在图书馆的三楼等着他呢。

2

他和她，早已经分开了啊。这第一次的恋爱，令金默头昏脑涨找不到东西。这第一次的失恋，比想象中要痛苦万分，令人倍感煎熬。

应该是从操场的那次新生联欢开始，金默注意上了殷晴，并且不知不觉，脑子里被她的影子布满了。很多时候，相互遇见的时候，他多希望她的脚步能停下来，跟他多说说话。甚至，能一起在校园里或者到外面去走走，再到他们一起吃过饭的小饭馆坐一坐。这些对一个在地方大学读书的男生来说，应该是一件非常简单的事情。但到了军校，这一点愿望似乎变成了奢望。军校的外出制度摆在那儿，出校门的机会着实有限。军校里也不是没有男生和女生约会，但有军校禁止男女生恋爱的明文规定在先，本来顺理成章的事儿，凭空就有了一种诡异之感。在军校特殊的氛围下，男女生之间的交往变成了一件超现实的事儿。

见了殷晴和毕海洋走在一起，起初金默是受了刺激的，感觉殷晴背叛了自己。后来，他又心存幻想，想着殷晴和毕海洋只是一次简单的相遇，殷晴只是利用周日去找毕教员借几本书。可是，校园里却渐渐有了风声，说是殷晴和毕海洋谈恋爱了。初恋被彻底宣判了死刑，金默心里头翻江倒海一般疼。不久前，毕海洋去了北京的国防大学进修，他那高大威猛、风流倜傥的身影，在军校的校园里暂时消失了。殷晴还是一如既往地出现在了图书馆的三楼，只是，金默再也不会坐到她的对面去了。

失恋的那些日子，起初他去图书馆里，都是胡乱地借几本书来读。心思乱，根本读不踏实。他眼前的书页上，总是反复闪现出那天与殷晴和毕海洋相遇的情景。他的眼睛就一次次被刺痛，书页渐渐变得模糊。直到有一天，他被夏春树堵截在了图书馆的门前。

夏春树开口了：“话少面瘫没表情，眉目犀利像把刀。从战争废墟里爬出来的金连长，你失恋的样子，真很迷人呢！”

金默一句话不说，绷着脸不理夏春树。每次遇见夏春树，他都觉得心慌，像是来接受末日审判的。

“好了，不嘲笑你了！先送你一句话，人生苦短，是指人生的苦很短。其实呢，失恋这一课，谁都不能缺堂的。好了，推荐一部伟大的著作给你吧——《平凡的世界》。接着，送你的！”夏春树说着，从军用挎包里取出三本厚厚的书来，一股脑儿地塞到了金默的怀里。

金默打开书，扉页上是一行龙飞凤舞的钢笔字——苦行僧金默留存。

这字迹好像在哪里见过的，金默怔了一怔。

“喜欢吗？读书能治病的，尤其是你的心病。”夏春树在一边说。

金默低头翻书，默默无语。这样的一套书，要花去不少津贴的啊。这礼物真太重了。

金默合上书，往回送：“这书太贵了！我收下不合适。”

夏春树一叉腰：“毛病可真多，还会假客气！你的名字可都写上了，你不要，那就直接送给图书馆好了！”说罢，她摆摆手，身影一下就飘远了。军校的林荫道上，夏春树的背影细瘦高挑，仙气飘飘，果然是刺客的派头。

这套《平凡的世界》金默一捧在手里就不愿搁下了。失恋带来的深刻创伤和长久焦虑，因为这部小说的陪伴，渐渐散去一些了。

《平凡的世界》这部小说，金默其实并不陌生。1988年高考前的那个夏天，南方天气奇热难当。学业繁重，外加天气恶劣，毕业班的同学大多像瘟鸡一般，打不起精神来。午餐的时间一到，大家取走各自带来的铝制饭盒，躲到荫凉处就餐。饭菜都是热腾腾的，都是个人从家里带来的生米熟菜，学校的师傅负责加工和加热。每到这时候，一般都是男生们一堆，女生们一群，两大阵营自然分开，两队人马都坐到教室外的树荫下面，边乘凉边吃饭。那段时间，母亲为了给金默增加营养，时不时总会给他的饭盒里放上几块咸鱼、咸肉，或是卧上一只煎蛋。怕他胃口不好，还爱加几块红辣椒烧的豆腐干子。这在当时，已经是相当奢侈的一顿午饭了。到底是年轻，午饭的时间，大家都还是蛮活跃的，说东说西的，暂时忘记了迫在眉睫的高考。

午饭一结束，往常大家都好趴到书桌上休息一会儿，可高考在即，没人敢怠慢，都是强撑起精神，坐在书桌前温书。班主任中午爱到教室里转，一看到这群刻苦攻读的学生，立即叫停：“不许看书，把书给收了！要劳逸结合。都趴下休息一会儿。事半功倍，懂不懂啊？”后来，班主任就把个收音机放到了教室里，交给学习委员金默管理，每天中午，要求大家至少听半个小时的广播。

也就是在那时，《平凡的世界》来了。虽然故事发生在遥远的西北，但它离江南小城的生活并不遥远。每到中午12点，金默一定把收音机的频道调到中央台的小说连播节目。在播音员那娓娓的讲述中，男生和女生第一次坐到了一起。男生的神情渐渐变得深沉而迷惘，女生们先是表情羞涩，继而眼睛会亮晶晶的。这短暂的沉浸和放松，是金默所深爱的时刻。在那个时段里，他的心变得格外沉静，想想自己一路从阳光跃动的军营，颠簸到北方寒冷的小县城，再到眼前母亲的故乡小城。很多时候，他总情不自禁地想要抱怨命运对自己的不公。而《平凡的世界》告诉他，在这个世界上，还有人比他背负着更多更大的痛苦，在命运的路途上翻山越岭一路跋涉。他对自己的生活一下看开了许多，对小城外面的世界充满了向往和好奇。这部《平凡的世界》让金默忽然变得达观和平静了许多。

眼前，在夏春树的推荐下，这部《平凡的世界》再一次走近了他。靠着这部书里那些并不陌生的人物，金默把失恋的那份深刻的痛苦一点点吃力地抹掉了。

他从心里感激夏春树，他想着该找个机会表达一下自己的谢意。也送套书给夏春树，是不是显得太刻意了？好在离毕业还有很长的时间呢，等找个合适的机会再表达吧。

3

金默把眺望殷晴的目光收回，往图书馆里去。他径直向四楼那个秘密据点走去，因为想避开三楼的殷晴，他脚下的步子有几分慌乱。才上到二楼，却在楼梯上跟个红粉佳人撞了个头对头。

与夏春树和殷晴一个区队的苏小青，身着一袭粉红色的套裙，瞪着一双轻度对眼，在楼梯口堵住了他。苏小青今晚的这身打扮很是出挑，冬天里本就少见这么娇嫩的颜色，何况又是在绿色一统天下的军校校园里。图书馆里像是骤然盛开了一朵娇艳的夹竹桃，惹得不少人的目光或明或暗地往她这边瞟。

金默赶紧改变方向，想要躲开这个引人注目的明星。不想苏小青眯缝着一双对眼，一把就把他逮住了。

“金默！你过来！过来！我正找你呢！”苏小青冲过来拽住金默的军用挎包，高兴地喊出来了。这动静太大了，金默红着脸，只好随她走进了二楼阅览室。

“吃过晚饭，我就开始往你们区队打电话，总占线，摇不进去。你们那些光棍，是不是都抱着电话当蹄髈啃呢？味道不要太好哦！”苏小青一边说，一边找了个空位坐下了，“都找你半天了，你去哪里了？你赶紧坐下呀！”

“你找我？”金默奇怪了。阅览室里人不多，站着说话毕竟显眼，他只好在苏小青对面坐下了。

“不是我，是春树！春树邀请你跟我们一起去参加周末舞会！大周末的，你怎么也不换身便装啊？不是我说你啊，刚上军校那会儿见你还挺像回事儿的，怎么最近越来越不讲究了，总是一身军装。还跟面瘫似的，总爱板着个脸。”苏小青说。

“舞会？我进不去的。”金默说。

军校的周末舞会，从不对青年男学员开放。

“这不用你操心，春树有办法。她有内线！包你大摇大摆地进去！”苏小青望望左右，低声却很有把握地说。

“那春树人呢？”金默问。

“她在这儿等你，坐了好一会儿了，可一直没见你来，她就跑去教学楼了，说是听殷晴说，你爱躲在那上头学英语。”苏小青说，“知道吗？‘五一’一到啊，殷晴马上要去趟北京。干什么？去看望她的情郎哥呗。毕海洋在北京等着她呢，殷晴的假是特批的。”

听到殷晴的名字，金默的心突地疼了一下。本来以为，自己已经学会忘记了呢。

“教学楼那边，我早不去了。”金默胡乱应道，眼前晃了一下那天遭遇毕教员和殷晴的情景。殷晴脚上的那双粉红色的高跟鞋，一下下踩在他的心上，他的脸上一下落满了灰。

“都说你英语四级考试要放卫星呢，我们可都等着呢。”苏小青满面热烈。

“殷晴……舞会……她也去吗？”沉吟了一下，金默忍不住问道。

“我喊她了。告诉你个事情，别跟旁人讲。殷晴像是一直在吃药，总是瞒着我们几个，有些怪怪的。毕海洋那边，总是寄包裹过来，也像是药。好奇怪的。”

金默听得直发愣，殷晴这是病了吗？

“刚才你说，春树去教学楼了？那里走廊很暗的，我去迎迎她！”心头被一份难过狠狠突袭了一下，金默坐不住了，一下站起了身。

苏小青一把将他摁住了。

“春树讲过的，要是遇见你，让咱们原地不动，就在这里等她，以防走岔了。”苏小青说道，又眨巴了两下眼，换了话题，“哎，你别急嘛，正好我有个事情想跟你打听的。”

金默只好又坐下了。

“你们区队的蔡明亮，以前也就一个毛病，说话让人听不懂。可现在脾气好大的，见人爱答不理的。真好奇怪的，我又没有得罪他。他没出什么事情吧？”苏小青问道。

“秀才啊？他没什么的，挺好的。”金默回答。

“不，他有点怪。表情总是苦巴巴的，像是吃了黄连一样。他不是失恋了吧？”苏小青问。

“没有没有，秀才根本就没有恋爱。”金默说，“没别的事了？那我找春树去。”金默又一次站起了身。

“哎，别急嘛。我还有一件老大的事想问问你呢。匿名信，你们区队上的那封告罗双虎的匿名信，是不是你写的啊？”苏小青虽是轻声细语，在金默听来却跟听了一声炸雷一般。

金默一下站起身：“你说什么呢！这是造谣！”

“你急什么啊？我只是问一下了。春树说了，金默才不会做背后开枪的事呢，说你是个君子呢。”苏小青说着，朝玻璃窗的方向挥挥手，“好了，有人找我。你在这里老实等春树！我先走了。”

金默转头，望见落地的玻璃窗外，两名上尉正朝苏小青招手。苏小青起身，身姿摇曳，几步迎了上去，三个人一起下楼去了。

金默独自愣愣地坐着，心里上下颠簸，忽然有人在他面前打了个响指，一阵浓烈的酒气袭来，一抬头，竟是绿蓝侠。

“又来用功了啊兄弟？没去四楼你的新据点啊？”绿蓝侠醉醺醺地问了一句。他把手里的两个书包往桌子上一放，占下了金默对面的两个空位。

“我跟秀才刚喝了点儿酒。刚刚都说好了，下期简报把我的名署上！秀才说了，弄得好，有可能上《战地报》呢！”绿蓝侠的脸上喜滋滋的，拍拍胸脯道，“《战地报》那是什么概念？我的天哪，只要在上头登个豆腐块出来，无疑等于放了个卫星，从咱区队到整个军校，上上下下脸上都有光。你老哥我就彻底发达了。”

看来绿蓝侠是一心要成为推材料的高手了。一摞信纸被推到了金默的跟前，最上头的一张上落有两行字，大标题是——真金不怕火炼方能成钢，好兵不惧调查才能长成，副标题则是——国防战略系二区队学员协助工作组调查侧记。

金默的嘴角浮上一抹讥讽的笑容。

“笑啥笑呢？写这个是罗司令的意思，说是要还他一个清白。”绿蓝侠皱眉道，“晚上我又请秀才喝了顿酒，他喝多了，这不正在厕所里又拉又吐呢。我的天哪，写这东西可真是累人的活计。我得放松一下，去舞会瞅瞅。那地方我去过好几次了，我现在的舞跳得正经不赖。你要没事儿，一会儿咱俩一起去转转呗！”

“怪侠啊，你真就上了这条道了。不觉得无聊吗？”金默忍不住问道。

“无聊是真无聊，可这军校里头，又有多少事情是不无聊的呢？”绿蓝侠忍不住叹气道，“你还没看明白吗？我也就是一个投机分子。随波逐流，东倒西歪，一辈子也就这样了。”

两个人一下陷入了沉默。

“人啊，就不能太清醒了，太清醒了没法子活了。还是自己找乐吧兄弟！”绿蓝侠满嘴酒气，嘴巴里咕噜咕噜的，“哎，我刚看见那个殷晴了。你别难过，别搭理她，水性杨花的。命里有时终须有，命里无时莫强求。离了张屠户，咱还不吃带毛的猪了呢。”

“你……你能少灌几口黄汤吗？”金默的脸一下涨得通红，他猛地一下站起身，在绿蓝侠诧异的目光中，背着挎包扬长而去。

金默大踏步地出了图书馆，朝教学主楼奔去。秋风一吹，他的情绪平定了下来。他想去迎迎夏春树。前几天，军校里才出了档子事儿。熄灯后，就在三楼上，理论系的一个北京女生和政工系的中尉男友约会，被巡逻的战士发现了。军校对这事儿下手挺狠，立即做了严肃处理。中尉带着个严重警告处分，提前结束进修回了老部队了。而那女生，还有半年多就毕业了，却还是被军校开除了。

4

前方，昏黄的路灯下，一个娇小的身影突然映入了金默的眼帘。金默的呼吸停滞了两秒钟，他的步子一下刹住了。

“是你吗，金默？”对面的人先开口了。

是她——殷晴。

路灯的微光下，殷晴的美丽令人窒息。她的肩上围了一条披肩，西洋红，带流苏的。披肩围裹着她，令她苍白的面孔看上去红润了一些，她像是盛开在夏夜里的一朵粉色的玫瑰花。她那水盈盈的眼睛里，流淌着溪流一般激越的欢乐。她，是要赶赴盛会的公主啊。

金默久久地注视着今晚的公主，却是一句话都说不出来，眼睛却不争气地模糊起来，他赶紧低头看脚尖。

“小青非喊我去跳舞。你跟我们一起去吧！我也是第一次去，听说可好玩了。”殷晴发出了诚挚而热切的邀请。

“你们去吧，我就不去了。最近查得挺严的。”金默努力镇定住自己，貌似淡定地回答。

“你……还好吧？身体还好吧？”金默忍不住马上问道。

“我很好的，身体，也很好。舞会你还是来吧，春树可有办法了！你们不是叫她刺客吗？她很厉害的，是吧？”殷晴说着，目光忽然有几分游离，往地上梧桐树的树影看去。

“春树是个挺有意思的姑娘。”金默点点头，心里踏实下来。

“你们区队的那个绿蓝侠，是你的亲生兄弟吗？每次在图书馆遇见他，他总是说你这好那好的，把你夸得跟朵花儿似的。”殷晴的语调活泼起来。

“一个大男人被夸成朵花儿，听上去可是有几分恐怖。我还能是什么花儿，顶多是根狗尾巴草。”金默说着，心情轻松了一些。

殷晴也笑起来。她的笑声跟夏春树完全不同，殷晴的笑声是春天树林里的鸟声，婉转清脆，把花朵都唤醒了；而夏春树的笑声，则是冬天雪野上突然蹿出来的一只小白熊，咯咯咯的，那笑声能把树上的雪给震落了。

金默真的很享受这样的谈话。她跟他，在一起是多么好啊！

“春树很有才华，人也好。其实，她挺喜欢你的……”殷晴的话语低低的，欲言又止。

“我的事，你不用管！”金默忽然近乎粗暴地吼了一句，他自己都被吓住了。

殷晴一下沉默了，像是被吓着了。许久，她轻声问道：“你……还好吧？你们区队的那封匿名信，都在传是你写的呢。我不信。”

又是那封可恶的匿名信！

“匿名信就是我写的，我正准备自首去呢。怎么，你害怕了吗？”金默忽然变得无耻起来，露出连他自己都很是讨厌的一副嘴脸。得不到她的爱情，那就得到她的厌恶好了，总比什么都没有，空空落落的，没有任何交集要好。

殷晴不理他了，生气地噘起嘴来，双眼瞪住了他。

沉默，两人对视着，都不说话。这沉默并没有令人不安。相反，金默只想多沉浸一会儿。处女座，禁欲系，是典型的受虐狂体质。

殷晴，她或许还是在意我的。一个念头倏地一下袭上金默的脑海，他摇晃了一下身子，像是要摔倒，他赶紧站得笔直笔直。可惜，他已经没有勇气走进那场盛会了，命中注定成不了那个与她翩翩共舞的王子。

“来，我送你去舞会吧！”他像个绅士一般邀请道。勇敢豁达的准军官金默，翩翩然地朝女孩子伸出手来。

殷晴微笑着接住了他的手。

金默想要看见的这一幕并没有发生。

军校学员金默只是紧紧地绷住了嘴唇，望着殷晴那渐渐走远了的娇小的背影，心头一阵失落。

5

金默跑到了教学主楼的三层，寻了一圈，没找到夏春树。他又去了舞会门外，打探出夏春树已经进了舞会了，便放心地打道回府了。

回到宿舍楼，路过队部，想想请假的事情还没有落实，金默略一迟疑，上前敲门。

门开了，罗双虎红头涨脸，左半边脸抽搐着，一把拽住了他："是金默啊，来得正好！赶紧进来！"

金默忐忑地进了屋，但见罗双虎从身后的床头柜里摸出两瓶酒来："安徽产，是咱们家乡酒！好喝！"他两手各擎着一瓶酒，像握着两座奖杯，催促道，"别愣着了。快拿杯子去啊！喝酒！这军校都上了一年多了，金默，你还没跟我正经八百地喝过一次酒呢。我这心里憋闷呢，你得好好陪我喝一顿。小方刚去你嫂子那儿取了点酒菜回来，本来想跟小柳好好喝一顿的，可他死活不肯。太不给老子面子了。"罗双虎说着，一把撩开了桌角边的报纸，花生米、卤牛肉各一盘，还有一大碗炖鸡汤赫然映入眼帘。这阵势显然是有备而来。

"主任，我不能喝的……"金默推辞道。

"喝杯酒能把你毒死吗？你小子毛病太多。白床单不能用，杀个鱼跟杀你似的，你还是个男人吗？你还配当个军人吗？"罗双虎打断了金默，絮絮叨叨，转身把军校发的搪瓷缸给取了出来，咚咚咚往里头倒酒，"你喝这缸子里的，这半瓶归我！两瓶酒，咱都得干了。咱俩来个一醉方休怎样？金默，说实话吧。我这班主任，被查来查去的，说不让干就干不成了。以后想跟我喝酒，还不一定有机会呢！"

金默心头惊了一下，握住了手里的搪瓷缸。

"赶紧走一个！我就瞧不上你那个东郭先生的老好人样儿！"罗双虎说。

金默什么都没再说，举起杯一饮而尽。

"够意思！这才像我老乡！来，再开一瓶。这一瓶咱还是平分。实话告诉你，从知道有人在暗中给我穿小鞋，写匿名信，我这心里头就没舒坦过。你们是我带的第一届学员，我当自己的孩子来疼。我跟光棍们同吃同住，一天24小时恨不能黏在一起，可是，竟然会有人告我？我想不通，这不成了内奸了吗？睡在身边的赫鲁晓夫，才真是阴险呢！"罗双虎猛喝一口酒，左边脸很不平静。

“匿名信是来得突然，可你不该东查西查，瞎怀疑人，把区队的空气弄得乌烟瘴气……”金默借着酒劲说。

“金默，我知道你看不惯我。就光‘跟住’那事儿，你就最不愿意干。我知道，心里都清楚。可是我先把话撂这儿，只要我罗双虎在咱区队一天，‘跟住’就不能给废了，绝对不能废！我是有历史教训的。我这手上，是出过人命的。好好的小伙子，人聪明，长相也精神，还有半年就提干了，前途一片光明。可在老家谈了个对象，对象突然跟别人跑了，要跟他崩。他受不了了。这心里一有事吧，病就找上门来了。这一病吧，提干就推后了。他更受不了了。要说这病呢，也不是啥大病。可我那个兵就是不配合治疗，整天胡思乱想。他住了院，四人间，我就把‘看住’他的人给撤了，谁想那王八羔子心眼儿多啊，晚饭后，趁着一屋子的人去遛弯儿，他就拿手枪往脑袋上一顶，去了西天了……从那以后，我做了多少场噩梦啊，梦里他那张娃娃脸，毛茸茸的小胡子上全都溅的是血。不说了，不说了。我这都快走的人了，说实话，真想把你们这一届送走了，我再走啊。来，走着！”罗双虎眼圈红了，一仰脖，又喝下一大口酒。

原来是这样啊。金默惊异着，难过着，默默地喝酒。稍许，他小心地问了句：“主任，你能走哪儿去呢？还回机关吗？”

“看军校怎么处理我了。要么就是调离学员队，要么就是转业。老子到了地方不是不能混，只是这身军装老子还没穿够呢。不甘心！”罗双虎晃晃脑袋，把剩下小半瓶酒都灌进去了。

金默不知道该怎么接话，只有闷头喝酒。

“别光喝酒，吃菜！喝鸡汤！你嫂子的手艺还不赖，回头再去我家，让你嫂子好好给你做几个菜。这一段你可是瘦得厉害。”罗双虎找了个碗给金默盛鸡汤，几滴滚烫的泪水，滴落在金灿灿的鸡汤里。

金默的心抽紧了，他不敢看罗双虎啊。此时，一个大胆的想法倏地一下冒上了头顶。写匿名信的人是可耻的，他要是冒名做了那个可耻的人，又会怎样呢？

“今天晚上，就刚才，我跟你们小柳政委大吵了一架。他让我赶紧把‘跟住’给废了，说‘跟住’是阴险的特务手段，还说我这是整人。我罗司令整过谁？你猜小柳咋说，你整谁我不能乱说，可你整的头一个人，就是金默。”罗双虎摇摇头，喝了口酒，“我是没重用你不假。金默，老大哥对不住你啊！可我真不是成心要整你。也不知道还有没有机会弥补……”罗双虎的眼睛里再一次浮上了泪花。

金默没吭气，他举起搪瓷缸，把剩下的酒喝了一半下去。那个才冒出来的念头，令他忽然勇敢起来，坦然起来。这军校生活实在是太压抑了，他真的好想做点什么出来。

“你家里的情况，小柳跟我说过。我知道你的心思，就是想多照顾照顾家里，毕业的时候离家近些。可这毕业的事儿，据说形势复杂。我是第一次带学员，分配还没多少经验。可你想啊，哪个地方来选人，挑走的肯定都是好苗子。往偏远地区的部队送人，我们也得把优秀学员往那儿送啊。你把绿蓝侠那样的弄去，他还不得去了就往回跑啊！当然，这一段绿蓝侠的进步是有目共睹的，走上正道了。毕业分配是大事，我现在不敢跟你瞎保证啥。到时候，只要是我还在这军校里头，能出力我会出力的！”罗双虎郑重地说。

金默心里一热，嘴唇动了动。他确定了，自己必须要做点什么出来。如果能让罗主任自此走出心结，摆脱阴影，对主任自己好，对大家也都好。而他，任性一回，又能怎么样呢？

“可有一点，你得听我的，一定不能谈恋爱！谈恋爱可真不是啥好事啊！还是我那个兵，感情的事情出了岔子，人就废了，多大的教训啊！再说在咱这军校里头，大眼瞪小眼的，那么多光棍，眼瞅着你一个人整天跟个女生腻腻歪歪的，别人会有什么想法？能对你心服口服吗？投票选骨干，入党，谁会真心投你一票啊！”罗双虎语重心长，突然眉毛一扬，像是随口问道，“跟新闻系那个丫头，叫殷晴的，还有来往吗？”

金默不吭气，使劲摇头，摇晃得眼泪都要出来了。他把搪瓷缸里剩下的酒猛灌下去，一仰脖，全喝了。如果自己站出来，接住了那封可耻的匿名信，殷晴又会怎么看他呢？她是不会相信的，她知道自己是什么样的人。他偏偏想要冒险，做一回面上的小人，真正的英雄。要让她也看一看，他金默是条汉子。让她的目光，能在他脸上停留多久就多久吧。

“断了好！断了好！”罗双虎拍拍金默的肩膀，脸上的表情很是满意，“金默，不是我说你啊，你可是有点一根筋啊！领导让你干什么，你总得问个一二三，就从没有痛快地应下来过。你这是什么意思？根本就是没把领导放在眼睛里嘛！在军校，可是不兴这样的。今后，你得痛快点才行！我想好了，前一段委屈你了，下学期，只要我还在，一定先给你个团支书当当。”罗双虎语重心长。

“主任，我不想当官。”金默说。

“你少废话！这一阵儿，我先不用你，知道你最烦‘跟住’。过一段吧，你得帮我个忙，你把范豫中，老范，给我‘跟住’了。龟孙！这小子最近有点不对劲儿，一到周日就要往外跑。我派了几个人去，都被他给甩丢了。这样下去，迟早要出事儿！”罗双虎说。

金默点头：“好的主任，我先答应你。可‘跟住’这事儿，绝对不是个好事，弊大于利，有很多不良后果。你再好好想想。”

“好吧，那我再想想看。对了，你赶紧把这出入证收了！知道你一晚上都在我门口转悠，是不是想请假？你这个人，就是死要面子活受罪。有事儿说。出入证，你赶紧收着！”罗双虎说着，从抽屉里取出了出入证，一把塞到了金默的手里。

罗双虎，你值得交。金默心里热腾腾的，他站起身，一字一顿道：“主任，有件事我早想说了。匿名信的事情，别再查了。信，是我写的。”

一声脆响，罗双虎惊得一下把手里的酒瓶扔地上了。

第十四章　骨干的神秘约会

1

时间真快，又一个春天来了。是军校第二年的第二个学期。

从冬天到春天，光棍区队的副区队长范豫中一直行踪诡秘，很有些反常。他几乎每个礼拜天都要求外出，霸着个出入证，还理直气壮的。老范外出的理由像江南春天里的雨水一般充沛，要么是大雨唰唰，要么就是细雨潇潇，花样常换常新。这次老范说了，我得给区队的阅览室买些书去，缺吃少穿不中，文化资源的缺乏更不中。下次老范说了，咱们业余时间不能总是甩扑克呀，得买些磁带啥的，平时多听听音乐，熏一熏，身上多长些艺术细胞没坏处。再下次，老范又开口了，谁也别跟我争啊，没见雨季到了嘛，司令家的小厨房怕是要漏水，我得上街给买块毡布去。

对于老范的频繁外出，罗双虎心里也不是没起疑。起疑之后他跟老范谈过心，却并没有谈出啥来。老范的嘴巴历来是毫不利人，专门利己。议论起旁人的事儿来那是一江春水向东流，浪花拍岸滔滔不绝。遇见跟自己利益相关的事儿，他就成了个又闷又紧的油葫芦，一滴油都不露。

老范每次外出都穿得极其朴素，也就是把军装的肩章和领花一卸，提着个灰不溜秋的旅行包就走，看那架势绝对不像是约会。罗双虎暗中派了人“跟住”过老范，可一连派出去了三个人，却是一个都没跟上他。都是一到新街口，准定被老范给甩掉。平日里老范总是“跟住”这个“跟住”那个的，“反跟住”的经验显然十分丰富。外出猖獗又武装到牙齿的老范，让班主任罗双虎揪起了一颗心。

周日一早，金默背上军用挎包，准备到图书馆用功去。一出宿舍门，正撞上叉着腰在走廊上转悠的罗双虎。一大早，蔡明亮在政委小柳的宿舍里头接电话，又是他那个妈无疑。门开着，一走廊都能听见蔡明亮满口叽里咕噜的沪语。罗双虎溜达来溜达去的，明显对秀才不放心。

平日里学员们接打电话，一般都是去政委小柳的宿舍兼阅览室里。队部的电话，罗双虎不让碰，怕耽误正经事儿。学员接电话，只要没事儿，罗双虎都要溜达进去，玩玩儿望远镜，赏赏花草，梳头，掏耳朵，貌似无心，其实是全方位监听。学员里，像蔡明亮这样打电话时操着一口鸟语的，罗双虎是完全摸不清状况，根本像听外语一般头疼。好在区队上的大多数学员都是长江以北的，语言接收上还算比较顺畅。罗双虎坐在边上举着把梳子不停地梳头，要么就是站在窗口举把望远镜瞭望，完全就是一台人体监听器。电话这边说的什么，他自然是全装进了耳朵里。电话那边说了啥，他大多也能猜个八九不离十。

后来还是小柳政委三番五次跟他提意见，说是学员接听电话的时候，最好能回避一下以示尊重。罗双虎起先还有点不以为然，后来勉强答应了。再有学员接打电话，他就不再往屋子里溜达了。小柳说得也不是没道理，要说自己手下的这些光棍，都是二十郎当岁的大小伙子了，要搁在农村，不少都是孩儿他爹了，谁还能没个隐秘话要说呢?

眼前，金默走过去跟处于游离状态的监听器——罗主任打了个招呼。罗双虎递了根烟给他，又给他点上，于是两个人停下来说话，很亲密的样子。在外人看来，罗司令简直是深爱着金默啊。

上学期，金默把写匿名信的事顶了下来之后，罗双虎对金默一下子就疏远了，把他又一次打入了冷宫。任何时候，金默都能感觉到他冰冷目光的审视。金默心里很坦然，并不怕罗双虎就此再把他打入十八层地狱。其实，除了毕业时的那一道箍在脑袋上的紧箍咒，金默是真没什么好怕的。在这军校里面，他并没有什么好怕失去的。他的初衷很简单，一是压抑的内心结出的果实，纯粹的个人英雄主义；二就是想治病救人，想要把罗双虎心头的那个结打开，别看谁都是坏人，都是想要害他的人。金默并不是以救世主自居，想要牺牲自己来拯救罗双虎。他自觉没有那么高尚。只是眼前军校的环境，他太不喜欢。如果做一点什么能改变的话，他愿意做一点出来。

可金默很快就觉出了自己的天真，罗双虎的心结似乎并没有那么容易就打开。“跟住”还在时时刻刻进行，队部办公室里的那个“忍”字依然铺天盖地。党员的候选名单上，金默的名字已经被重重地勾掉了。

事情的转机出现在寒假里。春节前，罗双虎忽然来了小城。这一趟家访，令他们之间跌到冰点的温度再度回升。寒假归来，罗双虎的态度有了180度的大转弯。区队已经正式发展了范豫中和向武两名党员，蔡明亮的入党申请书也被批准了，成为了一名预备党员。作为第三梯队，金默的名字被立即补充了上去。罗双虎私下更是跟金默说了，等到军校第三年，重新选拔骨干的时候，区队长一职是他的。罗双虎对自己态度上的大转弯，金默并没有深想。或许，只是纯粹出于同情吧。

这学期开学，又有一件事困扰着罗双虎。就是关于他要调走的事儿，时隐时现。最新的消息是，罗双虎马上就要调走，调到分校的教导队去。新班主任的人选也被传得影影绰绰的，是系里的一位副主任。这一阵子，那位副主任已经跟光棍区队上的八九个人喝了几次酒了，见了光棍们也是格外热情。在这样的时候，罗双虎的处境就于微妙之中很有几分尴尬。过去有几个他信得过的学员，而今对他说话办事都不那么听招呼了。有几个小子在跟那个副主任喝了几次酒后，对罗双虎的态度更是有了一份疏远。

“金默，这又去用功啊！大礼拜天的，天这么好，不出去走走？没有出入证不怕，我这儿还留了一个，要不给你吧？”罗双虎说。

“不了主任，图书馆挺静的，待一天挺好！”金默应。

“今天就别去图书馆了！我看你都快长在图书馆了。交给你个任务！你心细，一定能办好！”罗双虎说。

金默心里有预感，大礼拜天的，肯定又是“跟住”谁了，而且十有八九是跟住老范。上学期跟罗双虎的那一次长谈，金默对“跟住”的历史渊源有了了解，对罗双虎的带兵策略也有了一定的理解。但他内心对“跟住”还是着实反感，真不想再“跟住”谁了。眼前，金默一边摆手说“不”，一边赶紧扭身下楼。他小跑了几步，一扭脸，望见了罗双虎那张气哼哼的脸，左边抽搐得很厉害。罗双虎光是生气也就罢了，他的脸上明显还罩着一层灰溜溜的落寞。金默的脚步不由得停下了，回转身慢腾腾地往楼梯上走。等随着罗双虎一起进到队部，再看见桌上一摞的“忍”字，像是要做批发生意。金默的心彻底软了，知道罗主任心里依旧闹腾得厉害，正是因为对好多事忍不住，于是才要反复强调那个“忍”字。

“主任，有句话不知当讲不当讲，可我还是想说出来。‘跟住’这事儿，我知道你有心病，可还是彻底废除了吧。‘跟住’一天不废，怕是还得有人写匿名信。”金默忍了又忍，开口说道。

罗双虎的脸一沉，左半拉脸哆嗦了几下：“写就写！谁爱写谁写，老子不怕！只要老子当一天的主任，这‘跟住’就得接着来！”

金默没法再说话了。

“金默，这老范神经兮兮的，怕是要出事。你给我看住了。我答应你，这是最后一次让你执行‘跟住’任务了，最后一次……”罗双虎凑近金默耳边悄悄说。

金默的脑门突突突地跳，两侧的太阳穴直疼。

2

“跟住”范豫中，金默是真不情愿。“跟住”谁，他都是一万个不情愿。可眼前他只能又一次妥协了。班主任罗双虎和他之间刚刚重新构建起来的那层信任，一个生硬直接的拒绝，虽不至于令它轰然倒塌，可自己还是要爱惜它、维护它。眼前罗双虎四面楚歌，自己更不能做势利小人。而刚刚过去的那个寒假，罗双虎的那次家访，更是雪中送炭一般帮金默解决了不少实际困难，他得知恩图报。

金默回宿舍简单换了身便装，就赶去军校门口的公共汽车站等老范。当然，他没敢明目张胆地站在公交站牌底下，而是躲到了离站牌不远的一家杂货铺里。透过杂货铺那灰蒙蒙的玻璃窗，他像老电影里的地下工作者一般，眼神警觉地观望着外面的世界。临出门他把一副墨镜揣在了口袋里，现在赶紧戴上了。墨镜还是舅舅从海南回来时带给他的。瞥见墨镜的一刻，他的心隐隐地疼了一下。舅舅去海南后，只回过一次小城，厂子倒闭了，他回来办买断工龄的手续，原来办的是停薪留职。舅舅回到小城很是招摇，东请吃西请喝，说是在海南开了个像模像样的餐馆。给金默兄弟买了一堆花花绿绿的印着椰林大海图样的衣服不说，还送了金默这副墨镜。而母亲告诉金默的实情是——舅舅在海南开了个小饭铺，勉强维持着生活。这次回小城来，还跟金默母亲借了钱。

9点10分，老范终于出现了。老范没有换便装，只是把军装夏常服的肩章和领花卸去了。这是军校里最简易的外出便装。老范的面相比一般同学老成，穿上这一身，令他看上去更像个面相敦厚的退伍军人。他身上背的那个旅行包很落伍，青不青、灰不灰的颜色，上头画着金光闪闪的天安门，城楼上方是四个字“首都北京”。这样的旅行包提在老范手里，配合他的那身标配，俨然是个20世纪60年代出差在外的大队支书。

老范上了辆28路公共汽车，快关上车门的那一刻，金默赶在后头也跳上了车。金默立在车尾的人群里，把头像鸵鸟一般扎在各样的脑袋里。老范站在车中间，脸膛红红的，兴冲冲地望向车窗外。窗外晃过的，是绿色的梧桐树叶和树叶间流动的春光。当春日的阳光晃过金默那张躲躲闪闪的面孔时，他忽然觉得双眼有一种灼烧感。在军校里待了两年半了，与以往比，他不再那么向往军校大门外自由自在的生活了。他只是想，能在图书馆里安静地待上一天，就是巨大的幸福。而眼前，自己这般猥琐困顿，扮演着跟踪者的角色，这样的活法，有多大的意义可寻呢？这样想着的时候，金默忽然有了一种冲动，想要立即跳下车去，结束这无聊的任务。也就在这时，车子停靠在了站上。车窗外，一家影院的大幅海报忽然映入了他的眼帘。

吸引金默目光的，不是那幅电影海报，而是海报下立着的一个女人和一个孩子的身影。那女人的背影太像母亲了。虽然知道不会是母亲，但金默的心还是猛烈地蹦跳了一下，嗓子眼儿热热的，像是被什么堵住了。那个跟年轻时的母亲很有几分神似的女人背对着他，背后垂着两条大麻花辫，穿一身素净的浅色裙装，一只手里拉着个半大的男孩，一只手正捋着鬓边的散发。这一幕在过往的岁月里，是多么亲切而熟悉的一幕啊。上学前，母亲叮嘱他放学后去电影院门口找她和弟弟。每次他背着书包，气喘吁吁赶到影院门口的时候，海报下立着的，永远都是这样的两个身影。

沿着长江往西去，两个小时的火车车程之后，是一座长江边的小城。江边上，一座灰蒙蒙的小楼的边上，接出来的一幢小房子，就是金默的家。家里有两个人在等他，亲爱的母亲和弟弟。

寒假里，金默下了火车，转了公共汽车，一路朝家赶。临近江边，他第一眼望见的景象，令他的脑子里轰的就是一声巨响，突如其来的爆炸简直要把他炸飞了。金默望见他家的小房子孤零零地立在江边，原本倚傍的那幢小楼，已经变成了一堆废墟。正是黄昏，走近些，还能望见小房子的灯光。金默只想快点跑到家门口，不想腿脚却不听使唤一般，软腾腾的使不上劲儿。好不容易趔趄着扑到家门口，敲了几下门。玻璃窗上，一下印出弟弟金焰那张略带惊恐的脸。母亲没在家，弟弟照旧被锁在家里。

小城里早就嚷嚷了一阵儿了，江边的老旧房屋都在被拆迁之列。在母亲的来信里，她对金默也提到了这件事。只是，他们母子俩谁也没想到，拆迁来得这么快，快得让人没个思想准备。

当年，父亲从部队转业到了山东临沂，一座靠近山东老家的小县城。短短三个月，父亲突然被一场来势凶猛的疾病击倒，撒手人寰。临终前，父亲对母亲说："我是医生，知道自己的病情，我要先走一步了。你拖着两个孩子不容易，我想了又想，你还是回你的老家，回南方去吧。先去找部队，找我的老部队，部队不会不管你们的。关系安置到你的家乡就好办了！家乡那边好歹有金默的舅舅在，有人照顾你们，我就放心了……"几年前，金默的爷爷奶奶先后离世了，父亲是个独子，病危之时，他最放心不下的，就是自己的妻子和两个孩子。

现实却远远没有父亲想的那么理想。部队帮着金默母子重新把户口落到了南方小城。母亲没有再向组织上提出任何旁的请求，就带着两个孩子回到了家乡。回了小城，三个人却连个固定的住处都没有，只能临时借住在金默的舅舅家。后来还是靠着部队领导疏通关系，才争取到这江边的一处地方。舅舅找了工厂里的工友，买砖买水泥，用了半个月的时间，才盖起了这幢小屋。再后来，又是舅舅求人，在小屋后头盖了间小厨房。

母亲在中学的图书馆工作，并不是正式编制，只是临时聘用。而今，他们母子三人又能住到哪里去呢？寒假里，母亲外出去想办法，金默在家带弟弟。

一个落雪的黄昏，房门的窗玻璃上，突然映上了一张男人的面孔。金默正在喂弟弟吃饭，背对着门，并没有看见。他一勺一勺地喂，弟弟一口一口地吃，突然，弟弟手舞足蹈地指向玻璃窗。金默走过去拉开门，见到的是个满脸泪痕、胡子拉碴的男人。立在他家小屋门前许久的，竟是军校的班主任罗双虎。

来家访的罗双虎来得还真是时候，通过他的努力，金默母亲的学校答应帮着解决住房问题。寒假结束前，金默一家终于搬进了学校图书馆后头的一间小仓库里。

一个黄昏，金默送罗双虎离开小城，两个人沿着江边往长途车站去。夕阳的余晖下，长江水一片金黄。罗双虎吸着烟，烟雾遮住了他不断抽搐的半边脸。罗双虎对金默说："金默，军校还剩两年半了，你在军校要好好的！给我争气！以前只知道你的情况特殊，但没想到这么困难。毕业的时候，区队只要有一个南京的名额，我罗双虎就一定给你争取到！"

眼前，金默忽然就想到寒假里的种种，江边的一幕，金默的心里一下热腾腾的，眼睛也热起来。毕业后留南京，那是他一直以来的一个梦啊。北京、上海、广州那样的大城市，他不是不想去，可是离家都太远了。去新疆、西藏带兵，金默也不是想要逃避，可是他的情况的确不允许。他若一去就十年八年的，母亲和弟弟的生活，他是一点儿都帮不上忙了。只要离家近，对他就是最好的，地方小些也是好的。毕业后去了新单位，不一定有条件立即接了母亲和弟弟来。但是只要离家近一些，就能让母亲和弟弟感觉安心。若真能留校，一切顺理成章，对他是再好不过了。南京是省会，教育和医疗都能跟上，弟弟下一步要上学的事也好解决。

车开出去许久了，金默的眼前还晃动着海报下那对母子的身影，梧桐叶幻化成了一层嫩绿色的背景，湿漉漉的，突然洒满了雨水。金默擦拭了一下眼睛，他决定把这场"跟住"坚持下来。这是最后一次了，再咬咬牙就过去了。罗双虎的信任在前，他不能辜负；罗双虎的承诺在后，他心存感激，必须有所回报。

车到新街口，老范下了车，步子明显大了起来。他简直就是一路小跑着，从人行横道的这边飞快地冲到了马路的那一边。幸好金默的动作快，否则一个红绿灯的转换频率，人流里还真就望不见老范的方脑袋了。老范小跑着，追上了一辆就要启动的公共汽车，竟还是28路车，只是方向相反，是趟回头的车。好在这是个大站，上车的人多，像金默一样赶在后头的乘客还有几个，否则，金默一准儿就要被甩掉了。

28路车的车厢里，金默找到了一个座位。他远远地望见老范起身给老年人让座，又塞给一个咧着嘴不停哭泣的小男孩一个大苹果，还帮着一个进城的菜农把菜筐提到了车窗边上。老范的表现，活脱就是雷锋进城。金默暗想，平日里这老范的嘴巴虽然碎了一些，人倒还是个热心肠。

5站地后，金默跟着老范下了28路车，随后又转上了一辆34路车。这时金默已经慢慢厘清了思路。为什么那么多人都在新街口跟丢了老范？是因为老范采取的是障眼法。明明只用坐5站地到达的地方，他偏偏坐了10站地，再往回倒上5站地。这样的法子，也就只有老范想得出。

老范一路兴致勃勃地下了车，走上了一条小街。小街不宽，两边都住着人家。街边上是些卖馄饨、面条的小吃店，还有支了个大锅卖锅贴、生煎包的，还有卖话梅、糖果的小杂货铺。金默的鼻子被这油汪汪、甜丝丝的气息充满着，不由得想起了家乡小城。南京这座城市稍微老旧一点的地方，就跟小城特别像。他不远不近地跟着老范，心里想，等摸清了老范的去向，自己就打道回府。到路上找个邮局，先给家里挂个电话去。这样一想，眼神一恍惚，前头的老范竟然不见了。

金默一下就晕了。天哪！刚才明明还在眼前的人，怎么就会突然不见了呢？他紧跑了几步，又退后跑了几步，左看右看，满面慌张。小街上并没有几个人，都面露诧异地望着他。因为，金默的神情着实太奇怪了，失魂落魄如一只丧家之犬。

金默决定不往前走了，他判断范豫中就在附近，不会走远。就是不知道他是发现了自己，还是有别的什么情况。金默踱进了街边的一家卖话梅、糖果的小铺子，在里头转悠了一圈，眼睛始终望着门外。柜台后头坐着个脑后盘髻的中年女人，警觉地望着他并不言语。金默赶紧来了包话梅。看话梅的品种不赖，他又连要了两包。每次外出，他都要给小柳带两包话梅回去，小柳爱吃话梅，爱喝有色甜饮料。

也就在这时，他望见一个人从小街对面的一家小宾馆走了出来，正是被自己看丢了的老范。老范换了身行头，精神气质也随之升级更新了。金默认得老范的这一身衣服，完全是蔡秀才的私人定制。深蓝色的中山装，加上一条同样质地和颜色的裤子。这身衣服是蔡秀才的压箱宝物不假，也是光棍区队男生们的礼服。别看蔡秀才为人小气，可借衣服这事倒表现得格外大气，谁来借都慷慨出手。当然，回扣自然是缺不了的。一包茴香豆，一包话梅，或者是几只小笼包也可以。老范个头虽跟蔡秀才差不多，但是套上这身民国精英的行头，却完全是两个世界的人。不用仔细看，差别就在那里呢。老范要结实一些，脑袋大，气质也硬。同样的一身衣服，蔡秀才穿上，像是梁实秋的学生，而老范就是杜月笙的手下了。

金默跃身跟上了老范。两个人一前一后走过这条小街，峰回路转，一座堂皇的大门巍然屹立于眼前。那是南京一所著名的艺术院校的大门。校门口，一个长发飘飘的姑娘正等在那里，一见老范，便使劲朝他挥动双手。那姑娘怎么看起来有几分面熟呢？金默正奇怪。老范已经甩开步子，大踏步地奔过去了。两个人接上头，老范和姑娘说着话，一路朝校园里走去了。

金默不能再往前走了。天！那姑娘竟是有过一面之缘的安琪——夏春树父母的战友、干休所军医林阿姨的女儿。去年春天里，金默一行人去林阿姨家吃过饭的。

金默骤然收住了步子，他觉得自己此行的任务已经顺利完成了。

3

回校的途中，金默没有急着坐上公共汽车，他一个人沿着街边的林荫道慢慢地走着，想着找个邮局给家里打个电话。再有，他想把自己的心思理一理，回去后，他怎么跟罗双虎汇报呢?

军校学员和驻地的姑娘谈恋爱，一旦被发现，军校方面采取的都是棒打鸳鸯的处理办法。恋爱对象在身边，一方又完全是自由身，恋爱的温度很容易就升上去了。若是再做出点出格的事情来，着实不好收场。军校领导对此都是采取铁腕政策，坚决镇压和制止。而罗双虎对谈恋爱这事尤其反感，他的话永远就是那几句："都给我憋住了！憋不死人！想要前途，就别那么骚情。老子28岁才结婚，30岁有了儿子，啥也没耽误！"

老范的女朋友，竟然是可爱的安琪姑娘。这安琪姑娘什么眼神啊，怎么就看上了老范呢？金默摇摇头，苦笑了一下。老范的做派和为人，他是相当反感的。可以金默的原则，他不想出卖任何人，也不想把老范和安琪姑娘和盘托出。要么干脆告诉罗双虎，自己跟丢了人算了。这样想来，又觉得辜负罗双虎对自己的一番信任。

金默一个人在街头晃悠着，心思沉沉的。也就在这时，前头的人流中，一个熟悉的背影忽然出现了，那是一个身着军装的年轻男人。这人正是小柳政委，他的身旁，是一个身形俏丽的姑娘。暖融融的春光里，她穿一件湖蓝色的半长风衣，一头垂到腰际的长发，却有几分枯黄似的。两个人并肩走着，走到一块指示牌下，停步看了看，一同朝一条小巷拐了进去。那个女子金默是认得的，正是文化馆的田芳菲老师。金默情不自禁地跟了几步，眼见两人朝一家精神病专科医院的门诊楼走去，他才骤然刹住了脚步。区队上关于小柳政委有了新女朋友的传闻，陡然间跃上金默的心头。

金默摸了摸口袋里的那两包话梅，心里沉沉的。他用力晃了晃脑袋，像是要晃掉那个如柳絮一般纷乱聒噪的传言。

4

杜鹃嫂子已经很久没来军校探亲了。

柳云峰当年是正宗的文艺骨干。读本科的时候，他的男声独唱《小白杨》还在市大学生文艺汇演中拿过大奖呢。可这一段他明显有点闷闷的，有点闲工夫除了捧着本书发呆，就是一个人绕着操场傻走。他的女朋友杜鹃自打上次探亲回去，就没给小柳政委再来过一个电话。

光棍区队里，是个傻子也都看明白了。杜鹃嫂子那颗热腾腾的心，是被小柳给伤了。上次来探亲，杜鹃嫂子连结婚证明都开好了，一心只想成为小柳的家属。她那殷切的心意，怕是把月下老人连带送子观音都给感动了，早早都埋伏在他俩的左右了，可谁曾想小柳政委愣是给推了。

小柳政委宿舍的书桌上，相框里杜鹃嫂子的相片，就是那张“她在丛中笑”的照片，不知啥时候给撤去了，换上的是柳云峰本人的标准军装照。照片里政委柳云峰戴着副黑框圆眼镜，面色凝重，像是怀有无限的心事。镜框后的两只眼瞪得溜圆，仿佛跟谁赌着气。照片戳在那儿，又是个黑框的，中午来阅览室看书的人冷不丁瞅上一眼，心头都有几分怵，赶紧都把目光移走。课余时间，小柳政委手里捧本书，就坐在自己的相片前看书。书看累了，就立到窗前长时间地发愣。

班主任罗双虎把一切看在了眼里，鼻子里不由得哼了一声，想着找他谈谈。可是人家小柳一没耽误工作、二没犯错误，除了把自己的照片安排得过于显著和肃穆了一些，又没啥别的把柄落到自己手里，光说几句不咸不淡的话，怕是小柳不能心服。谈深了吧，又怕两个人再吵架。两个人干仗不是一次两次了。有心找个学员“跟住”他一次吧，又觉得不合适。事情一旦被小柳察觉，两个人工作上就不好配合了。于是罗双虎只能望着柳云峰那颀长的背影沉默着，左半边脸突突突地猛然抽搐几下作罢。

这个周日的午后，学员卢一平到小柳宿舍接了个长途电话。电话还没听完，便双目喷火、泪如泉涌。甩门出来的时候，把个在门口抽烟的罗双虎和范豫中都吓了一跳。

小柳的宿舍里有个记录本，是政委特意让公务员小方做的。记录本上密匝匝记录的，是学员收取信件和汇款单的情况。罗双虎一查，坏了，这卢一平的上一封信，是在两周前才接到的。也就是说，卢一平已经有两个礼拜没有接收到来自西北的密电码——他对象韩雪的信件了。怪不得这一段卢一平神经兮兮、魂不守舍的。

罗双虎去找小柳政委，却被公务员小方告知，小柳政委外出了。说是一早政委就接到个女人的电话，说是要去趟医院。罗双虎这才记起，早饭时，小柳是跟他说过今天要外出的。到底是去医院，还是会女人？罗双虎心里的火腾一下就起来了，一把将桌上放着柳云峰照片的相框啪地给按倒了。

5

午后回到军校，金默的两只眼睛看东西异常模糊，有分泌物一堆堆往外涌。他在心里对自己说：“看，看，报应来了！以后绝对不能干‘跟住’的事了。”晚上，小柳政委陪他到门诊部看眼睛，医生说是急性结膜炎，给开了点消炎的眼药水和眼药膏，叮嘱他注意用眼卫生，多喝水。

南方的春夜，绿色植物散发出的淡淡的香气铺就了夜的底色。丁香花缥缈的香气，则是点缀其中的奇异的花纹。一弯月牙儿挂在天际，一星半点的星光与之遥遥相伴。金默与小柳出了门诊部，并肩走过军校的林荫道，走向了操场。

两个人谁都没有说话，极有默契地绕着操场跑起来，小柳在前，金默在后，一气儿跑完了5000米。自打失恋以后，这5000米成了熄灯前金默必备的功课。离熄灯还有些时间，两个人站到了主席台下，一起吸起烟来。这时，女生宿舍楼的方向，忽然传来一阵歌声，那是一个女生高亢而沉着的歌声——

……有时候我觉得自己
像一只小小鸟
想要飞
却怎么也飞不高
也许有一天我栖上了枝头
却成为猎人的目标
我飞上了青天才发现
自己从此无依无靠

每次到了夜深人静的时候

我总是睡不着
我怀疑是不是只有我的明天
没有变得更好
未来会怎样究竟有谁会知道
幸福是否只是一种传说
我永远都找不到
……

那歌声澄澈明净，有忧伤，却并不是无可救药的悲哀，是种不服输的顽强。往常金默跑步的时候也时常会听到。那是女生夏春树的歌声，从女生宿舍的楼顶传出的。

金默一动不动地把整首歌都听完了，连手上的烟蒂把他的手指烫了一下都浑然不觉。

身边，小柳开口了："我不喜欢这首歌，苦歪歪、悲切切。一个男人，要做就做一只鹰。"

金默说："哪有那么多的机会去做鹰呢？"

小柳点头："我想好了，迟早要去野战部队蹲一蹲。咱这军校里，当兵的感觉出不来！"

金默回道："我能理解你，就怕杜鹃嫂子舍不得你去。"

小柳愣了下，转移话题："怎么样，当勇士的感觉不错吧？"

金默愣了。

"认下那封匿名信，你干得真是荒唐！你真能拯救老罗吗？你能就此造福咱们区队吗？这样的英雄，你还是少当吧。也就是老罗，算是个善良的老男人了。要是遇见个狡诈阴险之徒，你死定了啊，我的战友。"小柳语带嘲讽。

金默点头："说得都对。"

小柳吐了口烟圈出来："区队的光棍们都把你当英雄来模仿呢。这已经有三四个人出来自首了，说是匿名信是他们写的。"

金默惊了。

小柳又说："金默，夏春树喜欢你，你是真不知道吗？"

金默赶紧摇头："哪有！"

这时，白天在街上见到的那个俏丽的身影在金默的眼前闪了一下。他幽幽地问了一句："我的事儿你就别操心了。怎么好久没有杜鹃嫂子的消息了？"

小柳闷头抽烟，不接话。

“今天上午，我在街上看见你了，还有……小田老师。”金默又说。

小柳依旧不说话，只点点头，表情磊落，像是一点儿也不觉得意外。

金默便只好沉默了。

歌声再次传来，是那首压轴的《答案在风中飘荡》。

…

How many roads must a man walk down

Before you call him a man

How many seas must a white dove sail

Before she sleeps in the sand

…

“一个男人要走过多少路，才能成为男人？这不是在问我吗？以后的事儿，谁说得清。”小柳说完，不待金默回答，掐灭手里的烟头，顾自大踏步地朝宿舍楼走去了。

“你等等！”金默追上来，把上午外出买到的那两包话梅塞到了小柳的手里，“不许你辜负杜鹃嫂子！”金默气哼哼地喊出一句。

6

两个人才走上男生宿舍楼的大厅，就见绿蓝侠坐在值班员的桌子后头，面前铺着一摞稿纸，呆若木鸡。

“咦，怪侠，怎么是你？晚上不是卢一平的头岗吗？”小柳政委问道。

“报告政委，卢一平闹情绪呢，已经被罗主任接到队部住下了，我代岗。”绿蓝侠起立，行了个军礼报告道。

“一平？他怎么了？”小柳问。

“一平的女朋友韩雪在闹绝食，这都已经是第三天了。说是人已经瘦得脱了形了……”绿蓝侠回答。

“这好好的，怎么突然闹起什么绝食来了？”金默问。

“我听秀才说啊，是前一段韩雪突然遇见了个追求者，名字挺带劲儿的，叫个啥曹猛。曹猛跟韩雪一个厂子，是保卫科的小科长。他一来厂子吧，就看上了韩雪，追得特别紧，每天都在厂子门口等韩雪下班不说，还帮着韩雪和她妈妈干这干那的。韩雪是左躲右躲，可韩雪妈特别热情，一心想让曹猛当女婿，背地里连谈婚论嫁的事情都说起来了。韩雪妈催得紧，非让韩雪今年'五一'就跟曹猛结婚。我的天哪，这是逼婚呢。韩雪这就闹上绝食了，不吃不喝这是第三天了……"绿蓝侠说。

"那得赶紧想办法啊！"小柳急切道。

"从早到晚，韩雪她妈来了好几次电话了，一个劲儿催一平回去一趟，说是韩雪只听一平的。可一平一次次找罗主任请假，主任就是不批。"绿蓝侠说。

"不成！这样下去会出人命的！"小柳眉头锁得紧紧的，大跨步朝楼上奔去。

第十五章　为了兄弟而战

1

熄灯号吹响了，金默大睁着眼躺在铺位上毫无睡意。蔡明亮在另一张上铺上叨叨咕咕的，不用看就能想得出，他一定是半跪在上铺，双手合十，口中念念有词。上学期期末，绿蓝侠的那一场自我救赎成功之后，他每晚的祷告就自动取消了。可这爱好却传染给了蔡明亮。每晚临睡前，蔡明亮总是把他的鞋子好好排在铺位下，而后爬到上铺上开始做祷告。祷告时，他究竟说了什么没有人知道，他给鞋子排队时候说的话，金默是听见了。蔡明亮说，鞋子啊，你们好好待着，明天早上，我希望还能穿上你们啊。

有次晚上值班站岗，金默依然替了好几个人的岗。半夜里，蔡明亮却像个幽灵一般飘到了楼下。他在金默身边转悠来转悠去的，像在梦游。终于他突然站定了，对金默说："金默，这阵儿我突然很怕死。要是我活过了40岁，我一定要请你喝酒的。"他这没头没脑的一句话，金默并不觉得太吃惊。平日里蔡明亮语不惊人死不休的那股子劲儿，大家都早习惯了。

对面的床铺空荡荡的，卢一平已经被安排到了罗双虎的宿舍小住了。金默上铺的绿蓝侠在不停地翻身，又烙起饼来了。一边烙饼一边叹气，像个为庄稼长势担忧的老农民。蔡明亮已经祷告完毕，安静地躺在那里，无声无息，像一条游入了大海的鱼。

宿舍的窗子是半开的，夜晚的风吹进来，空气里有丁香花的甘甜。女生宿舍楼的方向，似乎有隐隐的笑声传来，像是海市蜃楼上飘来的。金默忍不住轻叹了一口气。还是女孩子的心事少一些啊，听起来，她们的笑声总是那样无忧无虑。细想一下，可也不对。在这个世界上，哪一个人的生活都不缺少疮疮孔孔的一面。母亲经常说的人生是苦多乐少，实在是有道理的。各人都有各人的艰难。看到了旁人生活里的种种不易，不是要提升自己的优越感，去俯瞰众生可怜别人。而是要明白，没有什么大不了的，一切，都会过去的。

平日里，金默和卢一平并没有太多的来往，跟大家一样，光看着他写情书、收情书了。光棍们只以为卢一平幸福地沉浸在爱情的滋养中，不曾想背负的却是一份沉重甚至很有几分苦涩的恋情。而今他的女朋友韩雪正在一条迷途上越走越远，卢一平想要赶去营救却分身乏术，只能在难言的痛苦中熬过这漫漫长夜了。

也就是今天晚上，金默才知道了卢一平和他的女朋友韩雪的故事。卢一平的父亲是名转业军人，带着在驻地结识的一位云南姑娘，回到了群山环绕的西北小城安家。卢一平两岁那年，正是“文革”里派性斗争最激烈的一段，小城里乱得很。一个黄昏，卢一平的父亲下班归来，就快走到家门口了，却被两派混战中的一只手榴弹击中了，当即被砸断了一条腿。伤口血流不止，得赶紧往大医院送。可造反派封锁了出山的路，车子根本出不去。卢一平的父亲终因失血过多，在半道上就断了气。卢一平的母亲很是伤心，不愿意再在小城生活下去了，不久她就回了云南。卢一平的爷爷赶来把孙子带走了。奶奶去得早，祖孙俩就在爷爷工作了大半辈子的小火车站上安了家。巡道的时候，爷爷就把年幼的孙子用个布包袱裹牢实了，挂在脖子上，背在前胸。寒来暑往，卢一平在爷爷身边一天天长大了。后来，他去了县城读中学。高一那年，爷爷去世了，卢一平住进了学校。寒暑假的时候，他则一个人回到小站上，在那间他和爷爷曾经共同生活过的小屋里独自住上一段。

从小到大，韩雪的身边，则只有一个妈妈。韩雪两岁的时候，她的爸爸妈妈就离婚了。爸爸去了外乡，再无音信。

卢一平和韩雪从上初一起就在一个班上了，两个人是不知不觉间好上的。那年头离婚的家庭不多，尤其在小县城里，简直是凤毛麟角。不说是活在探照灯底下，却也难免被人指指戳戳。近乎自闭的韩雪，却对同桌的卢一平格外善意，有什么心里话都愿意跟卢一平说。同样的不够完整的家庭，生活中猝不及防的一波三折，令两个孩子之间的那一层怜惜和同情，还有友爱，如春天的柳树枝丫一般，悄然吐绿、抽枝。

高考前，他们为未来制订好了计划。成绩优异的卢一平报考了军校，是一直在默默照顾他的班主任为他出的主意。班主任老师说，你上了军校，以后是部队上的人了，就是彻底有了家了。同样成绩优秀的韩雪想到的，就是走到天涯海角，她也愿意跟着卢一平。她的志愿表跟卢一平一模一样，像是复印出来的一份。这理想太壮美也太诱人，一直到上了高考的考场，韩雪脑子里的那根弦都是绷着的。或许是太紧张了，第一天的考试，语文题才做了一半，韩雪竟然晕倒在了高考的考场上。

好歹坚持着把其他的考试应付过去，苦苦等到发榜时，韩雪是预料中的名落孙山。

卢一平一个人来了军校，随身带着的，是韩雪的照片和一把口琴。那把口琴，是爷爷留给他的。小时候，有一次爷爷巡道归来，捡了把口琴回来。年幼的卢一平把口琴放到嘴边，竟吹出来格外悦耳的动静来。过了不久，爷爷就用自己积攒下来的工资，给卢一平买了把崭新的口琴，还请了小站上的人来教他。这把口琴，卢一平一直珍藏着。这是爷爷留给他的唯一纪念。

落榜后的韩雪则顶替母亲进了工厂，成了一名按时上下班的女工。韩雪的妈妈并不希望女儿考出去，她希望女儿能留在自己身边，在小城里安安稳稳地过上一辈子。韩雪痴心等待着卢一平，等着卢一平毕业了好来娶她。不想，转业军人的狂热追求，母亲的一味撮合，令她无力抵挡，只能采取极端的方式回应。

远在南京的卢一平的心，像被一把杀猪刀生生割去了一块儿。他从心里怜惜着柔弱的女友。他必须回到韩雪身旁，即使丢了学籍，哪怕是性命，也在所不惜。

这样的一个丁香花盛开的春夜，不能入眠的人似乎并不少呢。除了卢一平，除了金默，还有一个，就是光棍区队的政委小柳。

此刻柳云峰正坐在一辆疾驰的军用吉普车上赶往机场。西北小城，有一位等待他救援的名叫韩雪的姑娘。

2

五天后，小柳政委从西北回来了。他带回来了两个消息。一个是好消息，说是韩雪已经被送到医院紧急输液，身体正在向良好状态恢复，精神状态也逐渐好转。第二个消息说好不好，说坏不坏，就是那个一心追求韩雪的叫曹猛的转业军人，三天后要来趟南京，说是要会一会卢一平。曹猛的底儿，小柳已经摸透了。这小子转业前是部队里的特种兵，身手不赖。

两个男人之间的会见，情敌之间的较量，这无疑是一次意义重大的会谈，时间就定在即将到来的周日。卢一平一听到曹猛要来，这两天一下课，他就在操场上狂奔不已。他还不知从哪儿找出个沙袋，绑到一棵老树上，猛捶死打。那架势，完全是要奔赴决斗的架势。估计这时候谁要是给卢一平一把驳壳枪，他能上去一枪崩了曹猛。以这样的状态去会面，以卢一平的烈马性子，一准儿得应了老电影里的那句台词——那曹猛“必是白刀子进去红刀子出来啊”。

罗双虎举着个望远镜，趴在窗户上监视着操场上的武术运动员卢一平。他的半边脸有节奏地抽搐个不停，眉头拧成了个大疙瘩。小柳政委看似从容，卢一平走到哪儿他就跟到哪儿，可一天跟下来，脑门上冒出五六个闪闪烁烁的青春疙瘩痘来。光棍区队的男生们则早都摩拳擦掌，跃跃欲试，这敌人都要到家门口叫板了，敢抢我们兄弟的女人，怎么能隔岸观火，无动于衷呢？这一晚，《新闻联播》之后，男生们自觉地留在了会议室，商讨起即将到来的这次历史性的会晤。

张学粮第一个发言："要我说，曹猛这小子就是皮松，欠揍，敢动我们一平的女人。那啥，不如直接把他约到咱军校的操场，先狠狠揍这小子一顿，给他个下马威！"

孟艳玖玖哥一拍大腿道："我那亲娘！认识学粮这么些日子了，感觉就今天他还有点儿血性！是少帅后人不假。这主意正，收拾这小子别人都不用动手，我一个人就行了，准保让他变成一摊稀泥，老老实实滚回老家去！"

向武双手插裤兜里，立在墙边，眯着眼冷幽幽道："我看这个曹猛，简直就是找死来了。打架我内行。到时候，一听我招呼，兄弟们上就成！特种兵？他是特种兵，老子也不是吃素的，不打他个满地找牙，我就不叫向武！"军校一年多的生活下来，在罗双虎的一心扶持下，原本很有几分腼腆的向武，明显自信多了。身上自然而然总是流露出大院子弟的那份优越感不说，还有一股子北京小伙儿的痞劲儿。

许亚军立即举手，一个人也要制造出点儿山呼海啸的动静来，他高呼着："拥护老大！我四脚朝天坚决拥护！谁怕谁啊！一个转业回家的特种兵，还能吃人咋的？"

蔡明亮从军装的上衣口袋里摸出一支英雄牌钢笔，握在手里，满面肃穆地说："人的精神有三种境界：骆驼、狮子和婴儿……"

"我说啊师父，你赶紧说人话，我们这讨论的可是人命关天的正事儿！"绿蓝侠先抗议道。

秀才也不恼怒，点头道："你们的思路我已经听明白了，就是四个字——以卵击石。你们看啊，"他用钢笔在空中画了一个圈，"这就是你们，一个零蛋，纯粹无用卵，懂吗？你们在这儿嚷嚷得嗷嗷的，像一群狼崽子，弄清人家曹猛的背景没有？人家曹猛那可不是一般的特种兵，大比武得过军区第一名的啊。要不是后来带兵训练的时候，有个新兵蛋子扔手榴弹扔出了事故，人家板上钉钉是要被提拔的啊。你们一群人冲上去，那都不是人家的对手啊！简直的！"

向武眉毛一扬接茬道："秀才，你说这话我可不爱听。你这不是长敌人的志气灭自家人的威风吗？曹猛肯定有点小本事，可咱们这茬子兄弟也不是吃素的啊！"

许亚军紧跟着说："就是。一个小小的特种兵，到我们老大这儿，那都不是个事儿。"

张学粮鼓掌道："亚军说得漂亮！那啥，要我说，别跟曹猛废话，一块砖头甩出去，直接灭了他，不怕他不老实。"

半天没说话的绿蓝侠站起来了："我的天哪，这就要出人命了。听你们这架势，不是谈判，更不是斗智斗勇，是集体打群架去了。有意思，没意义。不高尚，很低级！"

桌边的范豫中也站起来了："咱都老大不小了，谁也别装。打架我不同意，我肯定不会参与的！"他说完拍拍屁股，起身走人。

一阵沉默。

金默发言了："我也不同意用武力解决。感情这事儿，根本不是打出来的。即使我们是文明比武，打不赢，我们输了，等于是给一平帮了倒忙。打赢了，一群人跟一个人对打，曹猛会心服口服地退出吗？"

绿蓝侠点头："是啊，万一失手了，曹猛会善罢甘休？肯定不会！咱们这一刺激他，回了西北，他会变本加厉地追求韩雪不说，搞不好还赶紧把这生米做成熟饭。我的天哪，等一平回了家，没准儿人家都抱上娃了。"

小毛上去捂绿蓝侠的嘴："乌鸦嘴！可别让一平听见了，他那火暴脾气！你这不是逼着他去杀人吗？"

大家就都朝卢一平看。卢一平原本虎着脸蹲在一个角落里，这一下腾地站了起来，双手握拳，黑黑的面孔涨得紫红紫红的。玖哥赶紧上前拍了拍他的肩膀，把他给摁倒在了一把椅子上。

金默出招："我不赞同打群架，建议文攻。"

"怎么个文攻法？"众人异口同声道，满面期待。

金默说："咱们把见面的地点约在咱们军校的操场。咱们的主场，先在思想上给曹猛造成震慑。到时候我们全都得去，一平在前面谈判，咱们在后头助阵。我们可以带上锣鼓等乐器，要制造点动静出来。我们的人越多越好，把军校里能喊上的人都喊上。再做几个横幅，写上些标语：爱情万岁！一平必胜！诸如此类。我们的目的只有一个，就是要让那个曹猛知道，卢一平，我们的战友和兄弟，他不是一个人在战斗！一平的爱情，就是我们所有人的爱情！"

一屋子的人拼命鼓掌。

3

周末的晚上，图书馆的门口，金默被夏春树再次截住了。这时的夏春树换了身便装，头发披散在了肩头。一袭黑色的裙装，长裙摇曳，是刺客的神秘和妖冶。

夏春树显然等了他一会儿了，上来就说："嗨，这位勇士，听说你们在串联军校里的所有男生，明天有一场群架要打？怎么也不通知我们女生一声啊，这么好玩的事儿！"

自从上学期金默主动把那封匿名信认领之后，事情传开后，夏春树就开始喊他"勇士"了。

金默摇头："不是打群架，是有一次很重要的会面。"他就把事情的来龙去脉一一说给了春树，两个人边走边聊。走到图书馆三楼时，金默下意识地朝殷晴常坐的位置瞅了一眼，那个位置是空着的，他的心也空了一下。

"哎，现在有空吗？"一旁的春树问。

金默愣了一下，点点头。

"你把书先还了，然后陪我出去走走。"春树说罢，也不看金默的反应，只晃晃一只手说，"一会儿楼下见！"

金默再次来到图书馆楼下时，夏春树果然等在那里。见了他来，夏春树拔脚便走，金默一路跟随。两个人一前一后，并不说话，像是接头的地下党，很快就走进了图书馆边的那片小树林里。金默的脚步正有些迟疑，忽然就望见夏春树像只猫一样蹿到了一棵大树上，而后手扶树干轻轻一跃，竟然上了学校的围墙了。月光下，但见梧桐树的那枝伸向围墙外的粗大手臂，原本被铁丝网牢牢缠住的，如今已经被彻底解放出来了。这是学员们给军校领导联名写信的结果，金默是知道的。他也在这纸名为"解放梧桐树"的倡议书下签了名的。倡议书的发起者，就是眼前坐在围墙上的夏春树。而那一截子围墙，正是绿蓝侠第二次出走选择的起跳点。

夏春树伸手："来！上来！"

金默紧张地后退道："干什么？你这是要干什么？"

围墙上的夏春树咯咯咯地笑起来："看把你吓的。馋了，想出去打打牙祭。怎么样，跟我一起冒次险吧？"

金默站着不动，他实在没有勇气翻墙而出。

夏春树笑起来："逗你呢，就知道你没有那个胆儿！这样吧，咱们就这么聊聊天好了。这个地方绝对隐秘，你们的那个克格勃班主任不会发现的。"

金默只能站在梧桐树下，他掏出支烟来点上了。

"你那脸色，一脸凝重，是担负着解放全人类的重任吗？明天，那个特种兵真要来啊？我们女生也来参加，欢不欢迎？"月光穿过梧桐树的叶片，洒在夏春树的身上，她悠然地晃动着两条长腿，认真地问道。

春风里，夏春树的头发和长裙一道冉冉飘动。

金默赶紧点头："欢迎欢迎！"他故作潇洒地耸耸肩膀，可是说完这句，他忽然没缘由地紧张起来。在夏春树跟前，明知道这个姑娘对自己是彻头彻尾的善意，可他还是紧张，像是站到了探照灯或者X光机前。好在小树林里的光线比较暗，金默又在暗处，所以夏春树应该看不到他很是紧张的神情。

沉默了一会儿，夏春树把她深海鱼类的目光投向了天空。她眼睛里阳光般的炽热退去了，升上了月亮般的柔情。"金默，《平凡的世界》你都读完了吗？"夏春树轻声问道。

"读完了，在读第二遍呢。"金默回答。

"这么快！看来这本书又遇见它的知音了。想知道我为什么上军校吗？你似乎一点儿都不想了解我？"春树忽然转移了话题。

不等金默回答，夏春树起身，一下跃回了梧桐树上。她扶住那只粗壮的手臂，几下就出溜到了树下。她在金默对面站定，开始讲述她的故事了。

"……我的中学，是在北京师大附中度过的。初中时，我的学习成绩不错，一直是班上的前三名。到了高中，忽然退步得很厉害，于是就厌学起来，不定期地要逃课出去转一转。我的语文成绩一直是不错的，有一次，我的一篇作文被登在了《中学生作文选》上。我当时真高兴呀，这是我的作品第一次变作铅字啊。只要有空，我就反复去看那篇作文，百看不厌。记得紧挨着我那一篇的，是篇写长江的作文，文章大气深情，是篇美文。文章里写到他早早去世的父亲，写到他童年时代生活的军营，读得我都流泪了。从此，那个叫金默的作者，成了我的榜样。他的名字，'金默'两个字，我就记下了……"夏春树顾自说着，并不看金默。

金默本来正低头吸烟，这时猛然抬头。他的脑门一下热热的，眼睛直往外喷火，像是发了高烧一般。

"我觉得，你真应该写点什么。那么好的文笔，那么好的才情，如果搁下了，真的可惜了。"夏春树说。

金默半天张不开口来，那支烟在他手里半明半灭，金默已经忘了去吸。

对金默来说，从小到大，被人欣赏、被人夸赞早已是稀松平常的事情了。可像这样的跨越千山万水的目光的注视，却还是破天荒第一遭。那炽热深情的凝望，令他的脊背上像着了火一般，把他烧得周身通红通红的。

"……顶级的小说，像沙漠诞生婴孩，像凌迟处死，巨大的气场，给人排山倒海般的碾压感。我提一点建议给你，只是探讨啊，我认为呢，作为创作者，长篇里的陀思妥耶夫斯基，中篇里的海明威、茨威格、博尔赫斯，是应该禁读的，倒不是别的，多少会打击你的自信的。有句话说，文学院的高才生，他们的小说永远停留在第一章第一句上。你一定不能这样！”夏春树在谈小说。

金默插不上嘴，只有洗耳恭听的份儿了。

“……如果小说写起来困难，不妨先写写散文。对散文呢，我以为先有趣，才可以谈其他。格调，以苍健、古朴最好，空灵次之，清新再次之。愤怒、哀怨、知性、温婉，逐级递减，其他就不入流了。这里面其实有路寻，短句，少书面语，不用、少用成语，对话老实用双引，最要删繁就简，这麻烦！状物，自然为上，不可以平铺直叙。写人，要立体，除声行意表，还要有癖。不管谁，经常反转……嗯，你在掏挎包里的录音机吗？这也太夸张了吧？其实我也就是那么随口一说，等有空再给你好好上课吧。今天累了。”夏春树在树上伸了个懒腰，像只慵懒的狐狸。

树下，金默捧着台小录音机，满面崇拜：“夏春树，你真了不起！你真太高级了！”临了，金默竟发出了绿蓝侠一般的感叹。

夏春树咯咯咯地笑起来，把树枝晃得咯吱咯吱直响。

“金默，你来上军校，就是为了完成你父亲的心愿吧？”过了一会儿，夏春树问道。

“父亲临终的时候叮嘱过我，一定要来上军校。”金默回答。

“是这样啊。那你有没有想过呢，这军校的四年，一半都要过去了，该踏踏实实地做点事情，才不枉我们来这一遭啊。你的英语成绩足够好了，四级考试马上开始了，都等着你拿个状元呢。可你真应该再多做些事情才好。写作，你一定要继续写下去啊。我相信，你一定能写出来的！”夏春树说。

金默点头，若有所思：“好，我试试吧！夏老师，总不能让你白给我上了这么一课吧。”

春树笑了：“那你赶紧写起来吧！我愿意做你的第一个读者！”

晚间音乐响起来的时候，金默和夏春树已经走到了女生宿舍楼下。说再见的时候，金默还是忍不住朝女生宿舍楼二楼那个最东边的窗户望了一眼。在他心底深处，他是怀恋着另一个女孩子那一对如水的明眸的。

把这一切看进眼里的夏春树，那双深海鱼类的眼睛里升上来了点点忧伤的星光。

4

光棍区队的男生们，做足了充分准备，要来和特种兵曹猛进行一场特别的会见。没想到的是，这场会见突然就自行取消了。原来曹猛才到了南京，却立即被一纸电报召回去了。厂子起了场大火，出了人命了，他是保卫科的科长，得立即赶回去收拾残局。光棍区队的男生被闪了一下，满腔斗志无处安放，只能在操场上玩起了摔跤。锣鼓声中，一对对男生从操场这头摔到了操场那头，像是春天里发情的狗熊。好在四级英语考试就要开始了，他们旺盛的斗志暂时有了一个去处。

周日的晚上，绿蓝侠在图书馆的四楼——金默的那个秘密据点，找到了金默。走廊的灯光很是昏暗，一上楼，绿蓝侠就望见了走廊尽头趴在窗台上写啊写的金默。

绿蓝侠敞开嗓子喊了声“金默”。金默回头，正望见绿蓝侠那张拉得很长很长的脸。两个人靠在窗台上聊了一会儿天，绿蓝侠忽然提出来，让金默在英语四级考试的时候帮他作弊过关。

“怪侠，你脑子那么好使，能不能朝正道上使点儿劲啊？整天净琢磨这些歪门邪道，不嫌丢人呢！”金默断然拒绝了绿蓝侠的请求后，很有些生气。

“来不及了兄弟，这眼看就要考试了，我整天不是推材料就是看武侠小说，英语单词都跟我生分啊。它们跟夏春树一样，根本不爱搭理我。”绿蓝侠委屈道。

“怪侠，你那推材料真推出名堂来了？推出黄金屋、颜如玉了？”金默满面讥讽。

“要说，这推材料吧，我也是不得已啊，这真上了贼船了，下不来了。我的天哪。我师父，就是秀才，越来越神经兮兮了，怀疑这怀疑那的，跟个精神病似的。我们的稿子吧，《战地报》那边，总说给登给登的，可一次也没登上。我是真有些灰心不假。我想好了，下学期开始，我跟我师父说再见了。我要转型，我决定跟着你了。每天跑步，跑5000米。念英语。写小说，写世界名著。可是啊，你冒名顶替匿名信那事儿，我真是想不通啊。你不觉得自己太傻了吗？你不等于在包庇坏人吗？”绿蓝侠絮絮叨叨。

“你水平太低，没法聊天。”金默道。

“我水平是不高。可冒名顶替这事儿，我劝你以后还是别干了，想出风头也没这么来的，真吓死我了。好在罗司令没使劲给你穿小鞋。”绿蓝侠不管不顾地继续说着。

“其实我真没有什么好怕的。就是还是觉得啊，这一切来来去去的，用你的话说就是——没意义。”金默满面无奈道。

“就是嘛！还是我心明眼亮吧。还说没法聊天。咋样，你的小说开始写了？写咋样了？《军校浪漫曲》。我的天哪！这题目太……太他妈扯了！咱们这军校里有啥浪漫的，还浪漫曲？”绿蓝侠凑到稿纸前，指手画脚。

金默一把将稿纸抱到胸前，不让绿蓝侠再看一眼，没好气道：“你说你上了贼船，谁逼你了？还不是你自己哭着喊着要往上去？活该！”

“哎，金默，刚刚，我在下头可是看见殷晴了。我们聊了一会儿，她还是挺关心你的。只是这见异思迁、朝秦暮楚的，真不如夏春树好！”绿蓝侠说。

金默一愣，手里的稿纸哗啦一下落了满地，他低头去拾。

“兄弟，你怎么还这么沉不住气啊。你要是心里还有那丫头，我帮你说去。那个曹猛没来成，我这满身力气正愁没处使呢。”绿蓝侠道。

金默不吭气，坐到桌前发呆，笔尖在稿纸上茫然伫立。

“走，咱们吃点东西去！吃点好的，这心情就好了。”绿蓝侠一把拽起了金默。金默不动身，绿蓝侠央求道，“我肚子饿得不行，就算你救济我一下好吗？”

金默叹口气，知道这个败家子又把饭票提前花光了，晚饭一定是凑合过来的。他跟上绿蓝侠，走向了军校南边的一家小拉面馆。

5

傍晚时分，拉面馆里没有旁的客人，一家人正围坐在一起吃饭。见来了客，脸上笑吟吟的中年男人赶紧起身，去把炉子的火给捅着。一个长相跟中年人接近的小伙儿起身，利落地洗两下手，走到案板边开始揉面。

两个人选了个靠窗的位置坐下，绿蓝侠指了指一个挂了布帘子的小门，悄声说：“知道吗？那就是新开辟的胡志明小道！”

金默望望那门帘，白布上绣着两只鸳鸯，底子油乎乎的。他问：“那里头，不是人家一家人住的地方吗？”

“那帘子后头啊，有扇门，直接通向外头。就是军校旁边的那条小街，察哈尔路。”绿蓝侠神秘地眨眨眼，“知道不？咱区队的那几个公子哥儿，总从这儿偷偷溜出去喝酒。”

两碗牛肉拉面上桌，香气四溢。热腾腾的面条上卧着三两片卤牛肉，撒一圈碧绿的香菜，看了就有胃口。

绿蓝侠哧溜哧溜吃下一碗，汤也喝得精光。

“你不吃？”见金默面前的那一碗牛肉面纹丝没动，绿蓝侠问。

“我肚子不饿。”金默把拉面碗推到了绿蓝侠跟前，“你吃吧。”

绿蓝侠不客气地接住，呼噜呼噜开始吃面，几下就把半碗面吞肚里去了。

金默学了绿蓝侠的口气道：“我的天哪，饿死鬼投胎啊。”

绿蓝侠吸口面条，笑了：“没见人家这正发育呢吗？胃口大点正常。”

拉面馆靠里的那张桌子旁，一个虎头虎脑两岁多点的小男孩，坐在母亲的臂弯里，冲埋头吃面的绿蓝侠憨笑。

正在这当口，布帘子后头突然响起一阵咚咚咚的敲门声。声音很有几分惊悚，令屋子里的人不由得都是一惊。

刚才揉面、拉面的小伙儿走到帘子边，一把拉开门，出去了。

只听见帘子外头一个东北口音的大嗓门喊起来：“嗨，小兄弟，好伙计，借个光！让兄弟几个进去。我们不是外人，都是军校里头的学员。”

“又是你们几个啊？晚饭前不是说好了吗？你们是最后一次出去，再不从我们这儿进来了吗？”小伙子声音里透着吃惊。

“笑话！我们不从这儿进来，那要从哪儿飞进来啊？”大嗓门咋呼道。

“已经跟你们讲过了，这里已经不通行了！刚刚你们说要去医院看病，求了半天，我是怕耽误你们看病才放的行。我哥都说我了。”小伙子很为难，依然拒绝道，“这次是真不行了。就昨天，军校里头还来了一堆军官，通知我们，说是这个门不能再放人进出了。今儿上午，军务处处长还来过了，就是为这事儿。”

“就这一次！就这一次！下不为例！”大嗓门更大了，山呼海啸。

小伙子还没应声，一个沉沉的声音响起来，是纯正的京腔：“赶紧让老子进去，眼看快熄灯了，别找不痛快！”

中年男人起身往外走去，年轻媳妇把自己怀里的孩子抱紧了。

金默听出那两个闯入者的声音都有些熟悉，心里已经隐约猜出了来人，他坐着没动。对面的绿蓝侠皱紧了眉头：“谁啊，这么凶神恶煞的！”

“这里不许进出！放你们进来，我们是要担责任的！”小伙子说。

“我说伙计，你就不能灵活一些吗？你赶紧睁眼看看眼前的这位吧，他爹可是将军，咱这军校都归他爹管。我也不是一般人，我大爷爷是……”一个油嘴滑舌的声音突然响起来了，也是东北口音。

紧随其后，一个嗲嗲的女声飘了过来：“这位小兄弟，帮帮忙好啦！以前你总帮我们的，这次你就算是再做一次善事嘛。”

绿蓝侠望望门帘那头，轻声对金默说：“那个女的，是苏小青。那三头蒜，听出来了吗？都是咱区队的，三位公子哥儿！”

“咱们得出去劝劝了！这都喝多了，不然要出事的。”金默一下站起了身，绿蓝侠赶紧跟上。

“这几位兄弟，还有这位姑娘，不是我不想帮你们，是军校刚刚给我们下了死命令了。说是如果再放人出去和进来，怕是我们这个小面馆就要关张了。”中年男人走出去说道。

“大哥，行个方便！来，这半包烟你拿着。”大嗓门搞起了公关。

金默往小门走去，心里想着，得跟拉面馆的老板求个情。这眼看就要熄灯了，如果他们四个绕到正门，受了哨兵的阻拦再吵起来，可就是事故了。

“腰带呢，把我的军用腰带给我！”那个纯正的京腔又开口了，明显带着醉意。

“老大，你要腰带干吗？这不，我给你拿手里呢吗？没丢！”张学粮说。

“老大，向武大哥，别动气别动气！”大嗓门劝着。

“腰带给我，少废话！”向武气势汹汹的，来者不善。

金默和绿蓝侠冲过去，掀开了门帘。

“哎哟，你怎么动手啊！”突然传来小伙子的一声惊呼。

眼前的情景令金默和绿蓝侠都呆住了。

昏暗的路灯下，小伙子和他姐夫边跑边躲，向武挥舞着腰带一路追着打。许亚军和张学粮去拦向武，苏小青则在一旁尖叫。

金默走上去，把向武拦在了自己跟前，不料脸颊处一下挨了狠狠一皮带，疼得他猛然激灵了一下。

“我的天哪，这还打上我兄弟了。你们几个，给老子住手！”绿蓝侠一把将向武拽了个趔趄，愤怒地吼出来了，“你们还是军校学员吗？简直是土匪！”

第十六章　秀才和艳遇

1

又一个冬天在钢笔落到稿纸上的沙沙声里到来了。已经是军校的第三年了，学员们才下部队回来。

这天晚上，金默又一个人来到了图书馆的四楼。军校图书馆是幢四层小楼，最顶层的这一层，是工作人员的办公室，到了晚上就没有人来了。走廊上一片漆黑，金默拉开走廊上的灯。灯光很弱，金默摸索着走到朝南的窗下，把玻璃窗推开了，让清洌的空气灌进来。不想他立即连着打了几个喷嚏，只好赶紧把窗子拉上了。他的双手无意间触到窗下的暖气片，竟是温热的。这一发现令他欣喜，他赶紧把两只手都捂了上去。

这一段时间，金默迫切地想写东西，也越来越喜欢待在他的秘密据点——图书馆四楼这个不被打扰的角落，窗下的那张书桌前。

只是每次到图书馆，金默最怕遇见两个人。

一是殷晴。见不到殷晴，他怅然若失；见到她，内心又满怀苦楚。但他又像个受虐狂似的，暗暗地想要与她邂逅。心头那一份被烈焰灼伤的疼痛，本来以为随着时间会慢慢愈合和平复，可不想总是在见到她的一刻，有个小兽总是噌地一下蹿出来，扑到他的伤口上，猛咬上那么一口，疼得钻心。金默感觉自己是彻底分裂了。因为他深感自己竟然需要这样的疼痛，并且离不开这样的疼痛了。

再一个就是绿蓝侠，这是他真不想见的人。这绿蓝侠拜师学艺，折腾了整整一年。一心耕耘不见收获，《战地报》上连个标点符号都没登上，推材料没推出啥大名堂来，绿蓝侠很是灰心丧气。绿蓝侠告别了山上的师父蔡明亮，下山独自溜达去了。留下蔡秀才天天爬上宿舍楼的楼顶，远眺长江，发愣，叹气。绿蓝侠这边很快晃荡成了个二流子，手里捧本武侠小说，追着孟艳玖有一搭没一搭地学起了武功。

学武功之外，在找到新的人生坐标之前，绿蓝侠变成了一个彻头彻尾的话痨。

只要在图书馆里见到金默，绿蓝侠就像饥饿的人扑向面包一样，一准儿要把金默拽住，絮絮叨叨说个没完。军校刚刚开始了对学员的体能考核测试，旁人一天下来都累得像头驴，一句话不想多说，而绿蓝侠依旧精力过剩，发起牢骚来没完没了，跟个精神病人别无二致。

在绿蓝侠面前，金默最初还算是个耐心的听众。许多时候，他还会劝说绿蓝侠几句。可是，渐渐地，金默怕上了绿蓝侠。金默的理论是，人生中有太多的事情，是不宜拿出来讨论的。人生不如意事十有八九，可与人言者无二三。苦恼绝对不是靠说说就能够甩掉的，反之话太密了，苦恼还会增倍。倒不如默默吞咽下去，任它在身体里横冲直撞，自然就会跟食物一样被消化掉了。变成汗液，化作泪水，挥发而去。

关于痛苦，金默不想跟任何人倾诉，他一直就是这样的个性。即使是永远令他挂心的弟弟，家里遭遇的那些困难，也只有罗双虎和小柳知道一些。和绿蓝侠成为同窗好友的这两年多时间里，他也从没有跟他提起过家里的事。不是不信任谁，是习惯使然。

眼前，迫切想要写出点什么的愿望，令金默变得更沉默了。他的军用挎包里，随时都带着那三册厚厚的书——路遥的小说《平凡的世界》。写累的时候，他就停下来，拿出书来读上一段。他正在写的，正是他眼前所遭遇的种种焦虑和痛苦。在他已经走过的21年的旅途中，9岁前在军营里的那段时光，应该算作他人生中最明亮的一段乐章了。可是，当沉下心来要说故事的时候，他更愿意把眼下的纠结和痛楚写下来。他试着写了几个故事，按照他经常阅读的那些文学刊物上的地址，满怀希望地寄出去。可从一家又一家杂志得到的反馈，却永远是一封又一封退稿信。

这样一直写啊写的，暑假里也没有停下来。新的学期一开始就是下部队，训练的间隙，金默也是抓紧一切时间写啊写的。

图书馆四楼的走廊上，朝南的窗子下放着一张小桌子，桌子上有一盏小台灯。桌椅和小台灯，是图书馆的看门师傅梅大爷送给他的。起初见四楼走廊亮了灯，梅大爷就来赶他走，说是下班后这里不许留人。后来看他只是想要躲清静，总是一个人趴在窗台上读书写字，就没再赶他了，还给了他好心的赞助。金默把小桌子搬得离暖气再近一些，就立即铺开稿纸，开始写起来了。

写了不知多久，眼睛都写花了，手腕也酸了，金默才肯停笔。他打开随身带着的一个小录音机，想听听手头的磁带，是赵传的歌。小录音机其实不是他的，是小柳政委的，这是小柳在市大学生文艺汇演中获得的奖品。磁带也不是他的，是夏春树借给他听的。确切点儿说，磁带是夏春树送给他听的。

平日里，金默总是跟小柳抢这个小录音机，每回小柳都让着他。后来小柳就说，你要是喜欢，就送你好了。暑假里回家，金默就把小录音机带回去了。母亲见了说，这么贵重的东西，怎么能收下呢？一开学，金默就把录音机还到了小柳那里。小柳则说，送出去的东西怎么好再要回来呢？不如这样，我们两个轮流着使用吧。这之后，小录音机其实一直还是放在金默那里，因为他每次把小录音机送还给小柳的时候，都被他给退了回来。小柳总是说忙，抽不出时间来听歌，虽然知道那都是借口，金默也不点破，就满怀喜悦地独自享用起这台小录音机来。后来，系办公室淘汰下来一台破旧的大录音机，小柳政委给搬了来，放到了自己的宿舍里。那录音机总爱发脾气，总出状况，还好卷带子。小柳找人修了又修，一直对付着听。小录音机于是完全归了金默了。只有在哥哥一样的小柳面前，金默才会如此任性。

渐渐地，区队上很多同学都有了这种可戴着耳机听的小录音机了，课余时间用它来听英语和音乐。金默除了听听从教员那里借来的英语磁带，从小柳那儿取了音乐歌曲磁带来听，大多时候只是收听收音机里的节目。音乐歌曲磁带挺贵的，一盘就要10元，顶他一个月津贴的一半了。一个月20多元的津贴，金默照旧要把一多半寄给家里的。那时节一盒磁带要在民间流传，多半采用的是翻录。就是用一盘空白磁带，把原装磁带上的东西翻录下来，其实就是自己制作盗版磁带。空白磁带要便宜很多，一盒2元，可就是连这个金默也舍不得买。那就只有借了，借旁人的磁带来听。金默很少向旁人借。磁带这东西，同学间大多是互通有无，你听我的我听你的，金默手上没有可奉献的资本，于是主动不加入循环。当然，只有一个人除外，那就是政委小柳。只要在小柳那里看到了喜欢听的磁带，金默抢也要把它抢来。见了没看过的书，金默也要抢着先看。小柳是金默在这世界上唯一敢欺负的人。

眼前写累了，金默找出了歌手赵传的专辑磁带。这盒磁带让他又想起了夏春树。他最钟情的就是那首令他灵魂出窍的《我是一只小小鸟》，每天晚上在操场跑步，都会听到夏春树抱着吉他，立在女生宿舍楼的楼顶唱这首歌。他很是爱惜地一点点拆开磁带盒外面的塑料纸，打开磁带盒，小心翼翼地把磁带放进了录音机里。

这盒新磁带，是昨天午饭后夏春树送给他的。

“金默，我这儿有盒赵传的磁带，你拿去听吧！”食堂外的水池边，夏春树招呼着金默。她甩干净手上的水，从军装口袋里掏出盒磁带，朝金默递了过来。

金默的另一边，绿蓝侠望着金默和夏春树，使劲地眨眼，手里的碗筷洗得铿铿锵锵的，像是得了多动症。金默快速地扫一眼绿蓝侠，心里说，一准儿又是这个特务在里头传话，把自己的一切都暴露给了夏春树。他才说过的，非常喜欢赵传的歌。

金默赶紧摇头："不了，不了，磁带我有。"他的脸一下红了。是自尊心使然。那套小说《平凡的世界》的人情还没有还上呢，怎么好意思又接磁带。金默连连摆手，把磁带往回推，直说自己已经听过了。

春树不接话，一把将磁带塞到了金默的军装口袋里，转身走了。绿蓝侠晃了过来，朝金默挤挤眼，长脸上满是苦涩的笑容。

金默没好气道："怪侠，你这人太分裂了！你喜欢夏春树，就说你自己的事情好了。你干吗总是要跟夏春树说我的事儿呢？"

绿蓝侠撇撇嘴说："我的天哪！你还委屈了。真正委屈的该是我啊，我就是个傻二哥啊。我要是不说说你金默的事儿，人家夏春树才没那个闲情搭理我呢。"

不等金默开口，绿蓝侠摇头，发起感慨来："这世界，究竟是个啥怪圈呢？夏春树明明是看上你金默了，可我咋总也放不下呢？还总爱贱兮兮地往上凑呢。金默你心里明明还装着那个殷晴，可人家殷晴就是躲着你。夏春树那丫头跟我一样傻啊，偏偏还把一股脑的热情都给了你！人生啊，爱情呀，你还能再乱点吗？我那亲娘！"

想起午后的那一幕，金默苦笑着摇摇头，想着尽快把磁带还给夏春树。一个女孩子对自己这般好，他实在承受不起，必须把距离拉开了。否则无心伤害到谁，才是难堪呢。

听了会儿歌，金默又开始写。写了不知有多久，他感觉出了疲乏，手腕酸，脖子也酸，他就趴到书桌上想要迷糊一会儿。军校学员的体能考核测试一直在进行，下午下了课，光棍区队的学员们都要训练好一阵儿，往往要到晚饭时分才收兵，人困马乏是难免的。金默这一低头，竟就睡了过去。迷迷糊糊间，金默听见图书馆的楼下有人在喊他的名字："金默！金默！"

金默赶紧下楼，图书馆里空荡荡的，没了人影，已经要闭馆了，只有梅大爷还等在门口。

梅大爷赶过来说："是我在喊你呢，孩子！眼看快熄灯了，赶紧回去吧！刚才有个女生，让我把这双手套交给你，说是又到冬天了，让你爱惜自己的手，小心别生冻疮了！那女生就是不说自己叫啥，人生得白白净净的，瘦瘦小小的。"

金默的心怦怦怦地跳了起来。他一把接过手套，全身像是通了电一般，忽一下出了一身的汗。

海水蓝的颜色，一双毛线手套。是殷晴，是她一针一线钩出来的。

出了图书馆大门，就着门前的月光，金默想再细细端详一下那双手套，可是，他的眼睛像被什么蒙住了，一下看不清了任何东西。

2

“怎么，下部队归来，这灵感哗啦啦地奔涌出来了？我的天哪。可这大作家的退稿信，咋就又来了呢？看来，这写小说不比推材料容易啊。”绿蓝侠一手举着个筷子串起的白馒头，一手端着碗紫菜蛋花汤，探头探脑地晃悠着过来。

饭桌前，金默不作声，绷着脸，把公务员小方刚刚递过来的一封信收好，随意地塞到了军装口袋里。那薄薄的一张，不用猜就是退稿信。金默不想听绿蓝侠啰唆，一边吃饭，一边翻看着本汉语词典。已经有小半年了，旁人排队等着打饭的当口，金默就一个人坐在饭桌前翻本厚厚的词典。

食堂里的人已经走得差不多了，除了零星的几个人还在桌边吃饭外，只有几个值日生在清扫卫生。金默这一桌上，只剩他和蔡明亮。

“金默，你这白天背汉语词典，晚上背英文词典，不会背混吧？我还真有点替你担心呢。”绿蓝侠挤到金默和蔡明亮中间坐下。

“谢谢你啊怪侠！你先替自己担心一下吧。你这个接电话的替身，动不动就来一句‘我的天哪’，不会露馅吧？”金默面带嘲讽地说。

绿蓝侠翻翻白眼，笑了：“兄弟，你可是越来越刻薄了。”再去看一旁的蔡明亮，秀才脸上竟没一丝表情，绿蓝侠摇摇头，“唉，秀才是真可怜呢，这都被电话给伤成什么样了。一会儿是他妈，一会儿是波伏娃，都是天底下百年难遇的大话痨啊。”

这一段，绿蓝侠的生活里有了一个新内容，就是替蔡秀才接电话。

在秀才蔡明亮的人生活动中，接他妈的电话，必是排在前三的重要内容。这区队的光棍都知道。很快新情况出现了。上个暑假，秀才在回上海的轮船上，遇见了他人生里的另一个女主角——波伏娃。波伏娃在南大读书，跟秀才一届，哲学系的女才子。波伏娃的家不在上海，她是地道的北京姑娘，这次是坐着轮船去上海玩儿呢。去上海本是有火车可去的，波伏娃偏要乘船去。一对心存浪漫偏爱坐轮船兜风看景的男女，如此便邂逅了。波伏娃原来不叫这名字，叫唐大红，只因为疯狂地迷恋上了萨特，就改叫了这个萨特女友波伏娃的名字。立在轮船的甲板上，波伏娃跟蔡明亮开始了他们人生中漫长的聊天。于是，很自然地，找秀才的电话里，就添加上了这位女二号——哲学才女波伏娃。

波伏娃在电话里跟秀才聊三毛，念三毛的《撒哈拉的故事》；还聊朦胧诗，背诵北岛的诗《一切》；还聊流行歌曲，哼唱齐秦和陈淑桦的歌……这位彻头彻尾的女哲学家兼女文青，令秀才很是爱慕和稀罕。开学后，两个人还约着在玄武湖畔见面。自然又是聊，边走边聊，坐下还聊，直把太阳从玄武湖的东岸聊到了西岸。可这一段，再接波伏娃的电话，秀才明显有些心不在焉，一份疲惫冉冉升起。主要原因，是他推材料的事业遭遇了滑铁卢。对秀才来说，这推材料就是他人生的一剂春药。春药一没，秀才明显有些疲软。

一个周日的下午，公务员小方喊秀才接电话，正巧秀才进了厕所解大号。绿蓝侠正在宿舍里闲得无聊，于是趿拉着双拖鞋就出来了，刚刚握住电话，波伏娃那边先问了声好之后，就开始自顾自地说起来了。她这次聊的是篇叫《一地鸡毛》的小说，话语飘飘忽忽的，就像鸡毛一样满天飞。绿蓝侠听得还怪有趣的，大多数时候沉默着听，偶尔也会情不自禁地接一两句。波伏娃那边好像并没太在意，只是随意问了一句："你口音怎么变了？"绿蓝侠反应快，赶紧应了句："我感冒了。"波伏娃也就没有再多问，依旧探讨着文学和人生。不想自此以后，秀才乐得落个轻松，再有波伏娃电话来，直接就喊了绿蓝侠去听。

"朋友之妻不可欺，我绿蓝侠那是有原则的人，我只是代接个电话，替秀才分担一部分他不想要承受的甜蜜而已。实话说，这个叫波伏娃的女生，真是怪可爱的。声音好听不说，脆生生的像在炒蹦豆，关键是人家还懂那么多，简直就是本百科大全。有点意思。"绿蓝侠满面神往地说着，忽然瞅见蔡明亮的落寞样儿，又知趣地闭了嘴。

"我们热爱生活，不是因为我们习惯于生活，而是因为我们习惯于爱。在爱中始终有点疯狂，而在疯狂中始终也有点理性。怪侠老哥，不就一个女人吗，你想要就拿去吧！"秀才一堆啰唆后，大度地摆摆手说。

"还是你留着吧师父。我这心里，住着那个叫夏春树的丫头呢。哎，金默，听说没？春树那丫头要上黄山！"绿蓝侠直眉赤眼地问金默。

"上黄山？大冬天的，可不是爬山的季节。"金默应道。

"黄山好啊！五岳归来不看山，黄山归来不看岳。去玩玩儿真蛮好的。"秀才说。

"我是打山里出来的，还真不稀罕那个。"绿蓝侠撇嘴说道。

"来，怪侠，都是你的了！"蔡秀才不紧不慢地喝着碗里的紫菜蛋花汤，一边把自己面前的不锈钢盘子推到了绿蓝侠跟前。碟子里，整整齐齐码着肉丝炒黄豆芽、青菜炒粉丝以及一块红烧大排。

"秀才，你这也太挑食了吧！怎么，大排你也不吃啊？"绿蓝侠眼睛一亮，一挑筷子，把个大排直接夹到了自己碗里。怕蔡秀才变卦似的，先上去狠狠来了一口，立即满嘴油汪汪的。

几口大排下肚，绿蓝侠摇头感叹：“我的天哪。这南方人是真敢叫，就这么巴掌大的一块肉，就叫个啥大排？不过大排的味道是正经不赖。”

“你们北方人的胃口，大得离谱的！上学期，咱们去郑州实习，在街边小馆子里头吃面条，小姑娘都捧老大的一个碗，简直像只盆，能吓死人的！上海滩寸土寸金的，谁不是削尖了脑壳往里挤啊？‘螺蛳壳里做道场’，听说过的啊，我们讲究的是生活的质量。”蔡秀才回应道，又问，“怪侠，是嫌大排不够大吗？我搛给你的那一块不小的呀。”

“够吃够吃！不是那个意思。我只是泛论，泛论！”绿蓝侠抹抹嘴，不好意思地笑笑。

真没白跟着蔡秀才推了这么久的材料，绿蓝侠连“泛论”两个字都这么上口了。一旁的金默听得笑了。

蔡秀才满面愁苦开始絮叨：“这次下部队回来，我可是要死的心都有了！给《战地报》投了篇特稿，就快见报了，可临时又给拿下来了，说是主编换人了。部队那边都把我当骗子了。真是难死人。简直的！”

“理解理解！师父啊，我是真担心你，千难万难都不能轻生啊。”绿蓝侠满面痛惜。一个馒头下肚后，他又去盛了碗米饭回来。啃完大排，他又去扒拉蔡秀才菜盘里的菜，还顺手端起金默碗里的紫菜蛋花汤猛灌了几口。

这学期一开学，88级的学员们就按照教学计划下部队锻炼去了。男生们在大山里待了整整三个月，入冬了才回到军校。在连队的那些日子，整日里不是参加训练，就是被安排劳动施工，真是把这帮学生兵给累得不轻。

重新出现在校园里的男生，一律黑且瘦，饭量一个个大得惊人。罗双虎手里擎着棵大葱，站在食堂门口冷眼瞅着他的光棍兵，心里说，看来这帮狼崽子是真缺油水了，得跟军校提提，通知炊事班，让他们给多加几个荤菜。于是从第二天中午开始，学员的餐桌上，大排那黄灿灿、油汪汪的倩影，连着出来跟大家会了整三天面。

下部队期间，一到驻地，蔡秀才就张罗着给人家写简报弄通讯，还说自己是《战地报》的特约记者。在部队，白天都是实打实的训练和施工，推材料都得利用业余时间，可把个蔡秀才点灯熬油累得不轻。

秀才折腾了整两个月，事情有了眉目。《战地报》那边有了回音，说是稿子过了终审，很快就能见报了。闻听部队的事迹能登在《战地报》上，人家的团长没怠慢，立即出面，专门请了蔡秀才喝酒。能在《战地报》上露个脸，这对基层部队来说，跟过年时张灯结彩点鞭炮是一个意义，动静大不说，那可是大好事啊。学员们离开部队的时候，人家团长又专门来送行，隔了车窗，从一堆手里找到秀才的手，使劲握了又握。

回到军校，部队文书的电话是一天一个，催问啥时候见报。秀才这边简直要急疯了，吓得不敢接电话。为啥呢？《战地报》刚调整了班子，秀才的那篇通讯被临时撤换下来了。眼看事情泡汤，牛皮吹爆了，秀才整天长吁短叹灰溜溜的。

为此秀才挨了批，不是罗双虎批他，是代理班主任老齐批的他，还把他推材料的活儿给停了。“咱们军校出去的学员，光会耍嘴皮子，这给基层官兵留下了什么样的印象？”齐主任满面严肃地训斥道。

下部队归来，光棍区队的班主任罗双虎叉腰站在宿舍的走廊上，用他特有的拍拍这个、骂骂那个的亲昵方式，迎接着他的光棍兵。刚刚请求给学员们加了餐，还没跟他的兵们正经喝上顿接风酒呢，他就突然被派去了进修。官方的理由光明正大，说是按照惯例，军校班主任的定期集训轮到罗双虎了。遵照军校的命令，罗双虎立即奔赴了长沙的分校，要半年以后，也就是明年“五一”才能返校。私下里大家都在传，说罗双虎这是被调走了。奇怪的是，那位传说中的班主任人选，系里的那位副主任并没有到位，人家被调到政工系的进修班当班主任去了。光棍区队的班主任，暂时由军务处齐处长代理。

罗双虎突然抽身，秀才傻了。光挨批也就算了，关键是秀才脑袋上的骨干帽子怕也保不住了。这学期开学，区队的骨干要重新任命。区队早有风声传出来了，说是团支书要另换他人。蔡秀才心里就晃悠开了，“骨干”的帽子没了，他这两年不都瞎忙活了嘛！下部队归来，旁人都是胃口大开，傻吃傻睡，只有蔡秀才吃不下睡不着，好不容易迷糊一会儿，就要乱做梦。梦境都一样，就是他被一群举着刀枪的蒙面黑衣人疯狂追杀。

“兄弟，你听说没有？说是下部队期间，夏春树跟个驻地军官谈上恋爱了。”绿蓝侠吃饱喝足，趁蔡秀才起身去盛汤的当口，悄声问金默，脸上是一派失意。

“怪侠，还能不能再庸俗一些？”金默回道，“绿蓝侠同志，你这整天晃晃荡荡的，清华的门朝哪边开，怕是早就忘了吧？整天夏春树夏春树的，你是个情种啊？”

“我喜欢夏春树，敢站到军校的操场上吆喝去。兄弟你呢，啥都闷在肚子里。可劲儿禁欲，把自己扮得跟个和尚似的，没意义！”绿蓝侠面露不屑。

下部队归来，各样的小道消息也在南京溽热的空气里悄然传播开来。这其中一直稳居头条的，就是新闻系的女生夏春树和驻地军官谈恋爱一则。

女生们去的是大山里的通讯团，一个月下来肤色和身形都有了明显的变化。季桃的一张脸被山风吹得黑里透红，身材明显壮硕了。“童子军”殷晴，明显清瘦了许多，军装穿在身上都咣咣当当的。

“你说春树这丫头吧，黑不溜秋、瘦不拉几的，有啥啊？可她是真招人呢，说是他们区队有个男生都为她神经了。你说这丫头是不是有啥迷魂大法啊……”绿蓝侠正说着，一眼望见金默冷峻的脸色，马上改口，“那啥，这次下部队回来吧，我这心一直凉冰冰的。要是真分到大山里的部队去，这辈子，算是真栽坑里去了。”

金默继续低头吃饭，翻看字典，不搭理绿蓝侠。

重新回到饭桌边的蔡秀才直点头：“部队官兵苦啊！那山沟里待得人都要傻掉了！”

“我是打山里出来的，我可不想再回到那大山沟里去。”绿蓝侠说。

“我早看透了，往那大山沟里一待啊，这辈子算是，用张学粮那疙瘩的话说，算是白瞎了！简直的！”蔡秀才说。

金默仍旧没吭气。这次下部队，他的酒量明显见长。一天的训练下来，唯一的娱乐就是坐到连部里，几个干部一起喝喝酒、说说话。下酒菜也都不讲究。连队都有自己的菜地，从菜地里揪根黄瓜、拽根萝卜什么的，洗净了也不用拌，就着根黄瓜、萝卜的就能喝掉半瓶白酒。这样的酒不喝还不成，说是你看不起人。酒一喝上头，话就说得密。基层带兵的人，苦恼在哪儿？那么多的基层军官，可团啊师的位置就那么一两个，不削尖了脑壳往上冲，只能到年龄就走人。走哪儿去呢？虽然组织上有对复员转业干部的安置政策，可终归是二次就业，重新定位哪有那么容易？拖家带口的，对谁都是次不小的考验。

在山沟里当兵是真苦。可是那些铁骨铮铮的军人，谁没有七情六欲？谁没有妻儿老小？他们就命中注定要在大山里待着，奉献出自己的青春，甚至是大半辈子的人生吗？金默这样想着，不由得发起呆来。

“哎，金默，你发什么愣啊？你家离黄山是不是挺近的，要不，咱也上黄山玩玩去！”绿蓝侠说。

“这下部队回来，人困马乏的，真不想动了。再说，家里也等着我回去呢。”金默回答。

金默的家离黄山确实很近，可他一次都没去过。上中学的时候，学校里倒是组织过游黄山。可外出游玩是要交钱的，他没向母亲张口。

眼前，他完全没有外出游玩的心思。母亲的来信里说，她跟弟弟的新家，校园后面的那仓库，虽然潮了一些，采光也不够好，可房间面积比原来的还大些，算是暂时有了容身的地方。金默早已在心里盘算好，回去后再到码头上打份零工，好替母亲分担一些。

“你总是家里长家里短的，真不像个老爷们儿！”绿蓝侠的脸拉了下来，又满面焦虑，“黄山那地儿，听说可险了。夏春树瘦得跟衣架似的，爬高上低的行吗？还有呢，听说现在都流行结伴出游，也不知道跟夏春树一道儿出去的那几个人是不是实在人。”

“对个女孩子这样牵肠挂肚的，看来怪侠是真动感情了。简直的！”蔡秀才评价道，他一仰脖，把饭盆里的汤都灌进了嘴里，抹抹嘴又说，“问世间情为何物？直教人生死相许。”说罢，蔡秀才摇头晃脑地起身走了。

“我真有些担心秀才，他像是走火入魔了。”金默说。

“各人有各人的活法，别瞎操心了。秀才的路，我走不了。你的路，我也走不成。你这整天念外语，背字典，写东西，都成魔怔了，英语四级你是考了个全年级第一，可顶个屁用啊？区队长也不是你的，照样小班长一个。想当作家，那得收多少退稿啊？瞅瞅你那退稿信吧，比乒乓球回得还快。”绿蓝侠说。

金默张张嘴，脸红了，可到底没说什么。他把饭盆猛地一扣，看也不看绿蓝侠，起身离开。

偌大的食堂里，只剩下绿蓝侠一个人面含忧伤地使劲啃着块大排。

3

这个周末的晚上，天空飘着雨夹雪，金默披上军用雨衣，朝图书馆走去。

快到图书馆的大门时，金默望见门口立着个人，罩在军用雨衣里，高高瘦瘦的，看不出男女。金默的心不由得怦怦猛跳了两下，看那玉树临风的身影，明知道不是殷晴，可他还是愿意心存一份幻想。他和殷晴在军校里碰面，已经能微笑着点头示意了。虽然他和她中间毕竟隔了些什么，早已经不是亲密的一对了，可他还是愿意看见她。

“可等着你了！”立在门口的夏春树欢呼了一声，朝金默迎来。她整个人罩在军用雨衣里，脚下蹬了双黑色的高腰雨靴，活脱一位女侠。下部队归来，金默和她还是第一次见面。

两个人站到图书馆门口的房檐下说话。

“你……怎么好像长个儿了！真不能再长了。”金默面上开着玩笑，其实心里还是有几分紧张。面对这个女孩，他似乎总有几分自卑似的。也不是自卑吧，就是不放松。

“个儿没长，是瘦了。真快瘦成相片了。”夏春树说着，咯咯咯地先笑起来了。

金默也笑了。春树笑的时候，他是感觉最轻松愉快的。好在，夏春树很爱笑。

“金默，我看到你主编的《战地日记》了，编得太好了！我是每期必看！”夏春树说。

下部队期间，罗双虎原本是安排蔡明亮负责宣传的，可蔡秀才一心只想弄大稿子，要到《战地报》上放个卫星，于是罗主任就把这事交给了金默。不曾想，金默把一份战地小报办得是风生水起，在男学员中颇有影响不说，还成了在战士们中间格外受欢迎的一份小报。

金默很有几分惊异：“你们女生去的地方，可跟我们是两个军区。那么老远，你们也能看到《战地日记》？”

夏春树得意道：“想看到就能看到！我有内线。”她没说是绿蓝侠定时把每期的《战地日记》都寄给了她。

“早知道这样，就跟你们女生也约约稿了。你们的生活，我们许多男生都特别挂念，挂念到夜不能寐了！”金默满面认真。

“主编大人，近来您的嘴皮子可是利落多了。怎么，您不打算对您的忠实读者有点什么表示吗？我们去喝点酒，好吗？”夏春树满面期待。

金默卡住了，一时不知该怎么接话。

军校女生夏春树在军校的小吃部里自斟自饮，已经是军校里一道旖旎的风景了。

军校的小吃部里，男生出现的频率要远远高于女生。不是女生们的舌尖寡淡要求不高，恰恰相反，是因为她们对美食的要求更高更远，军校的小吃部已经不能满足她们了。军校的日常生活之外，女生们会利用一切外出的机会搜寻美食。早操时的外出长跑，是她们欢欣鼓舞的仪式。她们中的一个，装着脚扭了，蹲在地上迟迟不起身。成功掉队后，便跑去菜市场拎上几根胖胖的油条，或者油汪汪的煎饺。于是这一个清晨，女生宿舍里飘散起了令人垂涎的油香。除了外出采购之外，她们还喜欢亲力亲为制作美食。一包方便面，加榨菜加火腿肠，加鸡蛋加鸭蛋加松花蛋，加红红的辣椒酱，用电炉或者电热杯煮出来，其味道和口感，已经远远超出了方便面制作者最初的梦想。

小吃部女生少的另一个原因，是军校到底是男性的世界，坐到小吃部里推杯换盏，多是男生们隔三岔五爱去做的。去小吃部里的女生，大多都是两两同行，要么要上几两三鲜水饺，要么各要一碗青菜肉丝面，只蜻蜓点水一般吃一吃而已。

新闻系的女生夏春树总是与众不同，她总是一个人坐在临窗的桌边，静静地喝酒。夏天，她面前是一碟炒鸡蛋，一碟凉拌小菜，一瓶冷冷的冒着凉气的啤酒。冬天，她面前是一盘炸虾片，一碗热豆花，一壶烫得热热的桂花酒。这女孩子一个人安静地吃着喝着，周遭的世界仿佛与她毫不相干。在这所军校里，刺客夏春树在各样的注脚之外，多了一条新注释——在军校小吃部里大摇大摆喝酒的女生。

“怎么，不敢跟我喝酒吗？”夏春树开玩笑道。

金默想了想，点头答应了。他让夏春树先在楼下等他一等，他先上楼去把书还了就下来。一个想法刚刚已经冒上了脑门。他想，若是喝酒的话，不如把绿蓝侠一起喊上。绿蓝侠爱慕夏春树已久，这也是个机会。

金默匆匆上楼。楼道的暗影处，有三个人正在吞云吐雾，金默略略打量了一下，是向武、张学粮和许亚军三个人。

上学期期末，向武几个人不请假外出，又在拉面馆拿腰带打人的事儿，影响极其恶劣。事情传得很快，罗双虎想捂都捂不住。拉面馆的小伙计先做了正义的宣讲员，向所有光临拉面馆的学员顾客一遍遍控诉着向武的暴行。对这事的处理，罗双虎把动静造得挺大。先是召开了区队大会，整顿作风和纪律。会上，他开场狠狠地发了通火，紧接着把向武给狠狠地批了一顿，又把许亚军和张学粮给痛骂了一通。但特别蹊跷的是，向武竟然没来参加这个会。说是拉肚子，拉得虚脱了，所以只能躺在宿舍里休息。罗双虎对向武的猛烈批评，只能是会议室里的众人和空气接着。罗双虎像是没说过瘾，又把几个骨干狠狠说了一通，好像出手打人的不是向武，而是他们中的一个似的。

向武这边的表现更是令人诧异。一个警告处分下来，向武的脑袋却仰得更高了，嚣张的气焰没有一点儿收敛不说，做事反而更加飞扬跋扈了。许亚军和张学粮得了个班批评后，面上像是老实了一些，私底下则跟向武走得更近了。张学粮到处吹嘘，说是他们三个人已是桃园三结义的兄弟了。

最近这三个人总是如影随形，所以并不难辨认。这次下部队回来，许亚军对向武巴结得更厉害了。内中缘由，大家伙儿都清楚。还在部队的时候，一次许亚军喝醉了酒，跟个战士动了手，是向武出面把事情给摆平了。许亚军正式拜了向武为大哥。如今三个人整天黏一起，完全是个同手同脚的小集团。金默赶紧把脸扭开，装作没有看见暗影里的三个人。倒是向武喊着他的名字，主动跟他招呼了一声。金默一转身，透过落地的玻璃窗，望见二楼阅览室里，蔡明亮一个人坐在靠窗的位置发呆，满面苦楚，像个被抛弃的怨妇。他昔日的徒弟绿蓝侠，则完全不见了踪影。

金默又在图书馆里转了一圈，都没见绿蓝侠的影子，只好赶紧把书还了，一溜儿小跑回到了楼下。

夏春树一见他就笑了："太好了！你活着回来了。我还以为你这个胆小鬼躲起来了呢。"

金默的心颤悠了一下，几分内疚倏地浮上了心头。

两个人并肩走进了飘飞的雨雪中，刚刚走了几步，周遭忽然就是一暗，是停电了。

4

夏春树拍手欢呼道："这电停得太诡异了！我正想出去透透气呢！"她转头望向金默，"跟着我，不许说话！"

金默只好跟着，竟然就一路走到了军校的大门口。夏春树先走上前去，跟哨兵小声交谈了几句什么，又回身指了指金默。哨兵握住手电筒上下左右照了照金默，挥手放行。

金默像是做梦一般，跟上了夏春树的步伐。雨丝横斜，雪花夹杂其中飘飘落落，两个人一起走到了军校外的中山北路上。金默想问问夏春树刚刚跟哨兵说了什么，又没好意思开口。空气清冽，有蜡梅花的芬芳。难得出来一遭，两个人的心情都有几分飘飞。两个人一气儿走了两站地，拐进一条小街，夏春树先走进了一家门脸并不大的小吃店。

夏春树显然是这里的常客。一进门，先找了临窗的窗口坐下，而后就要茶水喝。女店主早已经殷勤地走上来，望望金默，轻轻点了下头。金默望着她，女店主脑后盘髻，面容清爽，面含微笑，像是曾经见过似的。

女店主问夏春树："还是老样子？"

夏春树点头："菜和汤比平时量稍多些，酒只一人份的。"女店主点头，又看了眼金默。

菜先上来了，两小碟凉菜：盐水鸭、素什锦，两盘热菜：红烧肉、芦蒿炒香干，都是南京的家常菜。春树把烫好的桂花酒倒进自己面前的杯子里，也不让金默，自己先抿了一小口。

美味可口的菜肴，令金默原本的拘谨打消了许多，话渐渐多起来。他说起在部队的时候，一个周日，他约副班长外出登山，竟然在山里见到了野兔。班副要把那野兔追下来，说是回去改善伙食，但被他拦下来了。他见那野兔胖嘟嘟的，像是怀着小兔子呢。

金默跟班副游山回来，却发现班长一个人捧本书坐在窗户底下，谁都不理，像是跟谁在生闷气。他把在山上采摘来的野果洗净，端到班长面前请他品尝，班长就是扭头不理他。到了晚饭前，班长躺在了铺位上，说是头疼，连晚饭也不吃了。金默把病号饭端到床前，班长还是不接。金默就问他是不是有心事。班长是西北人，话应得铿铿锵锵的："你咋就爱跟班副出去呢？不约额？是额得罪了你，还是你根本就看不起额？"把个金默一下问愣了。

"这些战士真是可爱呢。也就十八九岁的年龄，说起来比我们还要小，整天在山沟里待着，牺牲了很多年轻人本该有的娱乐。在山里待久了，人都耿直得很。"金默说。

"那你最后怎么赔罪的？"夏春树一脸的好奇。

"我去买了个笔记本，送给了班长，算是表达了我的歉意跟诚意。"金默说。

"你们男兵有意思，我们女兵更好玩儿。我们去的是通讯连，一去啊，就见到了个神人。这女兵啊，来当兵的时候，跟个豆芽菜一样，真瘦得很。一年兵当下来，跟吹了气的馒头一样，胖鼓鼓的就发起来了。她的爸爸妈妈来连队看她，这小女兵就是不见。为什么呢？说是胖得见不得人，她实在不好意思见爹娘了。她一头钻到山洞里的操作室，就是不出来。因是机房重地，她爸爸妈妈又进不去，最后只好打道回府。爸妈是真难。"夏春树摇头道，"生活艰苦，没有娱乐，真的很容易就胖起来的。女兵们其实牺牲得挺多的。"

"真有那么残酷啊？那你们几个女生，也没见谁跟吹气似的胖起来啊。哎，我怎么听说你还谈上恋爱了？"见夏春树面露忧郁，金默故意把话题放轻松了。

"还说呢，开初半个月，我们在炊事班帮厨，干的是体力活，胃口都特别大，一个个都跟吹了气儿一样迅速地胖起来了。还是苏小青先警惕起来，才不那么猛吃了。后来我们参加了部队的野外训练，强度一大，很快就瘦下来了。"夏春树说着喝了一小口桂花酒，"至于恋爱，其实都是大家的想象而已。两个人的相遇很美好，这就够了。我才不怕什么流言蜚语。"

小吃店里，灯光并不够明亮，甚至略有几分昏暗，可这样子正好。夏春树的脸上升起了两团红晕，妩媚如暗夜里的花朵。金默注视着她，心头忽然升腾起一种从未有过的情感。做眼前这个女生的男朋友，应该是件很有意思的事情吧？正乱想着，女店主端上来了一大碗汤，热腾腾的煮干丝。女店主的笑容令金默怔了一怔，他一下想起来了，他和殷晴也来过这家小吃店的。他的心头忽然布满了酸楚。刚才升起的那份甜蜜，一下子无影无踪了。

临走，女店主从后面追出来，偷偷塞给了金默一本书。她悄声告诉金默，之前跟他同来的那个女孩，后来也来过一次，走的时候，把这本书落下了。这一晃快有两年多了，女孩再没来过。

和夏春树说再见之后，金默立在了军校操场边昏黄的路灯下。雨丝飞到脸上，雪花落在头上，金默顾不上这些，只是迫不及待地从怀里掏出那本书来。他一页页翻看着，一张白纸落下来，那是一张医院的诊断书。时间的标记，是在军校第一年的寒假。那个日子金默是记得的，因为正是那一天，他去小城里最大的邮局给殷晴拍了一份电报。

金默的脸色很难看、很苦涩，像是一个皱皱巴巴的核桃壳。他把这张纸小心翼翼地叠好，而后从军装左边的胸前口袋里，取出一张同样叠得只有巴掌大的信纸，一并小心翼翼地放到了他的军装口袋里。他把心口处的那个口袋摸了又摸，长长地吁了口气。或许是太使劲了，一下子，他竟是泪流满面。

第十七章　所有的告别都没有彩排

1

又一年的新年到来的时候，军校新年晚会的大幕正式拉开。以一身学员服出场的女主持人款款走出，台下所有男生的目光唰一下聚拢到了她身上。军校生活的第三个元旦，是伴着各个系、各个区队吹拉弹唱的紧张排练开始的。

女主持是88级国防理论系的一位女生，妆化得有点猛，浓烈的妆容一下将她拽进了中年大妈的行列。平日里这姑娘柳眉杏眼，唇红齿白，除了人长得标致之外，吸引众人目光的，是她胸前永远高耸着的两座山峰。女主持显然深知自己的优势所在，平日里不穿军装的日子，特别好穿一件中学时代的蓝白道的运动衫在操场上狂奔。于是她胸前跃动的不再是两座山，而分明是两团能引爆男生目光的火球了。这位男生们梦乡里经常出现的女神，她的绰号也别具一格，叫作“天下第一凶器”，简称“一器”。

眼前，“一器”姑娘对这探照灯一般的扫射早已练就了一颗平常心，她眨了眨描画得如熊猫大眼一般的眼睛，用甜美却不失高亢的嗓音镇定宣布道：“元旦文艺晚会现在开始！全体起立，唱校歌！”

激昂的前奏起，“黄河之滨，聚集着一群中华民族的子孙……”礼堂上空回荡起震耳欲聋的歌声。是那首著名的《抗日军政大学校歌》。观众席里，国防战略系二区队的政委柳云峰紧绷着脸，满面郑重地歌唱着。他的身边，立着的不再是黑铁塔一般的罗双虎，而另换了张清瘦白皙的面容。代理班主任，军务处的齐处长，同样也绷着脸高歌着。齐主任依旧还是那身标准配置，戴着白手套、蹬着作战靴，窈窕的腰身外系着条宽宽的军用腰带。

这场文艺晚会，原本只是为了迎接新年而举行的一场文艺汇演，可实际落实起来，军校的上空，早早就弥漫起了一股子浓烈的火药味儿。区队之间的竞争一拉开，或明或暗的较量就是初一到十五的爆竹，噼里啪啦没个停歇。眼前，到了各区队大展身手的关键时刻，爆竹才熄，火炮就要上阵了。各区队主管的脸，都像是农历年前后晒在屋檐下的腊肉，紧邦邦、硬杠杠。

冲锋号响彻之前，总部派来的新院长先来到台上，做了简短而振奋的发言。新院长高亢有力的声音回荡在礼堂上空："……在长期的办学实践中，学院始终秉承'忠诚使命、以身作则'的院训，大力弘扬'严谨求实、言传身教'的教风，积极倡导'博采专攻、学以致用'的学风，努力建设以'育忠诚于党的举旗人，做献身使命的带兵人'为主题的'军魂文化'……"

院长的发言，引来了军校师生一片热烈的掌声，而后便是即将退休的老政委上台讲话——

"同学们，春节一过，我就退休了。我在军校政委这个岗位上，已经工作了整整10年了。下个学期，军校开学的时候，同学们在校园里就见不到我了。我要回湖南农村老家，伺候我88岁的老母亲去了。说实在的，我还真有些舍不得同学们呢。就在刚刚，我作了一首诗，想要送给大家。我不是诗人，可我也不是什么大老粗。我上过前线，经历过战争和生死的考验，我觉得还算懂人、懂人生。我的这首诗，希望同学们不要笑话我，因为，这都是我的心里话。好，我开始朗诵——你们，我的同学们，你们不过十八九岁，有的已经二十一二，最多不超过二十五六……"台下轰隆一声响，笑声似鼓声一般铿锵登场。

老政委不管这些，情绪丝毫不受影响，只管在台上继续抒情："……月亮是我们的，可终归是你们这些童子军的。太阳是我们的，可终归是你们这些准军官的！这世界啊，是我们的，但终归是你们这些骄傲着自豪着前进着的军校大学生的！"政委大人这首气质和词句都属混搭的诗歌骤然收笔，全场的爆笑忽然就停止了。像是有一只看不见的手，在空中画了一个休止符。礼堂里一下子静得出奇，静得让人想要哭出来了。老政委立在舞台中央，不发一声，俯瞰众生，缓缓地行了一个军礼。忽然，掌声起，许久。齐处长身边的小柳政委悄悄抹开了眼泪。齐处长扭脸望望小柳，面露轻蔑，轻轻摇了下头，他自己的眼圈却也是红的。

军校的这场文艺汇演，牵动起了每个人的神经。军校里随时随地都洋溢着"赶帮超"的空气，不拼个你死我活那还叫作当兵的人吗？此番，代理工作的齐处长本想亲自督阵国防战略系二区队的节目训练，但无奈他文艺细胞严重匮乏，天生的小细嗓着实不给力，于是他就把此重任交给了政委柳云峰。任务交到这个青年军官手上，他又是一万个不放心。听说这小柳政委跟他女朋友的关系陷入了僵局，女朋友几次催婚都被小柳拒绝了。这都30出头的人了，偏偏就是不结婚，也不知道这小伙子咋想的。齐处长又不好深问，只能看着自己的副手无精打采，样子很是消沉。此番来代理光棍区队的工作，齐处长深感这个区队的问题积累得太多、太深，简直无从下手。

笑声里，齐处长起身。趁文艺汇演的大幕还没真正拉开，他要绕过主席台，去后台视察一下。光棍区队精心排练的小话剧《阿Q正传》，在节目单上被排到了最后一个，有几分压轴大戏的意味。眼前参加演出的男生大多还都坐在观众席里，齐处长去后台也没啥事情好做。小话剧的导演卢一平和艺术总监金默，早已经打前站去了后台候场。可他就是不放心，还是想到后台去瞅瞅。

幕布低垂，齐处长踩着他的作战靴走在暗影里，一不留神从幕布里蹿出个人来，惊得他不由得晃悠了一下长条身子。

“齐处长好！”是个脆生生的女声。齐处长眯缝起眼，仔细辨认了好一会儿，才望见眼前站着的是88级国防新闻系二区队的女生季桃。这季桃也不知从哪儿借了身紧绷绷的体操服，穿在身上前凸后也凸的，沙漏形的身材一览无余。

齐处长惊了一下，像是眼前着火了一般，赶紧把目光掉转开来，身子也扭开了，脸朝一边看，话说得很是严厉：“小季，你……谁让你穿成这样子的？撤！赶紧撤！这样子是要出事的呀。”齐处长一只手使劲朝季桃摆着，公鸭嗓发出的声音听上去满是惊悚。

把齐处长给惊着了的季桃，忍不住扑哧一笑，心里暗笑齐处长的迂腐。季桃要表演的节目叫《青春健美操表演》，是这次晚会的第一个节目。季桃的人生信条是啥？就是“只有第一，没有第二”，永远乘风破浪，乘胜追击。如今她刻苦训练整一个月了，就是为了在文艺汇演中大展身手，崭露峥嵘。而今听到齐处长的这般评价，诧异之余不觉很有几分不以为然。

“处长大人，我的节目在彩排的时候，可是没有一点磕绊就过了。现在都是崭新的90年代了，处长大人您可不要太保守哦！”粉面桃花的季桃笑嘻嘻地说。

齐处长碰了个软钉子，摇着头、背着手去找他的学员了。转了一圈，到了一间由会议室改造的临时化妆间，见卢一平正靠在一面镜子前发呆，金默则正在边上忙着整理戏服。

这个卢一平，啥时候见到他，他都在发呆。又是为情所困，为他那个远在家乡的女朋友闹心呢。齐处长鼻子里哼出一股子冷气，忍不住又摇头。卢一平这小伙子一表人才，学啥像啥，浑身都长满了文艺细胞，可早晚得毁在他那个变化无常的女朋友手里。

要说还是金默稳重踏实，绝对是块儿好坯子。听说军校里不少女生都很注意他，连新闻系那个鼻孔永远朝上的夏春树对他都极其主动热情，可你看人家，从来都是一副稳稳当当的模样。小伙子有才华，人厚道，听说之前金默一直受到班主任罗双虎的压制，可这小伙子有股子韧劲，从不参与那些乱七八糟的事情不说，还一直默默地坚持文学创作。眼前虽还没大部头的作品发表，精神可嘉啊。这学期骨干改选，区队先搞了个民意测验。区队长一职，以最高票数落到了金默的头上。不过这金默就是有点愣，书呆子气重，不像范豫中那么灵活。自己一来区队，范豫中就格外配合工作，区队的这些弯弯绕，多亏了他能及时向自己汇报，否则自己真是两眼一抹黑。

齐主任一路心情起伏，在冷漠地瞥了眼卢一平后，面带微笑地朝金默走去。正想慰问金默几句呢，一个急促仓皇的声音忽然在他的身后响起来。

“报告主任！齐主任，不好了！蔡秀才，不，蔡明亮不见了！”一个气喘吁吁的声音传来，接着一只晃晃荡荡的手，在化妆间门口一把拽住了齐处长。

“蔡明亮？怎么回事？这个时候跑肚拉稀！”齐主任回身，气愤地问道，细腰晃了晃，一张白脸更白了。

“报告主任！晚饭的时候，他没吃几口就走了。刚才集合的时候，明明还看见他的。进礼堂也有他，唱完《抗日军政大学校歌》，他忽然就没影儿了。”门外的范豫中做着详细报告。

“唱着歌就跑了？怎么可能？”齐主任问。

“咱区队的位置靠着过道，秀才坐最边上，一不留神，就没看住他！”范豫中回答。

“找！赶紧找！跑了这个阿Q，咱们的《阿Q正传》还怎么演呀？”齐主任用尖细的公鸭嗓咆哮起来。

2

生存还是死亡，是哈姆雷特的问题。而蔡秀才的问题只有一个——罗主任啥时候回来？

他这问题其实简单，标准答案尽人皆知。半年的集训结束，主任罗双虎就回来了。可蔡秀才不信，非要给罗双虎一次次地打电话核实，上百次地追问，就差千万里追寻他而去了。电话打通，蔡秀才总是先激动得哽咽起来，没说几句话呢就泣不成声，话从来就没说利索过。对此大家伙儿倒都没太在意，以为是秀才平时总帮着主任推材料，朝夕相处情深意切，长夜共度点灯熬油，他是打心眼里依恋着罗主任呢。

下部队归来，大家都看出来了，秀才有一段挺闹心。部队文书的电话一来，一问到在《战地报》发特刊的事儿，秀才就跟上了紧箍咒的孙猴子一般，坐卧不宁，满地乱窜。后来还是在外学习的班主任罗双虎，三天两头给人家部队去电话，又给人家团长写了封长信，说明了情况，郑重道歉，人家才不再打电话来了。主任对秀才的事情这么上心，秀才对主任感情深，这事儿也就再正常不过了。

这学期秀才的状态一直不好，失魂落魄的。骨干改选前摸底，做了个民意测验，基本人选出笼。金默是区队长，范豫中还是副区队长，孟艳玖任团支书。秀才被免去了团支书不说，连个班长、副班长的都没混上。倒不是代理班主任齐处长不待见他，是这学期的政治风向变了。军校派来的这位新院长，工作作风大刀阔斧，破旧立新。新制定的规章制度里，先把过去学员队领导一周一小汇报、一月一大汇报、定期上报简报材料的规定给彻底废除了。一周一次由各系领导参加的办公例会，改作了由各区队班主任列席参加的大会。有事放在面上说，奖惩制度全公开，办公透明、公正。在对学员的管理上，一项最大的改革，是加大了学员的军事体能和战术能力的测试力度。之前是一学期考核一次，如今变成一周一小考，一月一大考，学期进行综合考核。考核不过关者，做留级处理。在这样的大形势下，秀才推材料的光荣使命戛然而止。不让推材料了不说，一上来的体能和战术测试，蔡明亮完全应付不来，每天累得呼哧带喘不说，夜里还闹开了失眠。

没了骨干的帽子，没了立足的家伙什，秀才有些不会走道儿了。

本来蔡秀才对这次文艺汇演是抱了希望的，他主动请缨要当编剧，小话剧《阿Q正传》的编剧，可是齐主任却坚持让金默上。之前齐主任看过金默主编的《战地日记》，对金默很是欣赏。知道秀才的心思，金默就没应。最后齐主任强行命令金默必须当编剧，金默面上应了，底下却是拉了秀才一起写，最后自己只担了个艺术监督的虚名。金默还提出让秀才领衔主演，扮演绝对主角阿Q。金默只是想帮秀才一把，希望他的状态能好一些。

偏偏正式演出这天，阿Q的扮演者蔡秀才玩起了失踪。

3

正式演出这天，秀才突然失踪。好在有艺术总监金默临时救场，演出没砸不说，还让光棍区队出足了风头，获了个一等奖。

金默最令人惊叹的一个举动是，临上场前，他以百米冲刺的速度冲进军人理发室，让理发的师傅给他推了个光头。本来秀才演阿Q，可他死活不剃光头，说是只有犯人才剃成个秃瓢。为艺术甘于牺牲，金默得到了一片赞叹。军校的女生们则都疯了，直呼见到了天底下最帅的男人。汇演结束，冬日的校园里竟然生起了一大片的光头，不少男生都把头给剃光了。这就是艺术的力量啊。

那天，政委柳云峰代表区队上台领奖的时候，齐处长带着两个学员在宿舍楼的楼顶总算把蔡明亮给寻着了。

这之后，秀才开始连续不断地出状况。他的眼神渐渐发直，经常在熄灯后不见了他的人影。等一干人东寻西找，忙活了半天却没找到他时，他却一个人幽幽地走上楼来，谁都不瞅一眼，径直走向自己的宿舍，洗也不洗就钻进了被窝。金默和卢一平没说啥，绿蓝侠却不干了，因为他的铺位跟蔡秀才平行挨着。他直说蔡秀才的脚实在是太臭了，呼吁区队发个防毒面具给他，否则他早晚有一天会被毒气熏得一命呜呼。

蔡秀才却依旧我行我素。这样的状况持续了半个月的样子，他躺倒在铺位上起不来了，说是脑袋晕，一天三顿吃什么吐什么。可是任人怎么劝怎么说，他就是不下床去看病。急得柳云峰带了金默和绿蓝侠，愣是把蔡秀才从床上拽起来，背到了军校的门诊部。到了门诊部，医生给秀才查遍全身，却也没查出个究竟来。柳云峰又要了门诊部的救护车，一下就把蔡秀才拉到了军区总院。

在军区总院，照例又是对秀才从头到脚查了一遍，不过手段都高科技了许多，最后医生得出的诊断是——植物末梢神经紊乱。医生嘱咐秀才说，要好好休息，注意多晒太阳。这病开不出啥特效药来，只能回去好好调养、慢慢调理。柳云峰不甘心，陪着蔡秀才去看中医，中医说秀才是情志不畅，气滞血瘀，给开了一堆中草药让慢慢熬着喝。

于是光棍区队的男生宿舍楼里，弥漫起一股子浓烈的中药味来。柳云峰把自己的宿舍重新布置了一下，把原本放东西的上铺清理了出来，让蔡秀才住到了上头。熬药也是小柳的事儿。小柳政委买个砂锅，给秀才熬药。药喝了几服下去，秀才吃东西倒是不吐了，可又多出一个毛病来，就是爱睡觉，白天总犯困。清晨出操，下午起床哨响，秀才睡得像一摊烂泥，怎么喊都喊不醒。

光棍区队的弟兄们都动起来了，各样的偏方从老家寄来。范豫中专门从河南老家的一位老中医那里要了一服方子，主药是蚯蚓。可是这大冬天的，蚯蚓可不是哪里都能寻到的。一到雨雪天，范豫中就出动了。赶上周日，他能跑到紫金山去捉一天的蚯蚓。晚上熄灯后，老范也要告假去操场上四处找蚯蚓。

半个月过去，蔡秀才明显胖了。原来看上去，他像是个溜光水滑的大队会计，而今他则像是名老成持重的大队书记了。圆脸阔胸，表情里既有威严也有和善。每日生活他也基本走上了正轨，除了给罗双虎打电话的时候，情绪再看不出太大的起伏。于是大家都暂时安心了。

一个雪天的晚上，金默跟小柳在楼门口撞上了喝得醉醺醺的蔡秀才。蔡秀才一手握着那本《查拉图斯特拉如是说》，一手举着个酒瓶子，口中念念有词："我是肉体，也是灵魂……"

金默赶上前，和小柳政委一人一边扶住蔡秀才，往宿舍楼送。金默的心里沉甸甸的，心里说一个好好的人，怎么就会变成眼前这个样子呢？上楼不便，小柳政委把秀才背到了背上。"怎么喝成这样了？这样下去早晚会出事的！"小柳叹息道，"得赶紧喊罗主任回来！不能再耽误了，得马上回来！"

近来蔡秀才倒是不给罗双虎打电话了，他添了个新毛病，就是每天晚上都要登上宿舍楼的楼顶，任谁喊都不回来。熄灯后，他一般都是被人架回来的。大多时候他都是躺在楼顶，没喝酒却像是烂醉成一团的泥鳅，浑身软瘫瘫的。政委柳云峰真是发愁啊，鬓角的头发噌噌地白了好些根。以自己的能力，局面显然控制不住了，小柳政委只有打电话给罗双虎，让他抽空回来一趟，跟秀才好好谈谈。

4

两天后，光棍区队的班主任罗双虎匆匆奔波在了回军校的路上。

天还没大亮，罗双虎已经从火车站的出口走出来了。他坐上最早的一班公共汽车，急急忙忙朝军校赶来。才走到大门外，那悠扬的起床号就划开了东方的鱼肚白，响彻了整个军校。罗双虎的心一热，脚下生风直往宿舍楼而去。他从心里盼着能早一点见到自己的学员兵啊。分开一个多月了，他真是想他们啊。

军校不大，从大门口走到宿舍楼，腾腾几步也就到了。罗双虎进了校门，甩开膀子正往宿舍楼去，雾气里忽然伸出一只手来，一把将他军装的衣角给拽住了。罗双虎猛回头，拽他的人不是旁人，竟是自己的儿子罗小虎。小虎一早等在这儿不为旁的，为的是向爸爸要钱。学校里开办了各种名目的兴趣班，要花钱才能去上课。小虎的妈随军过来一直没工作，手里攥着丈夫撂下的几个生活费，说什么也不肯撒手。军官罗双虎外出进修期间，工资都是跟着人走。原本他常年在外工作，老婆带着孩子在农村老家，探亲的时候他总会给家里带钱，从没有寄钱的习惯。眼前也没动脑子，只想着半年一晃而过也就回去了，除探亲就没给过娘儿俩生活费。他忘记了过去那是在农村，挨着地呢，好歹吃喝不愁。而今这在城里过日子，开门七件事，柴米油盐酱醋茶，有哪一样能缺得了钱啊。

罗双虎看着又像是长高了一些的儿子，心头突然生出一股难言的苦涩来。小虎打小就在农村长大，这好不容易到了自己身边了，可这两年多里，自己待在家里的时间，像是比原来探亲休假还短，他跟儿子从根本上还是陌生的。带学员就是这样，越是假日就越是拴人，得牢牢地蹲在学员队里值班。面上看是有寒假和暑假，可队干部照样得在区队上值班，叫作留校护校。值班之外会有几天假，他先要奔回农村老家看爹娘去。年迈的父母守在农村，不肯跟他来城里，他不回去看看又怎么放心得下。爹娘的身体都是一堆的毛病，平时也不吭声，都是靠撑着。毕竟是这个岁数了，见一面少一面啊。再有点时间，他都是跑去学员家看看，做个家访。这两年多里，利用寒、暑假，他基本把长江沿线以及农村同学的家给走了个遍。一年下来紧巴巴，留给老婆和孩子的假期，不夸张地说，一只手都算得过来，连另一只手都不用劳驾。

记得有一年的“五一”，放假三天，小柳政委坚守岗位，好说歹说把罗双虎推回了家。回了家他喊上小虎，说带他去趟中山陵。爸爸带着出门玩儿，破天荒头一遭啊！头一天夜里，小虎兴奋得都睡不着觉了。一早爷儿俩就爬起来，奔了中山陵。中午从景区出来，罗双虎带着小虎一路往热闹的地方去，想着找个好饭馆，请儿子好好吃上一顿。还就是巧，走在街上，父子俩竟撞见了光棍区队的四个学员。四个男生身上穿的，清一色都是卸了领花的军装。走在人群里，罗双虎一眼就把自己的兵给逮住了。四个人都是从农村考出来的，家里都是穷苦户，有的村里才刚刚通上电，罗双虎都去摸过底。这到了饭点了，四个小伙子也还没吃东西，东寻西找的，准备找个小面馆把午饭给解决了。

罗双虎把四个学员兵和儿子带到了南京一家名声很大的包子店。他把店里最有名的包子各点了几笼，招呼大家好好吃。学员兵们起先还都有几分腼腆，后来吃起来也就放开了。这一敞开了肚皮，桌子上的几笼包子很快就见了底。罗双虎就去又点了第二轮、第三轮。

带儿子走在回家的路上，儿子说了：“爸爸，我肚子没吃饱，我想吃肉。”罗双虎诧异道：“那么一大桌包子，你还没吃够？”小虎慢吞吞地说：“我见哥哥们都太饿了，就没好意思多吃，我就吃了两个。包子好吃是好吃，就是做得没咱老家的大……”罗双虎胡噜了一把小虎的头，摸摸口袋，带儿子进了一家小吃店。小虎要吃大排面。罗双虎把口袋里的钱都放到了桌上，对儿子说：“你要是吃大排面，咱就只能走回家了。”小虎沮丧地低下脑袋，说那就只要阳春面好了。罗双虎皱着眉，左半边脸抽搐了好一阵儿，最后还是要了大排面。回家的路整整六站地。午后天阴了，飘起了雨丝，爷儿俩冒雨一路疾走。等回到家，小虎直喊脚疼，脱了鞋一看，脚底已磨出了两个大血泡。

眼前罗双虎打开钱夹，除去回去的路费，把剩下的钱一股脑儿地都塞到了小虎手里。儿子已经是10多岁的半大小子了，眼见父亲如此慷慨，眼珠子瞪起来，很是惊奇。小虎鼓鼓腮帮，冲父亲笑笑，只接住了其中的两张，其余还是推回到了罗双虎的手里。

罗双虎带着满肚子复杂难言的情绪，再次朝宿舍楼奔去。人还没走到宿舍楼，老远就听见一阵嗡嗡声。雾气里人影绰绰的，东一堆西一群的。学员们并没有像往常一般整齐列队，而是散乱地分布在宿舍楼底下。清晨的雾气里，人群像是疯长的稻谷一般，随了风，一茬茬东摇西晃。

罗双虎紧赶着往前跑了几步，见众人都仰了脖子往楼顶上瞅，他也赶紧朝上看。这一看不要紧，他的一颗心怦怦怦地跳起来了。七层楼顶上，竟然站着个人。那人站在楼顶边上，身子一晃一晃的，像一张纸片一样，随时都会栽下来。

罗双虎心里急，这谁的兵啊？大清早就跑楼上发癔症，不赶紧截下来可危险了。正要立马往楼上冲，再一看，那人身边还立着个人，虽然影影绰绰的看不分明，但那身形他是熟悉的，是区队的政委柳云峰。

“人是最勇敢的动物，因此他征服了任何动物。他还以军乐声战胜了一切痛苦，可是，人的痛苦是最深的痛苦啊……”一个声音打七楼飘下来，引起下头一阵喧哗。

罗双虎心头一沉，是他的兵——蔡明亮！秀才！

“病入膏肓了！得去625医院治啊！”下头有人说道，“哎哟，这谁啊，你怎么拿拳头砸人啊！有话好好说，别动手啊！”

人群里，毛爱竹挥动拳头，像武松打虎一般，正朝新闻系的一个高个子男生挥动着拳头。

罗双虎只觉脑袋嗡的一声响，他顾不上制止小毛，撒丫子朝楼里奔去。

5

天气完全冷下来。光棍区队的学员门也都跟挨了霜打一般，个个都蔫不拉唧的，打不起精神。

一周后，蔡明亮被送进了郊区的625医院，这是部队系统的一家治疗精神系统疾病的医院。一开始，罗双虎先带着蔡明亮去了军区总院，又去看了中医，把小柳政委走的线路重走了一遭。他还是不甘心，又带着秀才去了几家大医院。无奈诊断的结果都差不多，说是神经系统的问题，没有更好的药方可寻。

罗双虎又把秀才接到了家里，亲自给蔡明亮熬药。把老婆炖好的鸡汤，端在手里一勺勺地喂给秀才喝。那天蔡明亮见了罗双虎，扑进他怀里就哭开了。号啕了好一场，而后便昏头大睡。大家都指望着秀才这一哭，能把心里头的那些个杂七杂八的东西都倾倒出来。就像《聊斋》里那些鬼迷心窍的秀才，大梦初醒，把那口堵在心窝处的痰一下吐出来，自此就是个好人了。可事情并没有那么简单，蔡明亮哭完了，睡够了，症状却并不见轻。

蔡明亮被送去625医院之前，他的父母得到通知，一道儿从上海赶来了。那几天学员们分批去了军校的招待所，看望秀才的父母，见到了那个用电话捆绑儿子的秀才妈。谁都没想到的是，蔡秀才整天以上海人自居，面上看优越感十足，其实他的生活却是冰凉阴沉的，甚至很有几分悲凉。

秀才的父母都是大学教授不假，但夫妻感情早就破裂了。他的父亲官瘾很大，先是为了能当上系主任，后来又为了能爬上大学副校长的位置，处处小心，一路周旋，顾及影响，一直没有去跟妻子办离婚手续。夫妻两人一直在同一个屋檐底下住着，却是形同陌路，连水电费都是拨拉着算盘出。如此分裂的生活状态，令蔡明亮成了他母亲唯一的精神依靠和日常倾诉对象。招待所里，蔡明亮的妈絮絮叨叨的，一直在骂蔡明亮的爸。蔡副校长低眉耷眼，不发一语，鬓角的白发刺棱着，眼睛红红的，是个可怜的小老头。秀才妈的控诉，学员们都听得头皮发麻、嘴角发苦，从心里同情秀才。

晚上熄灯前，大家都倒在铺位上，一声不吭地等着那声熄灯号响。以往这个时候，走廊上总是晃动着光棍们结实健美的半裸胴体，响彻着口琴和吉他的乐声，以及一两声故意扯着喉咙吼出来的高亢嘹亮的歌声。而今，这里的夜晚静悄悄。

秀才走后，毛爱竹的口头禅——“有病！该送625医院”是再也听不到了。

“三位兄弟，打扰了！”两声敲门声后，一个人靠在门口招呼道，是范豫中，“秀才的爹娘明天就回上海了，说是回去办辞职，再回来照顾秀才。钱呢，估计眼前不会缺，以后就不好说了。算是个心意吧，咱们有心的捐点钱出来吧。先预告一下啊，齐主任带头，捐了两个月的工资。司令也够仗义，把全部家当都拿出来了。小柳也拿出不少。现在就看兄弟们的了。”范豫中说。

宿舍里的3个人，金默、绿蓝侠和卢一平都不应声，只是赶紧从铺位上爬起来，纷纷找钱。月初，刚刚发了津贴没几天，大家手头应该挺宽裕的。

“刚领到的，还没动呢，给你！”绿蓝侠数都没数，直接从信封里抽出一沓钱递了过去。

“我刚去买了两本曲谱，剩下的就这么多了。”卢一平从军用挎包里掏出钱送过去。

“怪侠！痛快！我替秀才爹娘谢谢你了！一平也不赖！够意思！”范豫中冲绿蓝侠行了个军礼，朝卢一平也行了一个，眼皮子斜着就朝金默那边扫了过去。

眼前，金默刚刚把床头柜打开，他取出了一个笔记本。笔记本里夹着个信封，他把信封的口展开，从里头倒出5元钱来。他略微迟疑了一下，把这5元钱递给了老范。老范眨眨眼，撇撇嘴，接住了。

范豫中离开后，熄灯号便响起来了。

对刚才的突击捐款，谁都无心做评价，因为各人心头沉甸甸的，都挂着心事。代理班主任齐主任和小柳政委查铺结束后，绿蓝侠叹了口气说：“这秀才啊，我这师父，满嘴里说的是那个啥如是说，写在纸上的是主任怎么说，过日子呢，是听他妈怎么说。他自己呢，他什么都不能说。”

卢一平长叹一声。

一直没说话的金默，心里正被深深的歉疚占满着，他觉得刚才交给老范的钱太少了。津贴才一到手，他把一多半都给母亲寄去了。母亲最近一封信里说，弟弟大了，总是锁在家里不行，找不到合适的学校读，白天得找个人照顾他。这请人自然又是一笔开销，只有金默能替母亲分担些。刚才，留在信封里的，是他留给自己的一点钱。早知道要捐钱，就不那么急着给家里寄钱了，自己的动作也太快了。

金默心重，有这件事困扰着，他久久无法安睡。他打算明天一早就去朝小柳借点钱，再给秀才父母送去一些才好。

现在，秀才的铺位空着，再也没有那个跪在床铺上祷告的他了。

第十八章　一艘满载恋情和敌情的海轮

1

哨音响起，两短一长，这是通知学员们开午饭的时间到了。这午饭没有开在军校里，而是开在一条船上。这是条由厦门开出的普通客运海轮，它迎了6月初的来自太平洋上的暖风，一路不紧不慢地向着目的地——温州小城进发。一路上平静地划开大海，驶入大江，并没有因为载了100来位实习归来的军校学员，外加几位雄赳赳、气昂昂的军官，就把自己当艘乘风破浪的战舰了。

一上午甲板上都晃动着穿军装的年轻人的身影，不少人都是第一次坐海轮，喜悦之情挂了满脸满腮。沿途的海上美景一路看过来，过于清新的空气造就了过于单纯的大脑，大家渐渐觉得肚里空虚，于是对美食的向往盖过了对美景的期羡。这前不着村后不着店的，思乡的情绪很快被相思的念头压倒，三五成群小分队似的集体观景，很快让人有些厌倦了。于是，甲板上、船舷上，或明或暗便有了双双俪影了。

国防战略系二区队的37名光棍里，绝对有人不会放过这良辰美景中的那份浪漫的。88级原本有8名女生，除却上学期因病退学的殷晴，眼前还有7位。7位佳丽中，至少有4位都跟光棍区队的男生有上了千丝万缕的联系，剪不断理还乱。早有通风报信的学员把情况上报给了班主任罗双虎。罗主任火从心头起，嘴巴上方、人中正中立时起了个大火泡。寒假前蔡秀才进了医院，罗双虎则又回到长沙接受了一段培训。“五一”一过，他又重新回到了光棍区队，之前的各种流言不攻自破。代理班主任齐处长又回到了他的军务处，罗双虎照旧还是光棍区队的班主任。

还有一个嘴上起泡的人是光棍区队的金默。他正在三等舱里以床铺当桌子，趴在上面用力地书写。他不是写家信也不是写情书，而是正在为创作中的一篇中篇小说收尾。金默在文学之路上一路狂奔了许久，遍野的荆棘把他的双脚扎满了刺，却还没有盛开出一朵瑰丽的花儿来。

眼前金默并没有过分沮丧、痛苦、绝望以至于怀疑人生。那个过程应该是已经过去了，在深度沮丧之后，他变得皮糙肉厚了。既然满脚都扎满了刺，那索性把鞋子脱掉，用脚底磨出的老茧来对付路途。那厚厚的一摞退稿信，已经把他的神经砸成了大条。眼前，他已经调整了战略战术，集中火力开展重点攻破。他不再遍地撒网，而是只给一家杂志投稿。这是一家部队的文艺杂志，金默盯准它，并不是因为它是草绿色的，而是因为这家杂志每回给他的退稿信，都是由主编先生亲自书写的。更为令人欣喜的是，信里的每个字眼，都能强烈地刺激到金默的神经。旁的杂志一般都是来几句寒暄的话，或者给几句虚头巴脑的鼓励，而只有这位穿军装的主编，会狠狠地嘲笑他的小说，对其中的人物甚至不乏刻薄的评价。过瘾！太过瘾了！接受批评，竟然可以让人这般癫狂！金默本就是受虐狂体质，他爱上了那位素未谋面的主编先生。主编先生有一个深情大气的名字——海波，不知道是笔名还是本名。

与其说金默像一头被激怒的雄狮，不如说他更像是只被调动起斗志的雄鸡，他像患了自虐症一般等着海波主编的退稿信，等不到就像是缺氧一般打不起精神来。收到信他就又开始写，奋笔疾书，一次次把小说像砖头一般再砸回去。等待回信的日子，他焦灼而兴奋。心里暗暗想，不知这一回，他得到的又是怎样辛辣刻毒的批判。给这家杂志写东西，等待主编先生的回信，逐渐成了金默生活中不可缺少的一件大事。越是写得狠，心里的终极目标越是高远得够不到。渐渐地，作品是否能刊登，已经变得像摸彩票中奖那般越发遥不可及了。可金默像是魔怔了一般，就是要写，不停地写。

昨天夜里，在厦门警备区的招待所里，金默一宿没合眼。区队上，夜猫子另有一人，就是少帅的远亲张学粮同学。学粮和招待所里那个白裙飘飘的服务员姑娘执手相看泪眼，在开得姹紫嫣红、婆娑摇曳的三角梅的花丛中，情意绵绵、依依话别，很晚才分手。回到宿舍，学粮躺倒在床上，长吁短叹了大半夜。

张学粮先生为情所困的时刻，金默则趴在招待所走廊上的一张方桌上，就着昏暗的灯光，写了整整一夜。这次的南方之行，他有太多的见识和感想急于表达。于是，他必须写，只能写，不写下来他会憋死的。他央求每一个夜里要值班站岗的战友，把那两个小时的岗都让给了他。别人是乐得自在，而他，是为了获得一个完整的属于自己的夜晚。这样的夜晚，他可以不用惦记着集合、出操、点名、打扫卫生、排队吃饭、整队去看电影等这一项项的名目繁多的活动，他可以把他的精神百分之百地投入到眼前这摞草绿色的方格信纸上。这样的夜晚太美妙了，像是上帝格外恩赐给他的生命里骤然多出的日子，金默简直要匍匐在地高喊“感谢”了。

晨光透过招待所的窗户，投射到了一整条走廊上。南方的小鸟起得也早，已经开始了婉转的歌唱。写了一夜的金默走到窗前，伸了个懒腰。他数了数稿纸的页数，粗略一算，一个夜晚，他竟然写了足足一万字。他摸着右手中指上那个已经磨成个疙瘩的老茧，心里美滋滋的。可毕竟是一夜未眠，心气又太足太旺，一早上船，他的上嘴唇就鼓起了个泡儿。班主任罗双虎见了，还劝他要多喝水，不曾想一转身上了船，自己也被火炮袭击了。

2

这三等舱在船的下部，人在里头像是半坐在海里，视野不够好，大白天的铺位上没几个人。听到打上面传来的哨音，人都陆续出去了，不一会儿就剩下了金默和卢一平两个。金默收了笔，几下就把稿纸叠好，塞到了军用挎包里头。因是在船上，可以不用整队集合前往餐厅，所以金默的动作要从容许多。他望了一眼在不远处的一张上铺上有一搭没一搭吹着口琴的卢一平，从床铺上捡了个废弃的纸团，揉了两揉，朝卢一平的铺位上投了过去。

纸团落到卢一平的铺位上，口琴声停了，卢一平从铺位上探头望过来。

“一平，开饭了，一起去吧！”金默招呼道。

“这就开饭了？真快啊。这一上午了，我没吵着你吧？光听你在那里唰唰唰的，跟春蚕吐丝一个动静。”卢一平说，一边把金默刚才丢过来的纸团打开来，瞅了两眼，面露不解，“这写得挺好的，一整页就不要了？”

金默笑笑，把军用挎包背在了身上：“今天算是运气好的呢，也就只有一页写废了，往常多的时候你还没见呢。一平，麻利点儿！要不去晚了可只剩下菜叶子了。”

“我是一点胃口都没有。算了，省一顿吧。”卢一平说着，还是从铺位上下来了。看上去他面色阴郁，神情恹恹的。

金默走过来：“多少吃点吧！饥一顿饱一顿的，身体能行吗？”

卢一平苦笑道：“不碍事，饿不死。”

新学期开始，大家只看见卢一平还是写情书、收情书的，面子上一切如常。区队的战友在一起同吃同住的，很快有人就注意到，卢一平更爱发愣了，发愣之外吹口琴，即使是欢快的曲子，吹出来也透着一股子悲伤。

金默一个人往船舱外面走，卢一平送他出来，随口问：“吃个饭咋还背个包呢？”

金默应：“成习惯了，再说咱区队上，不是有人刚丢了津贴吗？司令让各人的包随身带着。有你留守，那就不背了吧。”

卢一平接过金默递过来的挎包，摇头：“丢钱这事儿，是有点蹊跷。我是不在乎钱，只要我的口琴在，多少钱随便拿！”

金默走出三等舱，沿着过道一路朝前走。路过一间单间的时候，风把门帘一吹，他下意识地往里瞅了一眼。这间12人一间的舱室，住着军校的女生们。门半开着，门帘掀动，可以望见一个女孩子单薄的背影。她坐在窗前，对着被海水淹了一半的窗户，手里举把梳子，一下一下梳着头。

金默的心钝钝地疼了一下，这个女生的背影，好像殷晴啊。他不由得又摸了摸军装的上衣口袋，左侧，那张叠成小方块的信纸还在。在厦门鼓浪屿，他发给殷晴的那张明信片，她应该已经收到了吧？殷晴离开军校后，金默一直在给她写信。而她，却是一封信都没有回过。

命运究竟是个心地和善的老头呢，还是个顽劣不恭的小屁孩呢？怎么跟人开起玩笑来，正的邪的泥沙俱下，总是令人啼笑皆非、欲哭无泪呢？这学期开学，殷晴就没再回来，因为健康上的问题，她从军校退学了。

那个雨夹雪的冬日的晚上，金默随了夏春树一道儿，去了那家小吃店。女店主交给他的那本书里，夹着一纸诊断书。殷晴得的是隐匿性心脏病，初期症状不明。报考军校时的体检，她是顺利通过了的。然而这种病却是顶在脑袋上的一颗雷，随时可能爆炸。那个寒假前，殷晴已感觉身体不适，才没有回家过年。母亲赶到南京，陪着她做了逐项检查。一纸冰冷的诊断书放在了眼前，殷晴舍不得离开军校，就把自己的病情隐瞒了下来。并且，也决然断绝了和金默的来往，那才刚开始的一段明丽如三月阳春的恋情。毕海洋并不是她移情别恋之后爱上的人，是母亲把女儿托付给他照顾。殷晴的父亲，曾是毕海洋的父亲毕司令的部下，他们两家一直相交甚深。那一年殷晴的父亲突然撒手人寰，毕司令专门去四川看望了殷晴母女，还安排殷晴上了南京的军校。后来毕海洋去了国防大学进修，利用那年的“五一”假期，约了殷晴去北京的301医院，做了全面彻底的检查。无奈，殷晴的病情并无好转不说，症状越发明显了。从军校退学，是殷晴万般不得已的最后决定。

真相明了，殷晴也从军校消失了。金默的心里，却再也抹不去那个顶着蓬蓬头的身影了。爱上一个人，其实并没有多么复杂。她只是那个自己想要爱上的人，如此而已。

金默心头一下沉沉的，很有几分恍惚。他转换了方向，往甲板上走去，想要一个人静一静。这当口，甲板上晃动的都是些军校学员的身影，大家都在急切地赶去餐厅。厦门一个月的实习，警备区招待所的伙食过于寡淡了，把同学们肚子里的油水全榨干了。

金默一路沿着甲板慢行，正午的阳光热辣辣的，洒了他满身满怀，他沿着旋梯，准备上到船的最上一层看看去。他还没走上来，就听到一阵吉他声传来，而后就飘过一阵悠扬的歌声来——

……
旱季来临
你轻轻流淌
雨季时波涛滚滚
你流向远方
你的源泉来自梭罗
万重山送你一路前往
滚滚的波涛流向远方
一直流入海洋
美丽的梭罗河
我为你歌唱
……

金默走上轮船最上一层的甲板，远远地，金默就看见了几个穿军装的身影。女生夏春树面对大海，抱了把吉他，边弹边唱。一旁是理论系的女生叶小米，也抱着把吉他，煞有介事，样子很大牌。区队上向武、张学粮和许亚军几个人，正靠着栏杆，围拢着，跟着哼唱。海风把几个人的军装和头发吹得一律向后，歌声明媚，是难得的海上风景。

夏春树跟公子哥儿们走得近，是从军校的网球场上开始的。军校里没有堂皇的网球场，巴掌大的一块地儿，打个羽毛球就算因地制宜专业对口了。冷饮厂的一堵围墙外，一片水泥地，就成了那些热爱网球运动的学员的最爱了。出现在网球场上的男生，大都是大中城市的公子哥儿样的，手里抡着个球拍，像是跟谁赌气一样，一下下往冷饮厂的墙上夯去。夏春树的网球打得好，于是被网球爱好者们请来当了教练。这一来大家就熟了，除了打打网球之外，还爱在一起弹弹吉他唱唱歌。

夏春树并不是网球场上的唯一女性。另有一个出现频率比较高的，是国防理论系的女生叶小米。叶小米也是北京考来的，平时看上去貌不惊人，却正经是军校里的一号人物。叶小米最大的特点就是脾气火暴，很有几分浑不吝的气势。相传她曾跟区队的政委大吵过，气得政委要开除她。在区队的班务会上展开批评和自我批评，有谁给她提了几句不是很中听的意见，会后，叶小米找出人家在教室桌斗里的教科书，统统给撕个粉碎。以为自己是《红楼梦》里的晴雯呢？简直是女纳粹啊，简直太恐怖了。她端个盆子去女澡堂洗澡，不小心跟个中年妇女撞了一下。那边嚷嚷了几句，说了些难听话，她能光着身子跟人家谈古论今，而后不带脏字地把人家给痛骂一场。妇女大妈告到区队来，政委一句话就把人家给噎回去了："她连我都敢骂，我找谁说理去啊！"

这么个孙二娘一般的颇有几分神经质的女生，军校男生说起她来，不由得都摇头晃脑、龇牙咧嘴，牙花子疼。可在传说中，这叶小米竟然成了许亚军的女人。爱江山更爱美人，再平庸的男人也喜欢美色。依照许亚军的审美观点，他是断不会被相貌平平的叶小米吸引的，可他又确实被叶小米拿住了。为啥呢？他是打心眼里崇拜叶小米。叶小米在军校里干的那些事儿，都是许亚军想干而不敢干的。叶小米是许亚军的精神领袖。而叶小米对许亚军这一款的男生着迷，也着实不奇怪啊。一副猛男的皮囊颇具杀伤力不说，许亚军还会装啊，平日里把自己包装得忽而忧郁忽而叛逆的，叶小米不能不迷，被迷惑和犯迷糊。要说呢，一对儿青年男女之间只要没有杀父之仇，萌生出点化学反应，也着实是件太自然的事儿了。

被帅哥的外貌和气质迷惑，进而意乱情迷，叶小米绝对不是军校女生中的第一个。军校里放计划电影《北京你早》，里头有个眼窝深凹、鼻子老大的帅哥，形容间透着点慵懒和坏。按照20世纪90年代的审美定义，活脱就是个玩弄女性的小流氓。团支书季桃满面痴迷地发言了："小流氓怎么了？谁让人家长得那么好呢？说实话，就是被他玩弄了，我也甘心！"季桃酒后胡言一般的壮烈宣言，在男生中间立即迅速传播开来了。孟艳玖的压力骤然间山大。玖哥虽是一身的武功，眉宇间也是英气十足，可小流氓的那股子风流倜傥劲儿，他是真没有。这个，真没有。

在军校，爱情的克星就是凶神恶煞的罗双虎。上船之前，罗双虎把几个骨干召来，先做了部署发言："注意啊，一共是7个女生。也就是说，至少有7名光棍有可能被拉下水。这一拉下水，麻烦就大了。你们几个骨干以身作则不说，还得给老子盯牢了。确保咱们光棍区队的光棍没有一个出男女作风问题！这出门在外是最容易出事的，轮船那么大，哪个角落都有可能成为他们的作案现场。必须'跟住'了！不留死角！"

一听到"跟住"两个字，区队长金默的头就大了，他想申辩两句，听到罗双虎后头的话，他就把溜到嘴边的抗议给憋回去了。

“要是我一直在区队里，秀才不会成为这样的。要是早早‘跟住’秀才，秀才现在就在我身边呢。昨晚，我又梦见秀才了。”罗双虎说着，捂住脸开始抹泪。

3

轮船上的午饭开了一阵儿了，金默来得迟了。刚刚走到餐厅门口，他就听见里头一派喧哗。正有几分奇怪呢，便与一个打里头冲出来的人撞了个正着。是许亚军。他捂着冒血的鼻子，脸色煞白，嘴里不停地嘟囔着：“动手打人，胆儿肥了！打得好，给你个警告处分！正好把你发配到边疆去！”金默正要上前询问，许亚军身后跟出个人来，正是理论系的女生叶小米。金默刚想问一下情况，两个人却都匆匆走开了。

金默一脚跨进餐厅，里面倒没想象的那么混乱，只是气氛明显有几分压抑。正中站着的，是两眼瞪成铜铃的副区队长范豫中，脚底下一堆的饭菜，正有几个同学拿着扫把和拖把清扫。一旁，戴白帽的餐厅工作人员叉腰挺肚，一脸怒气。不远处，餐厅的一张小圆桌上，坐着面孔黑黑的毛爱竹，手边放了一瓶喝得剩了半瓶的啤酒。

餐厅里有学员也有乘客，前者窃窃私语，后者静观事态。金默迎了范豫中走过去，不想半路却被赶上来的张学粮一把拽到了一旁。

“金默，风声紧！说话留点心啊！”张学粮挤眉弄眼。

金默问：“怎么回事儿？亚军怎么挂彩了？”

张学粮神色诡异，把金默一把拉到排队打饭队伍的最后头，介绍情况：“这刚才啊，亚军带了小米姐来吃饭，眼见了毛爱竹要了瓶啤酒在那儿干喝，亚军就跟小毛开了句玩笑，问小毛是不是捡着津贴装自己兜里了。那啥，小毛就不愿意了，两个人就呛起来了。”

金默心想，怨不得毛爱竹有情绪，这许亚军玩笑开得真不是时候。全区队都知道小毛的爹报了病危，加急电报都发到南京去了，说是让小毛回去奔丧呢。可眼前区队在外实习不说，就是在军校里头，这样的假也是不会批的。实习这一段，小毛焦躁得很。这几日他顿顿要酒，借酒浇愁。眼前区队上总有人丢钱，风声鹤唳，正是敏感期。

见金默的眉毛拧了起来，张学粮说：“要说亚军这玩笑开得是不合适。小毛能愿意吗？换我也不爱听。小毛那嘴皮子向来不饶人，就给了亚军几句，说他跟小米姐是典型的女才郎貌，吃软饭还吃出感觉来了。亚军的脸腾一下白了，上去就拽住了小毛的脖领子。那啥，小毛不能愿意啊，一拳就挥上来了，拳打镇关西啊，亚军脸上就开了花儿。”

“是这样啊。那老范怎么气鼓鼓的，他也掺和了？”金默问。

“老范是掺和了。他出来拉架，批评了亚军几句。亚军嘴毒，马上回了几句，说是老范自己都快在南京生娃了，还整天装大尾巴狼，教育这个教育那个的，虚伪！老范没忍住火，一下就把饭菜扣地上了。啧啧，真没看出来啊，老范厉害啊，都有对象了。”介绍完案情，张学粮咂着嘴感叹。

金默端了饭，径直朝毛爱竹走去。一见范豫中在边上呢，就有几分犹豫。老范一回身看见他了，朝他使劲招手。金默只好硬着头皮走了过去。

桌边，小毛绷着脸，一下下把瓶子里的啤酒往嘴里倒。老范也不吃饭，在那儿生闷气。他的方脸上，青春痘已成燎原之势。金默先安慰了小毛几句，接着就批评他，说他不该出口伤人。小毛脸红了红，没吭气，只一口一口喝酒。

张学粮也坐过来了，上来就先问老范：“真在南京谈了个女朋友啊老范？够能瞒的啊。连我这情报处处长都两眼一抹黑啊。”

范豫中的方脸往下坠了坠，没应声。

“老范，这可不像你。谈个对象就这么拧巴了？原来多敞亮的一个人啊，眼前成了闷葫芦了！”张学粮故意逗范豫中。

“是啊老范！又不是在保密局工作，捂着掖着的，不怕变味啊。”端着托盘的绿蓝侠走过来，接话道。

“谁谈恋爱了？拿证据出来！老子是先革命后成家！”范豫中突然吼了一嗓。

桌边的几个人就都一愣。绿蓝侠先瞪起了眼：“我的天哪，老范你这是疯了吗？一场游戏一场梦嘛，还认真上了。你很丑，可是你不够温柔哦。”绿蓝侠坏笑着。

“毛爱竹你可是长本事了啊！”轰隆隆的雷声传过来，一条彪形大汉站到了桌边。所有的人赶紧起立相迎，同时齐齐喊了声：“主任！”

班主任罗双虎的左半边脸急速地抽搐着，人中处的那个火疙瘩灼灼闪光，大有怒放之势。他背着手，绕到小毛身后，在他脖子上狠狠劈了一掌，高声骂道：“真爷们儿啊！军校三年都快憋过来了，这一出门倒打上人了。有本事，你给我下到大海里搂着鲨鱼打去，少在这儿丢咱军人的脸！”

小毛给劈得一激灵，眼泪一下含在了眼里。

4

船在海上行驶。夜晚，天上的月亮大得怕人，一团金黄耀眼炫目，真让人怀疑那是个假月亮。这艘自厦门开往温州的海轮，已经进入了夜间航行时段，大多数乘客已经沉入了安谧的梦乡。

东边的天色依旧沉沉的。金默眯缝着一双红眼睛，在甲板上溜达。正常的岗哨之外，班主任罗双虎又给骨干们下达了特别任务。从晚饭后开始，每人值班两小时。金默的班被派到了黎明之前。

罗双虎给手下布置的特别任务不是别的，就是牢牢“跟住”区队上几个情种。“跟住”他们，坚决不能让他们跟旁的区队的女生有任何单独接触的机会。

“什么叫正常交往？这到了船上，大海里头，啥交往都有可能变质！可不能再出什么乱子了！秀才啊，我宁愿把这条老命赔给你，可是晚了啊，晚了。”罗双虎满面的苦涩和苍凉。

罗双虎培训归来，他每周都要去医院探望秀才。每回打医院里回来，就一个人关在队部里喝闷酒。队部的门虽是紧紧闭着，可里头透出的酒气，把光棍区队男生宿舍的走廊都灌满了。秀才在医院里住了好一阵儿，病情稳定许多。军校给秀才办了退学，他跟着爹妈回上海休养去了。这件事下来，罗双虎一下老了许多，鬓角和额头的白发，像是雨后春笋一般噌噌噌地冒了出来。

主任罗双虎的脾气变得更暴躁了，他还是爱叉着腰骂人，只是腰板明显有些驼了。小柳政委则变得心事重重，眉宇间锁着一层深深的忧郁，立在窗前望着长江的方向，久久发愣。

小柳政委宿舍的书桌上，那张酷似遗像的照片，依旧戳在那里。桌上那部绿色的电话，很久都没有响起杜鹃嫂子那清亮悦耳的声音了；寄往区队的信件里，没有了杜鹃嫂子那暖腾腾的来信；从祖国各地邮来的包裹里，再也没有杜鹃嫂子定期寄来的山核桃、花生米了。种种迹象表明，小柳政委跟杜鹃嫂子分手了。随之区队上就有了风言风语，说是小柳政委有了新的女朋友，才把杜鹃嫂子给踹了。

光棍区队的过来人孟艳玖，也在感情的煎熬中度日如年。

军校的最后一年才开始，玖哥跟季桃姑娘的恋情也出现了新问题。寒假开学，玖哥老家的人像走马灯一般，一批批地往南京来，都是投奔大军官孟艳玖而来的。来看病的，玖哥跑医院帮着挂号；来打工的，找到工作之前，玖哥这里无条件地管吃管住。乡里乡亲的，农闲的时候跑出来打点零工挣几个钱，你总不能硬生生地把人家给撅回去吧。都是穷乡亲，口袋里都空，哪儿住得起旅馆啊。玖哥求了班主任罗双虎，把宿舍楼7楼顶上那间放杂物的房间给腾了出来，让乡亲们暂时落落脚。

起先，季桃还帮着玖哥给老乡们送送饭。都是用大铝盆端，大盆菜，大盆饭。去了几趟后，季桃就不露面了。玖哥理解她公务繁忙，也没太往心里去。可是等乡亲们的大部队撤离之后，玖哥再去找季桃，季桃对他竟是出奇地冷淡。

晚上在图书馆，玖哥拦下了季桃。

“我那亲娘。这咋冷若冰霜的啊？冷美人的路子不适合你！”

“我没那么庸俗！才不会去扮演谁。”

“那怎么连个信儿都不给啊？我老乡扛来的一口袋红薯，收着了吗？女生宿舍进不去，我托了叶小米带给你。”

“还说呢。叶小米带头在盥洗室里煮红薯，用坏了两个电炉了。以后少给我添点麻烦行吗？”

“我那亲娘！小米这丫头，真太毛躁了！哎，我怎么就给你添麻烦了？”

“你没给我添麻烦！你是给自己添麻烦！你老家三天两头地来人，你这都成了沂蒙山地区驻南京办事处了。”

“这话说的，谁家还没个穷亲戚呢？”

“我妈跟我说过好几次了，不想让我找农村的。说是家在农村的，负担太重。”

“农村出来的，咋了？谁家根儿上不是两腿泥呢？”

“你两腿泥我不怕，我怕的是乌压压一堆人。正好，这面口袋我带着呢，口袋洗过了，红薯的钱在里头。这一通折腾，我醒悟了，我们不合适！”

季桃说完就腾腾腾地走远了，留玖哥站在原地发愣。他半天才醒过味来，一拍大腿说：“我那亲娘！我这就算失恋了？”

海上旅行，瘦得像一根棍的玖哥，穿一身练功的白衣白衫，天没亮呢就立在了甲板上，白衣飘飘、仙风道骨。练武的玖哥黎明即起闻鸡起舞，没啥新鲜的。可玖哥的身边，突然出现了一个女子的身影。两个人没有在甲板上双双练武，而是紧紧偎依在一起，面朝东方，等待日出。

望着那女子结实茁壮的背影，金默认出那是新闻系的季桃。玖哥前一阵子不是失恋了吗？金默心里纳闷。面对眼前破镜重圆的一对，金默不知是该上前制止呢还是知趣地装糊涂，脚下的步子就有几分犹疑。他正迟疑着，一回身，竟跟一男一女在船舱口遇了个正着，竟是许亚军和叶小米两个。

“嗬！这还有更早的呢！金默，你一个人爬起来看日出啊？好兴致呀！”许亚军面带惊异地招呼道。他的鼻子上夸张地打了两个白胶条，正好一个大白叉子。

金默忍不住笑了，点点头算是招呼过了。

甲板上渐渐布满了年轻的身影。同学们都赶来了，这难得一见的海上日出，有谁愿意错过呢？等10年、20年过去，这瑰丽的海上日出，还会有多少人记得呢？那甲板上的双双俪影，又有多少依旧在相守相偎呢？

“莫道君行早，更有早行人呢！”一个清脆的声音响起，但见一个身材高挑的女孩子从旋梯上满面欢快地冲了下来。清晨海上风大，她披件半长的蓝色毛衣，整个人像是朵开在晨露里的蓝色妖姬。

是她，夏春树。

这样的女子，怕是世间没有多少男人能抵挡的。金默胡乱想着，脸先红了。

第十九章　一场难堪又难看的分手

1

午后，金默和绿蓝侠出了温州党校招待所的大门，一路边找邮局边溜达。两个人请了假出来，时间充裕得很，所以步伐不慌不乱。从在厦门开始实习起，由国防新闻系的班主任老马发出倡议，提议学员们少乘车多走路，用脚步来丈量祖国的大好山河。所以除了特殊的天气，学员们大多时间都是靠走路抵达目的地。光棍区队的男生把这一倡议更是发扬大发了，不管多远多险的路程都愿意走，并且，还特别爱往那荒无人迹的地界去。现成的山路都不愿意走，嫌不够崎岖。

这一天到晚走路，不少人的军用胶鞋都走破洞了，楼外的垃圾箱旁一下聚了好几双。绿蓝侠把这些胶鞋收拢来，搓搓洗洗，晾晒干了，说是要寄回农村老家去。老家的人下地都不好穿鞋，嫌费鞋，这些半新不旧的胶鞋，正用得上。绿蓝侠的爹自打听了儿子的话，就跟田寡妇彻底断了来往，只一心在家里等着随军享儿子的福。绿蓝侠却高兴不起来，心里总有些愧得慌。爹的生活，该让他自己说了算啊，自己这太霸道了，是不孝啊。绿蓝侠对爹的复杂情感，不知该怎么表达出来，就跟这胶鞋干上了。他把这些鞋子洗好晒好，动不动就向罗双虎请假，出去寄胶鞋。绿蓝侠请假，罗双虎都不爱批。为啥？他倒不是担心绿蓝侠要滑头又跑，他是怕绿蓝侠那粗粗拉拉的样儿，在外头惹个事儿出来。实习在外，特别要注意军民关系。

最近区队上简直乱套了。午休的时间，党校招待所里能有一半的人留下就算不错了。按说午休是自由活动时间，学员们不一定非要待在房间里一动不动。罗双虎对大家的要求是，一定不能出招待所的大门。可这招待所也就巴掌大的地儿，一圈转悠下来一根烟都吸不完。大门有罗双虎派的骨干守着，只有另辟蹊径。一个不起眼的小门被人发现了，并且立即一传十、十传百，成了无数英雄儿女通向自由之境的关口。中午这一段，从小门溜出去逛街，成了学员们彼此心照不宣的秘密。

绿蓝侠请不下假来，无法运送出去的那些胶鞋，都被他扔到了床底下，越积越多。虽然他都刷洗了一遍，可这温州的夏天温度高湿气重，6月里已热得人坐卧不宁。胶鞋堆在床底下，发出一股袅袅的异味来。房间里就有人抗议，连服务员都不愿意进来打扫了。罗双虎就喊了金默，让他陪着绿蓝侠去趟邮局，把这批胶鞋火速运回老区去。

金默和绿蓝侠两个人从邮局出来，一看时间尚早，离下午集合外出的时间还差着好长一截呢，绿蓝侠就提议两个人沿街转转。金默没有反对。两个人沿着回去的小街走，走过了党校的大门，没走几步路，就到了一处园林的大门前。抬眼一望，竟是个小公园。

金默和绿蓝侠刚一踏进公园，绿蓝侠的嘴就合不拢了，一路啧啧称赞道："我的天哪！南方人就是能啊！这山山水水的，都跟画出来的似的。"

金默也在暗自感叹。家乡小城在长江之南，风光旖旎、风景如画，而眼前的盛景另有一番味道，虽没有令他如绿蓝侠一般掉了下巴，可果真像是人在画中游一般啊。

绿蓝侠说起在小学读书，有一次上语文课，他上课打起了瞌睡。老师正在讲课文《茶花赋》，老师边念边讲："……我从海外归来，一脚踏进昆明，心都醉了……"一眼望见流着哈喇子睡熟的绿蓝侠，语文老师一支白粉笔就掷过去了。粉笔断成两截，贪睡的树懒被砸醒了。绿蓝侠摇晃着身子站起来，赶紧抹去嘴边的口水，不知眼前的深浅，只好糊里糊涂捧起课本就念："我从海外归来，一脚踏进昆明，心都碎了……"

全班同学都笑出了眼泪。

"……真是笑成一锅粥了。我们语文老师给气得啊，脸都歪了，又捡起一根粉笔来砸我。"绿蓝侠讲述着往昔的荒唐事，笑嘻嘻的。

金默也笑，一边点评道："该！你这样的害群之马，给你吃卫生球算是便宜你了。"两个人说说笑笑，一路欣赏着风景，走到了一处小山坡边上。两个人在一处绿荫里站定，正四下观望，这时，绿蓝侠的嘴巴突然张大了，足够放下一个核桃了。金默扭头望望他，翻了一个白眼道："怎么，心又碎了？"

绿蓝侠不说话，嘴里叽里咕噜的，只哆嗦着一只手朝山下指。金默赶去一望，一下就忍不住嘴边的笑意了。

一群青年男女正在山下的小湖边合影。这群男女最显著的特征，就是人人都在鼻梁上架着一副墨镜，真人不露相。这中间最招摇的，是一个胸前绷着两团疙瘩肉的小伙儿，他正帮着这一行人排队，直把几位戴墨镜的女孩往第一排中间让。而旁边一个额前吹成一团浮云的男子，跑前跑后的，把几位女士一个个间隔着安插，那意思是让男士女士交叉着站。

很快肌肉男跟飞机头抬起杠来，一干墨镜男女站在大太阳底下，汗流浃背，怨声纷纷。还是一个方脸膛的大哥跳将出来，把女生们请了出来，让亭亭玉立的她们蹲在了队伍的最前沿，这张合影算是顺利完成。

形形色色的墨镜男女，正是光棍区队的若干弟兄和88级的几位女生。一干人会聚一处，许亚军和张学粮上蹿下跳格外活跃，一边的范豫中忙着给女生们送汽水、递雪糕。男生们一律着黑色的紧身跨栏背心，上身的肌肉都绷得老紧。女生们衣裙鲜丽、花团锦簇，太阳帽如蝴蝶翩跹。只是人人都是一副墨镜遮住眼睛，于是怎么看怎么奇怪，果真是一道奇异的风景。

“这帮弟兄是真能弄这西洋景啊！我的天哪。这一个个的，跟一群盲人朋友出门联谊一样啊！”绿蓝侠笑骂道，“快瞅快瞅，女生总共六个。夏春树没在，这个疯丫头，又野到哪儿去了？还有，殷晴，她也没在……”说到这儿，绿蓝侠停住了，迅速望了金默一眼。

金默适才满是笑容的脸一下子沉了下来。

绿蓝侠吐了下舌头：“对不起啊金默，我不是有意的，你别往心里去啊！”他忍不住转脸又朝下望，一边禁不住喊起来，“嗨，大家好！同志们辛苦了！”这一声，引得小分队里的所有人都仰脸朝小山上望。

“哎哟哟！是你们两位状元啊！幸会幸会！快下来合个影吧！这机会可是难得！要不是罗主任中午喝了点小酒睡得沉，咱咋能在这南方的青山秀水间邂逅呢！有缘，有缘啊！”张学粮在底下呼应道。

绿蓝侠来劲儿了：“我们还有事儿，就不打扰了！亲爱的兄弟姐妹们，祝你们盲人俱乐部活动愉快！”

下面一阵哄笑，女生们的脸都笑红了。张学粮和许亚军往小山上投起了石子。

绿蓝侠大笑着，一把拽住金默，赶紧下到小山的另一边去了。风景甚好，他俩不觉越走越远，出了小公园，一路走到江边来了。清风徐来，刮过一阵泼辣辣、清亮亮的歌声来——

……
唱山歌哎
这边唱来那边和那边和
山歌好比春江水哎

不怕滩险湾又多湾又多

……

江面上，一只小船飘啊飘，一个年轻的女子立在船头，正运足了气力歌唱。那女子一袭湖蓝色的长裙，头戴草绿色的斗笠，立在船头，仙子一般。

两个人呆望了足有几分钟。绿蓝侠突然撇下金默，几下脱去外衣，只穿个军校发的草绿色的制式裤衩，一个猛子就扎到江里去了。

绿蓝侠像条大鱼一般，疯一般朝那条小船游去。夏春树停止了歌唱，她咯咯咯的笑声，把整条江都染绿了。

2

军校生活的最后一个冬天，南京的雪格外多。而农历新年里的西北小城，也一直被白雪包裹着。雪花落到地上，立即被冻得邦邦硬。有装煤的车碾过去，雪变成了黑的。走在风雪中，人的脸像是都被冻傻了，糊着一层严酷的冰碴子不说，连表情都尽可能地省略。

寒假里，初七一过，卢一平便开始做着返校的准备。说是准备，其实就是上街买点当地的土产。军校历来的传统是，回到军校的第一个班务会，是收心会、恳谈会，更是土特产品尝会。这个时候也是比较见人品的时候。比较实诚的同学，浙江农村的一个，能把自己家做的牛皮糖背上一大口袋回来。有山东农村的，家境还算富裕的，能带回一大纸箱山东大煎饼。东北同学，背只沟帮子烧鸡的有，带两袋花生米的也有。往食堂里捎吃的人也不少。四川同学爱背回一大块腊肉和好几截麻辣香肠，请炊事班的战士给煮好了。开饭的时候，每人的盘子里都能分到油汪汪、香喷喷的一份。北京同学大多爱带果脯，也有带王致和臭豆腐的，食堂里回荡着一股子说不清道不明的臭烘烘的味道。小气鬼自然也有，比较经典的场景是，有人手上托着一把花生米，见人就给抓那么几颗。吃的人落落大方，给的人全无愧疚，军校到底还是个欢乐包容的大家庭。

西北小城青年卢一平，带给大家的永远是两样东西：一是四瓶子醋，四个班一班一瓶，放到军校食堂的饭桌上供大家享用。再就是一箱子的方便面。卢一平吃素，平日里肚子闹饥荒了，也就爱泡包方便面吃。大多男生的路子都野。平日里，都是在军校的小吃部里，要上两个菜、几瓶啤酒打打牙祭。赶上假日外出，准定得上街边的小吃店里，要上馄饨、鸭血粉丝汤，点上小笼包、烧卖，再来一碗赤豆元宵糊，吃个肚圆才罢休。而卢一平一点儿不贪，就是爱吃个方便面。那时候方便面的名堂可没现在这么多，卢一平带的都是那种裸体的泡面，一个塑料袋里，跟放蚊香似的放好几盘。晚自习归来，哪个弟兄饿了，就爱上他的床头柜里摸方便面吃。于是，每回从家里回来，卢一平准定带这个。

一个寒假，女朋友韩雪虽然都陪在身边，可她明显有几分魂不守舍。绝食风波之后，一开始两个人都像是劫后重生，战战兢兢之后，对这份感情都更上心了。但感情不是别的，不是你心里有对方就行。一分耕耘一分收获，那是种地。毕竟是聚少离多，卢一平已经感觉到了，他和韩雪之间有了隔膜了，远远没有了无话不说的亲密。韩雪变得异常敏感，格外脆弱。一句无心的玩笑，就可能惹得她泪流满面。而今写情书，对卢一平来说早没有了当初的热忱和轻松，不知不觉变作了一种沉重的负担。他生怕自己哪句话没有说对，让韩雪心里有旁的想法。韩雪寄来的情书也越来越潦草，没有了当初的热度不说，经常是简略得怕人。一张白纸上，落下的字迹还不到三分之一。

眼下，韩雪依旧在工厂里上班。有了稳定的工资收入之后，她的装扮变得讲究起来。她喜欢上了化妆，脸庞和嘴唇都涂抹得鲜亮鲜亮的，整个人像是朵色彩浓艳的塑料花。许是在军校待久了，朴素已成习惯，卢一平虽不反对韩雪化妆，可从心里，他更喜欢原本那个素面朝天、清丽自然的韩雪。

对于这份感情，卢一平还是一如既往地投入着。毕竟他们曾相互陪伴了那么久，并且这个叫韩雪的女孩子，一直是严酷的军校生活里唯一温暖着他的那束火光。这个寒假，对韩雪的种种变化，卢一平克制着忽略不计，他像个老妇人一般一遍遍唠叨着："再有半年，我就毕业了。一定等着我啊，等着我！"

到了离家上火车的这天，卢一平去了趟韩雪家，跟韩雪妈道个别。韩雪妈迎出来，端茶倒水，递糖果削苹果，对卢一平依旧客客气气的。正赶上晚饭的饭点，韩雪妈妈在厨房里烹啊炸啊的，油香灌了满屋，但她却并没有说一句留卢一平吃饭的话。韩雪面上有几分讪讪的，只是低头嗑瓜子，话少得出奇。卢一平只是想，当着自己母亲的面，韩雪有几分拘束和羞怯是很正常的。

卢一平低头喝水，啃了半个苹果，也没话。情书写得太多了，见面真没啥说的了。卢一平又想，韩雪不吭声，是舍不得自己走吧。自己这一去，又是半年多不见踪影，她的心思一定又乱了。往常，都是韩雪送卢一平上火车的，这次也没例外。韩雪妈追出来，递了把伞给韩雪，叮嘱她小心路滑，让她早点回家。这次韩雪妈好像特别不放心似的，在门口站了老半天才回屋去。

3

西北小城的冬天，风是割人的刀子。黄昏里，天阴阴的，天空飘着点雪花，人嘴里吐出的哈气，像是一下就被冻住了，白气儿没几下就没了。两个年轻人相跟着，一路朝火车站的方向走去。这个时候，公共汽车半天才来一辆，还不如走路利索。再有，卢一平也是想一路上能好好说说话。雪地上，卢一平紧紧拽着韩雪的手，想着又要有半年的时间见不到她了，满心的不舍升上来，眼睛有些涩涩的。军校比不得地方大学，赶上“五一”和“十一”的假期，学生都能往家跑，军校的学员则只能老老实实待着。按照战备的要求，假期里对学员的要求，甚至比往日更严格。因为这个，韩雪以前总爱抱怨，现在她倒不抱怨了，大约是适应了吧。

站台上乱哄哄的，卢一平挤上火车，找到自己的座位，赶紧挤到窗口去找外头的韩雪。身边都是人，他一时半会儿挤不下去，他想让韩雪等等他。以往，卢一平把行李放好后，都是赶紧下车来，在站台上和韩雪说上一会儿话。这一次，人流格外拥挤，他被夹在那里一步都动弹不得。正要开口说话，韩雪隔着被卢一平拉开的车窗，眉眼淡淡的，说：“外边挺冷的，你别下来了！我就回去了！”而后，她看看手腕上的新手表，转身就走开了。

卢一平使劲摆手，喊着韩雪的名字，那意思是让韩雪等等他，可韩雪的背影已经远了。卢一平在人群里豁出命一般朝门口挤，好不容易挤到了车厢门口，他跳上站台。人流里，早就不见了韩雪。

他的眼眶一下热热的，滚烫的泪花一下就冲上了眼眶。泪花里，他像是又见到了心爱的姑娘。多少次了，那个叫韩雪的姑娘，站在纷纷扬扬的雪花里，老老实实地等他。卢一平心头一热，大步上前，一把将姑娘拥在了怀里。

可是，站台上，只有落雪和人流。卢一平的女朋友韩雪，早已不见了踪影。

铃声大振，火车就要离开小站了。卢一平感觉自己的两条腿软绵绵的，抬不动了。在列车员催促的眼神和手势里，他满面失落，步态趔趄着上了车。才坐定，就有人在他肩头狠狠击了一掌。

“是一平啊！可是有日子没见了！听说你当上大军官了。咋没把那身军装穿回来呢？”一个声音咋呼着，一张憨实的面孔出现在了卢一平对面的铺位上。

卢一平愣了下，没认出那张脸。

“说起来咱也有两年多没见了。要不是刚才看见韩雪，我还真不敢认你。你可比以前精神了，身子壮实了，个头也高了。还是部队的饭养人哪！”憨实面孔说着。

卢一平想起来了，这人是他以前的一个邻居，小时候是他们那一片儿的孩子王，也是一个中学的。只是他初中毕业就回了家，后来一直做小生意。

卢一平赶紧点头招呼，并且取出随身带的苹果招待他。苹果还是韩雪准备的，出门带苹果，意思是“平安”。卢一平开始削苹果。

“你跟韩雪都断了，她还来送你啊？你俩这感情，是升华了，还是认了干兄妹了？”对面的街坊说。

卢一平愣住了，没接话。

“韩雪那对象你没见过？说是她妈一个厂子的，说是个小科长，转业回来的。听说韩雪跟他都已经扯证了，说是年后再办婚礼。前两天，我去省城进货，还看见她跟她对象一起去省城买东西呢。”对面的人说。

卢一平的脑子轰一声炸开了，手上的水果刀差点把手给划伤了。他开始从行李架上取行李，眼睛里一片模糊，他什么都看不见了。

又是一阵铃响。不知哪儿来的力气，卢一平猛一下又拽开了车窗，他把行李扔下去，一弯腰一抬脚，他整个人径直跳了下去。同乡在窗户里张大了嘴，醒过味来之后，狠狠地抽了自己一个嘴巴。

卢一平走在了去韩雪家的路上，他的胸膛里燃起了熊熊的大火。种种迹象表明，韩雪的心已经不在他身上了。他不是一点都没觉察，是不愿意深想。两天一封情书的频率，早已经变作了两周一封。韩雪的借口是上班忙。一周一次的电话也取消了，韩雪的托词是打长途电话挺贵的，节省些总是好。

卢一平来到了韩雪家的门口。站在门外，他就听到了里头传来的热闹的声浪。韩雪的笑声轻盈飞扬，欢快如一条流淌着的小溪。整个寒假，他都没有听到韩雪这样的笑声了。在他面前，她的那份浓得仿佛化不开的忧郁，和她妩媚艳丽的妆容完全是两个调子，一直令卢一平心疼不已。接着是韩雪妈的声音，高调门，暖烘烘的，跟刚刚接待他的时候，那个矜持持重的声音完全是两个人。再有，就是一个男人厚实稳重的声音，话不多，听上去沉稳刚硬。在心里头，卢一平愿意把他想成是韩雪家的亲戚，或者朋友。

门打开了，屋子里的人都吃惊了。卢一平一眼就看见了那个叫曹猛的男人。他并不高大，却端庄持重，眉宇间甚至有一份英俊。和韩雪站在一起，非常般配。桌子上摆着满满一大桌子菜肴，还有酒。菜香和酒香，扑了卢一平满脸。

他们才是一家人，真正的一家人。而卢一平，他觉得自己像是个要饭的乞丐。他要的不是吃的喝的，他想要的，是他坚持了近4年的，眼前渐行渐远已经望不见背影的一个男人的第一次的爱情。

卢一平迅速转身，跑开了。眼泪不争气地喷了出来，他不能让曹猛看见他的尿样儿。韩雪追了出来，然后是他——曹猛也追了上来。

雪落纷纷。三个人立在雪地上，你望望我，我看看你。那个男人走过去，轻轻拂去了韩雪乌发上的朵朵雪花。

“是一平兄弟吧？我知道你们的事儿，小雪都跟我说了。谢谢你对小雪的照顾。以后，小雪有我照顾着，你就放心好了！”曹猛第一个开口道。

“你来照顾她？我们好了那么久，说变就变了？我们好了那么久……”卢一平梦呓一般，反复说着这些话。

韩雪捂着嘴哭出声来了。

“小雪，你先回去！小心别伤了胎气。”曹猛往回拉韩雪。

卢一平的面孔和眼睛一下变得血红血红的。

“一平，你走吧！走越远越好！”韩雪哭着朝他喊。

卢一平失明了一般，他傻愣愣地望着韩雪，却像是什么都看不见了。韩雪哭着，跑进屋里去了。

雪地上，两个男人面对面站着。卢一平手里握着那把水果刀，刚才给同学削过苹果的那把。他浑身筛糠一般，开始发抖。

“一平兄弟，回吧！这都是命！军校毕业出来，你就是个大军官了，不愁找不到好女人！”曹猛说着，先给自己点上了根烟。他又往前来，举着香烟盒，要给卢一平送一根来。

“小雪是我的！”卢一平喃喃着，像是自言自语，更像是在向全世界宣布。他推回了那只握着香烟盒的手，不，是狠狠劈开了。香烟，一整包香烟落在了雪地上。

“那你问问她和她肚子里的娃是谁的吧！”曹猛说着，脸上也没了好颜色。他完全没有意识到，他这一句足以点燃站在悬崖边的那个愤怒的男人手里的炸药包。

水果刀的刀锋像簇火焰，突然从卢一平的手里蹿了出来，一下就烧着了那个男人的一只胳膊。一下，两下，火舌贪婪地追逐着，舔舐着那只胳膊，变成了一只狰狞的小兽。

殷红的血落在了雪地上，把被煤渣染黑的雪染成了红色。

4

等待金默的这一个寒假，是记忆里最冷酷的一个冬天。

金默的弟弟已经完全看不见他了。弟弟的双手，被母亲反绑着捆在身后。母亲告诉金默，眼睛失明以后弟弟的情绪很暴躁，总是要去抓眼睛，有一次把眼睛都抓出血来了。不抓眼睛就要抓头发，脑袋顶上，已经被他揪秃了好一块了。金默抱住弟弟的头，眼泪扑簌簌地落到了弟弟那没有了头发的秃头皮上。

弟弟失明的那一幕，母亲完全没有办法连贯地讲述出来。在金默的记忆里，母亲一直是刚强的，还少有这么不镇定的时刻。金默从母亲那断续的、时常被泪水所淹没的讲述中，得知了这一场意外降临的前后。

搬家之后，母亲带着弟弟住在学校临时腾出的一间仓库里。白天母亲上班，从来都是把弟弟锁在那间潮湿阴暗的仓库里。课间的铃声一响，母亲就赶紧跑回去看看弟弟。终于快放寒假了，校园里一空，母亲就可以把弟弟带出来，让他在校园里转一转，晒晒太阳了。

那天上午，阳光特别好。学校里没有了学生，考试已经结束，校园里只有教师们在判卷子。图书馆的领导把大家召集起来开会，母亲也来了。之前她找来一个篮球，把弟弟搁在了篮球场上，让他一个人玩一会儿篮球。母亲找了个紧邻窗子的位子坐下，眼睛始终望着窗外。

会不长，很快就散了。旁的人一走，母亲带上套袖，想着把图书馆里的一些书翻出来晒一晒。连日下雪，厚重的潮气令图书馆里始终弥漫着一股霉气。母亲把书运到窗户边，搁在窗沿上，一本本摊开来。也就是利用这个间隙，她把目光一次次投向篮球场上的弟弟。

不久，篮球场上来了群孩子，是学校里的一群学生。母亲迎出去的时候，有几个面孔熟悉的学生还跟母亲打了声招呼。母亲把弟弟拉到了图书馆的窗户底下，搬了把椅子，让弟弟坐在那里看学生们打球。弟弟却坐不住了，篮球场上的游戏吸引了他。他一次次从椅子上站起来，往篮球场上跑。母亲一次次把弟弟拽回来。有三两个学生就过来了，对母亲说，我们带他玩好了。母亲在篮球场边上站了好一会儿，看弟弟跟那些孩子玩得不错，也就回身进了图书馆。

临近中午，母亲最后一次透过窗户朝外望的时候，她望见的一幕是，弟弟仰脸坐在地上，满脸都是血。周遭，一个人都没有。一只篮球，静静地卧在离弟弟几米远的地上，一蹦一蹦的。

母亲的眼前黑了一下。她疯了一般冲向图书馆门口，在门外她先是摔了个跟头，膝盖重重地跌在了水泥地上。母亲顾不上膝盖的伤痛，趔趄着一下子扑到了弟弟跟前。

一切都已经发生了。

寒假里，金默带着母亲和弟弟去了上海，投奔到一家医治眼睛非常有名的医院，可医生看过弟弟的眼睛后说，视网膜脱离，已经没有了复明的可能。跟小城医院给出的结论别无二致。金默不甘心，带着母亲又奔了北京，到北京最著名的眼科医院看过后，那边的话没说死，说是可以试着做些治疗。

等再回到小城，学校的老师们凑的钱和四处借的钱，都已经花光了不说，母亲也病倒了。

这时，军校开学的日子临近了。这军校的最后一个学期，金默简直没有勇气继续读完它了。好在舅舅从海南赶了回来，虽然债务的事情不能指靠他，可母亲身边好歹多了个亲人。

军校开学的日子到了，金默的心头盛满了苦痛和一万个不放心，坐上了去南京的火车。才迈进军校的大门，走过熟悉的林荫道，转到操场边上，远远地，他就望见了一条鲜红的横幅上写着的方块字——“为战友金默失明的残障弟弟献爱心”。

那一个个字老大老大，像是张着嘴的怪兽，把金默的心一口口咬住了。鲜红的横幅在操场的主席台上迎风招展，像是一条被鲜血染红的绷带，瞬时染红了金默的双眼。那一瞬间，金默真想从军校里逃出去，逃得远远的，逃到天边，逃到一个没有人烟的孤岛上去。

5

那些天，金默简直不敢往操场多走一步。那红色的横幅上，他的名字仿佛是一张哭丧着的脸，令现实中他的那张脸无处安放。他想不出弟弟的事情怎么突然就天下人皆知了。是谁？是谁把弟弟的事情说出去的呢？

只有一个人，就是绿蓝侠！

临近开学的几天，金默给队部打过一个电话，是想续几天假。母亲和弟弟的状态都很糟糕，舅舅那时还没有赶回来，金默就此离开，实在是放心不下。电话打到队部，是绿蓝侠接的。大雪封山，怕归队迟了，绿蓝侠早早就从家里出来了。金默在电话里简单地说了家里的情况，绿蓝侠当即要去找金默，说是干脆把他母亲和弟弟接到南京来。金默犹豫了一下，没有应下来。

金默的心里有了个扣儿。绿蓝侠这个大嘴巴，把他家里的事情这么一窝蜂地捅出来，让他成为众人同情怜悯的对象，这让他愤怒，恨意丛生。

从踏入军校之初的标杆人物，到后来灰头土脸的一段，再到重新被信任，担任了区队长。在军校的生活中，金默很多时候都是边缘人物。他用心学习英语，全身心地投入写作，每天坚持长跑。虽然军校的日子并不尽如人意，但他起码还有最基本的那一份自尊。虽然他一直不是个骄傲的人，可怎么就成了人人都同情的一只可怜虫呢?

金默想走上前去，一把扯下那可恶的横幅，把那几个字撕扯得稀巴烂。可他的嗓子像被什么糊住了一般，生疼生疼的，像是发不出一点声音来。他不再理会绿蓝侠的嘘寒问暖，他把这个伪善的人推得远远的。他平静地告诉绿蓝侠，我们绝交吧。

而范豫中那恶毒的评价，无疑是雪上加霜。

“打苦情牌！靠一个傻弟弟来获得同情，金默这步棋可够厉害的。不就是为毕业分配造舆论吗？”范豫中的议论飘进了金默的耳朵里，他一下觉得耳朵里像是掉进了一根尖利的针。

金默躺倒了，他在宿舍里发高烧，绿蓝侠在操场上跟范豫中摔跤。老范被打得鼻青脸肿的，却只跟区队上的弟兄说，他是走夜路摔了个跟头。其实，老范被怪侠给狠狠收拾的那一场，光棍区队里有不少人是目击者。

金默病了一个礼拜，每天都是卢一平给他打病号饭来。绿蓝侠没再敢往前凑。金默没有一点胃口，不吃不喝，只是躺在床上昏睡。那一碗病号饭——鸡蛋青菜面，很多时候都进了弟兄们的肚子里。金默病愈出来后，世界已经完全变了，操场上的横幅已经撤下来了，可是金默还是害怕往那个方向看。几天的发烧加上心事重重，金默骤然间身形消瘦，一张脸像是刀刻出来的一般。

一天清晨，当起床号响起的时候，金默忽然感觉，这起床号的声音怎么小了许多呢?像是贴着耳朵一边来的。是右边，只有右边的耳朵有动静。

金默的左耳，忽然一点声音都听不见了。

第二十章　请你坐在我的对面饮下这杯苦酒

1

横幅撤去了，捐款的活动却足足持续了两周，军校还特意举办了一个善款交接的仪式。金默的肉身走到了台上，向军校里的各级领导、各位战友表示着感谢。金默从学院的新政委手里接过一个厚厚的大信封的时候，面孔僵硬地朗读了一封感谢信。念完信，他喉咙里轰隆隆的，像是一下堵塞住了，给人的感觉像是激动得哽咽了。金默红着眼睛，快步走下主席台。他同手同脚，脚步趔趄，像是要跌倒。小柳政委第一个迎上来，用他并不宽阔的肩膀接住了金默。

金默那拒绝上台的灵魂，一直盘桓在操场的上空。当金默的肉身在主席台上朗读感谢信的时候，灵魂这小子已经独自爬上宿舍的楼顶，目光冷冷地注视着操场上的这群人在表演着同情和博爱。就在那一瞬间，金默突然理解了殷晴，理解了她当初的突然逃离和眼前的冷漠疏离。

从那个寒假之后，她就一直在躲避着他。眼前，也是一封信都没有。殷晴不是不爱他，正是因为爱，才要毅然抽身。一份爱情，若是王子从上而下赐予灰姑娘的一个吻，是富翁赏给流浪汉的那纸百万英镑，不能说它就不美好、不纯粹，爱情本身并没有什么高下之分。可是，殷晴还是拒绝了这样的爱。这样的爱，是在一个敏感自尊的心灵上，压上了重重的精神债务。若是在爱情里不能自由呼吸，不能任性地哭笑、吵闹，那不如重归寂寞。

金默突然决定，从今往后都不再给殷晴去信了。让她一个人内心踏实地生活，给她应有的自由与随意，比遥远地牵挂着她，不断输送着同情与爱情，更能让她安心。不管这爱是多么无私炽热，它对于内中的受领者，其实是一种羁绊，更是一种负担。金默决定放手，和他的初恋说一声珍重，转身离去。

熄灯号响起之前，金默爬上了宿舍楼的楼顶。春寒料峭，他的面庞却滚烫滚烫的。他把手里的一张小纸条撕得一缕一缕的，朝楼下扔去。那张小纸条上，是他不知道从哪里抄下来的，准备下次写信时送给殷晴的词句，如今再看简直就是个讽刺。“能坦然地接受别人的同情和鼓励，其实也是一种内心的强大”，这句话简直就是狗屁。真正的强大，根本不需要任何同情和鼓励，有自己就够了。那一瞬间金默发现自己变了，变得无畏，也有点无耻。

左耳突聋，金默跟谁都没有说。想着毕竟还有一只好耳朵，够用了。上帝造人的时候，看来是早就安排好了另一个备份的。这个不行，还有个备胎。但很快，他发现那只备份的耳朵也不灵了，很快只能听到一点微弱的动静了。莫非，自己要全聋吗？

两天下来，金默就知道事情比预想的糟糕许多。军校里动静多，起床号、集合哨、熄灯号，他只能听个隐隐约约。怎么办？被他蒙头蒙脑一把推到南墙、下了绝交令的绿蓝侠，看出了他的怪异。于是绿蓝侠不离左右，把自己的耳朵分给了他一只。每天绿蓝侠喊他起床，喊他午后集合，喊他去食堂吃饭，上课帮着他记笔记，有老师提问赶紧写纸条给他。这样支应了一阵儿后，绿蓝侠实在感到吃力不说，更是发现了金默有了自闭的倾向。有师父蔡明亮的教训在前，绿蓝侠不敢耽搁，于是就把金默的情况报告给了主任罗双虎和政委小柳。

金默的突聋，小柳其实是有所觉察的。一只耳朵突然聋的人，听别人说话的时候，会下意识地把好耳朵往前送，歪着头，与常人的样子还是有些区别的。小柳看出了金默的特别，问过他，却被金默轻描淡写地晃过去了。金默，已经太害怕被别人同情和照顾的那种感觉了。

金默很快被罗双虎和小柳送进了军区医院。半个月出来，他的右耳完全恢复了最初的听力，只是他的那只先聋的左耳还没好利索，只有低频上去了，中频和高频还有待提高。

于是小柳开始给他熬药，把之前给秀才准备的那些东西又搬了出来。看小柳如此辛苦，金默不忍拒绝，只能坚持喝那些苦药。

金默真正变成了个沉默的人。他躲到了图书馆的四楼，一边读书一边继续着他的写作。三卷本的《平凡的世界》已经被他翻烂了。他反复阅读的那些章节，都是有关主人公孙少平陷入困境的描写。孙少平的绝望和痛苦，他感同身受。他觉得自己的心从来没有和一个人贴得这么近过。而有了孙少平这样一个人的陪伴，他把自己的失落和无奈看得淡然了一些。

除了读书，金默就是不停地写。在最痛苦的时候，那一个个落在草绿色稿纸上的文字，像是一只万能的大手，把他从现实的泥沼中拽了出来。他暂时忘却了眼前的难堪和痛楚，去往了远方。眼前的这个世界，是多么令人失望啊。而在文字构筑的那个世界里，他是国王，是至高无上、说一不二的国王。那里所有的一切都听他的调配，所有的人物都听从他的调遣。他们或哭或笑，每一个人的命运，都与他手下的这支笔息息相关。

每天晚上，当金默爬上图书馆的四楼，总能在那张小桌子上发现几块小点心和饼干。这些美味的小零食，都是用张包点心的纸包着的，像是从军人服务社里买的。是谁呢，如此热忱地奉献着同情和爱呢？金默有些感动，更有些紧张。

金默先想到的人是图书馆的梅大爷。自从弟弟的事情全校皆知之后，梅大爷望着他的目光里就多了几分怜爱和心疼。有时见他匆匆地往四楼上去，还会叫住他，塞给他一块热烘烘的烤红薯或者两三块馒头片，都是用一块大手帕裹着的。焦黄的烤红薯，温热的馒头片，捧到他的手心里，暖烘烘的。

第二个人，他想到了夏春树。

金默住院的时候，夏春树几乎每天都去看他，每次都是天黑以后，病房的玻璃窗上，先出现一张诡异的长脸，那是绿蓝侠，而后是一张戴着口罩的脸庞，口罩上方的那双眼，是深海鱼类的眼。紧接着，绿蓝侠推开门后，一身白大褂装束的夏春树就走进来了。夏大夫径直走到金默的病床边，双手插在白大褂的口袋里，傲然地望向他，问东问西。今天感觉怎么样，正常输液了吗？高压氧舱做没做？胃口怎么样？问题都很具专业水准。除了大小便没问，能问的都问了。病房里的病人，都把夏春树当成医生了。这个女大夫只是对金默问长问短，病人们都以为金默给医生送了大礼呢。病友们有时赶上去也问问自己的病情，夏大夫毫不含糊，竟然还能说个一二三出来。“我的天哪，夏大夫你这是要上天吗？”一旁的绿蓝侠一边赶过来拽她，一边发出大呼小叫的感叹。

军区总院离军校有段距离。绿蓝侠遵照主任罗双虎和政委柳云峰的指示，每天定时来探望金默，送上当天的讲义和报纸。而夏春树是搭车前来，也不知道这丫头是怎么请下来的假。绿蓝侠格外欢迎夏春树的同行，一张长脸上都是笑纹，像朵老菊花。渐渐地，金默习惯了夏春树的晚间来访，并对此有了很深的期待。从早起开始，想到夏春树要来，一天里漫长的输液，高压氧舱里沉闷的治疗，恐怖的听力测试，都变得好打发多了。

耳聋之前，在军校的食堂和图书馆里，金默与夏春树是有过几次碰面的。弟弟的事情成了全校风口浪尖上的新闻之后，军校的午间广播里就一遍遍地播放着那首《爱的奉献》。歌手韦唯的歌声“只要人人都献出一点爱，世界将变成美好的人间”在军校的上空盘旋，凄厉得吓人。那些天，金默走路从不抬头看人。一个周末，金默去锅炉房打开水，正好与夏春树和几个女生碰上了。几个女生本来都说说笑笑的，见了他，忽然都没了声响。夏春树站到了他的面前，喊住了正要夺路而逃的他。

“过两天我想出去买些书，如果方便，一起去书店转转？”夏春树邀请道。

“我不想出去……”金默低着头，声音很低。

“那有没有特别想看的书？我带给你。”夏春树说。

“没有。”金默淡然道，连声“谢谢”都没有，就立即转身走开了。

2

“你觉得委屈，觉得自己可怜。身上的伤口已经够疼的了，却还有人要把它撕开来做展览。可是，你想过没有，这世界上的人，并没有你想象的那么伪善、那么无聊。”夏春树说。

又一个黄昏，天空飘着雨丝，是缠绵的春雨。还是那家小吃店，还是靠近窗口的位置，唯一的一桌客人。夏春树把一杯啤酒推到了金默跟前，金默接过来，却没有动。

“我的家庭，在外人眼里，是特别让人羡慕的一家人。父亲事业顺利，母亲貌美如花。3个女儿，虽没有一个比妈妈漂亮，可都还不赖。我们长得黑要怪我爸爸，他的皮肤，天生的黑，跟黑夜一样黑。真怀疑他是不是有异域血统。”夏春树说着，咯咯咯笑了，“你喝一口！味道很特别。什么，医生说不能喝酒？这个世界上，如果听医生的话，活着还有意思吗？”夏春树把啤酒杯子朝金默又推了推。

金默握住杯子，没动。

“我的大姐大我13岁，很早就嫁人了，嫁到国外去了。我爸爸是参加过抗美援朝的老兵，对军营的感情，可谓情深似海。他很希望他的3个女儿都能穿上军装成为军人。我父亲说，我的女儿不能搞特殊，要当兵必须当最苦的。‘文革’那会儿没有高考，大姐高中一毕业，就遵照我爸的指示去了西藏当兵，做了名卫生员。西藏苦啊，尤其是一个女孩子。大姐当兵4年，唯一的一次探家，哨兵竟然不让进。我接到电话去大院门口接她，天哪，我竟然没有把大姐给认出来。大姐站在我们院的大门外，披一件军大衣，满脸晒得红红黑黑的，有些地方还脱了皮，只有眼睛那里各有一个鸡蛋大的白圈。她立在那里喊出我的名字的时候，我一下就扑了过去，抱着大姐哭起来，把哨兵给吓坏了。难怪人家不让她进，姐姐的样子，真挺吓人的。”夏春树虽是笑着说的，可眼睛里已经有了泪花了。

金默被夏春树的讲述吸引了，他轻轻抿了口啤酒。清凉醇香，是春天稻花的味道。

“4年服役期满，大姐没有报考军校。考军校的名额有限，我爸是个老正统，说不能搞特殊，大姐于是复员回了北京。大姐在前门的一家书店上班，不久她的一个男同事追她，两个人就结婚了。婚后，两个人一直没有孩子。求医问药，也没有什么结果。3年后两个人离婚了。那男人家是老北京，没法接受一个不能生育的妻子。我大姐辞了工作，很是消沉了一阵儿。后来认识了个德国男人，就是我姐夫，跟他去了德国。我知道，大姐对我爸妈是有恨的。在西藏的时候，一次巡回医疗的路上，医疗小分队遭遇了雪崩，一半多的人给埋雪底下了。活下来的人都冻得不轻，留下了各种后遗症。就是那次，我大姐落下了妇科病。”泪水滑落在夏春树的腮边，金默愣住了，不敢看她。

夏春树喝了口啤酒，情绪平稳些了。金默握住杯子，也灌下了一口酒。

“我二姐比我整整大10岁，‘文革’后恢复高考，我二姐没费劲就考上了北大，她住到北大就不回来了。二姐总跟我说，北大是世界上最好的大学，最美的地方，有最好的人，让我也一定要考北大。我二姐啊，跟我妈的脾气特别不对付，两个人一见面就要吵。二姐是我们三姐妹里长得最美的。有一次啊，我们姐妹三个去照相馆照相，相片洗出来，被摄影师挂到了照相馆的橱窗里。你猜怎么着？第二天一早，橱窗被人砸了个大口子，我们三姐妹的合影照片被盗走了。照相馆的人赶紧报案，门口贴出告示，让偷照片的人赶紧自首，把照片送回来。第二天一早，照片被送回了照相馆的橱窗里，只是照片中间的二姐给人拿剪刀剪去了。”夏春树咯咯咯地笑起来，抹着脸上的泪水。

金默也笑了：“只怪你二姐太漂亮了。”

“在北大，我二姐爱上了个男人，是她的同学，有妇之夫。我妈知道了，就跑到北大，找系里、院里反映情况，让那个男人退学。这事儿就传出来了。我二姐并不在意别人的看法，可那个男人先退缩了。二姐进退两难，一天晚上，就喝了安眠药了。”春树说着，停顿了一下，灌了一口酒下去。

金默握着杯子没动，一种不祥的预感在心头升起。

“二姐被抢救过来了，可是人整个变了，蔫蔫的打不起精神。二姐退学了，回家里住，倒是不跟我妈吵了，天天上教堂。有一天在回来的路上，过马路的时候，红灯亮着呢就走，二姐，我二姐被一辆轿车撞倒了。”

“你别说了！”金默近乎哀求一般喊了出来。

夏春树停止了诉说，深海鱼类的眼睛里又一次满是泪花。

两个人都沉默着。

“这个世界上，我再也没有了二姐。这些话，我憋在肚子里好多年了。今天，是第一次跟人说……”夏春树低头喝酒，泪水滴落在了酒杯里。

金默红着眼圈，猛然灌进一口酒。

“高考填报志愿的时候，我报了中央戏剧学院和北京电影学院。我没有听二姐的话考北大，我不想活在二姐的阴影里。我也想走一条自己的路。可两所院校都没有要我。别把你的眼睛睁得那么大，因为我报考的，是表演系。你看到的，我长得显然不够美，而且，还黑得很离奇。”夏春树自黑道，嘴角是一抹苦涩的笑。

“不，你很美！一直都很美。”金默说。还是第一次，他如此大胆、如此由衷地赞美一个女性。

“我受了打击。从小到大，我的梦想就是当演员。这个梦想因何而起，我自己也不清楚，反正，我就是有表现欲，特别渴望能在舞台和银幕上获得无数人的认可和掌声。我消沉了好一段。我本是个心高气傲的人。我想在北京消失，走得远远的。军校的招生很顺利，没费任何周折，我就来到了军校。说实话，一来军校我就后悔了，觉得上错大学了。不是咱们的军校有什么大毛病，而是我适应不了这里的生活。巴掌大的操场，刻板的一日生活，庞大的男性世界，强烈的水土不服，我一天也不想待了……”夏春树苦笑着停顿了一下。

金默的目光望向窗外，小街的上空，雨丝纷飞。金默的目光，穿过雨丝，穿过雨雾，落在了军校的操场上。

夏天的阳光不管不顾，投射至一个小得很有几分局促的操场上。操场的中心地带长满了高高低低的野草，不是芳草萋萋，而是荒草丛生。操场一边的林荫道外，是一排排长得一模一样砖红色的四层楼房。操场的正中，一点也不巍然地矗立着一个水泥台子，应该算作是主席台了。主席台的背景也简单得出奇，只刻印着“八一”两个字。原本鲜红的字体已有几分斑驳之相，刷上去的红漆脱落了大半。主席台上游走的是几个抱小孩的女人，带着孩子在进行爬台阶的训练，不时作领袖状挥手召唤。

“兄弟，咱们像是走错门了！我的天哪。这4年大好时光就撂在这儿了，俺是真不甘心哪！”绿蓝侠发言了，是浓重的北方口音。

一边的金默不吭气，心头瞬间布满沮丧。两个人坐在军校最高的建筑——学员宿舍楼7层的楼顶上，望着眼前他们要待上4年的军校，人生里只有一次的“我的大学”，不觉都有些心意阑珊。

快4年了啊，那入学之初的一幕，竟然还在。

夏春树继续讲述她的故事："……3年多下来，我对军校的感情有了变化。知道是为什么吗？军校，治好了我的自卑。因为黑，因为瘦，我其实是个一直很不自信的人。别惊讶，是真的。外表的强悍，'刺客'的犀利，那都是撑出来的，恰恰是为了掩饰内心的虚弱。军校的环境拯救了我。咱们的军校，男生多女生少。不管你愿意还是不愿意，每一个女生，其实都是活在众多异性的目光中的。这些目光是善意的、温暖的，甚至是爱慕的，它们刺激了我，我愿意做得更好，变成一个更好的人。我喜欢上了军校，军校的男生质朴可爱，是他们让我理解了为什么军人被称为最可爱的人。我也有了自己的小秘密，又甜蜜又苦涩。我喜欢上了一个男生，我在信纸上写满他的名字，在雪地上挥挥洒洒，还是写下那两个我最不能放下的字……"

"谢谢你！夏春树同学，夏大夫，夏指导员！如果没有别的事情，我想先回去了。"金默果断地打断了夏春树。他着实费力地朗诵完了自己设计好的台词，故作潇洒地一仰头，喝干了杯中酒，起身离座。他的小心脏跳得像要冲出来了，连同他的军装上衣口袋里的那张信纸。

夏春树那双深海鱼类的眼睛里满是惊异。金默不管了，他不能再停留一刻、一秒。剧烈的火山一般的情感撞击着他的胸口，撞得他生疼。他怕自己再多停留一刻，就会把这个女孩子一把拽到怀里，深深地吻她，告诉她，他其实一直都知道，她的爱时时刻刻无处不在。可是他不能，他没有勇气，去接受这么用力过猛的爱，这么不顾一切的爱，他还没有准备好去接住它。

金默快步走出了小吃店。他走过小街，走上大街，他忍不住跑起来了。他冲向了军校的操场，像一支离弦的箭。

3

是彻头彻尾的春天了，军校校园里的玉兰花开了。第一次，这白色的花朵似乎不那么触目了。金默收到了母亲的来信，说是他寄来的几笔钱收到了，所有的债务已经还清，让他安心读书，不要再给家里一次次寄钱了。

金默感到奇怪，那笔捐款之外，除了寄过一次津贴，他并没有再给家里寄过钱。他打了电话去询问，母亲说，已经先后收到六笔汇款了，汇款单上都是他的名字。

第一个，金默先想到了绿蓝侠。自从他耳聋之后，绿蓝侠像条忠诚的老狗，不离左右。

面对询问，绿蓝侠笑了："我有那么高尚吗？我的津贴都不够花啊，连买烟都不够。"

金默正色道："别整天跟着我行吗？我已经好了，才去医院测过的，两只耳朵的听力基本正常了。连去澡堂你都跟着我，戏有点过啊！"

绿蓝侠像是没听见一般，还是跟着他，晚上跑步也跟着。

金默又去找小柳政委，小柳回道："怎么会是我呢？我的那点工资，除了买书，买烟，还得买话梅呢，寄给俺爹娘的都没几个了。"

金默不相信："家里，不是有杜鹃嫂子吗？"

小柳黯然道："我们已经分手了。"

金默就不好再问下去了。

初夏时节，金默剃了个光头，有些一切归零的意味。他再也不怕那些注视着他的目光了。家里有个智障的弟弟，并不是什么丑事。上帝就是这么安排的，哭泣也好，抱怨也罢，终归，还是要稳稳地接住的。那些注视着他的目光，大都是善意的，或者是无意。心结一开，那些中药终于没有白喝，他的听力，竟然也就奇迹般地恢复如初了。

金默确实得到了不少人的友好相助，苏小青提供的一条信息更令他欣喜。苏小青的一个表哥，就在南京郊区的残障儿童学校教书。苏小青已经给表哥去了信，表哥表示随时欢迎金默带着弟弟入校。金默赶紧给母亲写了信过去，母亲回信道，先看看金默的毕业去向再定。

就快毕业了，金默从没这么渴望着能留校，留在南京。他多希望赶紧把母亲和弟弟接来啊。

第二十一章　让我在黄昏里为你点上一根烟

1

在这个江边的小村庄一待就是一周，这令学员们都有了些急躁情绪。新闻里说，肆虐的洪水正在向南京发起一轮又一轮的进攻，可是到了眼前，洪水的威力却并没有传说的那般恣肆。学员们已经在军校里受训近4年了，眼前好不容易有了一次冲锋陷阵的机会，都手心里捏把汗，想着一展身手呢。不想洪水却像是临阵退却了，迟迟不肯出门迎战。

那天清晨，军校里的一声凄厉的哨响，显然不是平日里出操的命令，是紧急集合的动员令。国防战略系二区队的男生们披挂整齐，以第一个完整的方队出现在操场上的时候，得到了主席台上院长大人的大力表扬。这个在军校历史上前无古人、后无来者的光棍区队，今天算是在全校师生面前彻底争了脸了。

这天早晨的情势显然有些特殊，因为所有的区队在操场集合完毕后，院长的声音竟然从主席台上传了出来。站在近处的学员，望见他们的院长身材伟岸，器宇轩昂，军帽和军服上，金色的配饰熠熠闪光。院长一早驾临，是来做战前动员的。他高亢洪亮的声音从主席台上传来，震得军校的上空嗡嗡嗡的，像是有排低空战斗机飞过一般。

“……洪水即将包围我们的城市，人民的生命安全受到了威胁。养兵千日，用兵一时。老百姓都在看着我们呢。我们的军校学员，在这个关键时候，必须义不容辞地冲上去，冲到抗洪的第一线。我们的任务，就是要把洪水阻挡在家园之外，阻挡在每一个老百姓的平安线之外。任务艰巨，形势严峻，大家有没有信心？”院长的讲话简短干脆，却是字字掷地有声。

学员们的回答都嗷嗷嗷的，像群狼崽子一般。

等各区队迅速带回，学员们回宿舍把背包整理完毕，再高唱着革命歌曲朝食堂走去的时候，校园的上空，已经被一阵蓬勃的油香气占领了。食堂的每一张餐桌上，早已摆好了黄灿灿的大油条、一摞摞葱花饼、三鲜馅的大包子、咸鸭蛋、茶叶蛋、绿豆粥，果真是壮行饭。路上的干粮也早给每个人准备好了，三张葱花饼外加两个咸鸭蛋。

军校的女生们都没心思吃早饭，她们在食堂外的篮球场上集结，六神无主地四处观望。光棍区队的班主任罗双虎举着棵大葱出来，见状就喊了一嗓子：“你们几个女生怎么回事？又来集体绝食？”

女生们冲过来，叽叽喳喳地说开了，一致要求参加前线抗洪，要求大部队一定要把她们带上。

罗双虎使劲摇头：“女生们在家值班做后勤保障，一样是革命工作，一样艰苦而神圣！”罗双虎扮演起了老首长，背着手说服引导，“抗洪抢险，又不是去慰问演出，你们几个丫头片子能顶啥用！关键时刻，还得看我这些光棍兵的。”后头几句不小心露了马脚出来，罗双虎赶紧举着大葱，从女生的包围圈中突围而出。

操场边的林荫道上，已经整整齐齐排上了一溜儿的军用大卡车。早饭过后，学员们背上背包，踏上了抗洪抢险的征程。

江边的这个小村子，村里的老乡大多已经撤离了，学员们就住在老乡家的空房里，与老乡没带走的鸡鸭牛羊为伴。抗洪小分队10人一队，打破了原来的区队编制，按照系重新分派。一个老乡家驻扎的，正是一个小分队的学员。

又一个黄昏降临，洪水并没有发起凶猛的攻势。一条大堤上堆满了大大小小的麻袋。相隔300米处，就有两名学员在值勤站岗。

小院里，绳子上晾着刚刚洗好的作训服。身着跨栏背心的孟艳玖正在给绿蓝侠理发，绿蓝侠身上围着件军用雨衣，表情木呆呆的。

“真推个秃子？”玖哥问。

“推！一根头发都不剩！”绿蓝侠断然说道。

“我那亲娘！不是别的，你这是抗洪来了又不是出家，干吗非推个秃子？这光头一剃啊，你这长脸可看着更长了，真难看呢。”玖哥一边做说服工作，一边忍不住咂嘴，而后声音低了又低，“再说了，我们老家吧，只有给老人戴孝的时候才剃光头……”

“我这就是戴孝。”绿蓝侠喃喃道，目光里是无尽悲伤。

院子里，金默正在清扫院子，听到这句，停下来望了眼绿蓝侠。范豫中在喂猪。向武在赶鸡进窝。卢一平倚靠在墙角发呆，举着根野草，放在嘴里嚼。张学粮跟许亚军几个男生在屋子里甩牌，脸上贴着纸条。

嘟嘟嘟，几声尖厉的哨响划破了黄昏的宁静。院子里的人放下手上的活计，屋里的人则哗啦一下全跑出来了，众人都在凝神倾听。

“嘟——”又是一声拉长的哨音。众人都松弛了下来。

“是开饭了！我那亲娘！该把我的那把小号带来，一吹，多悠扬。这开个饭也嘟嘟嘟的，真要吓死谁。”孟艳玖说。

军校为了丰富学员们的业余文化生活，从第二年起就在军校里成立了管乐队。玖哥而今是管乐队的小号手，一把小号吹得是风光无限。

“还真有些饿了呢。也不知是哪位姑娘来送饭啊？”张学粮扯掉贴在脸上的纸条，伸了个懒腰道，“那啥，这可是有日子没见小青了。一种相思，两处闲愁。甜蜜蜜，你笑得甜蜜蜜，好像花儿开在春风里……”张学粮抒着情，一边忍不住唱起来。从院墙上采了朵小野花下来，随手往作训服的帽子上一别。

孟艳玖满面鄙夷：“我那亲娘！看看，看看！这都到了抗洪战场了，还这副地痞流氓的做派，不要非死！”

“玖哥，你这是典型的饱汉不知饿汉饥。前天季桃来送饭，给你带了一挎包的青苹果。看把你乐的，腮帮子都笑酸了吧？我们哥们儿有啥，只能独自吞咽下那一份难言的孤独。”许亚军说。

“吞咽下的不光孤独吧？那季桃送来的苹果，你一个人就干了仨！”旁边毛爱竹接话。

大家都笑。许亚军也笑，瞪了眼小毛，还夸开了：“这小毛吧，其实人真挺好的，是典型的刀子嘴豆腐心，跟我妈似的。”

去年夏天的南方实习，许亚军跟毛爱竹在海轮上干过一仗。两个人憋着气，互不搭理。船到温州，一到周日，区队就放假，让学员们上街转转。在集市上，许亚军看中了一把新疆刀，拿在手里摩挲个不停。可是一问价，觉得贵了，依依不舍地放下刀要走。不想却一把被黑脸摊主拽住了军装的脖领子，死活要他买下这把刀。这当口区队的同学都走到前面去了，许亚军被人拽住脖子，不便呼救。此时身边又围拢过来三两个男子，虽是身材矮小，但个个都是一副凶神恶煞的模样。亚军心里嗵嗵嗵地直发虚，一下子憋出一脑门子的汗来。

此时，恰巧毛爱竹刚从旁边的一家邮局出来，他是不放心他爹的病，给医院里打个长途电话过去。远远看见许亚军被一干人逼到了墙角，小毛立即吹了个长长的口哨，而后他一个箭步冲上去，从后面包抄，一条腿的膝盖顶住黑脸摊主的腰部，用个了军体拳里的“锁喉”，将他放倒在地。而之前小毛的那一声口哨，已把张学粮、孟艳玖、金默和向武一干人招了来，几个南方男子一看这阵势，吓得摊子也不顾了，立即四散逃窜。十来个生猛小伙儿突然天兵天将一般围拢过来，当前的那个被喊作“玖哥”的，一看就是个练家子，那阵势不由得他们不怕。

亚军对小毛感激不尽，直说小毛是自己的救命恩人。不久小毛的父亲病逝了，许亚军还用小毛的名义，给小毛家寄了一笔钱，说是安葬老人用得上。小毛知道后，自此把亚军认作了好兄弟。

眼前这队10个人排成一列，手里端着饭碗，就往堤岸上走。一辆送饭的军用吉普车已经停靠在村头的一棵大柳树下，吉普车周边，已经围拢了不少学员。

这一路人由向武带队，高唱着《打靶归来》走来。班主任罗双虎叉腰立在柳树下，作训服的裤腿高高挽起，像个打鱼的农民。他望着歌声高亢的光棍兵们，满意地笑了，左半边脸依旧抽搐，慈祥中依旧不脱那份凶悍。

队伍里，金默的目光一下凝聚在前方，久久没有离开。

2

吉普车边，夏春树正和炊事班的师傅一道在给大家盛饭。她一身作训服装束，随身背着个军用挎包，挎包鼓囊囊的。

等走近了，夏春树也望见了金默，眼睛亮了一亮。她放下手里的汤勺，迎了上来。

队伍解散，张学粮一步冲到了吉普车前：“怎么，小青同学没来吗？”他满面失落地问。

夏春树赶紧从随身背着的军用挎包里拽出个纸包来。张学粮一把接过来就开始拆。纸包里三层外三层的，终于打开。“烧鸡啊！”张学粮大呼小叫起来，又立即凑到鼻子上闻了闻，“喷喷香啊！”

“是咱军校小吃部才给卤的，新鲜着呢。小青让我一定带给你。”夏春树说。

“多么善良、多么可爱的姑娘啊！还是小青了解我啊。那啥，这烧鸡是不赖，要是再有口酒就好了。”张学粮又开始抒情，接着畅想起来。

“有啊！小青都替你想到了！”夏春树说着，从军用挎包里又摸出两罐易拉罐啤酒来。

张学粮满面喜色，伸手就要接。这当口，一只手伸过来，将啤酒从半路截了过去。

“这酒我先替你存着，等咱们从抗洪一线上凯旋了再喝！”政委柳云峰边说边把啤酒夺了过去。

张学粮赶紧搂紧烧鸡："天！小柳你可是太狠了！那啥，你这可是雁过拔毛的刮民党啊！"

众人都笑，小柳也笑。人群里，只有绿蓝侠不笑，刚刚剃了个光头，他看上去消瘦得厉害。

夏春树走过去，把两包压缩饼干悄悄塞到了金默的手里："不许吃独食！给绿蓝侠一包！"她叮嘱道，"看他那张脸，怎么瘦得快成丝瓜了！"

金默点点头，他喜欢两人间新建立起来的这份亲密和随意。

夕阳下，夏春树和金默、绿蓝侠并肩而行，三个人走在堤坝上。夕阳的余晖落在他们的身上、作训服上，是一层淡淡的金黄。三个人走了有一里路的样子，学员们驻守的小院终于到了。

卢一平正一个人坐在院墙上发愣，等见到来的是夏春树时，他赶紧从墙头出溜下来了。

"给我送口琴来了吧？"卢一平笑着问道。几天来，他还是第一次露出笑意。

临上抗洪前线，卢一平把自己的口琴交给了夏春树。他还留了话了："如果我在前线光荣了，请一定记得，把这把口琴跟我埋在一起。"口琴是爷爷留给他的，跟口琴在一起就是跟爷爷在一起了。

找了送饭的机会，夏春树还是把口琴给卢一平带来了。卢一平接过夏春树递过来的口琴，捧在手里端详，眼睛一下子亮闪闪起来。自从韩雪彻底从他的生活里消失，他很少有这样开心的时刻。

"我这么跋山涉水地一路把口琴给你送来，连声谢谢也没有啊？"夏春树故意抗议道，"一平，这儿还有你的一封信呢，也给你带来了。回军校以后，你可得请我吃雪糕！"说着，夏春树已经从随身背着的军用挎包里取出一封信来。

"有我的信？没有搞错吧？"卢一平喃喃道。

"是你的信！还有你的包裹呢！因为没有你的证件，我们去政治处开了证明才把包裹取出来。包裹搁在吉普车上了，差点忘了。"夏春树说。

"我去取！"一旁的绿蓝侠主动请缨，几步就跑远了。

夏春树随送饭的吉普车离开了，卢一平把包裹和信件抱在怀里，迟迟没有打开。

天色完全暗下来了，金默和绿蓝侠随卢一平来到了小院外的小树林里。在卢一平的请求下，金默先替他打开了包裹。

包裹里，是一摞摞的信件，是3年多的时光里，一个叫卢一平的男生写给一个姑娘的情书。而今收情书的姑娘成了别人的新娘，她把这往昔甜美的记忆，彻头彻尾一股脑儿地还给了她昔日的恋人——卢一平。

信是绿蓝侠帮着拆的。信封里滑落出来一张照片，卢一平举着手电筒看。光束中，一张红色背景的结婚照赫然显现在眼前，秀美如初的韩雪和一个面容稳重的青年正头挨头地微笑着，一副很甜蜜的样子。

卢一平的手哆嗦着，手电筒的光束摇摆不定。金默在一旁赶紧接住手电筒，绿蓝侠则沉默着走到了江边，叉腰立住了。

“我在军校是待不了几天了。韩雪说，曹猛要告我。”卢一平读完来信，没头没脑地说道。

3

深夜，堤岸上，金默和绿蓝侠并肩立在江边。长江水一浪高过一浪地拍打着岸堤。天空突然一个闪电，接着是一个响亮的炸雷。金默吹响了手里的哨子，哨声一阵紧似一阵。又是几声雷响，大雨倾盆而下。

军校学员们从各个院落里冲出来，投入到了紧张的抗洪抢险中。他们把堤岸上的沙袋扛下来，往水里填。一个身影纵身跳到了江水中，从上面接住沙袋往水里按。另一个身影跟着跳了下去，学员们下饺子一般纷纷跳入江水中。

“卢一平！卢一平！”班主任罗双虎在大堤上高声呼喊。

向武从江水中游过来：“报告主任！房东大爷半夜摸回来了，卢一平留在后头照顾他呢！”

罗双虎立即喊过小柳来：“你在这儿守着，我去接应一下卢一平。”

农家小院里，卢一平正把自己的军用雨衣脱下来，给老大爷披上：“大爷，咱们得赶紧走，洪水上来了。”

大爷颤巍巍地应道：“我是不放心我那些牛啊、鸡啊的。”

“您放心，洪水过去就好了。这大水眼看要上来了，大爷，咱们赶紧走！”卢一平把大爷背到了身上。

一回身，他望见了小树上挂的军用挎包，又把大爷从背上放了下来。

一声炸雷从头顶滚过，卢一平把军用挎包取过来，拉出里头的口琴看了看，而后把挎包往胸前一挂，背起大爷朝门口走去。

卢一平走到小院门口，跟来寻他的罗双虎撞上了。

罗双虎一眼望见卢一平胸前挎着的军用挎包，问：“啥时候了，还大包小包的？”

卢一平愣了下："是我的口琴。"

"战场上你能背着口琴打仗吗？取下来！"罗双虎命令道。

卢一平迟疑了一下，没动："口琴是爷爷留下的，我得带着。"

罗双虎从卢一平脖子上取下军用挎包，随手挎到了自己身上，他望望卢一平背后的老人："赶紧往西北那块儿高地上去，那里相对安全。"

卢一平点头，背着大爷朝西北方向狂奔而去。

两辆大卡车停在堤岸边。一部分学员不断地从卡车上卸沙袋，往大堤上运。江水里的学员还在堆着一道防洪墙。

黎明时分，雨停了。沙袋垒得结结实实的堤坝，接受着潮水的拍打。

村子已经被淹没了，一处被江水包围的宽阔的高地上，几位村民或坐或蹲，都在打瞌睡。老大爷坐在其中，面露疲惫。

此时，学员们已在大坝上进入了梦乡。金默忽然被两个人的对话吵醒了，一激灵坐起了身。

"口琴？什么时候了还扯口琴？我没拿什么口琴！"

"我的军用挎包，口琴在里头呢，明明就是你拿走了。"

"挎包？噢！我收拾了一下小院，嫌挎包碍事，把它给挂到梨树上了，一下就忘了。"

"你……口琴没了！"

是罗双虎和卢一平。最后一句，是卢一平哭着说出来的。

一旁的绿蓝侠也坐起了身："司令是真不该！这口琴是卢一平的命啊！"绿蓝侠嘟囔道。

4

金默他们曾经住过的小院已经被洪水淹没了。院子里的一棵梨树，被淹去了大半个身子。一个胖乎乎的五六岁模样的孩子，像只小胖猴一般紧紧抱着树干，挂在了树干上。一只军用挎包挂在一边，随着孩子一起晃动。天空突然一闪，孩子吓得一激灵，缩起了脑袋。雷声滚过，又开始落雨了。水里面忽然有了动静，一个人一路游了过来。孩子紧紧抱着树干，一动不动。

穿着一身作训服的绿蓝侠从水中露出头来，他一把抱住孩子，驮在自己的肩膀上。另一只手一把拽住那只军用挎包，取过来挂在了自己胸前。天空突然响过一声炸雷。

绿蓝侠肩膀上的孩子哭出了声："解放军叔叔……"

绿蓝侠拍拍孩子："不怕，叔叔在。"

大雨中，绿蓝侠驮着孩子向大部队所在的地方游去。无奈水流湍急，像有一只无形的手一般，一次次把他往相反的方向推去。绿蓝侠见与初来的方向渐行渐远，心下凄惶，眼前只有先找个可以栖身的地方再说。

游了好一阵子，终于找到了一棵粗壮的老树。老树的大半截身子都泡在水里头，绿蓝侠把孩子放到了树上，让孩子骑稳了一根树杈坐定，他自己也爬到了树上。绿蓝侠把胸前的军用挎包取下来，把里头的口琴取出来，甩了甩里头的水，又放了回去。他脱下作训服的上衣，使劲拧了拧，给孩子裹到身上。黎明的曙色中，孩子睁着双大眼，怯怯地问："叔叔，你真的是解放军叔叔吗？"

绿蓝侠笑了："怎么，叔叔像是假的？"

孩子答："不是的。你剃着个光头，吓人……"

绿蓝侠应："别怕，叔叔是解放军，来保护你了。你叫啥？哪个村的，你们家大人呢？"

孩子带着哭腔回答："我叫小胖，北河村的。"

绿蓝侠有些惊讶："北河村？离这儿可不近啊。你怎么跑这儿来了呢？"

小胖说："发大水，妈妈生病了，说先不跑，等爸爸回来。爸爸给妈妈抓药去了。后来，妈妈拉着我跑，后来，跑不动了，后来，就找不到妈妈了……"

小胖哭起来了。

绿蓝侠拍拍小胖，眼圈红了："不哭！小胖不哭！别怕，有叔叔呢！"

起风了，一个大浪头袭来，绿蓝侠把小胖抱在了怀里。又一个大浪头袭来，绿蓝侠抱紧小胖，老树发出了咔嚓咔嚓的断裂声，两个人在浪头里晃。绿蓝侠驮着小胖，漂流起来，很吃力的样子。这时，一只手从另一边托住了小胖。绿蓝侠一下感到轻松不少，侧头望去，水中冒出的竟是金默的脑袋。

绿蓝侠惊喜道："金默，罗司令带人来了？"

金默刚想回答，一个浪头起，三个人被大水一下冲走了。

5

堤坝上，大雨如注。

光棍区队的队伍前，罗双虎脸色铁青在训话："好好的两个大活人就不见了？龟孙！要了老子的命了！全体听令，从现在开始，除了搜寻两个失踪人员，谁也不许离开堤坝一步！留在堤坝上的同志，全部听从柳云峰政委的指挥！”

罗双虎在众人的注视下，带着范豫中、孟艳玖走下了一艘巡逻艇。巡逻艇发动起来，罗双虎朝堤坝上的小柳政委使劲招招手，叮嘱道：“把人都给我好好看住了啊！”

巡逻艇上，范豫中朝着茫茫江水喊道：“绿蓝侠！金默！”

孟艳玖也喊：“金默！绿蓝侠！”

周围只有汹涌的江水。

罗双虎四下张望，满面焦急。

军校，院长在接听电话，神情肃穆。院长指示道：“要想尽一切办法把两名学员找到。好，在洪区立刻展开大面积搜寻。我马上请求再派两艘巡逻艇支援。”

两艘巡逻艇一前一后地行驶在江水中。巡逻艇上，几位战士手举望远镜四下巡视。四周江水茫茫，不见目标。

中午，军校食堂的后厨，几个女生在帮厨，夏春树也在里面。女生们有的在擀皮，有的在包包子。炊事班班长提了个大桶走进来。

班长的嗓门挺大：“前线出事了！听说啊，国防战略系丢了两个学员。”

大家都停下了手里的活儿，望着炊事班班长。夏春树原本是坐在小马扎上的，她一下站起了身：“哪个区队？”

班长说：“说是二区队的，就是那个光棍区队的。”

夏春树一声不吭，脸色一下子变了。一个女生望着她，小心翼翼地问了句：“他俩……叫什么名字啊？”

班长说：“我没太听清楚，像是一个叫啥默，一个叫什么侠。名字挺怪……”

夏春树手里握着的包子被攥成了一团菜面疙瘩。

6

大水中的一处楼顶上，又一个夜晚降临了。

雨已经停了。大水包围中的一处两层小楼的楼顶上，并排坐着绿蓝侠和金默。金默怀里抱着小胖，小胖身上盖着绿蓝侠的作训服，他已经熟睡过去了。旁边的绿蓝侠只穿件小背心，疲惫地垂着头。两包压缩饼干晾晒在边上。

绿蓝侠说：“这也不知是到哪儿了，咱们在水里可漂了不少时候啊。你说罗司令他们能找着咱们吗？”

金默说：“说不准！”

绿蓝侠说："没啥！这大水早晚会退，云开雾散的那一天迟早会到来。"

金默苦笑："但愿吧。我俩倒没啥，就是怕小胖受罪。"

绿蓝侠说："关键时刻，夏春树给咱的这两包饼干还真管用。要说，我是真喜欢这丫头。可她，一个心眼只想着你。"

金默依旧沉默，嘴角挂着苦笑。

"唉，也不知道这个时候，俺爹踏踏实实地把那口气咽下去了没有。"绿蓝侠朝阴沉的天空望去，长出了一口气。

金默吃惊地扭头："怎么，你父亲……他老人家不是已经……已经走了吗？"

绿蓝侠摇头："10天前，我七姐给我来了个电话，说是我爹快不行了，让我赶紧回去奔丧。眼前，俺爹还不知道咋样了呢。"

金默说："假不是没批吗？出发前，就听说老人家去了。"

绿蓝侠说："是我主动说出去的，省得给组织上添乱了。小柳一直在做系领导的工作，请求批准我回去奔丧，说我的情况特殊。系里把我的情况上报到了院里，给我批了假了，我这火车票都买好了。可这节骨眼儿上，抗洪的命令就下来了。我是头天晚上就知道了，去储藏室取行李包，听见司令正跟小柳在那儿说要紧急集合呢。"

"那你爹谁来给送终啊？"金默问。

"我那表弟，绿久让赶回去了。我给家里去了电话，打到村支书那儿的。俺爹托了支书带了话来了，让我别往家去了，就当他已经没了。爹让我踏踏实实去抗洪，上前线！俺爹说，欠了军校那么多债，好不容易有个报恩的机会，不能再错过了。"绿蓝侠说着，眼泪已经在眼眶里打转了。

"……其实俺爹这次病了有一阵子了，他老早就把寿衣、棺材准备好了。寒假里，我一回去，就张罗着要把爹往医院送。我跟爹说，还带他来南京的解放军医院治。可俺爹就是不答应，说啥也不来，说不能再让主任和政委破费了。"眼泪从绿蓝侠的眼睛里滚落下来，在他的长脸上流淌着。

"……我就给俺爹跪下了，我问：'爹你不是生我的气吧？'俺爹说：'爹永远不会生你的气，你是爹的依靠啊！知道为啥叫你个夺碗？你娘没本事，给俺生了7个闺女，就没一个带把的。也是老天爷可怜俺，那天一清早，我去红薯地里扒秧，就见着地边上放着个小包袱，是个娃！俺就把你给抱回家了，爹喜欢得是三天三夜睡不着觉，不眨眼地看你啊。爹有儿子了，家里来了个夺碗的，就叫了你个夺碗！七个姐姐碗里有的，你有；没有的，你也有！俺没白疼俺家的夺碗，俺夺碗最孝顺了，俺咋会生你的气呢？'我说：'爹你肯定生气，因为我不让你跟田婶好。’爹说：‘俺生谁的气都不生夺碗的，谁让夺碗是俺的儿子呢。俺可就这么一个儿子，就这么一个亲儿子……’”绿蓝侠哽咽着说不下去了，泪水把他的一张长脸打成了一块湿布。

“我求爹跟我来南京治病，可俺爹是说啥也不答应。俺爹说了：‘托了军校的福，已经又多活了3年多，够本了，不能再给军校添麻烦了。这眼瞅着，你在这军校里白吃白住快4年了，还有俺看病那一场，欠下军校多少债啊。不能再去给人家添麻烦了。’俺爹就是死活不来。寒假离家，俺爹说了：‘夺碗，爹只求你一件事儿，爹走的时候，你一定得赶回来给爹送行啊，否则，爹下辈子托生不成人，爹还想远远地看着你结婚生子呢……’”

绿蓝侠完全说不下去了，呜呜地哭起来了。

金默的眼泪，一串串的，滚落在他怀里小胖那胖乎乎的脸蛋上。

7

从头天后半夜开始，政委柳云峰替换罗双虎上了巡逻艇。一直到第二天的黄昏，任是谁说，他都不肯下艇来。十几个小时过去，他那原本白皙的面孔变得蜡黄蜡黄，嘴唇干裂得已经冒出了血口子。

黄昏来临，天色阴沉得像是能拧出水来。小柳政委不错眼珠地望着水面，那样子像是一只随时准备冲击的猎鹰。一旁的毛爱竹和向武也都绷着脸，眼睛警惕地四下搜索着。他俩的嘴唇也都裂成了花儿。

江面上水波起伏不定，突然，小柳的眼睛直了。

前方，300米的样子，漂浮着一件绿色的作训服。小柳政委腾地一下起身，高喊了声“金默”，一个猛子就扎了下去。

风高浪急，小柳政委在水里吃力地游着，他抓住那件作训服，死死不松手。巡逻艇赶紧朝小柳靠近，想要接应他。可水流太急了，小柳扑腾了好几下，却就是拽不住毛爱珠和向武伸向他的手。

水流一转，小柳一下没了踪影。

第二十二章　光头季

1

金默坚持要求去看看政委柳云峰。

一袭白床单再次映入了金默的眼帘，他先是不由自主地剧烈哆嗦了一下，两只脚像是被什么钉住了，一步都迈不动了。他大口呼吸，感受到了溺水那一刻的种种难过，他的眼泪一下就出来了。金默一步一步来到了白床单前。他慢慢地掀开白床单，望见的是小柳那张仿佛熟睡了一般的脸，清秀的、惨白的脸。

小柳政委牺牲的消息，金默是在医院里知道的。

被困在水上两夜一天之后，金默、绿蓝侠和小胖获救了。三个人当即被送进了军区总院。第二天一大清早，金默就从罗双虎那里得知了小柳牺牲的消息，他一把就拔掉了输液瓶。

小柳政委原本是带着国防战略系二区队的学员留守在堤坝上的。当天夜里，搜寻未果的罗双虎回到了江边，打算换下两名随行的学员，让他们休整一下。这时候，小柳政委站出来请战，强烈要求参加搜救组，跟着巡逻艇走。罗双虎犹豫了一下，没有答应。小柳政委毕竟年轻，没有任何实战经验。可是等罗双虎又带了两名学员再一次往巡逻艇上去的时候，小柳政委竟然牢牢地拽着他不撒手。罗双虎的左脸抽搐着，开始骂人。手下的两个兵丢了，副手又这么不配合，他不能不骂人。小柳政委就任由他骂，等他骂够了，小柳开口了：

“主任，绿蓝侠是咱们一次次死活留在军校的，他要是出个闪失，咱俩就是杀人犯。金默是我招来的，他要是有个万一，我没法向他妈妈交代。你让我待在这儿死等，不如枪毙我算了。一分一秒，我是生不如死。”小柳一字一句，杜鹃啼血，罗双虎听得头皮发麻，眼睛里喷出火来。

小柳上了巡逻艇，一去不回头。

望着这躺在白床单上又被白床单盖住了的小柳，金默的眼泪像倾盆大雨一般落下，再也没有停歇。记忆里，他还从来没有流过这么多的眼泪。不，他流过，是在9岁那年。

那一年，金默的父亲，就是在这白床单的覆盖下，与他结束了人生的最后一次相见。刚刚还跟他说着话的父亲，忽然就被罩到白床单的底下，在母亲和弟弟撕心裂肺的哭声中，父亲去了另一个世界。如果说，每个人的一生都是一部电影，那么对金默来说，关于父亲的电影是戛然而止的。完全没有准备，在一个突然的时刻，银幕就黑了，永远地黑了。留下金默一人呆坐在电影院里，被黑暗包围，独自啜泣，像头小兽一样舔着自己的伤口。他要爸爸，一生中无可替代的父亲。自此，往后的日子，就被涂抹上了一层化不开的灰蒙蒙的底色。从此，他怕看见白色，这世界上最残忍、最冷酷的颜色。

而今，他在军校里的最亲爱的兄长，却被这白床单再一次覆盖住了，即将去往另一个世界，再也不能跟他一起散步聊天，一起用餐说笑，不能再跟他抢磁带听，抢书看了。他走了，去往另一个再也不能跟他一同呼吸一同感知的世界了。

终于，金默忍住了一次次喷涌而出的泪水，他回身对屋子里的人说："请你们先在外面等我一下，我有几句话，想单独跟小柳大哥说。"

人们都退了出去。

金默从随身背着的军用挎包里，取出小柳送给他的那个小录音机来。他把磁带装好，把录音机放到了小柳的耳边。他和他都熟悉热爱的歌声流了出来，那是一个大洋彼岸的男人从容不迫的歌声——

…
How many roads must a man walk down
Before you call him a man
How many seas must a white dove sail
Before she sleeps in the sand
…
How many years must a mountain exist
Before it is washed to the sea
How many years can some people exist
Before they're allowed to be free
…

歌声停下来了，金默把磁带取出来，放到了小柳的手心里。

“你不是小小鸟，你在我心里，永远是一只鹰。”

金默对小柳说着，向着亲爱的小柳大哥敬了一个军礼。轻轻地，把白床单替他盖好了。

小柳大哥，走好!

从那一刻起，金默对于白床单的恐惧消失殆尽，无影无踪。

2

军校里的最后一个夏天，是许多人记忆中最难忘的一个夏天。

一天清晨，早操的号声响过，操场边，国防战略系二区队的队伍跑过来了。一水儿37名光棍，竟是齐刷刷的光头。他们的军装右臂，一律别着黑纱。他们表情肃穆，神情凝重，仿佛即将要奔赴一场特别的战斗。

小柳政委已经走了两周了，追悼会却迟迟没有召开。国防战略系二区队的政委柳云峰，他的烈士命名，没有定论。为此，光棍区队的37名学员连同班主任罗双虎，联名上书到了总部。并且，他们做出了一个令全军校师生瞠目的举动，全体剃了光头。并且，每天熄灯前，他们要在操场上列队奔跑，一直跑到熄灯号响。他们奔跑中反复高唱着一首歌——《我是一个兵》，歌声划过夜幕，直冲向小柳才栖息安身的天堂。

政委柳云峰的追悼会上，来给小柳政委送行的人里，一片光头格外惹人，那是小柳的光棍兵们。杜鹃嫂子早从山东赶来了，杜鹃嫂子一家人也从深圳过来了。还有一个年轻的女子，穿着一身黑衣，立在角落里一直默默地哭泣，是田芳菲老师。

追悼会结束，小柳政委的那张果真成了遗像的照片，放大后放在了一个大相框里，被牢牢地抱在杜鹃嫂子的胸前。

罗双虎扑上来，对着遗像大声号啕，情绪几近失控。他猛扇了自己好几个耳光，语无伦次，喋喋不休：“……都怪我这张臭嘴！平时一见这相片吧，就说小柳是把自己当神供着！怪我没带好小柳！他跟我说过不止一次了，等带完这届学员再结婚。他说啊，光棍们都单着呢，我怎么好意思总是成双成对的。我是没理解他的苦心啊，还总说他心思花……眼前，这光棍们还有一个月就毕业了，小柳你却成了永远的光棍了……”罗双虎的话，引得众人纷纷抹眼泪，杜鹃嫂子却没有哭。

杜鹃嫂子的泪似乎已经流干了，她把小柳政委的遗像先立好，而后把那张一直摆放在小柳政委书桌上的小镜框接了过来。她从小柳政委的相片后头抽出了一张照片，正是那张“她在丛中笑”的照片。

“是我错了！我不该赌气跟你说分手！我知道你喜欢军校，愿意待在学员队。我不催你结婚了，也不催你转业了，再也不催你了，你就永远待在军校里头吧！”杜鹃嫂子把自己的照片放在了小柳遗像的一角上，她把照片死死地按了上去，“你不是光棍，你是我的。我陪着你，一辈子都陪着你！”

在场所有的人泪水滚滚，哭声一片。

她也来了，那个传说中的小柳政委的新女朋友———田老师。

“小柳，原谅我给你带来了烦恼。我的感情，你一直都没有接受。我知道，你心里始终装着另外一个姑娘。可我还是感谢你，感谢你帮助我承担了许多生活中的苦恼和焦虑。没有你，我的抑郁症好不了……感谢你！让我懂得了一个军人、一个男人的胸怀。”

杜鹃嫂子走过来，和小田老师相拥哭泣。

一周后，军校的一纸命令下来了——“……柳云峰同志一贯爱岗敬业，做好事，在执行抗洪抢险的任务中，为抢救战友，因公牺牲，被追认为革命烈士。”

3

军校的夜色，从来就没有这么凄迷和哀伤过。

晚自习归来，卢一平已经悄悄离开了。每个宿舍的门口，都放上了一箱方便面。一封短信，则由班主任罗双虎转给了光棍们——

亲爱的弟兄们：

我没有等到分别的时刻，先撤了。我办的是退学。本来想撑到毕业的，可是，来不及了。我做错了事，理应受到惩罚。

毕业后，弟兄们有空，一定要来小城看我。记得，一定要穿军装来。否则，我不接待。

兄弟们，我做逃兵了，别骂我。

军礼！

卢一平

1992年6月28日

一个晚上都是静悄悄的，熄灯号响之前，不知是谁起的头，男生们会聚到走廊上，齐声高歌——

……

那一天早晨，从梦中醒来

啊朋友再见吧再见吧再见吧

一天早晨从梦中醒来

侵略者闯进我家乡

啊游击队啊快带我走吧

啊朋友再见吧再见吧再见吧

游击队啊快带我走吧

我实在不能再忍受

啊如果我在战斗中牺牲

啊朋友再见吧再见吧再见吧

如果我在战斗中牺牲

你一定把我来埋葬

啊每当人们从这里走过

啊朋友再见吧再见吧再见吧

每当人们从这里走过

都说多么美丽的花

每当人们从这里走过

都说多么美丽的花

……

歌声里，一列火车正通过大桥。车窗边，一个青年眼眶里都是泪，他正用口琴吹奏着同样的曲调。

再见了，亲爱的军校！

再见了，亲爱的战友！

第二十三章　骊　歌

1

毕业在即，这几天区队里是各样的消息满天飞。围绕唯一的一个留南京的，也就是留校的名额，范豫中把声势造得很大，并且已经暗中放出话来了："谁也别跟我争！南京的地盘是我的！"老范整天请人喝酒，频繁出入于储藏室。储藏室的一个大纸箱里头，全是范豫中储备的高级烟酒，那是老范的专属礼品库。每回送礼回来，范豫中都是一副胜券在握的神情，军装后背上都是一道道白色的汗碱。

"老范你是真够辛苦啊。眼看这快毕业了，俺们是情窦初开，那啥，你这都把美人抱怀里了。人生啊，不奋斗是不行啊。"一天连喝两顿酒，张学粮很满足，举着个小牙签，边剔牙边说。

毕业前10天，周日的晚上，《新闻联播》开播前的会议室里，光棍区队的学员们坐在小马扎上，畅谈闲聊起来。

"我可看出来了，咱区队啊，属人家老范活得明白。人家骨干当着，党也早入了，如今又把漂亮的南京姑娘给体体面面地迎了来。事业爱情双丰收！这留校的名额啊，是非你老范莫属啊。"许亚军接话道，随后打了个饱嗝，一股子的酒气。

"我那亲娘！话说得太早了吧？毕业分配的方案可还没下来呢。这留校的名额，不可能这么早就有主儿了吧？"孟艳玖说，眼角迅速扫了金默一眼。

金默正低头看手里的一本杂志，没抬头。

"怎么不可能！一切皆有可能！司令在酒桌上可都表态了，老范留校！"许亚军说。

金默翻看杂志的手停住了。

"这酒桌上的话能当真啊？司令还说调我去联合国呢。把酒话当成情话听，那是女人才会干的事儿。毕业去哪儿，是罗司令一个人说了就算的？得系领导拍板！”玖哥挺较劲。

“玖哥，你是也想留南京吧？我可看出来了，你认真了。”许亚军坏笑着。

“南京这地方是好啊，我要不是割舍不下我的黑土地，真想留下呢。南京姑娘好，比俺们锦州姑娘温柔多了。”张学粮接口道。

“留南京？我才不做那个梦呢！我一没将军爹，二没南京岳父，还不定就给踢到哪个山旮旯里了。”玖哥愤愤道，明显带着情绪。

对这一个传说中的留校名额，范豫中暗中操作多时了。本以为胜券在握，不想突然冒出的一匹黑马，却让老范很是揪心。黑马是谁？孟艳玖，玖哥！

玖哥原本并没有要留在南京的打算，只一心想去省城济南。可是，计划赶不上变化快，玖哥的心上人季桃，说是要留校了。

军校在毕业分配上，对公然违反禁令谈情说爱的鸳鸯们，历来的政策是毫不留情、狠下毒手，见一对拆一对，见两对掰开四个人，就是让他们天南地北、劳燕分飞。“共军”的“水枪”——团支书季桃同学是个志向高远的女同志，是个有软肋的女同学。怪只怪自己芳心大动跟孟艳玖同志好上了，毕业分配前，她早做好了被发配的思想准备。

可临近毕业，新闻系的留校名额竟然就落到季桃的脑袋上。这又是为啥呢？还不是季桃政治觉悟高，业务素质强呗。新闻系从上到下，尤其是系领导，早就看中了季桃，系办公室正缺这么一位工作作风泼辣的女同志。至于对鸳鸯们的历史性摧残，并不能因为工作需要就忽略不计。新闻系的班主任老马早做了调查，得知季桃那个会武功的对象准定留不成南京，这才对小季格外开恩。

季桃留了南京，孟艳玖有了压力，他必须要往对象身边活动啊。孟艳玖拿出了他的“撒手锏”。玖哥的“撒手锏”不是请客吃饭拉关系，是靠自己的实力说话。入学前，玖哥是县级的武术散打冠军，在军校的这4年，坚持练武，代表军校参加过各路武术大赛，得过一堆的奖状、奖章、奖杯。于是玖哥找出厚厚的一摞获奖证书，开始为爱情上下求索、孤注一掷、背水一战了。

“咱军校里的风气，还是一直很正的！玖哥别悲观啊。”范豫中说。

“风气是正！这酒席一桌桌、一顿顿的，都快成流水席了。匿名信写了3年多了才出来自首，眼看快成了百年奇案了。”小毛跟着说。

“小毛，你嘴上有点把门的好不好！”范豫中恼了。

就在今天白天，范豫中把安琪姑娘带到了军校，同行的，还有被他一口一个“爸妈”喊着的林阿姨夫妇。范豫中带着安琪一家在校园里参观，把能转的地方都转到了。中午，范豫中还专门在军校的小吃部里摆了一桌，请上了班主任罗双虎以及向武、张学粮和许亚军几个男生。他也喊了金默和绿蓝侠，可两个人都没去。

到了晚上，老范又请了一次酒。这一回，老范喝醉了，当众就给罗双虎跪下了。他交代的事情把大家都惊着了，老范说，当年那封匿名信是他写的，因为没当上区队长，只当了个副的，就对区队领导有意见。罗双虎脸色大变，借着酒劲儿，当众给了老范两记耳光。

2

“……为什么上军校？对我，特别简单，就是一个字——爱。不是‘男欢女爱’的‘爱’，而是‘衷心热爱’的‘爱’！完全是出于对人民军队的衷心热爱，我才走到了咱们军校的大熔炉里来。这种感情打小就在我脑壳里生根发芽，都快长成参天大树了。听听我的遭遇你就明白了。那啥，我小时候被狗咬过，大狼狗，我腿上现在还落着疤呢。后来，是人民军队的白衣天使救了我，给我打针服药，把我从死亡的边境线上给拽了回来。那啥，我小时候还掉进过冰窟窿里，是过路的解放军战士救了我，就差那么一点点啊，要不现在大家伙儿准定见不着我了……”光棍区队的张学粮正在台上满嘴跑火车。他习惯性地甩甩头，无奈额前的乱云飞渡早被铲光了，一个大光头真没啥好抖落的。看上去他像是落水狗猛一激灵似的，要的那点风流帅气的效果一点儿没出来。

这是在区队的毕业分配前的表态会上。张学粮第一个冲上去发言，虽然令区队的形象大打折扣，矫情得都有些跑偏了，却给这次恳谈会奠定下了欢乐的基调。

“我那亲娘！这都到了啥时候了，学粮还有心在这儿喷！不怕把自己给喷到西藏去！”是玖哥的声音。旁边，金默低头不语，似在凝神细听，又像是在想心事。

“……笑，笑啥啊笑？真不是蒙人的。这都是活生生的事实啊。那啥，我小时候还给马惊着过，是过路的解放军战士冒着生命危险，从马蹄子底下把我这条命给捡了回来。那啥，我小时候还给开水烫着过，是解放军医院的大夫医治好了我的创伤。这怎么又笑上了呢？要不我就牺牲一把得了，反正都不是外人。我就裸露一下玉体，给你们展示一下我的伤疤……”张学粮还在台上比画。笑声如新年里点燃的小鞭炮，起初稀稀拉拉、零零碎碎，随后渐成气候，噼里啪啦，大有燎原之势。张学粮也不恼，真就要捋袖子卷裤腿，展示他那千疮百孔的青春的躯体，班主任罗双虎上台拦住了张学粮，并扬手制止住了大家的哄笑。

“张学粮同学在表达上是那个了一些，但感情是实实在在的，值得表扬。下头谁来发言？这毕业就到眼前了，西藏的名额已经到了，新疆还有一个，说说看，都啥态度？”罗双虎说。

沉默，台下一片沉默。罗双虎的左脸抽搐几下，目光威严地扫过全场。

“我来！”范豫中手里抱着一个白色的大纸卷，昂首走上了讲台。

“……为什么上军校？我的回答很简单。往大里说呢，是要担当起保家卫国的大任；往小里论呢，我有当将军的狼子野心。”范豫中摇晃着他的方脑袋在发言，表情严肃，一字一顿，跟吃了摇头丸似的。唯一的一个南京留校名额，据说已经被他牢牢握到了手里。

“……长期以来，我们搞体育的人走到哪儿，偏见就跟到哪儿。四肢发达，头脑简单，这是对我们体育工作者极大的偏见。我就是作为体育特长生招进军校的，这4年，我的政治表现、军事素质和文化课的成绩，大家是有目共睹。我就是要用实际行动来打消这种偏见。人生如朝露，心到神知，事在人为，是骡子是马咱拉出来遛！眼前，毕业分配的关键时刻，我对党组织郑重表态，我，第一个，申请去西藏！”范豫中说着，啪地一下来了个立正，来了一个幅度过大的军礼。

老范的演技实在高。众人正瞠目结舌、面面相觑，本以为他就要下台来了，不曾想，范豫中把放到讲台上的白纸卷铺开，又从口袋里掏出把水果刀来，而后范豫中用白晃晃的刀口猛一下划开右手的食指，鲜血喷涌，让人倒吸一口冷气。范豫中面色镇定，用滴血的食指，在白纸上飞快地书写起来。

一旁的罗双虎望着范豫中，表情阴冷，并不出手阻拦。

“区队上的第一份血书，是我范豫中写的！血书表明的是啥？是我奔赴西藏的雄心壮志！”范豫中书写完毕，举着依旧滴血的右手食指高呼道。

“亲娘哩！老范的狼子野心真太崇高了。这血书写得惊天地、泣鬼神啊。”底下玖哥感慨道。没有人笑，众人都在惊诧中。

等老范捂住淌血的手下了台，罗双虎皱着眉再一次上台。

四下里格外安静，只听见雨水打在窗玻璃上的啪啪声，一场夏雨噼里啪啦突然而至。开会就怕冷场，罗双虎的目光如探照灯一般打过来扫过去，可就是躲着一个人——金默。仿佛金默那里是雷区似的，罗双虎总是绕着走。

毛爱竹举起了手。

“……1937年的冬天，我们所在的这个城市——南京，发生了什么？是一场惨绝人寰的大屠杀！这是我们的家啊。强盗来了，残害了我们的家人，欺辱了我们的姐妹，这个家的男人在哪儿呢？……”毛爱竹在发言。

“……来上军校之前，我从来没有来过南京。4年前来到这里，我被它的美丽景色震惊了，可心情却是复杂的。大屠杀之前，南京是美丽的六朝古都；大屠杀之后，它是一座灰色的都城。一想起那段历史，心头总像是割了肉一般疼。在南京待了4年，我们应该记住的是什么？作为一名军校学员，我们的目光应该停留在哪里？我觉得，不应是玄武湖、夫子庙，应该是大屠杀纪念馆！在屈辱苦痛的历史面前，我们每个人都在心里扪心自问一下，我们该怎么去保护和守卫这座伤痕累累但依然美丽的城市？我们该做些什么？我们这些军人，要怎么做才能不脸红？怎么做才能不辱没共和国守卫者的称号？”

毛爱竹的发言引来一片沉默，众人都陷入了沉思。

“……军校4年，我对区队没有任何贡献，可也没做过一桩恶心事。眼前，我父亲刚刚去世，家里就剩下一个老母亲了。老母亲有哥嫂养着，不用我分心。我身体也好，咱区队我去西藏是最合适的！范豫中同学带头写了血书了，我也跟着写一份。出点血没啥可怕的……”毛爱竹话音未毕，也取出把水果刀，咔嚓几下，在早就准备好的白纸上，用滴血的右手食指写开了。

小毛的发言和表现引来了一片热烈的掌声，掌声震天。

人群中范豫中撇撇嘴，鄙夷道：“咱都老大不小了，谁也别装！我倒要看看你小毛敢不敢去西藏！”

人群中金默高高地举起了右手，罗双虎不看他，把头别开了：“要不，表态会就到这儿吧！”罗双虎低了头，急急地说。

“主任，我要发言！”金默高声请求着，分开人流，已大步朝讲台走来。

3

“……我是遵照父亲的遗愿来上军校的。我的童年，是在北方的军营里度过的。我拥有过世界上最无忧无虑的童年。我的父亲是名军医，是整座军营里特别受尊重的人。我的弟弟是一个智障的孩子，在军营里他一点没有受歧视，成长得跟所有孩子一样快乐。平日里，父母亲上班，我上学，一点都不用担心弟弟。军营里的叔叔阿姨，所有人都会照顾他。渴了，会有人把晾好的白开水送到弟弟的嘴边，水里经常是加了白糖的。饿了，总有人把弟弟带回家，把好吃的饭菜捧到弟弟跟前。军营，在我心里，就是美好的共产主义。8岁那年，遇上裁军，师部医院被撤销了。父亲转业回了山东老家，我们都跟着离开了军营。”金默语调平静地讲述着，全场鸦雀无声。

“……父亲在县城医院的工作非常劳累。他医术高明，来请他看病的人，经常会找到家里来。其实父亲转业前，是有大城市可以去的，可父亲坚持要去小县城，他说，那里的人更需要他。在县城医院工作了才半年，他就累倒了，吐血，父亲的生命一下就到了尽头。住院时，父亲就对母亲说了，我要是有个万一，你带着两个孩子回南方老家吧。我的爷爷奶奶已不在了，父亲是独子，在那边没人能照顾我们。父亲离开前的最后时刻，我被母亲领到了病房。我一点都没有觉察出父亲这是要走了，要永远地走了。我来到父亲床前，他一副很虚弱的样子。那张白色枕头上的脸，也是白色的，特别瘦，像是被刀子刚刚削过一样。可能是怕吓着我，父亲的脸上一直带着淡淡的笑容。他用很虚弱的声音对我说：‘金默，你记住了，你长大了，要考军校。爸爸就是军校里出来的。你进了军校，进了军营，爸爸就彻底放心了。’也就在这时候，父亲开始剧烈地咳嗽起来，鲜血从他的嘴里和鼻子里喷出来，喷到了白色的墙壁和床单上。医生、护士冲了进来，我被人一把拽出了病房，只听见母亲撕心裂肺的哭喊声。等我再走进病房，病房里就只有一张盖着白床单的床铺了，白色的床单下，躺着我的父亲，永远再不能对我说话、对我笑的父亲……”金默说不下去了。

“……为了白床单的事儿，罗主任批过我不止一次，甚至骂过我，说我婆婆妈妈不像个男人，不是块当兵的料儿！一看到白床单，我就眼睛疼，脑袋也疼。直到那天，我跟政委小柳告别。我看见了小柳，白床单下的我的小柳大哥。他仿佛只是熟睡过去了，还是那么亲切，我一点儿都不感觉害怕。我跟小柳说话，说了很久。我突然释然了，关于白床单的梦魇，过去了，彻底地过去了。”

“扯那么老远干吗？这还抒情上了。咱都老大不小了，谁也别装。”底下有人叨咕，所有人的目光都瞪向了写血书的勇士范豫中。

“小柳政委是为了救我而牺牲的，我欠着小柳大哥，欠着军校一条命呢！小柳曾不止一次对我说，他想要成为一名真正的军人，大漠孤烟，马革裹尸。如今，小柳不在了，我来替他完成这个梦吧。西藏，我是去定了！谁都别跟我争。”金默说着，双眼血红，把所有人都惊住了。

掌声，春潮一般的掌声。

“我去！我去西藏！”

“西藏！我报名！”

“算我一个！”

人群里，无数双手齐刷刷地举了起来。

“西藏还是我去吧，金默你不能走太远了。俺爹不在了，我家就我一个人了……”绿蓝侠站出来，满面幽怨地说。

“西藏，还是我去最适合！”向武从人群中站起身来，“来军校，我是最大的受益者。以我的高考成绩，在北京我只能是个待业青年。我父亲是个原则性很强的人，可为了我，父亲唯一一次没讲原则，求了他的战友，咱们的院长大人，把我送进了军校。这4年，从罗主任到小柳政委……”说到小柳，向武哽咽了一下，“从罗主任到小柳政委，到每一位同学，大家都对我特别好，爱护我，关心我，也给了我许多我不应得的荣誉。有时我犯了错误，总是一次次原谅我。这些，我心里都清楚，起初还觉得不好意思，后来就有些麻木了，觉得是自己应该得的，有些飘飘然起来。直到……直到小柳政委的牺牲。那一天，我就在搜救艇上，眼睁睁看着小柳政委就那么没了，我不能相信这是真的。小柳政委牺牲的那一刻，手里一直紧紧攥着那件作训服。他以为，那是金默……”向武说不下去了。

眼泪如倾盆的雨，和着外头的雨声，一起落下。

“……我向武欠军校的太多了！昨天晚上，我给我爸打电话，说我要去西藏。我对我爸说，我已经成人了，给我一次机会，我自己做决定。我爸同意了。这个回报军校的机会，就给我吧！”向武举起右手，久久地行着军礼，朝每一个人。

罗双虎走到窗前，红着眼圈把目光投向了窗外。

4年了，窗外的梧桐树都长成大树了。

4

晚自习，金默依然躲在图书馆的四楼上写东西。一阵咚咚咚的脚步声在身后的走廊上响起，金默扭回头，一个黑铁塔一般的黑影已经站到了四楼的走廊上。

“主任！怎么是您？”金默赶紧迎上去。

“听小柳说过你爱在这儿写东西，我还是第一次来。早知道你这么艰苦，该把我的办公室让给你，或者，给你在宿舍楼里找个空房间。”罗双虎叨唠着。

“没事，这儿挺好的，借书也方便。”金默回答。听到“小柳”两个字，他的鼻子一下酸了。

“这小柳一走，我这心里，真是空得慌。”罗双虎走过来靠在窗口，掏出两根烟，扔了根给金默，都点上了。

“我这晚上来找你，是有要紧的事儿。留校的这一个名额，我没本事给你弄到。范豫中的岳父能力了得，连军区司令的秘书都打来电话了。”罗双虎说。

“我已经做好去西藏的准备了。”金默平静地说。

“去西藏，你妈妈跟弟弟谁来照顾？别任性……”罗双虎说。

“我是认真的！我欠着小柳政委一条人命呢。这个情不还上，我一辈子不安心！”金默吸了口烟。烟雾里，眼泪涌上来了。

“当初给你弟弟捐款，是我的主意。小柳不同意，劝过我，说是你自尊心强，怕你接受不了，说是能不能采取隐蔽一点的方式。我没听进去。那个寒假，我又去了你家一趟，扑了个空。听说你们外出了，给弟弟治眼睛，我真是心急，不知道怎么帮你。回军校，我就扯了个横幅。那一段，我知道你很痛苦。怪我，工作太简单。后来，区队上好多人都给你家寄钱，小柳把准备结婚的钱都拿出来了……”罗双虎说。

金默愣住了。原来，他一直都活在小柳和众人的关爱中。小柳，从未走远。弟兄们的心，都是滚烫的。

“……匿名信的事儿，开初，我是真被你蒙住了。我恨过你。你还不知道吧，你来自首后，毛爱竹，小毛来过，说是他写的。之后还有卢一平、孟艳玖和绿蓝侠。我的这些光棍兵简直坏透了，把老子当傻子蒙。知道你们都是心疼我，怕我被一封信给整神经了。我不能再不争气了，我得活得像个真正带兵的人。那年寒假去你家家访前，小柳跟我长谈了一次，说匿名信就是他写的，也不会是你金默写的。寒假里，我本来是想跟你好好谈谈的，可临走时小柳说了，金默的本意，不是让你感谢他，他是想让你变好，变成一个从里到外的好人。所以寒假见你，我什么都没说，我得对得起你的苦心。”

“……我不是个合格的班主任。秀才的事儿一出，我就不想干了。可我舍不得你们，不想走。我找了向武的爹，跟他立下了军令状，说是再给我一次机会，让我把你们这一届好好送走。当年上前线，向部长跟我一个战壕待过，他是我的团长。可是，就快毕业了，一平又走了，我是真失败啊。我知道，你烦过我，最烦我让你‘跟住’谁。可是我是有心病的人，有内伤。不希望你能理解我，可我一定不会再那么无知和无能了！”罗双虎哽咽住了。

金默听着，眼眶热了，他赶紧闷头吸烟。

“……我一直不放弃‘跟住’，是看不得你们谈恋爱。军校4年，老哥我对不住你！入党，当骨干，哪一样都耽误了你。有女孩子喜欢你，我也给人轰跑了。你别瞪眼，是真的。那年寒假离校前，我让老范、向武都‘跟住’过你。见你跟新闻系的殷晴走得挺近的，那年寒假，我还找了殷晴，她什么都没说就答应下来了，说一定不会耽误你。谁知道，那丫头得了那个病，也真是可怜……金默，老哥我对不住你啊！”罗双虎说着，唇边的香烟已经吸完了一根，他的手哆嗦着，费了好大力气才掐灭了烟头。

往昔的一切渐渐清晰。如大雾过后，长路上的大树，渐渐伸开了它们绿色的枝丫。可是，就算能有一万次的回眸，他还能重新找回那在路边遗失了的、被风吹走的一片片树叶吗？

“金默，去北京吧！北京的一家部队杂志社来咱军校招人，下午才到的，马上要见推荐的学员。杂志社来了两个人，主编都来了，叫海什么的，戴个眼镜，风度翩翩的，说是早知道你。你赶紧去，杂志社的人正在咱的干部处办公室里头，对推荐的人选进行考核呢。咱们区队，我只报了你一个！”

金默完全呆住了。

“赶紧去！去干部处跟人家见个面！你这身军装怎么回事，皱皱巴巴的，来，穿我的去！”罗双虎说着，开始脱军装的上衣了。

“主任，我早想好了，我还是要去西藏。”金默没动窝，执拗道。

5

金默与夏春树的相遇，是在毕业前的一次聚餐会上。各种由头、各样人员的聚餐，军校小吃部的桌子都摆到走廊上了。

那次聚餐，是孟艳玖和季桃发起的。玖哥被分配去了云南。

金默和夏春树中间坐着绿蓝侠。

夏春树先开口了：“金默真要去西藏啊？”

绿蓝侠回答：“是啊！金默的请战书学校已经批了！这小子够狠，写了血书不说，还把血书贴到了院长的办公室门口。”

夏春树：“我被分到四川的一个基地了，地方挺偏的。不过好像离金默不远哎。”

“离我也不远，我在新疆等你啊，等你们！”绿蓝侠说。

“好啊！有机会找你，我可是要吃手抓肉、大盘鸡哦。金默这一去好远呢，妈妈和弟弟都有人照顾吧？”夏春树问。

“有，有人！金默的妈妈和弟弟，已经被罗主任接到南京了，弟弟也上学了。放心，少不了人照顾这娘儿俩。你们区队留下的季桃姑娘，已经认金默的妈当干娘了。”

“罗主任人真好！季桃也好！你们区队的光棍都好！”夏春树忽然抹开了眼泪。

“罗主任已经递交了转业报告了，咱们一毕业，他也就脱军装了。那天，我看见司令哭了。”绿蓝侠说着，眼圈瞬时红了。

一桌子的人，旁人都在说笑，金默、绿蓝侠和夏春树却面容沉郁。

6

7月14日，是离开军校的日子。之后的若干年，金默的许多梦境都与这一天紧密相连。

上午的毕业典礼在军校的礼堂如期举行，走出礼堂，胸前戴着大红花的金默，被无数滚烫的目光包围着。

操场上，金默被光棍区队的弟兄们托起来，抛向了天空，一次次地。

金默躺在了军校的操场上，他的眼睛里一下溢满了亮晶晶的东西。他又一次听到了那首歌——

…
How many roads must a man walk down
Before you call him a man
How many seas must a white dove sail
Before she sleeps in the sand
…
How many years must a mountain exist
Before it is washed to the sea
How many years can some people exist
Before they're allowed to be free
…

"小柳大哥，我要像你希望的那样，成为一只鹰！"他轻声对自己，也是对天空中含笑望着他的小柳说。

列车启动前的一刻，车窗下的夏春树把个包裹从车窗扔了进去。

"是殷晴给你的！掐着时间寄的，刚刚到。赶紧看看吧。"夏春树努着嘴说，样子像是有些失落。

金默把手里的包裹打开来，显露在眼前的，是整整一摞毛线手套，海蓝色的。金默的鼻子酸了一下。

夏春树又递进来一摞信纸和信封，金默一看，信封上都写好了地址和收信人的名字——夏春树。

“人生苦短就是人生的苦很短。我想和你一起，把这些苦都过滤掉。”夏春树忽然哽咽起来，“记得给我写信。”

金默说不出话来，只是使劲点头，点了又点。

绿皮火车开动起来了，车窗下的人都跟着车行的方向走起来，一边走一边招手。

绿蓝侠一把拽住金默的手，跟着车子一路飞奔。

“在西藏好好的！”绿蓝侠朝金默嚷着。鞋拔子一般的长脸上，滚落下两行泪来。

“我那亲娘，这怪侠，整得跟演电影一样样的！”玖哥抹把眼泪说。

“奶茶、手抓肉！给我们大家伙儿预备好了啊！”小毛的声音。

“兄弟，有事打电话。”向武哽咽着喊了一嗓。

夏春树立在人群最后头，满脸是泪，黄昏的余晖打在她的脸上，是满面的花瓣雨。

金默从车窗里伸出头来，朝大家使劲招手。

车窗边，他那俊朗的面孔消瘦了不少，笑容灿烂，泪如雨飞。